Ik weet wie je bent

Van dezelfde auteur

Soms lieg ik

Alice Feeney

Ik weet wie je bent

A.W. Bruna Uitgevers

Oorspronkelijke titel
I Know Who You Are

Vertaling
Mary Bresser
Omslagbeeld
© Wil Immink Design/iStock
Omslagontwerp
Wil Immink Design

ISBN 978 94 005 1078 4
NUR 305

Voor Jonny.
Literair agenten heb je in alle soorten en maten.
Ik heb de beste.

Niet iedereen wil iemand zijn.
Sommige mensen willen liever iemand anders zijn.

1

Londen, 2017

Ik ben dat meisje dat je denkt te kennen, alleen weet je niet meer waarvan.

Mijn werk is liegen. Een ander worden, daar ben ik een ster in. Mijn ogen zijn het enige waaraan ik mezelf nog herken in het opgemaakte gezicht in de spiegel, in het masker van mijn rol. Het zoveelste personage, het zoveelste verhaal, de zoveelste leugen. Ik wend mijn hoofd af. Zij blijft hier achter vanavond. Bij het verlaten van mijn kleedkamer blijf ik even treuzelen bij de deur, waar een naam op staat:

AIMEE SINCLAIR.

Mijn naam, niet de zijne. Ik heb mijn naam nooit veranderd.

Misschien omdat ik diep vanbinnen wist dat ons huwelijk slechts stand zou houden tot het leven ons zou scheiden. Ik herinner mezelf eraan dat mijn naam alleen iets over me zegt als ik dat wil. Een naam is niet meer dan een verzameling letters die in een bepaalde volgorde is gezet. Niet veel meer dan de wens van een ouder, een etiket, een leugen. Soms zou ik van die letters dolgraag iets anders willen maken. Een ander. Een nieuwe naam voor een nieuwe ik. De ik die ik ben geworden toen niemand keek.

Iemands naam kennen is niet hetzelfde als iemand kennen.

Ik denk dat we de wij die we waren gisteravond kapot hebben gemaakt.

Soms doen de mensen die het meest van ons houden ons de meeste pijn. Omdat ze dat kunnen.

Hij heeft me pijn gedaan.

Het is in onze relatie gekropen dat we elkaar pijn doen. Je moet eerst iets verliezen om het te kunnen redden.

Dus deed ik hem ook pijn.

Net zoals sommige mensen controleren of ze hun portemonnee of sleutels bij zich hebben, kijk ik of ik het boek dat ik momenteel aan het lezen ben in mijn tas heb gestopt. Tijd is kostbaar. Ik heb nooit tijd over, dus ik lees tussen de filmopnames door. Al van kinds af aan vind ik het prettiger om de fictieve levens van anderen te leven, om te schuilen in verhalen die beter aflopen dan het mijne. We zijn wat we lezen. Als ik zeker weet dat ik niets vergeten heb, loop ik door, terug naar wie en wat en waar ik hiervoor was.

Er is iets heel ergs gebeurd gisteravond.

Ik heb mijn uiterste best gedaan om te doen alsof het niet is gebeurd, om mijn herinneringen te herschikken, maar ik hoor nog steeds zijn van haat doordrenkte woorden, voel nog steeds zijn handen om mijn keel, zie nog steeds die uitdrukking op zijn gezicht die ik nooit eerder had gezien.

Ik kan het nog repareren, ik kan ons nog repareren.

De leugens die je jezelf op de mouw speldt zijn altijd de gevaarlijkste leugens.

We hadden gewoon ruzie, meer niet. Wie liefheeft maakt ook ruzie.

Ik loop door de vertrouwde gangen van Pinewood Studios, weg van mijn kleedkamer, maar niet weg van mijn gedachten en angsten. Mijn voeten willen niet, ze aarzelen, alsof ze opzettelijk mijn terugkeer naar huis vertragen, bang voor wat daar wacht.

Ik hield van hem, ik houd nog steeds van hem.

Ik denk dat het belangrijk is om dat voor ogen te houden. We zijn niet altijd de versie van onszelf geweest die we zijn geworden. Het leven speelt met relaties zoals de zee met zand speelt, duinen van liefde wegspoelt, dijken van haat opwerpt. Gisteravond heb ik tegen hem gezegd dat het voorbij was tussen ons. Heb ik gezegd dat ik wilde scheiden, gezegd dat ik het deze keer meende.

Dat is niet zo. Dat ik het meende.

Ik klim in mijn Range Rover en rijd naar de iconische studio-ingang, afkoersend op het onvermijdelijke. Ik kruip een beetje weg in mijn binnenste, vouw de scherpe hoekjes van mezelf, die ik liever niet toon, naar binnen om, waardoor ze onzichtbaar worden. De man in het hokje bij de uitgang zwaait naar me, zijn gezicht een en al vriendelijkheid. Ik dwing mijn gezicht in een glimlach voor ik optrek.

Acteren is voor mij nooit aandacht trekken geweest, of gezien willen worden. Wat ik doe, doe ik omdat ik niet weet wat ik anders zou moeten doen, en omdat het het enige is waarbij ik me gelukkig voel. 'Verlegen' is geen voor de hand liggende typering voor een actrice, maar wel een die mij past. Niet iedereen wil iemand zijn. Sommige mensen willen liever iemand anders zijn. Toneelspelen is makkelijk. Mezelf zijn, dat is wat ik moeilijk vind. Ik moet bijna altijd overgeven voor een interview of evenement. Wanneer ik als mezelf tegenover anderen sta word ik misselijk en ben ik één bonk zenuwen. Maar zodra ik als een ander de vloer op ga, of voor een camera sta, krijg ik vleugels.

Niemand begrijpt wie ik werkelijk ben, alleen hij.

Mijn man werd verliefd op de versie van mij die ik hiervoor was. Mijn succes is van relatief recente datum, en het uitkomen van mijn dromen vormde het begin van zijn nachtmerries. Aanvankelijk leek hij me te willen steunen, maar hij heeft me nooit met anderen willen delen. Dat gezegd hebbende: telkens als ik werd verscheurd door onzekerheid was hij degene die me weer heel maakte. Wat aardig van hem was, maar ook eigenbelang. Om voldoening te voelen over iets wat je hebt gerepareerd, moet je het eerst een tijdje kapot laten zijn, of moet je het zelf nog een keer kapotmaken.

Ik rijd in een sukkelgangetje door de drukke Londense straten terwijl ik me in stilte op mijn eigen leven voorbereid en in de achteruitkijkspiegel zo nu en dan een onwelkome glimp van mijn onechte zelf opvang. De zesendertigjarige vrouw die ik zie kijkt boos, omdat ze gedwongen wordt zich te vermommen. Ik ben niet knap. Mijn gezicht wordt interessant genoemd. Ik heb te grote ogen voor mijn gelaatstrekken, alsof ze door alles wat ze gezien hebben zijn gaan uitpuilen. Mijn lange, donkere haar is door vakkundige vingers, niet de mijne, ontkruld, en ik ben dun tegenwoordig, omdat mijn rol dat vereist, en omdat ik vaak vergeet te eten. Ik vergeet te eten omdat een verslaggever me een keer 'mollig maar mooi' heeft genoemd. Wat ze over mijn spel zei kan ik me niet herinneren.

Dat was in een recensie van mijn eerste filmrol, vorig jaar. Een rol die mijn leven, en dat van mijn man, voorgoed veranderde. En ons banksaldo, niet te vergeten. Op onze liefde hadden we al te veel ingeteerd. Hij misgunde me mijn nieuwe succes, het weekte me van hem los, en ik denk dat hij me begon te kleineren om zich weer de grote man te kunnen voelen. Ik ben niet meer de vrouw die hij trouwde. Ik ben meer dan zij was, en ik vermoed dat hij minder wilde. Hij is een geslaagd journalist, dus daar kan het niet aan liggen. Hij kon niet tegen het idee dat hij me aan het kwijtraken was, daarom liet hij me de teugels voelen, zo hard dat het pijn deed.

Ik denk dat ik dat ergens ook wel fijn vond.

Ik parkeer voor de deur en loop werktuiglijk het tuinpad op. Ik had het huis in Notting Hill gekocht omdat ik dacht dat een nieuwe hypotheek op ons huwelijk ons er weer bovenop zou helpen. Maar geld is een pleister op de wonde, het is geen remedie tegen een gebroken hart en verbroken beloften. Nog nooit heb ik mezelf met een verkeerde beslissing zo klemgezet. Ik bouwde mijn eigen gevangenis, zoals wel meer mensen doen, met dikke muren van schulden en verplichtingen. Muren die geen deuren leken te hebben, terwijl er wel een uitweg was. Alleen zag ik die niet.

Ik laat mezelf binnen en doe in alle koude, donkere kamers het licht aan.

'Ben,' roep ik terwijl ik mijn jas uittrek.

Zelfs mijn stem die zijn naam roept klinkt verkeerd, gemaakt, niet als de mijne.

'Ik ben thuis,' zeg ik tegen een andere lege ruimte. Het voelt als een leugen om dit huis thuis te noemen, zo heeft het nooit gevoeld. Een vogel kiest nooit voor een kooi.

Als ik mijn man beneden nergens kan vinden, loop ik naar boven, naar onze slaapkamer. Elke stap is er een vol vrees en twijfel. De herinneringen aan gisteravond zijn een beetje lawaaierig nu ik weer terug ben op de set van ons leven. Ik roep nog een keer zijn naam, maar krijg nog steeds geen antwoord. Als ik in elke kamer heb gekeken, ga ik terug naar de keuken, waar ik een enorme bos bloemen op tafel zie staan, die me net niet is opgevallen. Ik bekijk het kaartje dat eraan zit; er staat maar één woord op:

Sorry.

Sorry is makkelijker te zeggen dan te voelen. En nog makkelijker op te schrijven.

Ik wil dat wat er met ons is gebeurd uitgummen en van voor af aan beginnen. Ik wil vergeten wat hij met me heeft gedaan en wat hij me heeft laten doen. Ik wil een nieuwe start maken, maar die tijd hebben we niet meer, die was al op lang voor we elkaar begonnen te ontwijken. Als hij me de kinderen had gegund die ik zo graag had willen liefhebben, was het misschien anders gelopen.

Ik loop naar de deur van de woonkamer en staar naar Bens spullen op de salontafel: zijn portemonnee, sleutels en telefoon. Hij gaat nooit zonder telefoon de deur uit. Ik pak hem van tafel, voorzichtig, alsof hij elk moment uit elkaar kan vallen of exploderen. Het schermpje licht op en toont een gemiste oproep van een nummer dat ik niet ken. Ik wil meer zien, maar als ik weer op de knop druk vraagt het toestel om Bens pincode. Ik toets een paar codes in, tot ik niets meer kan bedenken.

Ik loop nog een keer het huis door, maar hij is er echt niet. Hij heeft zich niet verstopt. Dit is geen spelletje.

In de gang zie ik dat de jas die hij altijd draagt nog gewoon aan de kapstok hangt en dat zijn schoenen bij de voordeur staan. Ik roep hem nog een keer, zo luid dat de buren me wel zullen horen, maar ik krijg geen reactie. Misschien is hij alleen even een boodschap doen.

Zonder portemonnee, telefoon, sleutel, jas en schoenen?

Ontkenning is de meest destructieve vorm van zelfbeschadiging.

Er gonzen allerlei woorden door mijn hoofd. De benen genomen. Gevlucht. Verdwenen. Vertrokken. Vermist. Foetsie.

Dan komt de woordenmolen langzaam tot stilstand. Hij stopt bij het meest toepasselijke woord. Kort en simpel valt het op zijn plaats, als een stukje van een puzzel.

Mijn man is weg.

2

Ik vraag me af waar andere mensen heen gaan als ze 's avonds het licht uitdoen.

Laten ze zich meenemen door hun dromen? Of zijn er ook mensen zoals ik, die afdalen naar een donkere en kille plek binnen in zichzelf, om te spitten in de schaduwhoeken van hun zwartste angsten en gedachten en te klauwen in de aarde van herinneringen die ze het liefst zouden vergeten? Die hopen dat niemand ziet hoe diep ze gezonken zijn?

Als mijn wekker het wint van mijn slaap, sta ik op en kleed ik me aan. Ik doe precies hetzelfde als anders, alsof dit een dag als alle andere is. Alleen zit er geen vaart in vandaag. Elke beweging, elke gedachte is pijnlijk traag. Alsof de nacht me niet wil prijsgeven aan de dag die komen gaat.

Voor ik naar bed ging heb ik de politie gebeld.

Ik wist niet zeker of het al kon, maar blijkbaar hoef je tegenwoordig geen vierentwintig uur wachttijd meer in acht te nemen voor je de politie op de hoogte stelt van een verdwijning. Dat klinkt als een goochelwoord, als 'verdwijntruc', maar ík ben de acteur, niet mijn echtgenoot. De stem van de man aan de andere kant van de lijn klonk geruststellend, maar zijn woorden waren dat niet. Vooral dat ene woord niet, dat hij een paar keer in mijn oor siste: vermist.

Vermist persoon. Vermiste echtgenoot. Vermiste herinneringen.

Ik herinner me nog precies de uitdrukking op het gezicht van mijn man de laatste keer dat ik hem aankeek, maar alles wat daarna gebeurde is vager dan vaag. Niet omdat ik vergeetachtig ben of te veel drink, want dat is niet zo, maar om wat er gebeurde. Ik doe mijn ogen dicht maar blijf hem zien, zijn gezicht verwrongen van haat. Ik knipper het beeld weg alsof het een vuiltje in mijn oog is, een irriterend stofje dat het beeld van ons waaraan ik de voorkeur geef vertroebelt.

Wat hebben we gedaan? Wat heb ik gedaan? Hoe heeft hij me zover gekregen?

De aardige politieman die ik uiteindelijk aan de lijn kreeg nadat ik drie nummers had gebeld noteerde onze gegevens en zei dat iemand contact met me zou opnemen. En daarna zei hij dat ik me niet ongerust hoefde te maken.

Hij had net zo goed kunnen zeggen dat ik niet meer hoefde te ademen.

Ik weet niet wat er nu gaat gebeuren, en dat bevalt me niets. Ik houd niet van improvisatie, ik geef de voorkeur aan een leven met een script, een plan en overzicht. Ik heb nog steeds het idee dat Ben elk moment thuis kan komen, dat hij met een van zijn grappige en charmante verhalen zijn afwezigheid uitlegt en alles wegkust. Maar hij komt niet thuis. Hij kust niets weg. Hij ís weg.

Kon ik maar iemand bellen, om het te vertellen, om erover te praten, maar ik heb niemand.

Al vanaf onze allereerste ontmoeting begon mijn man beetje bij beetje mijn leven te reorganiseren. Hij had kritiek op mijn vrienden en ondermijnde mijn vertrouwen in hen, tot we uiteindelijk alleen elkaar nog maar hadden. Mijn man werd mijn maan, die constant om me heen draaide, die mijn getijden van zelftwijfel reguleerde maar soms ook voor een totale zonsverduistering zorgde, waardoor ik in een zwarte wereld terechtkwam die me bang maakte, ook omdat ik niet kon zien wat er werkelijk aan de hand was.

Of deed alsof ik dat niet zag.

De banden van een liefde als de onze verstrengelen zich

tot een ingewikkelde knoop die lastig te ontwarren is. Als iemand onze situatie had gekend en aan me gevraagd zou hebben waarom ik bij hem bleef, dan zou ik in alle eerlijkheid hebben geantwoord: omdat ik meer van ons houd dan dat ik hem haat, en omdat hij de enige man is met wie ik mezelf ooit een kind zie hebben. Ondanks alles wat hij heeft gedaan om me te kwetsen, bleef dat mijn enige wens: een kind met hem krijgen, een kans om een nieuwe start te maken.

Een gloednieuwe versie van ons.

Dat hij me het moederschap onthield was wreed. Dat ik zijn keuzes aanvaardde alsof het mijn keuzes waren was dom. Ik ben goed in doen alsof. Het is mijn werk. Door een muur te behangen krijg je de scheuren niet weg, maar het oogt wel beter.

Ik weet niet wat ik nu moet doen.

Ik zal maar doen wat ik altijd doe, maar het kost me moeite om te bedenken wat ik altijd doe.

Al tien jaar lang ga ik bijna dagelijks hardlopen. Het is iets wat in het dunne mapje zit met dingen waarvan ik denk dat ik er goed in ben. Ik doe het graag. Elke ochtend loop ik dezelfde route, gewoontedier dat ik ben. Dus ik geef mezelf een trap onder mijn gat en trek mijn loopschoenen aan, terwijl ik met trillende vingers probeer te bedenken hoe ik mijn veters ook alweer moet strikken, alsof ik het niet al duizend keer heb gedaan. Daarna zeg ik tegen mezelf dat niemand er iets aan heeft als ik naar de muur blijf zitten staren, en dat ik hem er ook niet mee terugkrijg.

Mijn voeten vallen in hun vertrouwde ritme, snel maar gelijkmatig. Ik luister naar muziek om de soundtrack van de stad te overstemmen. De adrenaline die vrijkomt verhult de pijn, zodat ik nog een tandje kan bijzetten. Ik loop langs de pub op de hoek waar Ben en ik altijd naartoe gingen op vrijdagavond, voor we vergaten wat en wie we voor elkaar waren. Dan loop ik langs de sociale woontorens en één straat verder door de speeltuin van de miljonairs, een aaneenrijging van luxe woningen. De rijk- en minderbedeelden als elkaars buren, of in elk geval bij elkaar in de buurt.

Naar het dure deel van West-Londen verhuizen was Bens idee. Ik zat in L.A. toen we het huis kochten. Mijn angst overtuigde me ervan dat het een goede beslissing was. Ik ben niet eens gaan kijken van tevoren. Toen ik het uiteindelijk zag, was het een totaal ander huis geworden dan het huis van de foto's die ik op internet had gezien. Ben had ons nieuwe huis volledig gerenoveerd, alle zekeringen vernieuwd voor het gloednieuwe stel dat we dachten te kunnen en zullen worden.

Als ik de hoek omga, vinden mijn ogen de boekwinkel. Ik probeer niet te kijken, maar het gaat vanzelf, net als wanneer je de plek van een ongeluk passeert. Het is de plek van ons eerste afspraakje. Hij wist dat ik van boeken hield, vandaar dat hij deze plek had gekozen. Ik was aan de vroege kant geweest en had gespannen en nerveus een beetje tussen de boeken rondgeneusd. Toen mijn date er na een kwartier nog niet was, hield ik het bijna niet meer.

'Neem me niet kwalijk, maar ben jij Aimee?' vroeg een oudere man met een vriendelijke glimlach.

Ik voelde verwarring, werd een beetje misselijk; hij leek in de verste verte niet op de knappe jongeman van het fotootje dat ik had gezien. Ik overwoog naar buiten te vluchten.

'Eerder vandaag heb ik dit verkocht aan iemand die vroeg of ik het aan je wilde geven. Het was een aanwijzing, zei hij.' De man straalde, alsof hij in jaren niet zoiets leuks had meegemaakt. Hij hield me een pakje voor, keurig verpakt in bruin inpakpapier. Mijn nerveuze gevoel verdween toen ik besefte dat deze man de boekhandelaar was, en niet mijn date. Ik bedankte hem en nam het pakketje, zo te zien een boek, van hem aan, waarop hij zich attent terugtrok zodat ik het rustig kon uitpakken. Het was een boek, een van de lievelingsboeken uit mijn jeugd: *De geheime tuin*. Het duurde even voor het kwartje viel, tot ik besefte dat de titel van het boek ook de naam van de bloemenzaak op de hoek was.

De vrouw in de bloemenzaak grijnsde breed toen ik begeleid door het getinkel van het belletje aan de deur haar winkel binnenstapte.

'Aimee?'

Toen ik ja knikte, overhandigde ze me een boeket witte rozen. Er zat een kaartje bij:

Deze rozen staan voor mijn gedachten,
en het spijt me dat ik je laat wachten.
Gelukkig weet ik wat je graag eet:
jij bent mijn ideale date.

Ik las het drie keer, alsof ik het moest vertalen. Toen zag ik dat de verkoopster nog steeds glimlachend naar me stond te kijken. Starende blikken vind ik altijd erg ongemakkelijk.

'Hij zei dat hij je op zou wachten bij jullie favoriete restaurant.'

Ik bedankte haar en ging naar buiten. We hadden geen favoriet restaurant, want we waren nog nooit samen uit eten geweest. Ik liep met mijn boek en bloemen door de winkelstraat en begon lol te krijgen in het spelletje. In gedachten nam ik onze e-mails nog eens door en herinnerde me er eentje over eten. Hij had allerlei verfijnde gerechten opgesomd, terwijl ik... Achteraf had ik spijt gehad dat ik hem had verklapt wat mijn lievelingseten was. Allemaal de schuld van mijn opvoeding.

De man achter de toonbank van de fish-and-chipstent begroette me met een glimlach. Ik was een vaste klant.

'Zout en azijn?'

'Graag.'

Hij schepte de friet in een puntzak en reikte hem me aan, samen met een bioscoopkaartje voor die avond. De friet was nog heet, ik brandde mijn mond zowat terwijl ik me naar de bioscoop haastte. Maar zodra ik Ben zag staan, voelde ik alle spanning van me afvallen.

Ik herinner me onze eerste kus.

Die voelde zo goed. Ik had een klik met hem die ik niet kon doorgronden of uitleggen, het was alsof we voor elkaar waren geschapen. Ik glimlach bij de herinnering aan wie we toen waren. Die versie van ons was goed. Dan struikel ik over een oneffenheid in het trottoir voor de bioscoop en ben ik weer terug in het heden. De deuren zijn dicht. Er brandt geen licht. En Ben is weg.

Ik schroef mijn tempo nog wat op.

Ik ren langs de kringloopwinkels en vraag me af of de kleding in de etalages uit gulheid is geschonken of uit verdriet. Ik ren langs een man met een bezem, die het afval van andere levens bij elkaar veegt. Dan kom ik langs het Italiaanse restaurantje waar ik een keer door een serveerster ben herkend. Daarna wilde ik er niet meer heen, ik kan het gewoon niet.

Als ik door vreemden word herkend, word ik bevangen door een speciaal soort angst. Ik glimlach een beetje en probeer iets aardigs te zeggen, waarna ik me zo snel mogelijk uit de voeten maak. Gelukkig gebeurt het niet zo vaak. Ik heb nog geen sterrenstatus, nog niet. Mijn ster is nog rijzende, ik schitter nog niet. De versie van mezelf die ik in het openbaar laat zien is veel aantrekkelijker dan wie ik in het echt ben. Ik heb haar met zorg op maat gesneden, een maatje groter dan ik eigenlijk ben. Die ik is niet voor de buitenwereld bestemd.

Wanneer zou zijn liefde voor mij zijn verdwenen?

Ik snijd een stuk af, via de begraafplaats. Bij het zien van een kindergrafje komt er verdriet naar boven, worden mijn gedachten een andere kant op gestuurd, van wie we waren naar wie we hadden kunnen zijn als het leven anders was gelopen. Ik probeer me vast te houden aan mijn gelukkige herinneringen, te doen alsof er meer waren dan er in werkelijkheid waren. Iedereen herschrijft zijn verleden om zich te pantseren tegen het heden.

Waar ben ik mee bezig?

Mijn mán wordt vermist. Ik hoor thuis te zijn, te huilen, ziekenhuizen af te bellen, iets te dóén. Er flitst van alles door mijn hoofd, maar het brengt me niet tot staan, ik ren gewoon door. Pas bij de koffietent houd ik in, uitgeput door mijn slechte gewoontes: slapeloosheid, en voor mijn problemen weglopen.

Het is er al druk, stampvol met overwerkte en onderbetaalde Londenaren die hun ochtendshot komen halen, de slaap en ontevredenheid nog in hun ogen. Als ik aan de beurt ben, bestel ik mijn gebruikelijke latte en loop naar de kassa. Ik betaal contactloos en keer me weer in mezelf, tot de caissière het woord tot mij richt. Haar blonde haar hangt in ongelijke pieken langs haar strak kijkende gezicht en op haar voorhoofd staat een frons getatoeëerd.

'Uw pas wordt geweigerd.'

Ik reageer niet.

Ze kijkt me aan alsof ik een of andere gevaarlijke gek ben. 'Hebt u nog een ander pasje?' zegt ze nadrukkelijk langzaam en met enige stemverheffing, alsof de situatie nu al te veel van haar geduld en vriendelijkheid heeft geëist. Ik voel de ogen van andere mensen, die van haar naar mij kijken.

'Het is twee pond veertig. Het zal wel aan het apparaat liggen. Kunt u het nog een keer proberen?' Ontzet hoor ik de pathetische klank van de stem die uit mijn mond komt.

Ze slaakt een zucht, alsof ze me een enorme dienst bewijst, alsof ze een groot persoonlijk offer brengt, voor ze met haar afgekloven vingernagel op de kassa tikt.

Ik reik haar mijn pasje aan, me ervan bewust dat mijn hand trilt en dat iedereen dat ziet.

Ze klakt met haar tong en schudt haar hoofd. 'Geweigerd. Kunt u op een andere manier betalen?'

Nou, nee.

Ik laat mijn koffie onaangeraakt staan, draai me om en loop zonder nog iets te zeggen de zaak uit. Ik weet me nagekeken door vele ogen, op de voet gevolgd door oordelen.

Iets niet willen weten is uitstel van angst.

Ik loop meteen door naar de bank, laat de geldautomaat mijn pasje inslikken, en toets vervolgens mijn pincode in en wat ik wil opnemen, een klein bedrag. Tweemaal lees ik de onverwachte woorden die op het scherm verschijnen:

HELAAS

UW SALDO IS ONTOEREIKEND

Vol elektronische walging spuugt de geldautomaat mijn betaalpas uit.

Soms wil je iets niet begrijpen.

Dus doe ik dat waar ik goed in ben: weglopen. Ik ren aan één stuk door naar het huis dat nooit als thuis heeft gevoeld.

Zodra ik binnen ben, haal ik mijn telefoon tevoorschijn en toets ik het nummer in dat achter op mijn bankpas staat. Alsof ik zo'n gesprek alleen achter gesloten deuren kan voeren. Met afgeknepen stem en buiten adem van angst, niet van het hardlopen, worstel ik me door de controlevragen heen, tot een vrouw in een callcenter ergens ver weg me de vraag stelt die ik wil horen.

'Goedemorgen, mevrouw Sinclair. Al uw gegevens zijn gecontroleerd. Waarmee kan ik u van dienst zijn?'

Eindelijk.

Ik luister naar iemand die ik niet ken, maar die me rustig meedeelt dat al het geld van mijn bankrekening is opgenomen en dat die gisteren is opgeheven. Er stond meer dan tienduizend pond op de rekening die ik met enige tegenzin op ons beider naam had gezet toen Ben me verweet dat ik hem niet vertrouwde. En nu lijk ik nog gelijk te krijgen ook.

Het is maar goed dat ik een groot deel van mijn inkomsten heb weggesluisd naar rekeningen waar hij niet bij kan.

Ik staar naar de spullen van Ben die nog op de salontafel liggen en klem de telefoon tussen mijn oor en schouder om mijn handen vrij te hebben. Het voelt een beetje alsof ik zijn privacy schend als ik zijn portemonnee van tafel pak. Zo'n echtgenote ben ik niet. Ik kijk wat erin zit, alsof ik de vermiste tienduizend pond tussen de plooien van het leer verwacht aan te treffen. Niet, dus. Ik vind alleen een verfrommeld briefje van vijf, een paar creditcards waarvan ik niet wist dat hij ze had, en twee keurig opgevouwen bonnetjes; één van het restaurant waar we de laatste keer hebben gegeten, en één van het tankstation. Niets bijzonders. Ik loop naar het raam en duw met mijn hand het gordijn een eindje opzij, net genoeg om Bens auto op zijn gebruikelijke parkeerplek te zien staan. Ik laat het gordijn terugvallen en leg de portemonnee weer op tafel, precies zoals ik hem heb aangetroffen. Een huwelijk dat niet meer met genegenheid wordt gevoed holt de liefde uit, waardoor ze kwetsbaar wordt, doorbuigt en breekt. Maar: als hij bij me weg wilde en me van mijn geld wilde beroven, waarom heeft hij dit dan niet meegenomen? Al zijn eigendommen liggen nog gewoon op tafel.

Ik snap het niet.

'Mevrouw Sinclair, kan ik u nog ergens mee van dienst zijn?' De stem aan de andere kant van de lijn onderbreekt mijn gepieker.

'Nee. Of ja, toch wel. Kunt u mij ook zeggen hoe laat mijn echtgenoot onze gezamenlijke rekening heeft opgeheven?'

'De laatste opname heeft aan het loket plaatsgevonden, om zeventien uur drieëntwintig.' Ik probeer me gistermiddag voor de geest te halen, het lijkt wel een eeuw geleden. Ik weet vrijwel zeker dat ik om vijf uur al terug was van de set, dus ik was thuis op dat moment. 'Hé, dat is vreemd,' zegt ze.

‘Wat is vreemd?’

Ik bespeur een aarzeling voor ze antwoord geeft.

‘Het was niet uw man die het geld heeft opgenomen en de rekening heeft opgeheven.’

Ik ben meteen alert.

‘Wie dan wel?’

Er valt een iets langere stilte.

‘Volgens onze gegevens, mevrouw Sinclair, was u dat.’

3

'Mevrouw Sinclair?' Het callcenter van de bank klinkt heel ver weg, nog verder weg dan net, maar ik ben niet in staat om te reageren. Ik zit in een soort vrije val. Het voelt alsof ik uit de tijd ben gestapt, alsof ik razendsnel een helling af rol en niets mijn val kan breken.

Als ik naar de bank was gegaan en onze rekening had opgeheven zou ik dat toch nog wel weten?

Dan hoor ik dat er wordt aangeklopt. Ik beëindig het gesprek en haast me struikelend over mijn voeten naar de gang. Ik weet zeker dat het Ben is, met een logische verklaring voor alles.

Ik heb het mis.

Op de stoep staan een man van middelbare leeftijd en een jonge vrouw, beiden gekleed in een goedkoop pak. Hij oogt als iemand met foute vrienden, en zij als een ouwelijk gekleed meisje.

'Mevrouw Sinclair?' vraagt ze, met een Schotse tongval.

'Ja?' Ik vraag me af of het colporteurs zijn die dubbele beglazing proberen te slijten, of God. Of, erger nog, of het persmuskieten zijn.

'Ik ben inspecteur Alex Croft, en dit is rechercheur Wakely. U hebt gebeld over uw echtgenoot,' zegt ze.

Inspecteur? Ze lijkt nauwelijks de schoolbanken ontgroeid.

'Dat klopt, komt u verder,' zeg ik terwijl ik hun naam en rang onmiddellijk vergeten ben. Het is momenteel zo lawaaiig in mijn hoofd dat mijn brein de extra informatie niet aankan.

'Dank u. Kunnen we even ergens gaan zitten?' vraagt ze. Ik ga hun voor naar de woonkamer.

Haar tengere lijf zit verpakt in een nietszeggend zwart broekpak waarbij ze een witte overhemdblouse draagt. Het lijkt wel een schooluniform. Ze heeft een onopvallend maar leuk gezicht, zonder ook maar een spoortje make-up. Haar schouderlange muizige haar is zo steil dat je bijna zou denken dat ze het heeft meegestreken met haar blouse. Alles aan haar is smetteloos schoon en ongewoon netjes. Misschien is dit haar eerste klus, leidt hij haar op. Ik had niet verwacht dat ik bezoek zou krijgen van de recherche. Ja, misschien dat er een agent langs zou komen, maar meer ook niet. Ik vraag me af waarom ze me als een speciaal geval behandelen, maar ik durf niet na te denken over de mogelijke antwoorden op die vraag.

'Uw man wordt dus vermist,' begint ze zodra ik tegenover hen zit.

'Ja.'

Ze kijkt me aan alsof ze verwacht dat er nog meer komt. Ik kijk naar hem, en dan weer naar haar, maar hij lijkt weinig spraakzaam, en zij blijft me onbewogen aankijken.

'Sorry, maar ik weet niet hoe dit in zijn werk gaat.' Ik merk dat ik zenuwachtig word.

'Om te beginnen kunt u vertellen wanneer u uw man voor het laatst hebt gezien.'

'Nou...' Ik laat een stilte vallen en denk terug aan onze hoogopgelopen ruzie, aan zijn handen om mijn keel. Ik herinner me wat hij zei en wat hij deed. Ik zie dat ze een veelbetekenende blik wisselen, en herinner me dat ik nog geen antwoord heb gegeven.

'Neem me niet kwalijk, ik heb niet geslapen. Ik heb hem eergisteravond voor het laatst gezien. En er is nog iets wat u moet weten...'

Ze buigt een eindje naar voren.

'Iemand heeft onze gezamenlijke bankrekening leeggehaald.'

'Uw man?' vraagt ze.

'Nee, iemand... anders.'

Ze fronst haar wenkbrauwen, waardoor er overwerkte rimpels in haar gladde voorhoofd verschijnen. 'Stond er veel geld op?'

'Ongeveer tienduizend pond.'

Ze trekt een keurig geëpileerde wenkbrauw op. 'Dat noem ik veel.'

'Wat u ook moet weten is dat ik een paar jaar geleden last had van een stalker. Om die reden zijn we hierheen verhuisd. Er is een dossier van, we hebben het destijds bij de politie gemeld.'

'Het lijkt me onwaarschijnlijk dat die twee dingen met elkaar te maken hebben, maar we nemen het zeker mee.' Ik vind het vreemd dat ze zo laconiek doet over iets wat belangrijk kan zijn. Ze leunt weer achterover, maar haar frons blijft zitten, alsof hij een gelaatstrek is geworden. 'In uw telefoongesprek van gisteravond hebt u aan de dienstdoende agent verteld dat uw man al zijn persoonlijke bezittingen heeft achtergelaten. Zijn telefoon, zijn sleutels en portemonnee, en zelfs zijn schoenen. Klopt dat?' Ik knik. 'Vindt u het goed als we even rondkijken?'

'Natuurlijk, ga uw gang.'

Ik loop achter hen aan, hoewel ik niet weet of dat de bedoeling is. Ze zeggen niets tegen elkaar, niet met woorden, in elk geval, maar terwijl ze de kamers doorzoeken vertellen hun blikken me dat er een dialoog tussen hen gaande is. Elke kamer is vol herinneringen aan Ben, waaronder ook herinneringen die ik liever kwijt zou zijn.

Als ik probeer te bedenken wanneer het precies fout begon te gaan tussen ons, besef ik dat dat al ruim voor mijn eerste filmrol was, waarvoor ik naar L.A. moest. Ik had een paar draaidagen in Liverpool gehad. Niets bijzonders, een rolletje in een televisiedrama van de BBC. Ik kwam doodmoe thuis, maar Ben wilde per se uit eten. Toen ik zei dat ik niet zo'n zin had, keek hij me op zo'n manier aan dat ik gauw toestemde. Terwijl ik me aan het optutten was, liet ik mijn oorbel vallen. Het stoppertje rolde onder ons bed, en dat minuscule stukje zilver had een vlindereffect op het verdere verloop van ons huwelijk. Ik kon het niet meer vinden. Ik vond wel een rode lippenstift die niet van mij was – net als mijn man, besefte ik. Het kwam niet echt als een verrassing. Ben ziet er goed uit, ik heb gezien hoe andere vrouwen naar hem kijken.

Ik vertelde niet wat ik had gevonden. Ik zei niets. Dat durfde ik niet.

De vrouwelijke rechercheur blijft zo lang rondkijken in onze slaapkamer dat ik het gevoel krijg dat ze mijn privacy schendt. Al op jonge leeftijd heb ik geleerd dat je de politie nooit moet vertrouwen, en dat doe ik nog steeds niet.

'Wanneer had u uw man ook alweer voor het laatst gezien?' vraagt ze.

Toen hij kwaad werd en veranderde in iemand die ik niet herkende.

'We waren uit eten in een Indiaas restaurant hier in de buurt. Ik ben iets eerder naar huis gegaan, ik voelde me niet zo lekker.'

'Hebt u hem niet meer zien thuiskomen?'

Jawel.

'Nee, ik moest de volgende dag vroeg beginnen. Ik lag al in bed toen hij thuiskwam.' Ik weet dat zij weet dat ik lieg. Ik weet niet eens waarom ik het doe, uit een mengeling van schaamte en spijt misschien, maar het is er al uit, en een leugen kun je niet terugnemen.

'Slaapt u niet in dezelfde kamer?' vraagt ze.

Ik weet niet waarom dat relevant zou zijn. 'Niet altijd. We

hebben allebei nogal hectische werktijden. Hij is journalist en ik...'

'Maar u hebt hem nog wel horen thuiskomen.'

Ik heb hem gehoord. Geroken. Gevoeld.

'Ja.'

Ze kijkt naar iets achter de deur en haalt een paar blauwe latex handschoenen uit haar zak. 'En is dit de kamer waar ú slaapt?'

'Het is de kamer waar we allebei slapen, doorgaans, alleen die nacht niet.'

'Slaap jij weleens in de logeerkamer, Wakely?' vraagt ze aan haar zwijgzame partner.

'Vroeger, als we ruzie hadden, toen we nog tijd en energie zat hadden om ruzie te maken. Nu hebben we geen logeerkamer meer, nu hebben we een huis vol pubers.'

Het kan praten.

'Kunt u zeggen waarom er een grendel aan de binnenkant van uw slaapkamerdeur zit, mevrouw Sinclair?' vraagt ze.

Even weet ik niet wat ik daarop moet antwoorden.

'Zoals ik net zei, ben ik ooit gestalkt. Sinds die tijd neem ik veiligheidsmaatregelen.'

'Weet u waarom de grendel is geforceerd?' Ze duwt de deur dicht zodat het afgebroken metaal en het gesplinterde hout van het kozijn zichtbaar worden.

Ja.

Ik voel dat ik rood word. 'Hij klemde op een gegeven moment zo erg dat mijn man hem moest forceren.' Ze kijkt weer naar de deur en knikt langzaam, alsof het haar moeite kost.

'Is er ook een zolder?'

'Ja.'

'Kelder?'

'Nee. Wilt u de zolder zien?'

'Nu niet.'

Nu niet? Komen ze nog een keer?

Ik loop achter hen aan naar beneden, waar ze als laatste de keuken inspecteren.

'Mooie bloemen.' Ze kijkt naar het dure boeket op tafel en leest het kaartje. 'Wat speet hem?'

'Ik weet het niet. Dat heb ik hem niet meer kunnen vragen.'

Als ze al iets denkt, dan laat ze het niet merken. 'Prachtige tuin.' Ze kijkt door de glazen vouwwand naar buiten. Op het verzorgde gazon zijn de banen nog zichtbaar van de laatste keer dat Ben heeft gemaaid, en het hardhouten terras ligt letterlijk te schitteren in de ochtendzon.

'Dank u.'

'Mooi huis, het lijkt wel een modelwoning, of een woning uit een woontijdschrift. Ik kom even niet op het woord... Minimalistisch, dat is het. Geen kiekjes, boeken, prullaria...'

'We hebben nog niet alles uitgepakt.'

'Bent u recent verhuisd?'

'Een jaartje geleden.' Ze kijken me oplettend aan. 'Ik ben veel weg, vanwege mijn werk. Ik ben actrice.'

'Maakt u zich geen zorgen, mevrouw Sinclair. Ik weet wie u bent. Ik heb u vorig jaar op de televisie gezien, in die serie waarin u een politieagente speelde. Best leuk.'

Maar haar scheve glimlachje verflauwt snel, wat me doet vermoeden dat ze dat laatste niet meende. Ik kijk haar aan en weet niet wat ik moet zeggen. Ik voel me nog minder op mijn gemak dan ik al was.

'Hebt u een recente foto van uw man die we mee mogen nemen?' vraagt ze.

'Jazeker.' Ik loop naar de schoorsteenmantel in de woonkamer, maar er staat niets. Ik kijk om me heen, naar de kale muren en de vrijwel lege boekenkast, en besef dat er geen enkele foto meer staat; niet van hem, niet van mij, niet van ons. Er stond hier een ingelijste trouwfoto, ik heb geen idee waar hij is gebleven. We hadden het klein gehouden op onze grote dag. Alleen wij, met zijn tweetjes. En de dagen werden alleen maar kleiner, tot we ook elkaar kwijtraakten. 'Misschien heb ik een foto op mijn telefoon. Kan ik hem doorsturen, of hebt u een afdruk nodig?'

'Mailen is prima.' Weer trekt die onechte glimlach over haar gezicht, als een soort uitslag.

Ik pak mijn telefoon van tafel en begin door mijn foto's te scrollen. Ik heb er genoeg van de cast en de filmcrew, aardig wat van mijn tegenspeler Jack, een paar van mezelf, maar geen enkele van Ben. Ik merk dat mijn handen trillen, en als ik opkijk zie ik dat zij het ook heeft gemerkt.

'Heeft uw man een paspoort?'

Natuurlijk heeft hij een paspoort. Iedereen heeft een paspoort.

Ik rep me naar het dressoir waarin we ze bewaren, maar het ligt er niet. Dat van mij ook niet. Ik begin de la leeg te halen, maar ze gebaart me op te houden.

'Hindert niet, ik denk niet dat uw man het land uit is. Afgaande op wat we nu weten, denk ik niet dat hij erg ver weg is.'

'Waarom denkt u dat?'

Ze geeft geen antwoord.

'Inspecteur Croft heeft elke zaak opgelost die ze toegewezen heeft gekregen sinds haar aanstelling bij de recherche,' zegt de mannelijke rechercheur als een trotse vader. 'U bent in goede handen.'

Ik voel me niet goed, ik ben bang.

'Mogen we deze meenemen?' Zonder mijn antwoord af te wachten schuift ze Bens telefoon en portemonnee in een doorzichtig plastic zakje. 'En mocht het niet lukken met de foto: geen probleem. Dat komt de volgende keer dan wel.' Ze trekt haar blauwe handschoenen uit en loopt de gang in.

'De volgende keer?'

Opnieuw mijn vraag negerend opent ze de voordeur en gaat naar buiten. 'U hoort van ons,' zegt Wakely voor hij achter haar aan loopt.

Zodra ik de deur achter hen heb dichtgedaan laat ik me op de grond zakken. De hele tijd dat ze hier waren had ik het gevoel dat ze me stilzwijgend ergens van beschuldigden, maar ik zou niet weten waarvan. Denken ze soms dat ik mijn man heb vermoord en onder de houten vloer heb begraven? Ik heb de neiging de deur open te trekken en hen terug te roepen, om me te verdedigen, om tegen hen te zeggen dat ik niemand heb vermoord.

Maar dat doe ik niet.

Omdat het niet waar is.

Dat heb ik wel.

4

Galway, 1987

Ik was al verloren voor ik geboren werd.

Mijn mama is die dag doodgegaan en dat heeft hij me nooit vergeven.

En het was mijn schuld; ik was te laat en ik draaide ook nog de verkeerde kant op. Ik vind het nog steeds moeilijk om de goede kant te kiezen.

Toen ik klem zat in haar buik en er niet uit wilde, ik weet niet meer waarom, zei de dokter tegen mijn papa dat hij tussen ons moest kiezen, dat hij ons niet allebei kon redden. Papa koos voor haar, maar kreeg niet wat hij wilde. In plaats van haar kreeg hij mij, en daar is hij heel lang verdrietig en boos om geweest.

Mijn broer heeft me het hele verhaal verteld. Steeds maar weer.

Hij is veel ouder dan ik ben, dus hij weet dingen die ik niet weet.

Hij zegt dat ik haar dood heb gemaakt.

Sindsdien doe ik heel erg mijn best om niks meer dood te maken. Ik stap over mieren heen, bij spinnen doe ik net of ik ze niet zie, en als ik met mijn broer ga vissen, gooi ik alle vissen uit het net terug in zee. Hij zegt dat onze papa een aardige man was voor ik zijn hart brak.

Ik hoor ze, ze zijn samen in de schuur.

Ik weet dat ik daar niet mag komen, maar ik wil weten wat ze aan het doen zijn.

Ze doen van alles zonder mij. Soms bespied ik ze.

Dan ga ik op de oude boomstronk staan die we als houthakblok gebruiken en kijk ik door het gaatje in de muur naar binnen. Mijn rechteroog ziet eerst de kip, de witte, die we Diana noemen. In Engeland woont een prinses die zo heet, we hebben de kip naar haar vernoemd. Papa's grote hand zit om haar nek geklemd, en haar poten zijn met een eindje zwart touw bij elkaar gebonden. Hij keert haar om, en ze blijft heel stil ondersteboven hangen. Alleen haar zwarte kraaloogjes bewegen, ze lijken mijn kant op te kijken. Ik denk dat de kip weet dat ik naar iets kijk wat ik eigenlijk niet mag zien.

Mijn broer heeft een bijl vast.

Hij huilt.

Ik heb hem nog nooit zien huilen. Wel gehoord, door de muur van mijn slaapkamer heen, als papa zijn broekriem gebruikt, maar dit is de eerste keer dat ik zijn tranen zie. Zijn vijftienjarige gezicht is vlekkerig rood en zijn handen trillen.

De eerste bijlslag klaart de klus niet in één keer.

De kip slaat met haar vleugels en gaat als een *banshee* tekeer terwijl het bloed uit haar nek spuit. Papa geeft mijn broer een draai om de oren en laat het hem nog een keer doen. Het gekrijs van de kip en het gehuil van mijn grote broer versmelten tot één geluid. Hij zwaait de bijl omlaag en slaat mis. Papa geeft hem weer een klap, maar nu zo hard dat mijn broer voorover op zijn knieën valt. Het kippenbloed spettert over hun goor-witte T-shirts. Mijn broer haalt nog een keer uit en deze keer valt de kop van de kip op de grond, maar ze blijft met haar vleugels slaan. Rode veren, die eerst wit waren.

Als papa weg is, glip ik de schuur in en ga naast mijn broer op de grond zitten. Hij huilt nog steeds. Ik weet niet wat ik moet zeggen, dus ik pak zijn hand. Ik kijk naar het figuur dat ontstaat als onze vingers zich in elkaar vouwen, als puzzelstukjes die eigenlijk niet passen, maar toch wel: mijn handen klein en roze en zacht, zijn handen groot en ruw en vies.

'Wat wil je?' Hij trekt zich los en haalt zijn hand over zijn gezicht, waardoor er een veeg bloed op zijn wang achterblijft.

Ik wil alleen maar bij hem zijn, maar hij wil dat ik antwoord geef, dus verzin ik maar iets. Ik weet meteen dat het niet het goede antwoord is.

'Ik dacht dat je misschien met me naar de winkels wilde gaan, zodat ik je nog een keer de rode schoenen kan laten zien die ik graag voor mijn verjaardag wil hebben.' Volgende week word ik zes en papa heeft gezegd dat ik dit jaar, als ik braaf was, een cadeautje zou krijgen. Ik ben niet stout geweest, en dat is hetzelfde, denk ik.

Mijn broer lacht. Het is niet zijn echte lach, maar een onaardig lachje. 'Snap je het nou nog niet? We hebben geen geld voor rode schoenen, we hebben nauwelijks geld om eten te kopen!' Hij grijpt mijn schouders beet en schudt me een beetje door elkaar, net zoals papa bij hem doet als hij boos op hem is. 'Mensen zoals wij dragen geen rode schoenen. Mensen zoals wij worden geboren als uitvaagsel en sterven als uitvaagsel. En nu opduvelen jij, laat me met rust!'

Ik weet niet wat ik moet doen. Ik voel me raar en mijn mond weet niet meer hoe hij moet praten.

Mijn broer is nog nooit zo tegen me uitgevallen. Ik voel tranen prikken, maar ik dring ze terug. Ik probeer mijn hand weer in die van hem te schuiven. Hij hoeft hem alleen maar vast te pakken, maar hij geeft me zo'n harde duw dat ik achterovertuimel, met mijn hoofd tegen het hakblok. Mijn lange zwarte krullen slierten door het plakkerige kippenbloed.

'Duvel op, zei ik, anders hak ik die kop van jou er ook nog af,' schreeuwt hij terwijl hij de bijl boven zijn hoofd heft.

Ik ren weg, zo hard ik kan.

5

Londen, 2017

Ik ren van de parkeerplaats naar het hoofdgebouw van het studiocomplex. Ik kom nooit te laat, maar het onaangekondigde politiebezoek van vanmorgen heeft me op meer dan één manier uit mijn evenwicht gebracht.

Mijn man is verdwenen, evenals tienduizend pond van mijn bankrekening.

Het lukt me niet de puzzel af te maken, want hoe ik de stukjes ook in elkaar leg, er ontbreken er nog te veel om het hele plaatje te kunnen zien. Ik moet het nog even vol zien te houden. Het filmen zit er bijna op, we hoeven nog maar drie scènes te draaien. Ik stop mijn persoonlijke beslommeringen diep weg en haast me door de gangen naar mijn kleedkamer. Als ik, nog steeds niet helemaal hier met mijn hoofd, de laatste hoek omga, bots ik bijna tegen mijn tegenspeler Jack op.

'Waar bleef je toch? Iedereen zoekt je,' zegt hij.

Ik blik omlaag, naar zijn hand die de mouw van mijn jasje heeft vastgegrepen. Hij laat hem los. Zijn donkere ogen kijken dwars door me heen. Was dat maar niet zo, want daarmee maakt hij het me praktisch onmogelijk om te liegen. En ik kan niet altijd eerlijk zijn, daarvoor vertrouw ik anderen simpelweg niet genoeg. Maar soms, als je zo lang met iemand samenwerkt, als je zo close met elkaar bent, is het bijna niet te voorkomen dat er een stukje van je echte zelf naar buiten glipt.

Jack Anderson is knap en dat weet hij. Hij heeft een klein fortuin bij elkaar gespeeld met zijn looks, waar in tegenstelling tot zijn nogal wisselende acteerprestaties helemaal niets op af te dingen is. Zijn standaardoutfit, kakibroek en strak overhemd, zijn van een snit die zijn musculatuur strelen en accentueren. Hij draagt zijn glimlach als een trofee en zijn stoppelbaardje als een masker. Hij is iets ouder dan ik, maar het grijs in zijn bruine haar lijkt hem alleen maar aantrekkelijker te maken.

Ik ben me ervan bewust dat er een klik is tussen ons. En ik ben me ervan bewust dat hij zich er ook van bewust is.

'Sorry,' zeg ik.

'Zeg dat maar tegen de crew, niet tegen mij. Je bent dan wel mooi, maar dat betekent nog niet dat iedereen bereid is om op je te blijven wachten.'

'Dat moet je niet zeggen.' Ik kijk om.

'Wat niet, dat je mooi bent? Waarom niet? Je bént mooi. Jij bent de enige die het niet kan zien, en dat maakt je nog betoverender.' Hij doet een stap naar voren. Te dichtbij. Ik doe een klein stapje naar achteren.

'Ben is gisteravond niet thuisgekomen,' fluister ik.

'Nou en?'

Ik frons, en zijn gelaatstrekken herschikken zich tot ze de verontrusting tonen die de meeste mensen voor dergelijke omstandigheden reserveren. Met zachtere stem vervolgt hij: 'Weet hij het, van ons?'

Ik staar hem aan, hij is opeens zo ernstig. Dan verschijnt er een heel netwerk van rimpeltjes rond zijn ondeugende ogen en begint hij te lachen. 'Er zit trouwens een journalist op je te wachten in je kleedkamer.'

'Wat?' Hij had net zo goed moordenaar kunnen zeggen.

'Blijkbaar heeft je agent een interview geregeld. En blijkbaar willen al die verslaggevers alleen maar met jou praten, niet met mij. Niet dat ik jaloers ben, hoor.'

'Ik wist niet dat...'

'Al goed. Maak je geen zorgen, dat deukje in mijn ego is er zo weer uit. Ze zit er al twintig minuten. Ik wil niet dat ze een lullig stukje over de film gaat schrijven omdat jij niet weet hoe je je wekker moet instellen, dus een beetje *tout suite*, graag.' Hij strooit vaker met Franse woorden, ik heb nooit begrepen waarom. Hij is niet Frans.

Zonder nog iets te zeggen, in wat voor taal dan ook, loopt hij door. Ik vraag me af wat ik zo aantrekkelijk aan hem vind. Ik denk weleens dat ik alleen maar dingen wil hebben die ik niet kan krijgen.

Ik weet helemaal niets van een interview af, en als het me was gevraagd, zou ik hebben geweigerd, zeker vandaag. Ik haat interviews. Ik haat journalisten. Ze zijn allemaal hetzelfde: ze proberen je geheimen te ontfutselen en gaan ermee aan de haal. Mijn man incluis. Ben werkt achter de schermen als producer op de nieuwsredactie van de christelijke televisiezender TBN. Ik weet dat hij voor we elkaar kenden verslag heeft gedaan vanuit oorlogsgebieden. In artikelen op internet wordt zijn naam weleens genoemd door correspondenten met wie hij heeft gewerkt. Ik heb geen flauw idee waar hij nu aan werkt, ik heb de indruk dat hij er liever niet over praat.

Aanvankelijk vond ik hem romantisch en charmant. Zijn Ierse accent herinnerde me aan mijn jeugd en creëerde een vertrouwdheid waar ik in weg wilde kruipen, waarin ik wilde schuilen. Telkens wanneer ik denk dat het echt afgelopen is tussen ons, denk ik terug aan ons begin. We trouwden te snel en de liefde kwam te langzaam, maar een tijdlang waren we gelukkig. Ik dacht dat we hetzelfde wilden. Soms vraag ik me af of de verschrikkingen waarvan hij als oorlogscorrespondent getuige is geweest hem veranderd hebben. Ben is zo anders dan het journaille dat ik in verband met mijn werk ontmoet.

Ik ken intussen heel wat van de verslaggevers die in de

showbizz- en entertainmentwereld rondlopen. Promotie-evenementen, premières, feesten; je ziet altijd weer dezelfde gezichten. Misschien is dit wel iemand die ik mag, iemand die me al een keer vriendelijk heeft gerecenseerd, iemand die ik al eens heb gesproken. Dan is het niet zo erg. Maar als het iemand is die ik niet ken, gaan mijn handen trillen, begin ik te zweten, worden mijn knieën slap, en als mijn onbekende tegenstander mijn panische angst opmerkt, krijg ik geen fatsoenlijke zin meer uit mijn mond. Als mijn agent ook maar een greintje besef had van wat dit met me doet, zou hij dit soort dingen niet meer organiseren. Je kunt het vergelijken met een ouder die een kind met watervrees in het diepe gooit, ervan uitgaande dat het kind vanzelf wel zal gaan zwemmen en niet kopje-onder zal gaan. Ik weet dat er een dag komt dat ik zal verdrinken.

Ik stuur mijn agent een tekstberichtje, want het is niets voor Tony om zoiets te regelen zonder me ervan op de hoogte te stellen. Andere actrices schreeuwen moord en brand als iets niet gaat zoals ze willen, dat heb ik vaak genoeg meegemaakt. Maar zo ben ik niet, en zo hoop ik ook nooit te worden. Ik besef wat een bofkont ik ben. Zeker duizend mensen zouden dolgraag in mijn schoenen staan en verdienen die schoenen meer dan ik. Ik ben relatief nieuw in deze wereld, ik heb te veel te verliezen. Ik kan niet weer opnieuw beginnen, deze keer niet. Ik heb er te hard en te lang voor gewerkt om dit te bereiken.

Ik check mijn telefoon. Nog steeds geen reactie van Tony, maar ik kan die verslaggever niet langer laten wachten. Ik plooi mijn gezicht in mijn tot in de puntjes geperfectioneerde glimlach voor ik de deur open met mijn naambordje erop en zie dat er iemand in mijn stoel zit, alsof het de gewoonste zaak van de wereld is.

Dat is het niet.

'Het spijt me dat ik je zo lang heb laten wachten, leuk om je te zien,' lieg ik terwijl ik mijn hand naar haar uitsteek. Hopelijk trilt hij niet.

Jennifer Jones kijkt glimlachend naar me op, alsof we oude vriendinnen zijn. Dat zijn we niet. Ik heb een bloedhekel aan haar. Ze heeft heel vals over me geschreven, vraag me niet waarom. Zij is de bitch die me beschreef als 'mollig maar mooi' toen mijn eerste film vorig jaar uitkwam. Ik noem haar Aasgier, maar alleen voor mezelf, in gedachten. Alles aan haar is vals, vooral haar brein. Ze springt op, hipt als een mus aan de speed om me heen en grijpt met haar koude, klauwachtige vingers mijn hand vast, die ze overenthousiast begint te schudden. Volgens mij had ze de laatste keer dat we elkaar spraken niet één beeld van de film waarover ze me zou interviewen gezien. Zij is zo'n journalist die meent dat ze, omdat ze sterren interviewt, zelf ook een ster is. Dat is ze niet.

Aasgier is van middelbare leeftijd en kleedt zich als de dochter die ze had kunnen hebben als ze bereid was geweest haar carrière daarvoor te onderbreken. Haar goedverzorgde bruine haar draagt ze in een coupe die een decennium geleden bijna hip was. Haar wangen zijn veel te roze en haar gebit is onnatuurlijk wit. Ze is iemand wiens verhaal al geschreven is, en ze zal haar eigen einde nooit kunnen veranderen, hoe graag ze dat ook wil. Op internet heb ik gelezen dat ze actrice had willen worden. Misschien is dat de reden dat ze me zo haat. Ik zie haar kleine mond trekken en sputteren terwijl ze me haar lof toekwettert, maar in gedachten ben ik al een stap verder, bij de verbale granaten die straks gaan komen.

'Mijn agent heeft niets gezegd over een interview...'

'O jee. Nou ja, als je het liever niet doet? Het is voor de website van TBN, geen camera's erbij, alleen ik maar. Dus je hoeft je geen zorgen te maken over je haar of je uiterlijk...'

Bitch.

Ze knipoogt naar me en dat ziet eruit alsof ze een TIA heeft.

'Ik wil wel een andere keer terugkomen, als...'

Ik plooi mijn mond weer in een glimlach en ga tegenover haar zitten. Om het trillen te stoppen vouw ik mijn handen in elkaar op mijn schoot. Als mijn agent het geen goed idee had gevonden, was hij vast niet akkoord gegaan. 'Ik ben zover,' zeg ik. Het voelt alsof mijn laatste uur heeft geslagen.

Ze diept een ouderwets schrijfblok op uit een rugtas waarvan je zou zweren dat ze hem bij een kind op straat van de rug heeft getrokken. Apart, want de meeste journalisten die ik spreek nemen een interview gewoon op, met hun telefoon. Haar werkwijze stamt uit het verleden, net als haar kapsel.

'Je begon met acteren toen je een beurs kreeg voor de toneelschool, op je achttiende, klopt dat?'

Nee, veel eerder, ik was nog veel jonger.

'Ja, dat klopt.' Ik herinner mezelf eraan dat ik moet blijven glimlachen. Soms vergeet ik dat.

'Je ouders waren vast heel trots.'

Ik beantwoord geen persoonlijke vragen over mijn familie, dus ik knik alleen maar.

'Wilde je altijd al actrice worden?'

Dat is een gemakkelijke vraag. Ik krijg hem heel vaak, en het antwoord lijkt het altijd goed te doen.

'Ik geloof het wel, maar als kind was ik extreem verlegen...'

Nog steeds.

'Ik was vijftien toen we als schooltoneelstuk *The Wizard of Oz* zouden gaan opvoeren, maar ik durfde niet eens naar de auditie te gaan. De dramadocent hing na afloop een lijst op het informatiebord, waarop stond wie welke rol toebedeeld had gekregen. Ik ging niet eens kijken. Tot iemand me vertelde dat ik de rol van Dorothy had gekregen. Ik dacht dat het een grap was, maar toen ik toch maar ging kijken zag ik mijn naam staan, helemaal boven aan de lijst. *Dorothy: Aimee Sinclair*. Het leek me een vergissing, maar de dramadocent zei dat het klopte. Hij zei dat hij in me geloofde omdat hij wist dat ik dat zelf niet kon. Er had nog nooit iemand in me geloofd. Ik leerde mijn tekst en oefende de liedjes en ik deed heel erg mijn best, niet voor mezelf maar voor hem, want ik wilde hem niet teleurstellen. Tot mijn verbazing was iedereen enthousiast over me, en ik vond het geweldig om op het toneel te staan. Vanaf dat moment heb ik nooit meer iets anders gewild.'

Ze glimlacht en houdt op met schrijven. 'Je hebt de afgelopen jaren veel verschillende rollen gespeeld.'

Ik wacht op de vraag, maar besef dat er geen vraag komt. 'Ja, inderdaad.'

'Hoe was dat?'

'Voor een acteur is het een interessante uitdaging om uiteenlopende personages te spelen en verschillende karakters neer te zetten. Daar geniet ik van, het is een waar genot.'

Een waar genot. Waar haal ik dat nou weer vandaan?

'Je vindt het dus leuk om te doen alsof je iemand anders bent.'

Mijn antwoord blijft even uit, ik ben nog steeds ontdaan van mijn rare woordkeuze van daarnet. 'Zo zou je het kunnen zeggen, ja. Maar dat geldt voor iedereen van tijd tot tijd, toch?'

'Ik kan me voorstellen dat het best wel lastig kan zijn om te bedenken wie je zelf ook alweer bent, als de camera's niet op je gericht zijn.'

Ik ga op mijn handen zitten omdat ik nerveus zit te friemelen. 'Nee hoor, dat valt erg mee. Het is gewoon mijn werk. Werk dat ik erg leuk vind en waar ik zeer dankbaar voor ben.'

'Dat geloof ik. En dankzij deze nieuwe film rijst je ster nog hoger. Hoe voelde je je toen je die rol kreeg in *Sometimes I Kill*?'

'Geweldig.' Ik realiseer me dat dat niet doorklinkt in mijn stem.

'Je speelt een getrouwde vrouw die naar buiten toe heel aardig is, maar verschrikkelijke dingen heeft gedaan. Was het een uitdaging om je te verplaatsen in iemand die zo... beschadigd is? Was je niet bang dat het publiek zijn sympathie voor je personage zou verliezen zodra duidelijk werd wat ze had gedaan?'

'Het lijkt me dat we niet te veel moeten weggeven.'

'Je hebt gelijk, mijn excuses. Je had het eerder over je man...'

Dat had ik helemaal niet.

'Wat vindt hij van je rol? Is hij voor de zekerheid in de logeerkamer gaan slapen voor het geval dat je je rol niet kunt loslaten?'

Ik lach, hopelijk klinkt het echt. Zouden Ben en Jennifer Jones elkaar soms kennen? Ze werken allebei voor TBN, zij het op heel verschillende afdelingen. Het is een van de grootste mediaconcerns van de wereld en het is eigenlijk nooit bij me opgekomen dat ze elkaars pad gekruist zouden kunnen hebben. Maar ja, Ben weet dat ik een gruwelijke hekel aan haar heb. Als hij haar kende, dan had hij dat vast gezegd.

'Ik beantwoord meestal geen vragen van persoonlijke aard, maar ik denk niet dat mijn man het erg vindt als ik zeg dat hij zich op deze film verheugt.'

'Zo te horen is hij de perfecte partner.'

Dit is het moment dat mijn gezicht me zou kunnen verraden, dus doe ik extra mijn best om te blijven glimlachen. Stel dat ze hem inderdaad kent? Stel dat hij aan haar heeft verteld dat ik wil scheiden? Stel dat ze om die reden hier zit? Stel dat ze tegen me samenspannen? Ik ben paranoïde. Nog even volhouden. Gewoon glimlachen en knikken. *Glimlachen en knikken.*

'Je bent dus niet zo'n vrouw als de hoofdpersoon van *Sometimes I Kill*?' vraagt ze, terwijl ze een te sterk geëpileerde wenkbrauw optrekt en me over haar schrijfblok heen aankijkt.

'Ik? O nee, ik sla nog geen spin dood.'

Haar glimlach oogt alsof hij haar gezicht in tweeën zal splijten. ‘Het personage dat je speelt heeft nogal de neiging voor de waarheid weg te lopen. Kon je dat goed begrijpen?’

Ja. Ik heb nooit anders gedaan dan weglopen.

Ik word gered door een klop op de deur. Ze hebben me nodig op de set.

‘Het spijt me, ik geloof dat ik door mijn tijd heen ben, maar het was erg leuk je te zien,’ lieg ik. Terwijl zij haar spullen inpakt en opstapt, voel ik mijn telefoon trillen. Zodra ik alleen ben, haal ik hem tevoorschijn en lees ik het binnengekomen berichtje. Het is van Tony.

Ik moet je spreken. Bel me zodra je een minuutje hebt. En nee, ik heb geen interviews geregeld of goedgekeurd, dus gooi die lui eruit. Spreek met geen enkele journalist vóór je met mij hebt gesproken, wat ze ook zeggen.

Ik kan wel huilen.

6

Galway, 1987

'Ach nou, wat doen die lelijke tranen op dat mooie snoetje?'

Ik kijk op en zie een vrouw glimlachend op me neerkijken. Ik sta voor de gesloten winkel, waar ik helemaal naartoe ben gerend nadat mijn broer zo tegen me had geschreeuwd. Ik wilde alleen maar naar de rode schoenen gaan kijken die ik misschien wel voor mijn verjaardag zou krijgen dit jaar, maar ze staan niet meer in de etalage. Een ander meisje heeft ze aan, een meisje met een vader en een moeder, en met mooie schoenen.

'Ben je je mama kwijt?' vraagt de vrouw.

Ik begin weer te huilen. Ze haalt een verfrommeld papieren zakdoekje uit de mouw van haar witte gebreide vest, waarmee ik mijn tranen afveeg. Ze is heel mooi. Ze heeft lange donkere krullen, een beetje zoals ik, en grote groene ogen die vergeten te knipperen. Ze is iets ouder dan mijn broer, maar veel jonger dan mijn papa. Haar jurk is bezaaid met roze en witte bloemen, alsof ze een weiland aanheeft, en ze lijkt sprekend op hoe ik me mijn moeder altijd heb voorgesteld. Die ik dood heb gemaakt door de verkeerde kant op te draaien. Ik snuit mijn neus en geef het natte propje papier weer terug.

'Wees nou maar niet verdrietig. Met verdrietig zijn los je niets op. We vinden je mama wel.' Ik weet niet hoe ik tegen haar moet zeggen dat dat niet kan. Ze steekt haar hand naar me uit en ik zie dat haar nagels even rood zijn als de schoenen die ik zo graag wil hebben. Ze wacht tot ik hem vastpak, en als ik dat niet doe, zakt ze door haar knieën tot haar gezicht op dezelfde hoogte is als dat van mij.

'Ik snap het wel: je hebt vast geleerd dat je niet met vreemden mag praten en dat er slechte mensen op de wereld zijn. En dat is maar goed ook, want dat is waar. Maar dat is ook precies waarom ik je hier niet kan achterlaten. Het is best al laat, de winkels zijn dicht, er zijn weinig mensen op straat, en als er iets met je zou gebeuren, nou, dan zou ik het mezelf nooit vergeven. Ik heet Maggie, hoe heet jij?'

'Ciara.'

'Hallo, Ciara. Leuk om kennis met je te maken.' Ze schudt me de hand. 'Zo, nu zijn we geen vreemden meer voor elkaar.' Ik glimlach. Ze is grappig en ik vind haar aardig. 'Waarom ga je niet met me mee? Als we je mama niet vinden, bellen we de politie, die kan je dan wel naar huis brengen. Vind je dat een goed plannetje?' Ik denk even na. Het is heel erg lang lopen naar huis en het wordt al donker. Ik pak de hand van de aardige mevrouw en loop met haar mee, ook al weet ik dat ons huis de andere kant op is.

7

Londen, 2017

Jacks ogen boren zich in de mijne als hij mijn hand vastpakt. We zitten tegenover elkaar aan een tafeltje in het restaurant van een hotel. Ik heb het gevoel dat iedereen om ons heen naar ons kijkt. Het is onmogelijk om geen relatie te krijgen als je maandenlang met elkaar op de filmset staat. Ik weet dat hij van dit moment geniet, zijn aanraking voelt veel intiemer dan zou moeten. Ik ben doodsbenauwd voor wat er gaat gebeuren, maar daar is het nu te laat voor, het is voor ons beiden te laat om te veinzen dat er niets gaat gebeuren. Ik zie dat er mensen naar ons staren, mensen die weten wie we zijn, en ik denk dat hij mijn onrust bespeurt, want hij geeft een kneepje in mijn hand om me gerust te stellen. Maar dat is niet nodig. Als ik eenmaal iets besloten heb, laat ik me door niemand meer van mijn plan afbrengen. Ook niet door mezelf.

Hij rekent contant af, staat op en loopt zonder iets te zeggen naar de deur. Ik dep mijn mond met het servet dat op mijn schoot ligt, ook al heb ik bijna niets gegeten. Een fractie van een seconde denk ik aan Ben, maar daar heb ik onmiddellijk spijt van, want eenmaal in mijn hoofd is die gedachte lastig weg te krijgen. Ik kan me niet herinneren wanneer Ben me voor het laatst heeft getrakteerd op een romantisch etentje of me het gevoel heeft gegeven dat ik aantrekkelijk was. Maar ja, het heden is altijd onovertroffen; het haalt zijn neus op voor het verleden en wendt zijn hoofd af van de verleidingen van de toekomst. Ik laat me niet weerhouden door mijn angst en loop achter Jack aan. Ondanks mijn aarzeling wist ik dat ik dat zou doen als het moment daar was.

Ik zie hem de hotellift in stappen. De deuren schuiven langzaam dicht, maar ik trek geen sprintje, dat is niet nodig. De metalen kaken schuiven precies op tijd weer open om me met huid en haar op te slokken. We zeggen geen woord in de lift, we staan zwijgend naast elkaar. De menselijke soort heeft in zijn evolutieproces geleerd zijn begeerte te verbergen, alsof niemand ervan mag weten, terwijl we er juist voor zijn gemaakt om anderen aantrekkelijk te vinden. Maar toch, dit heb ik nog nooit gedaan.

Ik ben me bewust van de andere mensen in de lift, van ogen die op me rusten. Bij elke verdieping die we passeren, voel ik mijn angst voor wat er komen gaat toenemen. Ik heb altijd geweten dat het ervan zou komen, vanaf onze eerste ontmoeting. Ik hoor mijn hartslag in mijn oren, mijn ademhaling is te snel. Hij heeft vast door hoe bang ik ben voor wat er te gebeuren staat. Als we uitstappen op de achtste verdieping, voel ik zijn hand langs de mijne strijken. Toeval, denk ik. Hij zou mijn hand kunnen pakken, maar dat doet hij niet. Hij is hier niet om romantisch te gaan doen. Daar heeft dit niets mee te maken, en dat weten we.

Hij steekt zijn keycard in de deur. Even denk ik dat hij niet opengaat. Hoop ik dat hij niet opengaat, dat er iets gebeurt waardoor ik tijd win. Ik wil dit helemaal niet, maar waarom doe ik het dan? Het lijkt wel alsof ik mijn hele leven dingen doe die ik niet wil.

Zodra we in de kamer zijn, trekt hij zijn jasje uit en gooit het op bed, alsof hij kwaad op me is, alsof ik iets verkeerd heb gedaan. Zijn knappe gezicht draait zich in mijn richting, maar zijn gelaatstrekken drukken een mengeling van haat en walging uit. Het is alsof ze weerspiegelen hoe ik over mezelf denk, op dit moment, in deze kamer.

'Het lijkt me dat we wel even moet praten, hè? Ik ben getrouwd.' Die laatste drie woorden voelen als een beschuldiging.

'Dat weet ik,' fluister ik.

Hij komt een stap dichterbij. 'En ik hou van mijn vrouw.'

'Dat weet ik.' Het is me niet om zijn liefde te doen, die mag ze houden. Ik kijk weg, maar hij neemt mijn gezicht in zijn handen en kust me. Ik sta doodstil, alsof ik niet weet wat ik moet doen, en even bekruipt me zelfs de twijfel of ik nog wel weet hóé het moet. Eerst is hij heel voorzichtig, behoedzaam, alsof hij bang is dat ik breek. Ik sluit mijn ogen – het gaat gemakkelijker met gesloten ogen – en kus hem terug. Maar hij schakelt eerder naar een hogere versnelling dan ik had verwacht. Zijn handen glijden omlaag, van mijn wangen naar mijn hals naar de jurk die mijn borsten bedekt. Zijn vingertoppen volgen de contouren van mijn beha onder het dunne katoen. Opeens doet hij een stap naar achteren.

'Fuck. Waar ben ik mee bezig?'

Ik probeer te bedenken hoe ik ook alweer moet ademen.

'Ik weet het, sorry,' zeg ik alsof het mijn schuld is.

'Het is alsof je in mijn hoofd bent gekropen.'

'Sorry,' zeg ik weer. 'Ik denk de hele tijd aan je. Ik weet het, dat moet ik niet doen, en ik zweer je dat ik het echt heb geprobeerd, maar ik kan het niet helpen...' Mijn ogen vullen zich met tranen. Hij is minstens tien jaar ouder dan ik, ik voel me een onervaren meisje.

'Stil maar. Dit, wat het ook is, is niet alleen jouw schuld. Ik denk ook aan jou.'

Ik stop met huilen, alsof dat laatste zinnetje alles anders maakt. Met zijn vingers onder mijn kin kantelt hij mijn hoofd zachtjes naar achteren, zodat ik hem aankijk. Ik peil zijn gezicht om te zien of hij het echt meent. Dan strek ik mijn hals en kus ik hem, terwijl mijn ogen hem stilzwijgend uitnodigen, en deze keer is er geen aarzeling. Deze keer wordt alles buiten dit moment even begraven en vergeten.

Jacks handen glijden langs mijn jurk, zijn deskundige vingers pellen hem af en leggen het zwarte kant van mijn beha bloot. Hij tilt me op het bureau en maait de roomservicekaart en de hoteltelefoon van het blad. Voor ik het goed en wel doorheb ligt hij boven op me, pint hij me vast, duwt hij zijn lichaam tussen mijn benen.

'En *cut*,' zegt de regisseur. 'Bedankt mensen, dat staat erop.'

8

Galway, 1987

Maggie hield me de hele weg bij de hand, tot we bij het huisje aan zee kwamen. Ze had mijn hand zo stevig vast dat het af en toe een beetje pijn deed. Ik denk dat ze bang was dat ik weg zou rennen en dat ik dan door een slecht iemand gevonden zou worden, want dat had ze gezegd. Ik rende wel, maar dat was alleen maar om haar bij te kunnen houden. Ze liep zo snel dat ik er moe van ben. Ze keek de hele tijd om zich heen, alsof ze ergens bang voor was, maar toen we de winkelstraat uit waren hebben we niemand meer gezien, geen goede en geen slechte mensen.

Het huisje is heel mooi, net als Maggie. De stenen zijn wit en de deur is felblauw, heel anders dan het huis waar ik woon. Ze heeft niet veel spullen, en als ik vraag waarom niet, zegt ze dat dit een vakantiehuisje is. Ik ben nog nooit op vakantie geweest, dus dat had ik niet kunnen weten. Ze is nu kleren in een koffer aan het stoppen, en net als ik bedenk dat ze de politie zo wel zal gaan bellen, vraagt ze of ik thee wil met iets lekkers erbij, en dat wil ik wel. Ik heb haar onderweg verteld dat mijn broer zei dat we geen geld hebben om eten te kopen, dus nu denkt ze vast dat ik honger heb.

'Lust je een plakje gembercake?' vraagt ze vanuit het keukentje. Ik zit in de grootste leunstoel die ik ooit heb gezien. Om erin te komen moest ik hem eerst beklimmen, als een soort kussenberg.

'Ja,' antwoord ik helemaal blij, want ik zit in een lekkere stoel en ga zo met een aardige mevrouw cake eten.

Ze verschijnt in de deuropening. De glimlach op haar gezicht is weg.

'Ja wat?'

Eerst weet ik niet wat ze bedoelt, maar dan gaat me een licht op. 'Ja, alstublieft?' Haar glimlach keert terug, gelukkig maar.

Ze zet de plak cake voor me neer, en een glas melk, waarna ze de televisie voor me aanzet en naar de andere kamer gaat om te telefoneren. Dat maakt me weer droevig, want ik dacht dat ze de politie vergeten was. Ik vind het best leuk hier, ik wil nog even blijven. Ik kan niet horen wat ze zegt, er is een kinderprogramma op tv en ze heeft het geluid heel hard gezet. Als ik de cake opheb, lik ik mijn vingers af en drink mijn melk op. Hij smaakt een beetje naar krijt, maar ik heb zo'n dorst dat ik het hele glas toch maar leegdrink.

Als ze weer binnenkomt voel ik me een beetje slaperig.

'Ik heb je papa gesproken en ik ben bang dat het waar is wat je broer je heeft verteld: je vader zei ook dat er eigenlijk geen eten meer voor je is. Ik wil niet dat je weer verdrietig wordt, dus heb ik tegen je papa gezegd dat je best nog een paar dagen bij mij mag blijven en dat ik je naar huis zal brengen als hij alles weer op orde heeft. Klinkt dat niet fantastisch?'

Ik denk aan de tv, en de cake, en de lekkere stoel. Ik denk dat het fijn is om nog even hier te blijven, hoewel ik mijn broer heel erg zal missen en mijn papa een beetje.

'Ja,' zeg ik.

'Ja wat?'

'Ja... graag... dank u wel.'

Pas als ze de kamer weer uit gaat vraag ik me af hoe ze mijn papa gesproken kan hebben terwijl we niet eens een telefoon hebben.

9

Londen, 2017

Ik check voor de zoveelste keer mijn telefoon voor ik uit de auto stap. Ik heb al driemaal geprobeerd mijn agent te bereiken, maar ik krijg telkens zijn voicemail. Ik heb zelfs zijn kantoor gebeld, maar hij was niet beschikbaar, zei Tony's secretaresse op zo'n toon waaraan je hoort dat de ander iets weet wat jij niet weet. Maar misschien ben ik gewoon paranoïde. Met alles wat er aan de hand is acht ik dat niet onmogelijk. Ik zal het morgen nog een keer proberen.

Terwijl ik over het tuinpad naar het in duisternis gehulde huis loop, moet ik de hele tijd denken aan Jack, en aan de manier waarop hij me kuste op de set. Het voelde zo... echt. De gedachte aan hem ligt als een deken om mijn schouders, veilig en warm. Zoals altijd is de mantel van de verbeelding betrouwbaarder dan de mantel van de kille werkelijkheid. Maar begeerte is slechts een tijdelijke oplossing voor eenzaamheid. Ik doe de voordeur achter me dicht en laat mijn verlangen achter op straat, in het donker. Ik maak licht, maar het licht van het echte leven is me een beetje te fel, het laat me meer zien dan ik wil. Het is te stil in het huis, dat als een lege huls voelt.

Mijn man is nog steeds weg.

Onmiddellijk verdwijnt het heden en herbeleef ik het moment waarop zijn jaloezie het hoogtepunt en mijn geduld het absolute nulpunt bereikten en ons huwelijk in een storm belandde van de meest verwoestende categorie.

Ik herinner me wat hij met me heeft gedaan. Ik herinner me alles van die avond.

Het voelt vreemd als weggestopte herinneringen zonder waarschuwing zomaar ineens naar boven komen. Alsof je van een grote hoogte wordt gedropt en alle lucht uit je longen wordt gezogen. Het is een gevoel van in een peilloze diepte storten terwijl je tegelijkertijd weet dat er een onontkoombare harde val gaat komen.

Het voelt kouder in huis dan zonet.

De stilte lijkt luider te zijn geworden. Ik kijk om me heen, mijn ogen zoeken panisch de lege kamer af.

Ik heb het gevoel dat iemand me observeert.

Het gevoel hebben dat je bespied wordt is niet uit te leggen. Het voelt heel realistisch. Eerst sta ik als aan de grond genageld terwijl ik tevergeefs probeer mezelf ervan te overtuigen dat het mijn verbeelding is. Vervolgens jaagt de adrenaline mijn vlucht-of-vechtrespons aan en ren ik het hele huis door om alle gordijnen en jaloezieën te sluiten. Schilden van stof. Beter beschut dan bespied.

Het is een paar jaar geleden dat de stalker mijn leven binnenkwam, niet lang nadat ik Ben had leren kennen. Het begon met e-mails, en daarna zag ik haar een paar maal bij ons oude huis, waar ze handgeschreven kaarten in de brievenbus gooide op momenten dat ze dacht dat er niemand thuis was. Toen ik in L.A. was, is er ingebroken, en Ben wist zeker dat zij het was geweest. Dat was een van de belangrijkste redenen dat ik ermee instemde om hierheen te verhuizen, naar een huis dat ik, behalve op het internet, niet eens had gezien. Ben regelde alles en zorgde ervoor dat we van haar af kwamen. Maar stel dat ze me heeft gevonden? Dat ze ons heeft gevonden?

De stalker schreef altijd hetzelfde op haar kaarten.

Ik weet wie je bent.

Ik deed altijd alsof ik niet snapte wat ze daarmee bedoelde.

Ik weet het allemaal niet meer. Ik weet niet wat ik moet doen, hoe ik me moet voelen, hoe ik me moet voordoen.

Moet ik de politie nog een keer bellen? Vragen hoe het ermee staat, vertellen wat ik vorige keer niet heb verteld, of moet ik gewoon hier blijven en afwachten? Het valt nooit echt te voorspellen hoe je je zult gedragen als het leven niet in een rechte lijn verloopt. Daar kom je pas achter als het je overkomt. Mensen zijn tot veel verrassende dingen in staat. Ik probeer zo goed mogelijk met de situatie om te gaan en anderen niet nog meer teleur te stellen dan ik al heb gedaan. Ik weet dat ik iets mis, buiten mijn man, maar ik weet niet wat. Wat ik wel weet is dat ik de enige persoon ben die me hierdoorheen kan slepen. Ik heb niemand meer die mijn hand vasthoudt. Die gedachte klikt een herinnering aan en mijn brein spoelt terug naar het kleine meisje van vroeger, naar toen er altijd iemand was die mijn hand kon vasthouden.

Er is iets heel ergs gebeurd toen ik klein was.

Ik heb er nog nooit met iemand over gesproken; sommige geheimen kun je maar beter niet delen. Daarna werd ik van de ene kinderarts naar de andere gesleept, maar allemaal zeiden ze dat ik aan iets leed wat ze *transient global amnesia* noemen. Ze legden uit dat mijn hersenen bepaalde herinneringen hadden verdrongen omdat ze te stressvol of ontregelend waren, en dat ik ze waarschijnlijk nooit meer terug zou kunnen halen. Ik was nog maar een kind en nam hun diagnose niet al te serieus. Ik wist dat ik alleen maar had gedaan alsof ik me het gebeurde niet herinnerde. Ik heb er de laatste jaren zelden aan gedacht. Tot vandaag.

Ik denk dat ik het me vast wel herinnerd zou hebben als ík onze bankrekening geplunderd en opgeheven zou hebben. Ik denk zoveel. Het probleem is dat ik niets zeker weet.

Ik blijf maar aan die stalker denken.

Ik blijf maar denken aan de eerste keer dat ik haar met mijn eigen ogen zag, ze stond voor ons oude huis. Ik hoorde de klep van de brievenbus en dacht dat het de postbode was. Niet dus. Op de deurmat lag, met de afbeelding naar beneden, een eenzame, ouderwets ogende prentbriefkaart. Er zat geen postzegel op. Hij was persoonlijk bezorgd. Ik herinner me dat ik hem opraapte, dat mijn handen trilden toen ik het bekende kriebelige zwarte handschrift zag.

Ik weet wie je bent.

Ik deed de deur open en daar stond ze, aan de overkant van de straat, en ze zag mij ook. Ik moest er bijna van kotsen. Ik had haar nog nooit gezien. Ben wel, maar voor mij was ze tot dat moment niet veel meer dan een spookbeeld geweest. Een spook waarin ik niet geloofde. De e-mails die ik had ontvangen, en daarna de kaarten, hadden me niet echt bang gemaakt. Maar toen ik haar in levenden lijve zag schrok ik me wezenloos, want ik meende iets bekends aan haar te zien. Ze stond een stuk van me af en haar gezicht was grotendeels onzichtbaar vanwege haar sjaal en zonnebril, maar ze was gekleed zoals ik me kleed, en mijn eerste gedachte was dat zíj het was. Maar dat was niet zo. Dat kan niet.

Ze rende weg toen ze me zag. Ben was vroeg thuis, en toen hebben we de politie gebeld.

Ik zou me veel ongeruster over mijn man moeten voelen.

Wat mankeert me? Ben ik gek aan het worden?

Het voelt of er opnieuw iets heel ergs gebeurt, iets wat nog veel erger is dan dat van toen.

10

Galway, 1987

Als ik wakker word, voel ik me verward. Ik weet niet waar ik ben.

Het is donker en koud. Ik heb buikpijn en ik ben een beetje misselijk, het voelt net als wanneer ik met mijn broer meega, met papa's visbootje. Ik strek mijn arm uit, mijn vingers tasten naar mijn slaapkamermuur en naar het tafeltje naast mijn bed, gemaakt van aangespoeld hout uit de baai. Maar die zijn er niet. Mijn vingers raken iets kouds, iets metaligs, links en rechts van me. Ik voel paniek opkomen, maar ik ben heel moe, zo moe dat ik bedenk dat het vast een droom is. Ik doe mijn ogen dicht en besluit dat ik pas mag huilen als ik in mezelf tot vijftig heb geteld en dan nog niet weet waar ik ben. Het laatste getal dat ik me herinner is achtenveertig.

Als ik mijn ogen weer opendoe, lig ik op de achterbank van een auto. Niet de auto van mijn papa, dat weet ik zonder dat ik erover hoef na te denken, want we hebben geen auto meer. Papa heeft hem verkocht om de elektriciteitsrekening te betalen toen het licht uitging. De stoelen van deze auto zijn bekleed met rood leer, mijn gezicht en armen zitten eraan vastgekleefd als ik wakker word. Ik trek ze voorzichtig los.

Ik staar naar het achterhoofd van de persoon die achter het stuur zit en dan herinner ik me opeens de aardige mevrouw die Maggie heet. Ik ga overeind zitten en kijk uit het raampje, maar nog steeds weet ik niet waar ik ben.

‘Waar gaan we naartoe?’ Ik wrijf de slaap uit mijn ogen, de zandkorreltjes van Klaas Vaak schuren over mijn wangen.

‘Gewoon een eindje rijden,’ zegt Maggie terwijl ze naar me lacht in het spiegeltje, waarin een rechthoekje van haar gezicht te zien is.

‘Brengt u me naar papa terug?’

‘Je zou nog eventjes bij mij blijven, weet je nog? Je papa heeft op dit moment niet genoeg te eten voor je.’

Ik herinner me dat ze dat zei. Ik was het vergeten omdat ik zo moe ben.

‘Ga nog maar een dutje doen, het is niet ver meer. Ik maak je wel wakker als we er zijn. En dan heb ik een heel leuke verrassing voor je.’

Ik ga weer op het rode leer liggen en doe mijn ogen dicht, maar ik val niet in slaap. Ik ben dol op verrassingen, maar ik ben ook een beetje bang. Maggie lijkt aardig, maar alles wat ik net uit het raampje heb gezien zag er vreemd uit: de huizen, de muren, zelfs de borden langs de weg.

Misschien heb ik het mis, maar ik voel me heel ver van huis.

11

Londen, 2017

Ik denk dat het met een huis een beetje hetzelfde werkt als met kinderen; misschien moet je er zo snel mogelijk een band mee opbouwen om een emotionele hechting te waarborgen. Mijn lange dagen op de set hebben gemaakt dat dit huis weinig meer voor me betekent dan een plek om te slapen. Ik heb de hele avond gezocht naar een foto van de man met wie ik al bijna twee jaar ben getrouwd. Ik had mijn tekst voor morgen moeten leren, maar hoe doe je dat als alles verkeerd voelt? Mijn ongerustheid legt het af tegen alle vragen die ik heb, die onbeantwoord blijven omdat ik ze niet hardop durf te stellen.

Ik staar naar de enige foto van Ben die ik heb kunnen vinden: een ingelijste zwart-witfoto van hem als klein jongetje. Het is een nare foto, ik heb hem altijd doodeng gevonden. De vijfjarige Ben heeft een net pak aan en dat heeft iets bevreemdends bij zo'n klein kind, maar dat is het niet. Wat me het meest van mijn stuk brengt is de angstaanjagende uitdrukking op zijn gezicht, de wijze waarop zijn glimlachende ogen me aankijken en me overal lijken te volgen. Het kind op de foto heeft niet gewoon iets ondeugends of stiekems. Het oogt boosaardig.

Ik heb Ben gevraagd of hij de foto niet in zijn werkkamer kon zetten zodat ik hem niet meer de hele tijd hoefde te zien, en ik herinner me dat hij daarom moest lachen. Niet omdat hij vond dat ik me aanstelde, maar alsof de foto deel uitmaakte van een grap waar ik niets vanaf wist. Ik heb er verder nooit meer aan gedacht, maar nu ik de foto weer zie maakt hij een heel eigenaardig gevoel bij me los, iets tussen angst en afschuw in. Mijn man en ik hebben beiden geen familie meer, we waren allebei wees toen we elkaar leerden kennen. Hij en ik tegen de rest van de wereld, zeiden we altijd, wat veranderde in hij en ik tegen elkaar. Dat laatste hebben we nooit uitgesproken, dat was iets wat we voelden.

Terwijl ik door het huis dwaal, besef ik hoe belachelijk groot het is voor twee mensen. Er is te weinig leven om al die lege ruimtes te vullen. Ben heeft me heel duidelijk te verstaan gegeven – ná ons trouwen – dat hij geen kinderen wilde. Ik voelde me in de val gelokt en belazerd. Dat had hij eerder moeten zeggen, hij wist wat ik wilde. Ik dacht dat ik hem misschien nog van gedachten kon laten veranderen, maar dat kon ik niet. Ben zei dat hij zich als man van middelbare leeftijd te oud voelde om nog vader te worden. En elke keer dat ik erop terug probeerde te komen, kreeg ik hetzelfde antwoord: 'We hebben elkaar. We hebben niemand of niets anders nodig.'

Het leek wel of we een exclusief clubje vormden met slechts twee leden. Dat beviel hem opperbest, maar mij niet. Ik wilde ontzettend graag een kind met hem, niets wilde ik liever dan dat, maar hij gaf het me niet. Een kans om jezelf te klonen en opnieuw te beginnen, dat wil iedereen toch? Ik wist dat zijn weerstand iets te maken had met zijn verleden en zijn familie, maar daar sprak hij nooit over. Hij zei altijd dat het in bepaalde gevallen beter is het verleden achter je te laten, en dat kon ik wel begrijpen. Ik was ook niet bepaald spraakzaam geweest over mijn verleden. Naarmate we ouder worden, wisselen we de valuta van onze dromen in voor een door aanvaarding gesubsidieerde werkelijkheid.

Ik bedenk dat het toch echt niet zo moeilijk moet zijn om een recentere foto van Ben te vinden, want ik heb fotoalbums vol gekiekt. Op een gegeven moment was ik ermee gestopt;

niet omdat ik geen waarde meer hechtte aan de herinneringen, maar omdat ik dacht dat er nog zoveel zouden komen. Ik weet dat sommige mensen het leuk vinden om elk moment van hun privéleven te delen door foto's op sociale media te zetten, maar daar heb ik nooit van gehouden, en hij ook niet. Dat was ook iets wat we gemeen hadden. Ik heb te hard gevochten om mijn privacy te beschermen om haar zomaar weg te geven.

Ik trek de zoldertrap omlaag en klim naar boven, om naar foto's te zoeken, zeg ik tegen mezelf. Het is de enige plek waar ik nog niet heb gekeken. Bij onze verhuizing had Ben alles geregeld en uitgepakt. Volgens mij moet er nog een doos met oude fotoboeken op zolder staan, plus spullen die ik na de verhuizing niet meer ben tegengekomen beneden: boeken, decoratieve spulletjes voor in huis en allerlei zooi die je in de loop van een leven samen verzamelt.

Ik doe het licht aan en kan mijn ogen niet geloven.

Er staat niets.

Helemaal niets. Van het leven dat ik me herinner lijkt het meeste verdwenen, er is bijna niets van ons samen over. Ik snap er niets van. Het lijkt wel of we hier niet echt wonen.

Bij het licht van een aarzelende gloeilamp speuren mijn ogen de vloerplanken en spinnenwebben af. Dan zie ik iets: een oude schoenendoos, aan de andere kant van de zolder.

Het dak is laag. Ik kruip er op handen en knieën naartoe, terwijl ik mijn gezicht probeer af te schermen tegen het stof en de spinnen. Het is koud hierboven, en mijn handen trillen als ik het deksel van de doos til. Als ik zie wat erin zit, draait mijn maag zich om.

Met de schoenendoos stevig onder mijn arm daal ik de zoldertrap weer af. Ik voel iets wat ik het best kan omschrijven als een mengeling van angst en opluchting. Angst om wat die doos met me doet, en opluchting omdat de politie hem niet heeft gevonden. Ik zet de doos onder in de garderobekast, bij de schoenendozen waar schoenen in zitten in plaats van dingen die er niet in thuishoren. Dan laat ik me zonder me uit te kleden op bed vallen. Ik moet even liggen, anders lukt het me nooit om morgen weer een hele dag op de set te staan. Ik sluit mijn ogen en zie Bens gezicht. Daar heb ik geen foto voor nodig. Het voelt alsof de wij waarin ik geloofde gesloopt wordt, leugen voor leugen, en er weinig meer dan puin van een huwelijk overblijft.

Ik begin te vermoeden dat ik geen idee heb wie mijn man is.

12

Essex, 1987

'Wakker worden,' zegt Maggie.

Ik sliep niet.

De blauwe hemel buiten is zwart geworden.

'Schiet op, niet zo treuzelen. Hup.' Ze klapt de passagiersstoel naar voren zodat ik uit kan stappen. Haar hand balt zich tot een vuist, net zo'n vuist als papa maakt als hij boos is.

Als ik op de stoep sta, tuur ik het donker in en kijk ik op naar de vreemd ogende rij winkels die ik nooit eerder heb gezien. Dan pakt Maggie me bij de hand en trekt me mee naar een grote, zwarte deur. Ik moet rennen om haar bij te houden. Ze loopt 's avonds net zo snel als overdag.

'Waar zijn...'

'Sst!' Ze strekt haar gebalde hand en legt hem over mijn mond. Haar vingers geuren naar schuimbad. 'Het is laat, straks maken we de buren nog wakker. Mondje dicht tot we binnen zijn.' Haar hand bedekt niet alleen mijn mond maar ook mijn neus, waardoor ik bijna geen adem kan halen, maar ze haalt hem pas weg als ik ja knik om kenbaar te maken dat ik het heb begrepen. 'Vingertje op de lippen,' fluistert ze. Ik doe wat ze zegt, ik doe haar gebaar na om er precies zo uit te zien als zij.

Ze haalt een gigantische bos sleutels uit haar tas – het lijken er wel honderd, maar tien kan ook. Het zijn sleutels in allerlei vormen en maten en ze klingelen metalig tegen elkaar aan, ze zijn veel lawaaiiger dan ik net, toen ik iets wilde zeggen. Ze steekt een sleutel in het slot en maakt de deur open.

Ik weet niet wat ik had verwacht te zien, maar niet dit.

Ik zie alleen maar een trap. Een heel hoge. Zo hoog dat ik niet kan zien wat er boven is. Misschien is het een trap die tot aan de maan en de sterren reikt. Ik wil aan Maggie vragen of ik een ster uit de hemel mag plukken als ik alle treden heb beklommen, maar mijn vinger ligt nog op mijn lippen, dus dat gaat niet. Het is een houten trap, de uiteinden van de treden zijn wit geschilderd, het middengedeelte is kaal. Links van de deur waardoor we naar binnen zijn gekomen is een andere deur. Hij is van ijzer, en Maggie ziet me kijken.

'Die deur mag je nóóit opendoen, alleen als ik zeg dat het goed is, begrepen?' Ik knik, en opeens wil ik heel graag weten wat er achter die deur zit. 'Hup, naar boven jij.' Ze geeft me een duwtje zodat ik voor haar kom te staan en doet de deur achter ons dicht.

Ik begin de trap te beklimmen. De treden zijn nogal hoog voor mijn korte beentjes, dus het gaat langzaam, maar zodra ik moe begin te worden, voel ik haar vingers in mijn rug prikken om aan te geven dat ik moet opschieten. Dat doen grote mensen nou altijd: dingen met hun handen of ogen zeggen in plaats van met hun mond. Er is geen leuning, dus zoek ik steun bij de muur. Er zitten tegels op die niet als tegels voelen en eruitzien als de kurken van papa's wijnflessen. Mijn broer reeg er met katoengaren weleens een kroontje of ketting van, voor als ik prinsesje speelde.

Ik kijk de hele tijd naar mijn voeten om me niet te verstappen, tot er een schaduw over me heen valt die me doet opkijken. Maar het is geen wolk, en ik zie ook geen maan en sterren. Boven aan de trap staat een lange, magere man, die naar me lacht. Hij ziet er gek uit. Hij heeft drie borstelige, zwarte wenkbrauwen – de derde zit op zijn bovenlip. Zijn huid is spookachtig wit en een van zijn scheve voortanden is van goud. Ik begin te gillen. Dat was niet de bedoeling. Ik weet dat ik stil moest zijn, maar ik schrik zo dat het vanzelf gaat. Ik wil de trap af rennen, maar Maggie staat in de weg en laat me er niet langs.

'Hou onmiddellijk op met dat gegil,' zegt ze, terwijl ze met haar hand mijn arm zo verdraait dat ik het voel branden. Ik wil niet verder naar boven, maar zij gaat niet opzij, dus ik kan geen kant op. Ik wil hier niet zijn, waar ik ook ben. Ik ben moe en ik wil naar huis.

Ik kijk weer naar de man boven aan de trap. Hij lacht nog steeds, en zijn gouden tand fonkelt als een rotte ster.

'Zo, hallo daar, dametje. Ik ben je nieuwe papa, maar voorlopig mag je John tegen me zeggen, hoor.'

13

Londen, 2017

'Zeg maar Alex, hoor,' zegt ze met een kinderlijke grijns.

'Dank u, maar ik hou het liever bij inspecteur Croft, als dat mag,' antwoord ik.

Ze staat voor de deur als ik terugkom van mijn hardlooprondje. Met haar oudere hulpje, die net als de vorige keer amper iets zegt maar zo luid denkt dat je zijn gedachten bijna kunt horen. Het is nog niet eens zeven uur.

'Ik heb het heel druk vandaag,' zeg ik terwijl ik mijn sleutels zoek en de deur opendoe om ze zo snel mogelijk binnen te laten. Ik ken mijn buren niet, ik zou je niet kunnen zeggen hoe ze heten, maar ik ben er heilig van overtuigd dat het er soms wel degelijk toe doet wat anderen van je vinden.

'We wilden u even bijpraten, maar we kunnen ook op een ander moment terugkomen.'

'Nee, sorry, het kan wel even. Ik moet alleen over een uur in Pinewood zijn. Het is de laatste draaidag. Ik kan ze niet laten zitten.'

'Dat snap ik.' Haar toon spreekt dat tegen. 'Hebt u ver gelopen vanochtend?'

'Niet echt. Vijf kilometer.'

'Indrukwekkend.'

'Dat is niet zo ver, hoor.'

'Nee, ik bedoel dat ik het indrukwekkend vind dat u doorgaat alsof er niets aan de hand is: hardlopen, werken, actéren.' Ze glimlacht.

Wat bedoelt ze daar nou weer mee?

Ik houd haar blik zo lang mogelijk vast en vestig mijn ogen vervolgens op het gezicht van haar zwijgzame partner. Hij torent boven haar uit, hij is minstens tweemaal zo oud als zij, zo niet ouder, maar hij zegt geen stom woord. Ik vraag me af of ze al die stoerheid tentoonspreidt om indruk op deze man te maken, haar superieur.

'U staat erbij alsof u het oké vindt dat ze zo'n toon tegen me aanslaat,' zeg ik tegen hem.

'Helaas, zij is de chef,' antwoordt hij met een verontschuldigend schoudergebaar. Ik kijk vol ongeloof naar de jonge rechercheur. Haar glimlach is verdwenen, zie ik.

'Hebt u uw man weleens geslagen, mevrouw Sinclair?' vraagt ze.

De gang lijkt zich te vernauwen, te kantelen, brengt me uit mijn evenwicht.

'Natuurlijk niet! Ik heb nog nooit iemand geslagen. Nog even en ik dien een klacht tegen u...'

'Ik zal u de formulieren geven voor we gaan, ze liggen in de auto. We zijn bij het Indiase restaurant geweest waarvan u zei dat u er met uw man had gegeten op de laatste dag dat u hem hebt gezien.' Ze steekt haar hand in haar tas en haalt er iets uit wat op een iPad lijkt. 'Er hangen bewakingscamera's.' Ze tikt een paar keer op het scherm en houdt het dan omhoog. 'Bent u dit?'

Ik kijk naar het stilgezette zwart-witbeeld, verrassend duidelijk en scherp. 'Ja.'

'Dacht ik al. Was het gezellig?' Ze tikt weer op het scherm.

'Wat heeft dat ermee te maken?'

'Ik vroeg me alleen af waarom u hem in zijn gezicht sloeg.' Ze houdt me de iPad nog een keer voor. Haar kindervinger swipet en scrolt door een reeks afbeeldingen. Ze tonen mij, terwijl ik Ben een klap geef en daarna het restaurant uit loop.

Omdat hij me van iets had beschuldigd wat ik niet had gedaan, en omdat ik dronken was.

Ik voel mijn wangen gloeien. 'Het was gewoon een stompzinnige ruzie, we hadden gedronken. Het was maar een tik, meer niet.' Ik schrik ervan als ik die woorden uit mijn mond hoor komen.

'Gaf u hem wel vaker een tík?'

'Nee, dit was de eerste keer. Ik was kwaad.'

'Zei hij iets beledigends tegen u?'

Succesvolle actrices zijn óf mooi óf goed in hun vak. Jij bent geen van beide, dus ik ben benieuwd met wie je deze keer het bed in bent gedoken om die rol te krijgen.

Wat Ben die avond tegen me zei, spookt nog steeds door mijn hoofd. Ik denk niet dat ik het ooit zal vergeten.

'Dat kan ik me niet meer herinneren,' lieg ik om mezelf niet in verlegenheid te brengen. De afgelopen maanden heeft er continu een schaduw van achterdocht over onze relatie gehangen, was ons leven één grote berg wantrouwen geworden, voortgekomen uit een molshoop van onbegrip. Ben dacht dat ik vreemdging.

Alex Croft kijkt naar haar hulpje en dan naar mij. 'Wist u dat een derde deel van alle telefoontjes met betrekking tot huiselijk geweld die bij ons binnenkomen afkomstig is van mannelijke slachtoffers?'

Hoe durft ze!

'Ik moet zo weg.'

Ze doet alsof ze me niet hoort en haalt een paar blauwe latex handschoenen uit haar zak. 'In de portemonnee van uw man zat een benzinebonnetje van de avond dat u hem voor het laatst hebt gezien. We willen zijn auto graag even bekijken, als dat mag.'

'Als u denkt daar iets aan te hebben.'

Ze lijkt op iets te wachten. Ik heb geen idee waarop. 'Hebt u de sleutel?'

Ze lopen met me mee naar de woonkamer. 'Hebt u al iets gedaan met die stalker?' Ik haal Bens autosleutel uit een la en vouw mijn vingers er beschermend omheen. Geen idee waarom.

Ze kijkt me doordringend aan. Het blijft net iets te lang stil tussen mijn vraag en haar antwoord.

'Denkt u nog steeds dat de verdwijning van uw man met een stalker in verband gebracht kan worden?'

'Ik begrijp niet dat u uitsluit...'

'Is dat uw laptop?' Ze wijst naar het kleine bureau in een hoek van de kamer. Ik knik. 'Bezwaar als we even kijken?' Nu is het mijn beurt om te aarzelen. 'Zei u niet dat het begon met e-mails? We zouden kunnen uitzoeken van wie ze kwamen. Meenemen, Wakely,' zegt ze tegen haar partner. Hij trekt gehoorzaam een paar handschoenen aan, haalt een doorzichtige plastic zak uit zijn binnenzak en schuift mijn laptop erin.

'Mevrouw Sinclair?'

Ik staar naar haar uitgestrekte hand. 'Ja?'

'De autosleutel van uw man. Alstublieft.'

Mijn vuist opent zich met tegenzin en inspecteur Croft pakt de sleutel. Er staat een afdruk in mijn handpalm, zo strak had ik mijn vingers eromheen geklemd. Voor ik de kans krijg iets te zeggen, staat ze al op straat. Ik kan alleen maar achter haar aan hollen.

Ze haalt Bens rode sportwagen van het slot, opent het portier aan de bestuurderskant en steekt haar hoofd naar binnen. Ik herinner me de dag nog dat ik de auto voor hem kocht. Het was een zoenoffer geweest na het vorige hoogtepunt van de vijandelijkheden aan het thuisfront. We besloten hem meteen in te wijden en reden naar de Cotswolds, met het dak omlaag en mijn rok omhoog, zijn hand meanderend van mijn benen naar de pook, tot we een B&B tegenkwamen met een bordje

KAMERS VRIJ. Ik herinner me hoe vrolijk we waren. We bedreven de liefde voor een haardvuur, aten een slechte pizza en dronken een hele fles uitstekende port. Ik genoot ervan dat hij niet van me af kon blijven, dat hij niets anders wilde dan om me heen hangen en met me naar bed gaan. Maar toen ik over kinderen begon werd alles anders. Hij hield echt heel veel van me. Maar hij wilde me niet delen.

Ik mis die versie van ons.

Het volgende wat ik me herinner is dat ik een lippenstift van een andere vrouw onder ons bed vond.

'Ik begrijp hoe verontrust u zich moet voelen...' zegt Croft, waarmee ik meteen weer terug in het heden ben. Ze buigt zich nog wat verder naar binnen en steekt de sleutel in het contactslot. De dashboardverlichting gaat aan en de radio laat een populair liedje over liefde en leugens horen. Croft loopt om de auto heen, naar de passagierskant, en klikt het handschoenenkastje open. Als ik zie dat het leeg is besef ik pas dat ik mijn adem heb ingehouden. Ze tast onder de stoelen, maar lijkt niets te vinden. 'Bij een vermissing is het voor de achtergebleven partner altijd het zwaarst,' zegt ze terwijl ze me aankijkt. Ze sluit het portier en loopt naar de achterkant van de auto, waar ze blijft staan en peinzend naar de kofferbak staart. Ik staar met haar mee. Haar brigadier ook. 'Dit is vast niet fijn voor u,' zegt ze en ze opent de klep. Alle drie turen we naar binnen.

Hij is leeg.

Ik herinner me dat ik moet ademen. Ik weet niet wat ik dacht dat ze daar zou aantreffen, maar ik ben opgelucht dat het niets is. Mijn schouders ontspannen zich en ik begin me wat geruster te voelen.

'Toch klopt er iets niet,' zegt ze wanneer ze de kofferbak dichtdoet. Mijn opluchting stokt. Ze loopt terug naar de voorkant van de auto en haalt de sleutel uit het contact. De radio zwijgt, en ik heb het gevoel dat de stilte me zal verzwelgen. Ik zie dat ze de handschoenen van haar kleine handen stroopt en ik wil iets zeggen, maar mijn mond lijkt niet in staat de juiste woorden te vormen. Het voelt alsof mijn eigen nachtmerrie me een loer draait.

'Wat klopt er niet?' vraag ik uiteindelijk.

'Nou, als het tankstation de laatste plek is waar uw man voor zijn verdwijning is geweest, vindt u het dan niet een beetje vreemd dat de tank bijna leeg is?'

14

Essex, 1987

Ik zit klem halverwege de hoogste trap van de wereld en ik huil omdat ik denk dat mijn papa dood is. Waarom zou een vreemde man in een vreemd huis anders zeggen dat hij mijn nieuwe papa is? Hij blijft maar praten, maar omdat ik zo hard moet huilen hoor ik niet meer wat hij zegt. Hij klinkt niet Iers zoals Maggie en ik. Hij klinkt heel anders, en helemaal niet leuk.

'Ga een eindje opzij, John, geef dat kind wat ruimte,' zegt ze als we boven aan de trap zijn. Ik zie vier houten deuren. Niet één ervan is geschilderd, en ze zijn allemaal dicht. Maggie pakt me bij de hand en trekt me mee naar de achterste deur. Ik wil niet weten wat erachter zit, dus doe ik mijn ogen dicht, waardoor ik meer struikel dan loop. Maggie houdt mijn hand zo stevig vast dat mijn voeten niet anders kunnen dan meebewegen.

Als ik mijn ogen weer opendoe, zie ik dat ik in de slaapkamer van een klein meisje ben. Hij lijkt niet op mijn slaapkamer thuis. Daar lag bruine vloerbedekking die onder de vlekken zat en hingen grijze gordijnen die ooit wit waren geweest. Dit is een kamer die ik alleen van de televisie ken. Het bed, de tafel en klerenkast zijn wit geschilderd. Het tapijt is roze, en op de gordijnen, het behang en de sprei staan plaatjes van een roodharig meisje en regenbogen.

'Dit is je nieuwe kamer. Vind je hem mooi?' vraagt Maggie.

Ik vind hem mooi, dus ik snap niet waarom ik in mijn broek plas.

Ik heb al heel lang geen ongelukjes meer gehad. Misschien komt het door de muren van kurk, de hoge trap en de man met de gouden tand. Ik voel een heet straaltje langs de binnenkant van mijn been lopen en het lukt me niet om het tegen te houden. Ik hoop dat Maggie het niet ziet, maar als ik naar het roze tapijt kijk, zie ik dat zich tussen mijn schoenen een donkere plek heeft gevormd. Zij ziet het ook, en haar glimlachende ronde gezicht wordt boos en puntig.

'Alleen baby's plassen in hun broek.' Ze geeft me een harde klap in mijn gezicht. Ik heb weleens gezien dat papa mijn broer sloeg, maar ik heb nog nooit een klap gekregen. Mijn wang doet pijn en ik begin weer te huilen. 'Stel je niet aan, het was maar een tik.' Maggie tilt me op en houdt me met gestrekte armen zo ver mogelijk van zich af. Ze loopt terug naar de overloop en opent de deur het dichtst bij de trap. Het is een keukentje. De vloer is bedekt met banen van een sponzig groen spul waar woorden op gedrukt staan, en de kastjes verschillen allemaal van vorm en grootte en zijn ook allemaal van een andere kleur hout. Aan de andere kant van het keukentje zit nog een deur, die uitkomt in een badkamer. Daar is alles groen: het toilet, de wastafel, het bad, het tapijt en de tegels op de muur. Maggie vindt de kleur groen vast heel mooi. Ze zet me in het bad, loopt de deur uit en komt meteen weer terug. Ze heeft een grote, zwarte vuilniszak gepakt. Straks gaat ze me nog aan de straat zetten.

'Trek je kleren uit,' zegt ze.

Dat wil ik niet.

'Ik zei: trek je kleren uit!'

Ik blijf onbeweeglijk zitten.

'Nu!' Het lijkt wel of het woord even achter haar tanden blijft haken voor het uit haar mond komt. Ik geloof dat ze vreselijk boos is, dus ik doe maar wat ze zegt.

Als al mijn kleren, ook mijn nat geplaste broek, in de vuilniszak zitten, grijpt ze de witte plastic slang die aan de badkraan vastzit. 'De boiler doet het niet, dus tanden op elkaar.' Ze spuit me af. Het water is ijskoud, ik hap naar adem, net als die keer dat ik uit onze visboot viel en de koude zwarte zee me probeerde op te slokken. Maggie sprietst shampoo op mijn hoofd en wrijft hem ruw door mijn haren. Op de gele fles staat NO MORE TEARS, maar de tranen stromen over mijn wangen. Als ik van top tot teen ben ingezeept spuit ze me weer met koud water af. Ik probeer stil te staan, zoals ze me beveelt, maar ik sta te rillen en te klappertanden alsof het hartje winter is.

Als ze klaar is, droogt ze me af met een stugge, groene handdoek, waarna ze me terugbrengt naar mijn nieuwe slaapkamer en op het regenboogbed neerzet. Ik heb geen kleren aan en ik heb het koud. Ze gaat even de kamer uit, en ik hoor haar praten met de man die zei dat hij mijn nieuwe vader was, hoewel ik hem nog nooit eerder heb gezien.

'Ze lijkt precies op haar,' hoor ik hem zeggen voor ze weer binnenkomt met een glas melk in haar hand.

'Drink op.'

Ik pak het glas met twee handen aan en neem een paar slokjes. De melk smaakt raar, naar krijt, net als de melk die ze me gaf in dat huisje dat alleen voor vakanties was.

'Helemaal,' zegt ze.

Als het glas leeg is, zie ik dat ze haar glimlachende ronde gezicht weer heeft opgezet, gelukkig maar. Ik vind haar andere gezicht niet leuk, het maakt me bang. Ze trekt een la open en haalt er een roze pyjama uit. Ze helpt me erin en zet me dan voor de spiegel.

Het eerste wat me opvalt is mijn haar. Het is veel korter dan de vorige keer dat ik mezelf heb gezien, het houdt op bij mijn kin.

'Waar is mijn haar gebleven?' Ik begin te huilen, maar Maggie maakt een halt-gebaar met haar hand.

'Het was te lang, het moest nodig een keer worden geknipt. Het groeit vanzelf weer aan.'

Ik staar naar het meisje in de spiegel. Op het bovenstukje van haar pyjama staat een woord van vijf letters: AIMEE. Ik weet niet wat dat woord betekent.

'Zal ik je een verhaaltje voorlezen voor je gaat slapen?'

Ik knik ja.

'Heb je je tong ingeslikt?'

Ik voel, maar mijn tong zit nog gewoon in mijn mond. Voor de zekerheid laat ik hem een paar keer langs de binnenkant van mijn lippen gaan. Ze loopt naar een kast waarin een stapel kleurige tijdschriften ligt en pakt het bovenste ervan af. 'Kun je lezen?'

'Ja.' Mijn kin gaat een beetje omhoog, ik weet niet waarom. 'Dat heeft mijn broer me geleerd.'

'Zo, dat is aardig van hem. Dan kun je het verhaal dus zelf lezen. Er ligt een hele stapel *Story Teller*-tijdschriften, en er zijn ook cassettebandjes, die mag je allemaal beluisteren, wanneer je maar wilt. Je lievelingsverhaal is *Gobbolino*.' Ze gooit het blad op bed. 'De kat van de heks,' zegt ze als ik niet reageer. Ik houd helemaal niet van katten. 'Als je kunt lezen, vertel me dan maar eens wat er op je pyjama staat.'

Ik kijk omlaag, maar de letters staan op hun kop.

'Er staat Aimee,' zegt Maggie in mijn plaats. 'Vanaf nu is dat je naam. Het betekent "geliefd". Je wilt vast wel dat mensen je lief vinden, hè?'

'Maar ik heet Ciara.' Ik kijk naar haar op.

'Nee, niet meer, en denk eraan: als ik die naam nog één keer hoor in dit huis, dan heb je een groot probleem.'

15

Londen, 2017

Ik heb een probleem.

Inspecteur Croft heeft haar mening over mij duidelijk al klaar, maar ze heeft het mis. Het enige waaraan ik schuldig ben is valsspelen, relatiefraude. Iedereen doet weleens alsof hij enthousiast is over iets of iemand terwijl dat niet zo is: over een cadeautje, over het nieuwe kapsel van een vriendin, over een echtgenoot. De mens is daar zo goed in geworden dat hij zelfs zichzelf voor de gek kan houden. In feite is het meer luiheid dan bedrog: erkennen dat de liefde op is, betekent dat je er iets aan moet doen. Relatiefraude is bijna ingebakken tegenwoordig.

Zodra de rechercheurs weg zijn, draai ik de deur op slot. Het liefst zou ik de hele wereld buitensluiten. De politie kan ik nu dus ook bijschrijven op de lijst met mensen die me menen te kennen. Ze zijn in goed gezelschap, samen met de pers, mijn fans en mijn zogenaamde vrienden. Maar ze kennen me helemaal niet. Ze kennen slechts de versie van mij die ik hun toon. De radertjes in mijn brein blijven maar de verkeerde kant op draaien en de film terugspoelen, zodat ik die hele avond steeds weer opnieuw doormaak en me van alles herinner wat ik me liever niet zou herinneren. We hadden inderdaad ruzie in het restaurant. Dat heeft inspecteur Croft goed gezien. Ik probeerde Ben ervan te overtuigen dat ik geen verhouding had, met als gevolg dat hij alleen maar bozer werd.

Succesvolle actrices zijn óf mooi óf goed in hun vak...

Hoe meer hij dronk, hoe erger het werd.

Jij bent geen van beide...

Hij wilde me kwetsen, provoceren.

Ik ben benieuwd met wie je deze keer het bed in bent gedoken om die rol te krijgen.

En dat was hem gelukt.

Het was niet mijn bedoeling hem te slaan. Ik weet dat ik dat niet had moeten doen en ik schaam me diep. Maar mijn hele leven al vind ik mezelf niet goed genoeg, en zijn gemene woorden kaatsten mijn onzekerheden zo keihard terug dat er iets in me knapte. Nooit vind ik mezelf goed genoeg, in wat dan ook. Hoezeer ik mijn best ook doe, ik hoor er gewoon niet bij. Als mijn man dat al ziet, dan is het vast en zeker slechts een kwestie van tijd voor anderen het zien.

Ik reageerde niet alleen fysiek. Ik sloeg ook terug door te zeggen dat ik van hem wilde scheiden. Als hij me het kind had laten krijgen dat ik zo graag wilde, zou ik ogenblikkelijk mijn carrière hebben opgegeven die ons volgens hem uit elkaar had gedreven. Maar het antwoord was altijd hetzelfde: nee. En hij vertrouwde me op meer vlakken niet. Er gingen weken, maanden soms, voorbij zonder ook maar een greintje intimiteit, alsof hij me door een aanraking al zwanger zou kunnen maken. Ik voel me nu zo eenzaam dat het gewoon pijn doet.

Ik maak je kapot als je bij me weggaat.

Ik ga naar boven, trek mijn hardloopkleren uit en stap onder de douche. Hij staat te heet, maar ik draai de thermostaatkraan niet naar een lagere temperatuur. Ik laat het gloeiend hete water over mijn huid stromen, alsof ik vind dat ik die pijn heb verdiend. Daarna ga ik naar de slaapkamer om me aan te kleden om naar mijn werk te gaan. Ik open langzaam de deur van de garderobekast, alsof zich daarbinnen iets verschrikkelijks schuilhoudt. En dat is ook zo. Ik buk me, pak de schoenendoos die ik op zolder heb gevonden en ga ermee op bed zitten. Als ik het deksel eraf heb gehaald, blijf ik eerst een poosje naar de inhoud zitten staren, alsof ik mijn vingers eraan kan branden. Dan haal ik het stapeltje oude prentbriefkaarten eruit en spreid ze uit over het dekbed. Het zijn er zeker vijftig. De vergeelde rechthoekige kaarten vallen bijna weg tegen de achtergrond van wit katoen, zodat mijn blik nog meer naar de met zwarte inkt geschreven kriebellettertjes wordt getrokken. Op elke kaart prijkt hetzelfde woordenpatroontje, in dezelfde vrouwenhand geschreven.

Ik weet wie je bent.

Ik dacht we ze allemaal hadden weggegooid. Ik heb geen idee waarom Ben ze heeft bewaard. Als bewijs, neem ik aan. Voor als de stalker ooit zou terugkeren.

Ik stop de kaarten terug en schuif de doos onder het bed. De waarheid voor jezelf verborgen houden is hetzelfde spel als de waarheid voor anderen verborgen houden, alleen zijn de spelregels wat strenger.

Als ik me heb aangekleed ga ik naar beneden en zie ik die enorme bos bloemen op de keukentafel staan met het kaartje met *Sorry* eraan. Ik haal ze uit de vaas, en daar heb ik beide handen voor nodig. Mijn voet drukt het pedaal van de grote roestvrijstalen vuilnisemmer omlaag en het deksel zwaait braaf open, klaar om mijn afval in te slikken. Maar mijn handen blijven in de lucht zweven als ik boven op het oude afval iets zie liggen wat ik niet kan plaatsen. Twee lege zwarte plastic flessen, en ik heb geen idee waar ze vandaan komen. Ik vis er een uit om te kunnen lezen wat er op het etiket staat. Aanmaakgel? We hebben niet eens een barbecue. Ik gooi de fles terug in de vuilnisemmer en prop de bloemen erbovenop, zodat alles wat eronder ligt bedekt wordt door een wirwar van bloemblaadjes en doorns.

16

Essex, 1987

Ik heb vreselijke buikpijn als ik wakker word in de roze-met-witte slaapkamer. Achter de regenbooggordijnen schemert daglicht, maar als ik ze opentrek kijk ik tegen tralies aan, en heel veel grijze lucht. Ik heb honger en ik ruik geroosterd brood, dus ik sluip naar de deur en druk mijn oor ertegenaan. Mijn vingers tasten naar de klink, hij zit hoger dan thuis. Wanneer ik de deur langzaam opentrek, maakt hij een shh-geluid over het tapijt, dus ik doe heel erg mijn best om het zo zachtjes mogelijk te doen.

De muren van de overloop zijn afgebladderd. Het is er ook heel koud. Als ik een stap doe, prikt er iets in mijn voet, en dat doet pijn. Als ik omlaagkijk zie ik dat hier hetzelfde groene, sponzige spul ligt als in de keuken. Langs de randen liggen oranje houten latjes, waar zilverkleurige scherpe puntjes uit steken. Als ik me buk om eraan te voelen, welt er een druppel bloed op uit mijn vinger. Ik steek hem maar in mijn mond en sabbel erop tot de pijn weggaat.

Goed oplettend om niet op zo'n scherp puntje te stappen volg ik mijn neus en de geur van geroosterd brood. Bij de eerste deur die ik tegenkom blijf ik staan. Hij zit op slot, dus loop ik verder. De volgende deur staat op een kier, en erachter klinkt het geluid van een televisie. Ik probeer naar binnen te gluren, maar het gepiep van de deur verraadt me.

'Ben jij dat, Aimee?' vraagt Maggie.

Ik heet Ciara, dus ik weet niet wat ik moet zeggen.

'Kom maar binnen, hoor, die verlegenheid is nergens voor nodig, dit is je nieuwe huis.' Ik duw iets harder tegen de deur, en dan zie ik Maggie. Ze zit in bed, naast de man met de gouden tand. Hij lacht met kuiltjes in zijn wangen, misschien krijg je die vanzelf als je zoveel lacht, en er zitten geroosterd-broodkruimels in de zwarte haren op zijn gezicht. In zijn brillenglazen zie ik de televisie, en als ik me omdraai naar het toestel, zie ik *TV-am* op het scherm staan, waarna er een man en een vrouw op een bank in beeld komen. De muren in deze kamer zien er net zo uit als die op de overloop, afgebladderd en kaal, en ook hier ligt geen tapijt, maar weer van dat sponzige groene spul.

'Kom er maar bij, het is koud. Schuif eens een eindje op, John,' zegt Maggie. Hij lacht en klopt op het plekje tussen hen in. Ik bibber van de kou, maar ik wil niet bij hen in bed.

'Kom op,' zegt ze als ik blijf staan.

'Een, twee, huppekee,' zegt hij terwijl hij het dekbed openslaat.

Konijntjes huppen. Ik ben geen konijn.

Maggie heeft een nachtpon aan, dat zie ik aan haar dunne benen die onder het dekbed vandaan komen. Haar lange, krullende zwarte haren hangen los om haar schouders. Was mijn haar nog maar zo lang. Ik klim aan Maggies kant in bed, maar alleen maar omdat als ik dat niet doe, haar vrolijke gezicht weer in haar boze gezicht kan veranderen.

Het is rommelig in Maggies slaapkamer, wat ik raar vind, want ze lijkt juist heel netjes en keurig. Overal staan vuile kopjes en borden, er liggen kranten en tijdschriften opgestapeld tegen de muren en de vloer is bezaaid met kleren. Het dekbed ruikt naar iets, ik weet niet naar wat, maar het is geen lekker luchtje. We kijken tv tot mijn maag zo luidruchtig begint te rommelen dat ik zeker weet dat ze het horen.

'Zal ik ontbijt voor je maken?' zegt Maggie als de reclame begint.

'Ja.' Haar gezicht verandert en ik zeg gauw 'Alsjeblieft' voor het te laat is.

'Waar heb je zin in? Je kunt alles krijgen wat je wilt.'

Ik kijk naar een van de vuile borden, waar broodkorstjes op liggen. 'Geroosterd brood?'

Ze trekt een sip gezicht, zoals een clown dat doet. 'Ik ben bang dat je papa het laatste brood heeft opgegeten.'

Ik snap het niet helemaal, tot ik me herinner dat ze de man met de gouden tand bedoelt.

'Daar hoef jij je mooie hoofdje niet over te breken. Ik ga je lievelingsontbijt klaarmaken en ben in een mum terug.'

Ik weet niet wat een mum is.

Maggie gaat de slaapkamer uit, maar gelukkig laat ze de deur openstaan. Ik wil niet met John alleen zijn. Het lijkt wel of er een tapijtje op zijn borst ligt, maar als ik goed kijk zie ik dat het haar is. Hij heeft heel veel haar, geloof ik. Als hij voor me langs buigt, druk ik me diep in de kussens. Hij reikt naar zijn sigaretten, haalt er een uit het pakje, steekt hem op en terwijl hij zit te lachen om iets wat op tv is klopt hij de as af in een lege beker.

Maggie komt terug met een bord, en dat vind ik raar, want ze zou mijn lievelingsontbijt klaarmaken en dat is havermoutpap met honing. Thuis zorgde mijn broer voor mijn havermout, hij deed de pap altijd in de blauwe kom waar ik het liefst uit at, ook al was de rand een beetje stuk. Mijn broer zei dat die kom best mijn lievelingskom mocht zijn, ook al was hij niet meer helemaal heel. Hij zei dat iets wat een beetje beschadigd is nog steeds mooi kan zijn.

'Kijk eens aan, eet maar lekker op,' zegt Maggie. Haar koude blote benen raken mijn voeten als ze weer in bed stapt.

'Wat is dit?' vraag ik terwijl ik naar het bord kijk.

'Je lievelingsontbijt, malle meid! Biscuitjes met boter. En je moet ze allemaal opeten, want een beetje vet erbij kan geen kwaad, ik vind je veel te mager geworden.'

Volgens mij ben ik nog hetzelfde als gisteren en eergisteren.

Ik kijk van Maggie naar het bord en weer terug, ik weet niet zo goed wat ik moet doen. Ik pak een van de rondjes op en zie dat op de onderkant staat hoe ze heten, net zoals op het bovenstukje van mijn pyjama staat hoe ik heet. Ik fluister de letters in mijn hoofd: D-I-G-E-S-T-I-V-E.

'Toe, neem eens een hapje,' zegt Maggie.

Dat wil ik niet.

'Eet. Op.'

Ik neem een klein hapje en begin langzaam te kauwen. Ik proef alleen maar boter en daar word ik een beetje misselijk van.

'Wat zeg je nu?'

'Dank je wel.'

'Dank je wel wat?'

'Dank je wel, Maggie.'

'Nee, niet Maggie. Van nu af aan noem je me mama.'

17

Londen, 2017

Vandaag voelt als een dag van laatsten.

Mijn laatste dag dat ik het complex van de Pinewood Studios binnenrijd.

Mijn laatste keer dat ik dit personage speel.

Mijn laatste kans.

Ik zit voor de kleedkamerspiegel, terwijl anderen mijn haar temmen en de onvolkomenheden van mijn huid camoufleren. Ik voel me niet mezelf vandaag, en ik vraag me af of ik nog wel weet wie dat is. Ik maak altijd een periode van rouw door als de filmopnames klaar zijn – je bent er maanden mee bezig, en opeens is het voorbij. Maar het definitieve van deze dag voelt veel dreigender dan normaal. Dat ik alles wat me momenteel overkomt voor mezelf wil houden eist zijn tol, maar ik hoef het nog maar één dag vol te houden. Ik ben de enige niet. Zoveel mensen maken dagelijks de afweging van wat ze van zichzelf willen prijsgeven en wat ze willen bewaren voor later, voor als de tijd er rijp voor is.

Als ik weer alleen ben en in de spiegel staar, zonder te weten wie ik nu precies zie, valt mijn oog op iets wat niet van mij is. Nina, de fantastische vrouw die op wonderbaarlijke wijze mijn haar transformeert, heeft haar tijdschrift laten liggen. Meer uit verveling dan uit nieuwsgierigheid blader ik het door, tot ik op een spread stuit met een portret in woord en beeld van Alicia White.

De vrouw die met een brede smile op de enorme, gefotoshopte foto staat, heeft bij mij op de middelbare school én op de toneelschool gezeten. Ze zat één jaar boven me, maar ze lijkt wel tien jaar jonger. Alicia White is actrice, net als ik. Maar een slechte. We hebben tegenwoordig dezelfde agent, en zij herinnert me er altijd fijntjes aan dat hij haar als eerste heeft gecontracteerd. Ze heeft het voortdurend over hem, alsof we twee rivalen zijn in een onuitgesproken competitie. Elke keer dat ze me ziet heeft ze de behoefte om iets aanmatigends te zeggen, alsof ze zich ervan wil verzekeren dat ik mijn plaats ken. Dat is echt niet nodig, ik heb nooit een hoge dunk van mezelf gehad.

Door haar moet ik aan Tony denken. Hij had gevraagd of ik hem wilde bellen, maar ik heb hem nog steeds niet te pakken gekregen. Mijn vingers tasten in mijn tas naar mijn telefoon, om het nog een keer te proberen. Meteen de voicemail. Ik bel het kantoor, wat ik niet graag doe, en als de telefoon tweemaal is overgegaan neemt zijn secretaresse op.

'Zeker, hij is op dit moment vrij,' zegt ze monter en ze zet me in de wacht.

Ik luister naar ingeblikte klassieke muziek waar ik nog gestrester van word dan ik al ben. Er gaat een golf van opluchting door me heen als de muziek stopt en ik zijn stem hoor. Alleen is het zijn stem niet.

'Het spijt me, ik vergiste me,' fluistert zijn secretaresse. 'Hij is in vergadering, maar hij belt je terug.'

Ze hangt op voor ik kan vragen wanneer.

Ik duik weer in het tijdschrift, want ik grijp alles aan wat me afleidt van de lijst van zorgen en problemen die almaar langer wordt in mijn hoofd. Het is niet best met me gesteld als ik mijn toevlucht neem tot lezen over Alicia White.

Ik heb niet altijd een agent gehad. Tot anderhalf jaar geleden wilde niemand mijn belangen behartigen. Ik zat in het bestand van een castingbureau dat eigenlijk alleen maar *headshots* instuurde als er *casting call* was en vijftien procent op mijn gage in mindering bracht wanneer ik de rol kreeg. Ik had altijd wel werk, alleen was het niet altijd het werk dat ik wilde. Toen Ben en ik trouwden, was ik de understudy in een stuk op Shaftesbury Avenue. Toen de hoofdrolspeelster zich ziek meldde, nam ik haar rol over. Omdat Tony's vrouw die avond in de zaal zat, hoorde hij van mij. Ik ben haar oneindig veel verschuldigd. Na een paar weken haalde ik met behulp van mijn agent mijn eerste filmrol binnen.

Soms kan één persoon die in je gelooft je hele leven veranderen. Soms kan één persoon die niet in je gelooft je hele leven kapotmaken. De mens is een uiterst gevoelige soort.

Ik gun mijn vermoeide ogen een paar tellen rust en richt ze dan weer op Alicia. Het tijdschrift zakt op mijn schoot als de foto driedimensionaal wordt en tegen me begint te praten. Haar rode papieren mond spuwt een hele rits rotopmerkingen uit die ze over me heeft gemaakt.

'Ík ben mee uit lunchen genomen door Tony toen hij me gecontracteerd had, maar ja, ze vóchten bijna om me, íédereen wilde me vertegenwoordigen, en dat kun jij niet zeggen,' zegt de papieren Alicia, waarna ze haar lange blonde haren uit haar gezicht schudt. Haar gehighlighte lokken ontrollen zich als serpentines en belanden in mijn schoot.

'Ik was zó verrast toen hij jou contracteerde. Iedereen eigenlijk!' gaat ze verder terwijl ze haar papieren neus optrekt en mijn kant op kijkt.

'Het was aardig van hem om je een kans te geven, hij heeft gewoon een groot hart.' Ze haalt een briefje van vijftig pond uit haar tasje, rolt het op en steekt het aan. Dan begint ze te inhaleren, alsof ze een sigaret rookt, en blaast een wolk rook in mijn gezicht. Ik voel mijn ogen prikken en ik houd mezelf voor dat dat de reden is dat ze opeens vol tranen staan.

'Hij nam je niet onder zijn hoede omdat je bij zijn stal past – daar pas je helemaal niet bij!' Wat dat betreft heeft ze gelijk. Ik pas nergens bij, dat is nooit anders geweest.

'Je beseft toch wel dat er een dag komt dat hij je zal laten vallen, hè? En ik heb zo'n vermoeden dat die dag niet lang op zich laat wachten. Dan kun je het verder wel schudden qua werk!' Ze legt haar hoofd in haar nek en lacht als een schurk in een komedie. Uit haar mond komen zwart-witte papieren woorden en rond haar ogen vouwt de bladzijde zich in harmonicarimpeltjes.

Als ik gelach op de gang hoor schrik ik op en besef ik dat ik ben weggedoezeld, dat ik heb gedroomd. Drie nachten op rij heb ik bijna geen oog dichtgedaan en ik ben nu zo moe dat ik bang ben dat ik gek word. Ik scheur Alicia uit het blad, verfrommel haar gezicht en mik haar in de prullenbak. Ik voel me meteen rustiger nu ze weg is.

Alicia White heeft een bloedhekel aan me, maar op de een of andere manier kan ze me niet met rust laten. In de afgelopen maanden heeft ze mijn kapsel gekopieerd (hoewel ik moet toegeven dat het haar beter staat – alles staat haar beter), mijn kledingstijl gekopieerd, en bedient ze zich in interviews zelfs van mijn antwoorden, die ze letterlijk kopieert. Afgezien van haar peroxideblonde haar lijkt het wel alsof ze mij wil zijn. Ze zeggen wel dat je na-apen als de oprechtste vorm van vleierij moet beschouwen, maar ik voel me niet gevleid. Ik sla ervan op tilt.

Op onze agent en onze baan na hebben we absoluut niets gemeen. Om te beginnen is zij mooi; uiterlijk, tenminste. Haar innerlijk is een ander verhaal, een verhaal dat ze beter zou moeten leren verbergen. In sommige sectoren helpt het misschien als je bitchy bent, maar niet in de filmbranche. Iedereen kletst over elkaar, en wat er over Alicia White wordt gezegd is zelden goed. Ik realiseer me dat het beroep van filmagent niets voor mij zou zijn, ik zou alleen maar aardige mensen willen vertegenwoordigen.

Er zit me iets niet lekker, merk ik. Ik moet nog even terug

naar net in plaats van mezelf meteen te resetten. Ik vis de prop papier uit de prullenbak en strijk de foto van Alicia glad met de palm van mijn hand. Ik kijk naar haar gezicht, haar ogen, haar felrode lippen. Dan lees ik de laatste vraag en haar antwoord en begint mijn maag te draaien.

Zonder welke drie make-upitems ga je nooit de deur uit?

Dat is makkelijk! Mascara, eyeliner en mijn Chanel Rouge Allure-lippenstift.

De naam van de lippenstift is niet nieuw voor me. Hij staat in onuitwisbare inkt in mijn geheugen gegrift. Het is de lippenstift die ik onder mijn echtelijke sponde vond toen ik vorig jaar na een paar dagen filmen weer thuiskwam.

Heeft Alicia White met mijn man geslapen?

De opnameleider meldt met een klop op de deur dat ik aan het werk moet. Ik verfrommel Alicia's gezicht tot een nog hardere prop, die ik op weg naar buiten in de prullenbak mik. Terwijl we in de golfbuggy naar de opnamestudio hobbelen kletsen we over ditjes en datjes. De opnameleider is nog jong en maakt zich druk om zaken waarom hij zich niet meer druk zal maken als hij ouder is, zoals dat gaat als je nog niet weet wat het leven allemaal voor je in petto heeft. Ik luister naar zijn klaagzang en gooi er zo nu en dan een meelevend woordje tussendoor terwijl we met minder dan dertig kilometer per uur voortsukkelen. Ik geniet van de frisse wind in mijn gezicht, van de geur van verf en zaagsel die rond elke loods hangt. Ik voel me hier thuis. De setdesigners zijn maandenlang bezig met het bouwen van nieuwe werelden, die na de filmopnames weer afgebroken worden of ze nooit hebben bestaan. Eigenlijk is het net zoiets als uit elkaar gaan, alleen veel concreter en minder beschadigend. Soms vind ik het moeilijk om afscheid te nemen van het personage dat ik ben geworden. Ik ben er zo lang mee samen geweest dat ze als familie voelt, misschien omdat ik geen echte familie heb.

Als we de laatste hoek omslaan, voel ik me nerveus worden. Ik heb mijn tekst voor vandaag niet zo goed voorbereid als anders, ik had er simpelweg de tijd niet voor. Al mijn gepieker heeft tot een totale verkeersopstopping in mijn hoofd geleid; het lijkt wel spitsuur daarboven, of ik ergens vaststa waar ik niet wil zijn.

We stoppen bij onze eindbestemming, een enorme hal waarin de meeste sets staan voor *Sometimes I Kill*. Ik aarzel voor ik naar binnen ga. Ik heb zo'n vol hoofd door alles wat er in mijn privéleven gebeurt, dat ik even kwijt ben welke scène we vandaag gaan opnemen.

'Mooi, je bent er. Je moet vandaag iets bijzonders neerzetten, Aimee,' buldert de regisseur zodra hij me ziet. 'Je moet ons ervan overtuigen dat het personage dat we zien ertoe in staat is haar man te vermoorden.'

Ik krijg een wee gevoel in mijn maag. Ik lijk klem te zitten in een levensechte grap.

Ik sta op de set van mijn fictieve keuken te wachten op mijn fictieve man, en zie dat Jack even naar me lacht voor de eerste take wordt aangekondigd.

Bij de twintigste take is er niemand meer die lacht.

Ik vergeet continu mijn tekst, wat me nooit gebeurt. Ik weet zeker dat de cast en de rest van de crew verschrikkelijk van me balen. Ik kan na deze opname naar huis gaan, zij kunnen dat niet. Ik hoor de filmklapper, de regisseur roept voor de zoveelste keer 'Actie' en ik neem me voor om het nu eindelijk eens goed te doen.

Ik schenk mezelf iets in wat ik niet opdrink en reageer verrast als Jack, die me van achteren benadert, zijn armen om mijn middel slaat.

'Het is gebeurd,' zeg ik terwijl ik me naar hem toe keer.

Zijn gezichtsuitdrukking verandert, op precies dezelfde manier als alle negentien keren hiervoor. 'Wat bedoel je?'

'Je weet wat ik bedoel. Het is gebeurd. Het is geregeld.' Ik breng het glas naar mijn lippen.

Hij doet een stap achteruit. 'Ik had geen idee dat je het echt zou doen.'

'Hij wilde me niet geven wat ik wilde, maar jij wilt dat wel. Ik hou van je. Ik wil met jou verder en ik laat me door niemand weerhouden.'

Het woord 'Cut' weerklinkt in mijn oren en aan het gezicht van de regisseur zie ik dat het me is gelukt. Zodra hij de scène heeft teruggekeken, kan ik weg.

Ik sta buiten in de zon met Jack te praten als ik de golfbuggy zie verschijnen in de verte. Ik besteed er eerst geen aandacht aan, we hebben het over hoe lang de postproductiefase zal gaan duren, tot ik iets bekends ontwaar in het postuur van de vrouw die naar ons toe wordt gereden.

Dit kan niet waar zijn.

Inspecteur Croft grijnst zo breed dat haar gezicht bijna splijt. Het karretje stopt recht voor ons en ze klautert eruit. Ze straalt. Haar zure hulpje springt van het omklapbare achterzitje en strijkt zijn broek glad alsof hij bang is dat er een valse vouw in is gekomen.

'Bedankt,' zegt Croft tegen de bestuurder. 'En jij ook bedankt,' voegt ze eraan toe terwijl ze mijn kant op kijkt.

'Waarvoor?' vraag ik.

'Al zolang ik me kan herinneren heb ik in een golfbuggy over een filmstudiocomplex willen rondrijden, en nu is die wens in vervulling gegaan! Dankzij jou! Kunnen we ergens praten?'

'Dit is een gesloten set,' zegt de regisseur, die net op het moment dat ik denk dat het niet erger kan bij ons komt staan. 'Ik weet niet wie u bent, maar u mag hier niet zijn.'

Ze lacht. 'Dit is mijn penning, dus dat mag ik wel. Neem me niet kwalijk, te midden van alle consternatie en sterren vergeet ik helemaal om me voor te stellen. Ik ben inspecteur...'

Jack hoeft niet eens iets te zeggen, zijn gezicht is één groot vraagteken.

'Sorry, ze komen voor iets persoonlijks. Laat mij maar even,' kom ik tussenbeide. Ik wacht tot iedereen buiten gehoorsafstand is. Jack werpt verontruste blikken over zijn schouder, maar ik glimlach hem toe om hem ervan te verzekeren dat er niets aan de hand is.

'Moest u per se hierheen komen?' vraag ik.

'Is er een reden waarom u dat liever niet had gehad?'

'U had even kunnen bellen.'

'Dat had ik kunnen doen, maar dan had ik dit allemaal gemist. Voor u is het niets bijzonders, maar voor mij is het net zoiets als een reisje naar Disneyland. Niet dat ik daar ooit ben geweest.'

'Wat wilt u?'

'Ik denk dat de meeste mensen in uw situatie een heel andere vraag zouden hebben: "Hebt u mijn man gevonden?"'

'Hebt u mijn man gevonden?'

'Nee, helaas niet. Maar ik heb uw hulp nodig. Is er ergens een plek waar we wat meer privé kunnen praten?'

Haar gezicht licht op als een kerstboom als ze mijn kleedkamer ziet.

'Er zijn echt van die lampen om de spiegel en zo,' zegt ze stralend.

'Inderdaad. U zei dat u mijn hulp nodig had.'

'Klopt. Ik denk dat er iets mis is gegaan tijdens het opnemen van uw verklaring, maar dat ligt aan ons, excuses daarvoor. We maken idioot lange dagen en er gaat weleens iets fout.' Ze haalt haar iPad uit de binnenzak van haar jack. 'Ik heb genoteerd dat u, na het verlaten van het restaurant, direct naar huis en naar bed bent gegaan, en dat u de volgende morgen gewoon naar uw werk bent gegaan, in de veronderstelling dat uw man die nacht in de logeerkamer was gaan slapen.'

'Dat is correct.'

'Alleen zag ik nergens staan dat u nog met de auto van uw man bent weggeweest.'

'Dat zag u nergens staan omdat ik dat niet heb gedaan.'

'Echt niet? Je zou toch zeggen...' Ze draait het schermpje naar mij toe en swipet dan met haar kleine, dunne wijsvinger met een kort afgeknipte, schone nagel langs een paar foto's. 'Ik geef toe, het zijn nogal korrelige foto's vergeleken met die van het restaurant, maar ik zou toch echt zeggen dat u dat bent, die vrouw die zijn auto bij het tankstation parkeert, die afrekent bij het loket. We hadden natuurlijk alleen een creditcardbonnetje, en dan is de meest voor de hand liggende gedachte dat die vrouw heeft getankt. Ik dacht dat in elk geval wel, en daarom heb ik uw hulp nodig, want deze vrouw – die dus in de auto van uw man reed en betaalde met zijn creditcard, de vrouw die zoveel op u lijkt – deze vrouw blijkt dus helemaal niet te hebben getankt. Ze rekende een paar flessen aanmaakgel af, van dat spul dat ongeduldige types op de barbecue spuiten. Bent u er zeker van dat u dat niet bent? Op beeld, bedoel ik. Ik hoef niet te weten of u een ongeduldig type bent.'

Ik staar naar de vrouw op de foto die net zo'n jas aanheeft als ik heb, naar haar donkere, krullende haar dat tot op haar schouders valt en naar de oversized zonnebril die ze draagt. 'Nee, dat ben ik niet.'

'Je zou toch zeggen van wel. Zou jij ook niet zeggen dat dit mevrouw Sinclair was, Wakely?'

'Dat lijkt me wel.'

'Hebt u die vrouw die me heeft gestalkt al nagetrokken? Over wie ik u heb verteld?' vraag ik.

'Hoezo? Lijkt ze op u, dan?'

'Ja. Ik heb haar niet van heel dichtbij gezien, maar ze droeg dezelfde kleren als ik toen ze voor ons oude huis stond.'

'Weet u hoe ze heet?'

'Dat heb ik al gezegd: nee. Niet hoe ze echt heet, tenminste.'

'Hoe noemde ze zich dan?'

Ik aarzel, want ik spreek die naam liever niet uit. Maar ik kan er niet onderuit. ‘Ze noemde zichzelf Maggie. Maggie O’Neil, maar dat is niet haar echte naam.’

‘Hoe weet u dat dat niet haar echte naam is?’

‘Omdat Maggie O’Neil dood is.’

18

Essex, 1987

'Schiet op, opstaan en aankleden. Vandaag kom je naar beneden. Ik heb geen tijd om voortdurend maar naar boven te blijven te lopen,' zegt Maggie terwijl ze in haar nachtpon mijn kamer binnenkomt. Ze schuift de gordijnen open, waarachter het alweer regent. Met een ruk trekt ze het dekbed van me af en ik ril van de kou. Ik heb nog steeds de pyjama aan waar AIMEE op staat om me eraan te herinneren dat ik een nieuwe naam heb. Ik draag hem al zolang ik hier ben, drie dagen, denk ik.

'Waarom zitten er tralies voor het raam?' vraag ik.

'Om slechteriken buiten te houden, zoals mensen die dingen meenemen die niet van hen zijn. De tralies zijn voor de veiligheid.' Ik voel me niet veilig na die uitleg. Ik voel me bang. Dan bedenk ik dat Maggie mij ook meegenomen heeft, terwijl ik niet van haar ben. Ze opent de witte klerenkast en ik zie dat hij vol kleren hangt. Van een ander. Maggie haalt er een paars truitje en een lange broek uit en legt ze op bed, met een onderbroek en een paar sokken erbij. 'Trek dit maar aan,' zegt ze terwijl ze de kamer uit gaat.

Als ze terugkomt, is ze aangekleed en zitten er allemaal kleuren op haar gezicht. Oranje op haar wangen, bruin op haar ogen, rood op haar lippen. Ze heeft een korte rok en lange laarzen aan. Ze kijkt naar me, in mijn broek die maar blijft afzakken, schudt haar hoofd en maakt een afkeurend geluidje. Dat doet ze vaak.

‘Je bent nog steeds te mager, je moet meer eten. Trek maar weer uit.’

Ik doe wat ze zegt, terwijl zij de klerenkast weer openmaakt en de hangers over de stang schraapt alsof ze boos is op alles wat ze ziet.

‘Probeer deze eens.’ Ze rolt iets donkerblauws op, en laat me eerst mijn ene en dan mijn andere been erin steken. Ik heb nog nooit zoiets gezien.

‘Wat is dit?’

‘Dit heet een tuinbroek,’ zegt ze terwijl ze me erin vastgespt. ‘Vooruit, ik moet aan het werk. Naar beneden, jij.’

Ik ben nog niet beneden geweest sinds ik hier ben.

Dat mocht ik niet.

Er zit zelfs een wit hekje voor de trap om me daaraan te herinneren.

Als Maggie het hekje opent en me een duwtje geeft, word ik bang. Ik ben vergeten hoeveel treden de trap heeft en ik krijg buikpijn als ik ze allemaal onder me zie. Ik ben geen trap gewend, mijn huis thuis heet bungalow. Ik geloof dat ik liever op de grond woon.

‘Wat zijn dit?’ vraag ik terwijl ik over een van de oranje latten op de vloer stap, oppassend dat ik mijn voet niet bezeer aan de scherpe metalen puntjes.

‘Dat zijn tapijtlatten, en dat groene spul is ondertapijt. Schiet op.’

‘Waar is het tapijt?’ Ik laat mijn vingers over de muur van kurk met me meelopen.

‘Tapijt kost geld en het geld groeit ons niet op de rug. Jij hebt mooie vloerbedekking in je kamer, en over de rest hoef je je geen zorgen te maken. Je hebt de mooiste kamer van het huis, dus wees een beetje dankbaar, Baby Girl.’ Zo noemt ze me opeens: Baby Girl. Weer een nieuwe naam, net als Aimee.

Onder aan de trap bedenk ik dat we misschien naar buiten gaan, vandaar die tuinbroek, maar dat ik geen jas en schoenen aanheb. We gaan niet naar buiten. Maggie haalt haar grote sleutelbos tevoorschijn en haalt de metalen deur die ik me herinner van toen ik hier aankwam van het slot. Daarna schuift ze de grendels opzij; boven, in het midden en beneden. Als ze de deur openduwt zie ik eerst niets, want alles is donker, maar na een druk op de lichtknop gaan er boven mijn hoofd allemaal lampen aan. Het lijkt wel of we een ruimteschip in zijn gestapt.

'Dit is het kantoor,' zegt ze.

Het ziet er niet uit als een kantoor. Overal hangen televisieschermen en ik vraag me af hoe je meer dan één programma tegelijk kunt kijken. Op de muren zijn met plakband stukken krant geplakt en posters met cijfers erop en foto's van paarden. Er staan zwartleren krukken die groter zijn dan ik ben, en overal staan asbakken. In de hoek is een balie, een beetje zoals in een bank. Er zit een glazen raam in met een paar gaatjes om doorheen te praten.

'Dit is verboden terrein als we klanten hebben. Dan blijf je in de achterkamer.' Ze haalt de deur van het slot die toegang geeft tot de ruimte achter de balie. Ik zie twee winkelkassa's en heel veel papiertjes.

'Wat kun je hier kopen?'

'We zijn bookmakers.'

Daar moet ik even over nadenken. 'Waar zijn alle boeken dan?'

Ze lacht. 'We verkopen geen boeken, Baby Girl.'

'Wat verkopen jullie dan wel?'

Ze denkt even na en zegt dan met een glimlach: 'Dromen.'

Ik begrijp het niet.

We lopen door naar een gedeelte met telefoons, een grote griezelige machine en een smerig aanrecht. Daarna komen we in een kleinere ruimte, met alleen een stoffig bureau erin, een stoel, en een kleine televisie. Ik zie ook een deur met sloten, een buitendeur, denk ik. Ze drukt me met haar hand op mijn schouder op de stoel, wat pijn doet.

'Ben ik wel op tijd thuis voor mijn verjaardag volgende week? Op 16 september word ik zes.'

'Voortaan is dit je thuis, en je bent volgende week niet jarig. Je bent in april jarig, en volgend jaar word je zeven.'

Ik weet niet wat ik daarop moet zeggen. Ze heeft het helemaal verkeerd. Ik weet heus wel hoe oud ik ben en wanneer mijn verjaardag is.

'Weet je wat wedden is?' vraagt ze.

'Ja.'

'Vertel maar.'

'Bijvoorbeeld dat je om een kastanje wedt dat het gaat regenen vandaag.'

Ze lacht en ik herinner me weer hoe leuk ze eruitziet als ze vrolijk kijkt. 'Ja, slimme meid, dat heb je helemaal goed. In deze winkel komen mensen om te wedden, maar niet op het weer. Ze wedden meestal op paarden, en ook weleens op honden.'

'Op paarden en honden? Hoe kun je nu op een paard wedden?'

'Met paarden kun je racen, dus kun je wedden op welk paard het eerst bij de finish is. Alleen wordt er niet om kastanjes gewed, maar om geld.'

Ik probeer het te begrijpen. 'En als je paard verliest?'

'Goede vraag. Als je paard verliest, houden wij het geld en kunnen we tapijt voor boven kopen. Snap je?'

Ik schud met mijn hoofd en zie dat haar gezicht weer bozig wordt.

'Maar wat verkopen jullie dan?'

'Dat heb ik net gezegd. We verkopen dromen, Baby Girl. Dromen die nooit werkelijkheid worden.'

19

Londen, 2017

'Ik geloof dat ik het nog steeds niet begrijp,' zeg ik.

Inspecteur Croft en haar hulpje zitten nu al een poosje in mijn kleedkamer en ik krijg het gevoel dat er een zuurstoftekort dreigt. Ik staar stug naar de deur, alsof het een nooduitgang is waardoor ik naar buiten zou willen vluchten, maar ze is niet van haar stuk te brengen, blijft me aankijken, zucht, en begint opnieuw.

'Voor de zoveelste keer: wat is er gebeurd toen u terugkwam van het tankstation?'

'Voor de zoveelste keer: ik ben nooit bij dat tankstation geweest. Ik ben van het restaurant regelrecht naar huis en naar bed gegaan, in mijn eentje.'

Ze schudt haar hoofd. 'Hebt u zich nooit afgevraagd waarom er twee rechercheurs naar u toe zijn gestuurd toen u Ben als vermist had opgegeven?'

'Nou ja, ik...'

'Dat is geen standaardprocedure. Uw man werd als hoogrisico ingeschaald. Wilt u weten waarom?'

Ik kijk haar aan. Ik weet niet of ik dat wel wil.

'Omdat hij zich eerder die dag bij het politiebureau had gemeld om een klacht tegen u in te dienen, wegens mishandeling. Of u kunt écht heel goed acteren, of u wist het niet.'

Ik krijg een gevoel alsof ik ga vallen, dus ik ga snel zitten. Het lijkt de laatste dagen of ik een verkeerd soort parallel universum ben ingegleden, waarin ík nog wel steeds dezelfde ben, maar waarin verder alles en iedereen een rare kronkel heeft gekregen. Als ik niet reageer, gaat ze gewoon door.

'Uw man zei dat er bij u als kind een bepaalde vorm van geheugenverlies is geconstateerd. Traumatische gebeurtenissen vergat u, wiste u compleet uit uw geheugen, zonder dat u zich daar bewust van was. Uw man opperde dat dat nog steeds het geval was, maar dat u het niet wilde weten. Dat u dus dénkt dat u een prima geheugen hebt, maar dat u in werkelijkheid misschien het een en ander vergeten bent van wat u gedaan hebt toen u boos was. Herkent u zichzelf hierin?'

'Nee, ik bedoel: ja. Die diagnose is inderdaad gesteld toen ik klein was, maar het was een verkeerde diagnose. Ik ben sindsdien niets meer vergeten.'

De dingen van toen was ik ook niet vergeten. Ik deed alleen maar alsof. De herinneringen uit mijn vorige leven zitten in een oude koffer in mijn hoofd. En die zit al heel lang op slot.

'Bent u daar zeker van? Dat u niet nog steeds aan een bepaalde vorm van geheugenverlies lijdt? Het was namelijk een van de redenen voor uw man om niet officieel aangifte te doen.'

'Aangifte te doen van wat?'

'Drinkt u, mevrouw Sinclair?'

'Iedereen drinkt.'

'Acht u het mogelijk dat u zo dronken was dat u zich niet kunt herinneren wat er die avond tussen u en uw man is gebeurd?'

Nee. Ik herinner me alles. Ik ben alleen egoïstisch op het gebied van herinneringen. Ik wens ze niet te delen.

'Heb ik een advocaat nodig?'

'Ik zou het niet weten. U wel? U zei toch dat het, ik citeer, "maar een tik" was?'

Ze wacht tot ik antwoord geef, maar ik geef geen antwoord.

Ik begin te vermoeden dat ik beter maar zo min mogelijk kan zeggen. 'Waar is uw man, mevrouw Sinclair?'

Er knapt iets in me. 'Ik. Weet. Het. Niet! Daarom heb ik jullie gebeld!'

Ik schrik van mijn eigen stemvolume, maar zij geeft geen krimp. 'Is het u gelukt een recente foto van Ben te vinden, die ons kan helpen bij ons onderzoek?'

'Nee.'

'Hindert niet. Ik heb er een.' Ze steekt haar hand in haar zak en haalt er een foto uit van Bens gezicht, beschadigd, onder het bloed, met één half dichtgeslagen, gezwollen oog. Zo heb ik hem nog nooit gezien. Hij is bijna onherkenbaar. 'Zo zag uw man eruit toen hij zich bij ons meldde op de dag waarop u zegt dat hij is verdwenen. Zijn neus was op twee plaatsen gebroken. Ik ben niet medisch onderlegd, maar ik zou zeggen dat deze verwondingen niet het gevolg zijn van "maar een tik". Er is maar één reden dat we u toen niet hebben ingerekend, en die reden is dat hij niet wilde dat we tot vervolging zouden overgaan. Ik vermoed dat hij bang voor u was.'

Oké, mijn brein kan best barstjes vertonen, maar aan mijn geheugen mankeert niets.

Ik ben niet gek.

'Dit slaat nergens op. Zo heb ik hem nog nooit gezien...'

'In de verklaring die hij aflegde zei uw man dat hij u had aangesproken over een verhouding die u volgens hem zou hebben met uw tegenspeler in deze film, Jack Anderson. Wat is daarvan waar?'

'Dat gaat u niets aan!'

'Alles wat me kan helpen om uw man te vinden en zijn veiligheid te garanderen gaat me aan. Enkele uren na zijn bezoek aan het politiebureau hebt u hem als vermist opgegeven. Waar is hij nu, mevrouw Sinclair?'

Alles klinkt te luid. Ik wil dat ze haar mond houdt, dat iemand me uitlegt wat er gebeurt, zodat ik er íéts van kan begrijpen. 'Ik heb al gezegd dat ik dat niet weet. Als ik zou weten waar hij is, of dat ik hem iets had aangedaan, dan had ik de politie toch niet gebeld?'

Ze schudt haar hoofd. 'Nog een laatste vraag. Hoe laat zei u ook alweer dat u thuiskwam op de avond dat u besefte dat hij... weg was?'

'Rond een uur of vijf, geloof ik. Ik weet het niet precies meer.' Ik zie dat Wakely een notitie maakt.

'Kijk, dat vind ik interessant, want dat betekent dat u thuis was toen uw man het laatste telefoontje pleegde met het toestel dat volgens u van hem is, het toestel dat op de salontafel lag. Hij liep al een poosje bij een therapeut die gespecialiseerd is in huiselijk geweld – dit was niet de eerste keer dat u hem te lijf was gegaan, zei hij – en hij heeft die avond een berichtje achtergelaten op diens voicemail. Wilt u weten wat Ben heeft ingesproken?'

Niet echt.

Ze tikt iets aan op haar iPad en Bens gedempte stem klinkt door mijn kleedkamer. Het is alsof ik een geest hoor.

'Het spijt me dat ik bel, maar u zei dat dat mocht als ik me ooit nog eens bedreigd zou voelen. Ik denk dat ze me gaat vermoorden.'

20

Essex, 1987

'Je krijgt nog eens vierkante ogen,' zegt Maggie terwijl ze uit bed stapt en de televisie uitzet. Ik woon hier nu al heel lang en ze zegt elke keer hetzelfde, dus kijk ik zo vaak ik kan in de spiegel om te controleren of mijn ogen nog wel rond zijn. Ik blijf gewoon naar het scherm kijken, ook al is er geen beeld meer. Ik zie een meisje, een kleine grijze geestverschijning van mezelf. Ze lacht als ik lach, staat op als ik opsta, en kijkt verdrietig als ik verdrietig kijk. Ik zie niet wat ze doet als ik me omdraai en wegloop, maar ik denk weleens dat ze gewoon blijft waar ze is, in het scherm. En naar me kijkt.

'Weet je wat het leukst is van Kerstmis?' vraagt Maggie.

Ik was vergeten dat ze had gezegd dat het Kerstmis was vandaag en zeg niets.

'Verrast worden!' Ze bindt een beha om mijn hoofd, als een blinddoek. Ik vind Maggies verrassingen niet altijd leuk. Ze trekt me overeind en neemt me mee naar de deur die nog nooit open is geweest. Hij zit op slot en ik wil helemaal niet weten wat erachter zit. Ik hoor dat ze haar grote sleutelbos pakt en dan de deur van het slot draait. We lopen stapje voor stapje naar binnen. Het is er donker, maar ik voel dat er zacht tapijt onder mijn voeten ligt, net als in mijn kamer. Ze haalt de beha voor mijn ogen weg, waar ik blij om ben, maar ik zie pas echt wat als ze de zware gordijnen opendoet.

Ik ben in een prachtige kamer, hij lijkt op de kamer van

de Kerstman in Dunnes Stores in Galway. De muren hebben een mooi patroon van rode en witte bloemen en er ligt rood tapijt op de grond. Ik zie een grote, rode bank met veel kussens erop, en een open haard, die een beetje op die bij ons thuis lijkt. Er hangen zelfgemaakte papieren slingers aan het geschuurde witte plafond en in een van de hoeken van de kamer staat een gigantische groene kerstboom vol glinsterend engelenhaar en met een grote zilveren ster als piek. En alsof dat nog niet genoeg is liggen er ook nog cadeautjes onder, meer cadeautjes dan ik ooit bij elkaar heb gezien.

'Toe maar, ga maar kijken of er iets voor jou bij zit,' zegt Maggie. Haar gele T-shirt waarop een lachend gezicht staat reikt tot aan haar knieën, maar ze klappertandt zo hard dat ik vanzelf mee ga doen. Er hangt een kou in de kamer die voelt als de kou waarvan je gaat hoesten en niezen, waarvan je verkouden wordt. Ze drukt op een knop naast de open haard en dan zie ik dat het geen echte open haard is. Hij is nep en heeft blauwe vlammen. Dan drukt ze op een andere knop en floepen er kleine gekleurde lichtjes aan in de boom. Het is prachtig. Maar opeens gaan de lichtjes in de boom en de haard uit. Maggies gezicht gaat vreselijk snel van blij naar boos.

'Verdomme, John, net nu het helemaal perfect moest zijn.' Ze kijkt naar iets achter me, dus ik draai me om en zie John in de deuropening staan. Ik had niet eens door dat hij daar stond – hij duikt altijd zomaar op.

'Bek dicht,' zegt hij terwijl hij iets uit zijn broekzak haalt en in de hal verdwijnt. Ik vind het raar dat hij dat zegt, Maggie is toch geen hond.

In de grote kast boven aan de trap zit iets wat ze een meter noemen. De strijkplank en de stofzuiger staan er ook – niet dat we die ooit gebruiken. Als we te weinig vijftigpencestukken in de mond van de meter stoppen, valt de stroom uit. Je moet hem de hele tijd voeren, net als een speelgoeddraakje.

John is hem vast gaan voeren, want de lichtjes en het vuur gaan weer aan.

Maggie heeft haar blije gezicht weer opgezet, net zo een als op haar T-shirt.

'Toe maar,' zegt ze.

Ik loop naar de boom en als ik me buk, zie ik dat er aan alle cadeautjes een lintje zit met een labeltje eraan waarop een naam staat. Ik draai er een om, er staat AIMEE op. Ik bekijk er nog een, en daar staat hetzelfde op. Maar er ligt een laagje stof op de cadeautjes, alsof ze al heel lang onder de boom liggen. Ik kijk om me heen en zie dat alles in de kamer met een laagje stof is bedekt.

'Maak je niets open?' vraagt John terwijl hij een sigaret opsteekt en op de bank gaat zitten. 'Ik zie niemand anders die Aimee heet. Jij wel?'

Net op het moment dat hij dat zegt zie ik een ander meisje in de kamer, of tenminste, een foto van een ander meisje, hij staat op de schoorsteenmantel. Ze lijkt een beetje op me, ietsje ouder misschien, en haar haar is even lang als dat van mij. Maggie ziet me kijken en legt de foto plat neer.

'Maak je cadeautjes maar open,' zegt ze terwijl ze haar armen over elkaar slaat.

Ik kies het pakje dat het dichtst bij me ligt. Ik krijg stof aan mijn vingers en er dwarrelt ook stof op mijn pyjama. Ik maak het langzaam open, heel voorzichtig peuter ik de plakbandjes los, zodat ik het mooie papier niet kapot hoef te scheuren. Er zit iets in van oranje wol, ik trek het eruit. John maakt een foto van me met zijn polaroidcamera – dat doet hij graag. Hij maakt de hele tijd foto's van me, overal: in het kantoor, in mijn slaapkamer, in bad. Ik denk dat de foto's in bad of 's avonds in bed meestal mislukken – Maggie en ik krijgen ze nooit te zien.

'Het is Rainbow Brite, waar je zo dol op bent! Vind je haar niet schattig?' vraagt Maggie. Ik knik, hoewel ik niet weet wie

Rainbow Brite is. Ik ken haar alleen van het dekbed en het behang in mijn slaapkamer. 'Toe maar, pak nog maar een cadeautje uit.'

Deze keer is het een rood apparaat.

'Het is een spiksplinternieuwe cassettespeler van Fisher-Price, dus voortaan kun je zoveel *Story Teller*-bandjes luisteren als je maar wilt. Probeer deze wel heel te houden.'

Ik heb helemaal niets kapotgemaakt.

'En wat zeg je voor je het volgende pakje openmaakt?'

Ik denk heel hard na voor ik antwoord geef. Maggie wordt altijd erg boos als ik iets verkeerds zeg. Als ik denk dat ik het goede antwoord weet, draai ik me om en kijk haar aan. 'Dank je wel, mama.'

Ik pak nog een cadeau en hoop maar dat ik het mag openmaken.

Ze lacht naar me. 'Geen dank, Baby Girl.'

21

Londen, 2017

'Alles goed?' vraagt Jack.

Nee.

Mijn man probeert me een loer te draaien.

De enige die me echt kende, van wie ik dacht dat hij van me hield, probeert me op een ongelooflijk gestoorde manier te pakken. Ik ben doodsbang en ongelooflijk kwaad, en ik voel me gebroken, en dat allemaal tegelijk.

De politie was nog geen minuut weg of Jack had aangeklopt. Ik dacht dat het de politie weer was, dus toen ik hem zag staan had ik me alleen maar opgelucht gevoeld.

'Ja hoor,' zeg ik, terwijl hij onuitgenodigd binnenkomt en ik de deur achter hem sluit.

'Je bent een geweldig goede actrice, maar een vreselijk slechte leugenaar. Als je me liever ziet gaan dan komen, moet je het gewoon zeggen, maar ik dacht dat je misschien wel behoefte had aan een luisterend oor en vroeg me af of je zin had om nog even wat met me te gaan drinken in de bar. Dit was per slot van rekening onze laatste draaidag. Volgens mij ga ik je gezicht missen.'

En of ik zin heb in een drankje. Thuis is niets om naar uit te kijken. Ben heeft duidelijk besloten me op een extreem uitgekiende en inventieve manier te straffen. Ik kan bijna niet geloven dat hij het helemaal zelf heeft verzonnen. Nu ik weet dat hij naar de politie is gegaan en iedereen daar heeft wijsgemaakt dat ik hem te lijf ben gegaan, is dat wat ik al aan ongerustheid voelde omgeslagen in haat. Dit is niet iets wat hij eeuwig kan volhouden, lijkt me. Geconfronteerd met feiten die zich hoger hebben opgestapeld dan illusionaire waarheden, en hoewel ik weet dat het niet verstandig is, besluit ik dat ik toe ben aan een borrel.

'Ja, dat wil ik wel. Wacht, even mijn tas pakken.'

'Mooi, maar misschien moet je je ook even omkleden, *mon amie*.'

Ik volg Jacks omlaagglijdende blik en zie dat ik nog steeds in het zijden negligé uit onze zojuist gedraaide scène rondloop. Ik kan niet geloven dat ik hierin de politie te woord heb gestaan. Oké, alles is bedekt, maar ik heb er niets onder aan en ik zie mijn tepels door het dunne, roze materiaal.

'Gaat het echt wel goed met je? Je weet dat je me kunt vertrouwen, hè?' De vriendelijkheid van zijn stem prikt door mijn emotionele pantser en mijn ogen vullen zich met tranen. 'Shit, sorry, ik wilde je niet aan het huilen maken.' Hij slaat een arm om mijn middel en trekt me naar zich toe. Ik hang tegen hem aan, niet goed wetend wat ik met mezelf aan moet zonder script en regieaanwijzingen. Hij veegt mijn tranen weg en geeft me een kus op mijn voorhoofd. Het voelt een beetje nep, maar dat is de makke met acteurs: ze weten nooit wanneer ze moeten stoppen. Toch ebt de spanning een beetje weg. Ik laat mijn hoofd op zijn schouder rusten en sluit mijn ogen, terwijl hij me over mijn haren streelt. Ik adem zijn geur in en als hij me nog iets dichter tegen zich aan trekt, bied ik geen weerstand. Ik geniet van het gevoel van zijn lichaam tegen het mijne, denk aan zijn borstkas onder zijn shirt, stel me voor dat ik het van hem af ruk. Ik kan zijn hart horen kloppen, ongeveer even snel als het mijne.

'Als je zo graag in een sexy doorkijkhemmetje naar de bar wilt gaan: ga vooral je gang. Daar hoef je niet om te huilen, ík zal je niet tegenhouden.'

Ik lach. Jack is zo'n man die denkt dat hij elk pijntje met wat humor kan wegnemen.

'Of moet ik je er even uit helpen?'

Ik neem aan dat dat ook een grapje is, dus ik verdwijn achter het kamerscherm om iets minder bloots aan te trekken. Als ik zie dat Jack zijn telefoon tevoorschijn heeft gehaald, haal ik nog snel even de uitgelopen make-up van mijn gezicht. Hij is zo geconcentreerd bezig dat ik me afvraag wat hij aan het doen is. Zijn Twitter-account aan het checken, waarschijnlijk.

Als we door de gang naar de Club Bar van Pinewood lopen voel ik de blikken van de mensen die we passeren. De bar doet ook dienst als filmset, maar buiten die momenten kun je er terecht voor een drankje: een goed voorbeeld van leven naar de kunst en daarbij flink wat winst maken. Het is druk, maar de manager vraagt aan twee mensen of ze ergens anders willen gaan zitten, zodat er een tafeltje voor ons vrijkomt. Eigenlijk heb ik daar een gruwelijke hekel aan, maar ik ben te moe om te staan, dus voor één keer vind ik het wel best. En bovendien wordt aan die mensen gevraagd of ze plaats willen maken voor Jack, niet voor mij. Hij is de echte ster. Iedereen begroet hem en lacht naar hem. Het voelt alsof je een café binnenkomt naast een XXL-versie van Tom Cruise, maar ik vind het prima om te kunnen schuilen in zijn schaduw.

'Je hoeft er niet over te praten als je dat niet wilt, maar als je dat wel wilt, dan ben ik er voor je,' zegt hij zodra we een fles wijn van de kaart uitgezocht hebben. Iedereen bestelt aan de bar, maar Jack niet.

'Ben wordt nog steeds vermist.'

Er verschijnt een frons op zijn gezicht. 'Wat heeft de politie hier te zoeken als ze naar hém op zoek zijn?'

'Ze denken dat ik er iets mee te maken heb.'

Het voelt goed om het hardop te zeggen. Minder beangstigend, op de een of andere manier.

Hij staart me even aan, gooit dan zijn hoofd in zijn nek en

begint heel hard te lachen. Zijn gezicht wordt rood en hij legt zijn handen op zijn borstkas alsof het lachen pijn doet.

'Sst, dat is niet om te lachen,' fluister ik. Maar zijn reactie brengt voor het eerst in dagen een glimlach op mijn gezicht.

'Het spijt me, ik kan er niets aan doen. Ik weet dat je voor de camera een doortrapt en gemeen personage kunt neerzetten, maar iedereen die je een beetje kent weet dat je nog geen vlieg kwaad kunt doen...'

Dan ben ik blijkbaar een betere toneelspeelster dan ik dacht.

'Ik weet zeker dat het een misverstand is. Let op mijn woorden, morgen is hij weer thuis. Ik ben zo vaak weggebleven zonder aan mijn vrouw te vertellen waar ik was – misschien heeft ons huwelijk daarom ook geen stand gehouden. En hij is toch journalist, die vent van je? Hij ligt vast ergens strontlazarus in een bar. Want zo gaat dat toch bij die lui?'

'Misschien heb je wel gelijk,' zeg ik, wetend dat dat niet zo is.

'Bien sûr, je suis très intelligent!'

'Wat is dat toch met dat Frans?'

'Ik probeer indruk te maken op een leuk meisje dat ik ken. Ga ik al een beetje vooruit?' Ik schud mijn hoofd. '*Merde*.'

Jack excuseert zich en loopt naar het herentoilet. Ik blijf alleen achter met mijn gedachten en angsten. Ik snap nu dat Ben dit allemaal heeft bekokstoofd om me te straffen voor iets wat ik niet heb gedaan. Want dat is het: wraak. Ben is niet alleen ouder dan ik ben, hij is ook slimmer. Hij heeft langer geleefd, meer gelezen en meer gezien. Hij begrijpt de wereld zoals ik hem nooit zal kunnen begrijpen. Maar ik heb meer mensenkennis. Dat is iets waar hij altijd moeite mee heeft gehad. Ik begrijp mensen, en waarom ze de dingen doen die ze doen. En ik begrijp hem. Hij probeert me te kwetsen door mijn carrière te schaden, die volgens hem ons huwelijk kapot heeft gemaakt.

Dat laat ik niet gebeuren.

Jack is weer terug en schenkt meteen nog een glas rode wijn voor ons in. Het valt me op dat hij mijn glas veel voller schenkt dan dat van hem.

Ik neem een slokje. 'Dank je wel voor wat je net zei. Je hebt vast gelijk, er is vast niets aan de hand.'

'Tuurlijk heb ik gelijk,' zegt hij. 'Jij doet geen vlieg kwaad.'

22

Essex, 1987

Met een opgerolde krant, precies zoals Maggie me heeft geleerd, sla ik naar de vlieg op het televisiescherm, waarna ik tevreden vaststel dat ik hem in één keer had.

Ik ben eraan gewend geraakt om in het achterkamertje te zitten als het wedkantoor open is. Ik ken alle scheuren in de muur, alle vlekken op het bureau, en elke ochtend denk ik eraan om een jas aan te trekken, ook al zit ik de hele dag binnen. De verwarming doet het namelijk niet, waardoor het er koud is. Het is de jas van iemand anders die ik draag, haar naam is erin genaaid voor het geval dat ik het zou vergeten. Maar hij is nu van mij. Mijn naam, mijn jas.

Ik breng de dag door met lezen en televisiekijken, en met het beluisteren van de *Story Teller*-bandjes op mijn Fisher-Price-cassetterecorder. Als ik geen verhalen van anderen meer heb om te lezen, bekijken of beluisteren, verzin ik zelf verhalen over een klein meisje dat ooit in Ierland woonde. Het verhaal van mezelf, dat ik aan mezelf vertel, opdat ik het niet vergeet. Ik fluister altijd, want niemand mag het horen, en ik vind het grappig dat er ademwolkjes met mijn woorden mee mijn mond uit glippen. Soms stel ik me voor dat ik een babydraakje ben, en dat ik op een dag naar huis kan vliegen en iedereen kan verbranden die ooit gemeen tegen me heeft gedaan.

Uit het kantoor komt altijd veel lawaai. De hele dag door

hoor ik het geluid van de paardenraces. De mannen die ernaar kijken schreeuwen van alles tegen het televisiescherm, alsof de paarden hen kunnen horen, wat ik erg raar vind, want dat kan natuurlijk niet. Soms gluur ik tussen de strips van het plastic gordijn door dat tussen de telefoonkamer en de ruimte achter de balie hangt, en dan zie ik ze, de klanten. Ze lijken allemaal op elkaar, voor zover ik het kan zien door de sigarettenrook heen. Ze dragen spijkerbroeken en hebben een gemeen gezicht. Ik weet wanneer het kantoor sluit: als het lawaai ophoudt en de stilte terugkeert, op het ratelende geluid van Johns rekenmachine na dan. Ik denk dat hij rekenen leuk vindt, want hij gebruikt hem heel veel.

Hij komt het achterkamertje in, doet alsof hij de tekening die ik heb gemaakt mooi vindt, en maakt dan de achterdeur open. '*See you later, alligator*,' zegt hij, met een glinstering van zijn gouden tand.

'*In a while, crocodile*,' antwoord ik omdat ik weet dat hij dat leuk vindt. Ik heb foto's van alligators en krokodillen gezien, ze lijken echt heel erg op elkaar. Ik snap niet dat mensen altijd doen alsof dingen verschillend zijn als ze hetzelfde zijn. Door iets een andere naam te geven verander je niets, een naam is maar een naam.

'Het wordt zo langzamerhand tijd om zelf je kostje te gaan verdienen, Baby Girl. Kom maar mee,' zegt Maggie terwijl ze de deur achter John dichtdoet en naar het kantoor terugloopt. We zijn zeker alleen vanavond. John gaat weleens weg en komt dan niet terug. Ik weet niet waar hij naartoe gaat, maar Maggie wordt er verdrietig en boos van, allebei tegelijk. Ze noemt het zijn 'verdwijntruc', waardoor ik me een poosje heb afgevraagd of John misschien stiekem een goochelaar was.

Het is een bende in het kantoor. De hoge leren krukken staan kriskras door elkaar en de vloer is bezaaid met papiertjes en sigarettenpeuken en wikkels van chocoladerepen.

Er staat ook een bezem.

'Ik wil dat je alles opveegt en de krukken weer tegen de muur zet, en als je klaar bent roep je maar,' zegt ze, waarna ze door de openstaande metalen deur naar de trap loopt. Ik hoor dat ze de televisie aanzet boven, en dan hoor ik het geluid van de serie waar ze graag naar kijkt, waarin iedereen net zo praat als John: *EastEnders*.

Ik begin met de krukken. Ze zijn groter dan ik en erg zwaar. Ik duw ze allemaal terug naar hun plaats tegen de muur, wat een afschuwelijk geluid maakt door de poten die over de tegels schrapen. Als dat is gebeurd, pak ik de bezem en speel ik eerst alsof ik als een heks door het kantoor vlieg. Dan veeg ik de rommel in hoopjes bij elkaar. Ik weet niet hoe ik de hoopjes in de zwarte vuilniszak moet krijgen die Maggie heeft achtergelaten, dus doe ik het maar met mijn handen. Als alles erin zit zijn mijn handen vies en plakkerig. Ik ga onder aan de steile trap staan en roep een paar keer Maggies naam.

'Maggie!' gil ik voor de derde keer, maar nog steeds krijg ik geen antwoord. Ik ben moe en ik heb honger. Ik geloof dat we vanavond geroosterd brood met macaroni met tomatensaus uit blik eten, we eten 's avonds meestal geroosterd brood met iets erop. Bonen, of kaas, of eieren, maar wat het ook is, het gaat altijd op geroosterd brood. Maggie zegt dat geroosterd brood bij alles past. Ik bedenk opeens iets en roep haar nog een keer: 'Mama!'

'Ja, Baby Girl?' Als bij toverslag verschijnt ze boven aan de trap.

'Ik ben klaar met vegen.'

Ze komt naar beneden, inspecteert de vloer van het kantoor en knikt. 'Goed gedaan. Heb je honger?' Ik knik. 'Zou je zin hebben in McDonald's?' Ik knik nog een keer, tweemaal zo snel. Ik krijg altijd McDonald's van haar als ze blij is. McDonald's is veel lekkerder dan alles wat je op geroosterd brood kunt eten. Het zit in een doos met een speelgoedje en ik ben er dol op.

'Goed, wacht hier.' Ze loopt naar achteren, naar de glazen deur waardoor je achter de balie komt, en vandaar naar de telefoonkamer, maar die kan ik niet zien. Ik hoor het geluid van water, en dan komt ze terug met een zwabber en een emmer. Het water stoomt en er drijft schuim op, net als in bad. 'Ik wil dat je de hele vloer dweilt, en het klantentoilet. Ik ga intussen een Happy Meal voor je halen. Ik zal het even voordoen.' Ze laat de zwabber in de emmer zakken, haalt hem omhoog en draait hem in het rond, waardoor bijna al het water eruit wordt gewrongen, en haalt hem heen en weer over de vloer. Dan geeft ze de zwabber aan mij, loopt naar de voorkant van het kantoor, haalt haar grote sleutelbos tevoorschijn die ze overal mee naartoe neemt, haalt de deur van het slot en slaat hem met een klap achter zich dicht. Ik ben nog nooit door die deur naar buiten gegaan, ik weet niet hoe het er achter die deur uitziet. Ik ben nog geen enkele keer naar buiten geweest sinds ik hier ben. Ik wacht even, en kijk dan door de brievenbus. Ik zie een rij huizen en een weg, een oude man met wit haar die zijn hond uitlaat, en een bushalte. Ik vraag me af of de bus die daar stopt me helemaal naar huis zou kunnen brengen.

Ik begin de vloer te dweilen. Hij is behoorlijk groot en smerig, dus het duurt heel lang, en de emmer is te zwaar voor me om op te tillen, dus moet ik hem met twee handen over de vloer duwen. Ik ben nog nooit in het klantentoilet geweest. Het ruikt er vies, dus blijf ik in de deuropening staan. De bril is omhooggeklapt en er zitten allemaal gele en bruine spetters in de witte pot, en overal liggen kleine plasjes op de grond. Ik wil er niet op mijn lievelingssokken naar binnen, dus dweil ik er maar een beetje omheen.

Ik hoor de voordeur opengaan en denk dat het Maggie is, met de McDonald's. Maar het is Maggie niet.

'Hallo, kleine meid, hoe heet jij?' zegt de oude man. Het is de man die ik zag toen ik door de brievenbus keek. Hij heeft een witte baard, net als de Kerstman, en een hond. Daarom denk ik dat hij vast wel aardig is.

'Ciara.' Het is raar om mijn eigen naam weer te horen. Ik buk me om het vachtje naast hem te aaien. Het is een klein ding, bruin met wit, met grote ogen en een kwispelstaartje. Ik vind dat hij op Toto lijkt, uit *The Wizard of Oz*.

'Je moet een beetje harder praten, kind. Mijn oren zijn niet meer wat ze waren.'

'Ik heet Ciara,' zeg ik een beetje harder, terwijl ik het hondje over zijn buik aai, wat hij lekker lijkt te vinden.

'Dat is een erg mooie naam.'

'We zijn gesloten,' zegt Maggie.

Ik kijk op en zie haar achter de oude man staan, met een Happy Meal, maar ze kijkt er niet happy bij.

'O, sorry, neem me niet kwalijk.' De oude man sloft naar buiten, alsof zijn voeten heel zwaar zijn.

Maggie doet de deur achter hem dicht, draait hem op slot en slaat me in mijn gezicht.

'Je. Heet. Aimee.'

Ze kijkt naar de vloer. Die is helemaal nat, ik heb geen stukje overgeslagen. Ze loopt naar achteren, een spoor van vieze voetstappen achterlatend, en staat stil bij het klantentoilet, waar ze naar binnen kijkt. Ik besef dat het nog erger wordt, maar hoeveel erger weet ik niet. Ze komt zo snel op me af dat het wel lijkt of ze vliegt. Met in haar ene hand de Happy Meal en in haar andere mijn bovenarm, die ze gemeen afknelt, sleurt ze me achter zich aan, waarbij ik op mijn sokken alle kanten op glijd.

'Ik heb je gezegd dat je Aimee heet, en ik heb je gezegd dat je deze vloer moest dweilen. Heb je deze vloer gedweild, Baby Girl?' Ze wijst naar het klantentoilet.

Ik kijk naar de plakkerige gele plasjes.

'Ja,' zeg ik en ik heb meteen spijt van mijn leugen.

'O ja? Nou, gelukkig maar. Ik dacht echt dat je het niet had gedaan. Maar je zou nooit tegen me jokken, hè? Niet na wat ik allemaal voor je heb gedaan: ervoor zorgen dat je eten en kleren kreeg, toen je papa je niet meer wilde hebben.'

Ik wou dat ze dat niet meer zei over mijn papa.

'Nee,' fluister ik, terwijl ik mijn hoofd schud. Misschien merkt ze niet dat ik lieg en ziet ze de plasjes en de viezigheid niet.

Ze kiepert de Happy Meal-doos leeg boven de vloer van het klantentoilet. Met de hak van haar schoen smeert ze alles uit, tot alle Franse frietjes geplet en alle kipnuggets kapot zijn.

'Eet op.'

Ik verroer me niet.

'Eet. Op,' zegt ze, veel luider nu.

Ik raap het halve frietje op dat het verst van de wc-pot ligt, en steek het in mijn mond.

'Alles.' Ze doet haar armen over elkaar. 'Je hoeft je maar aan drie regels te houden in dit huis. Ik herhaal ze vaak genoeg, maar je schijnt ze de hele tijd te vergeten. Wat is regel nummer één?'

Met moeite slik ik het frietje door. 'We werken hard.'

'Eet door. Waarom werken we hard, Aimee?'

Ik voel me bang en misselijk, en raap een piepklein stukje van een geplette kipnugget op. 'Omdat het leven ons niets verschuldigd is.'

'Goed. Regel nummer twee?'

'We vertrouwen niemand.'

'Correct. Omdat niemand te vertrouwen is, hoe aardig ze zich ook voordoen. Regel nummer drie?'

'We liegen niet tegen elkaar.'

'Welke regels heb je vanavond overtreden?'

'Allemaal,' mompel ik.

'Ik versta je niet.'

'Allemaal.'

'Inderdaad. Je hebt een lesje nodig, een harde les, Baby Girl. Omdat je moet leren je aan die regels te houden en omdat je moet leren nadenken, bij alles wat je doet. Ik wil dat je al het eten dat op de vloer ligt opeet, en het kan me niet schelen hoe lang je erover doet. Hopelijk zul je dan nooit meer tegen me liegen.'

23

Londen, 2017

'Ik moet echt even iets eten als we er nog een nemen,' zeg ik als blijkt dat Jack een tweede fles wijn heeft besteld terwijl ik naar de wc was.

'Onzin, dat maakt het alleen maar lastiger voor me om je dronken te voeren en mijn lusten uit te leven. Want dat is wat ik met al mijn tegenspeelsters doe op de laatste draaidag, of had je dat nog niet gehoord? Ik denk zelfs dat het ergens in je contract staat, je moet die dingen echt van A tot Z lezen.' Hij schenkt me bij.

Jack heeft een reden om te drinken. Hij verbergt het goed, maar ik weet dat zijn scheiding eerder dit jaar hem veel meer pijn heeft gedaan dan hij bereid is toe te geven. Ik vraag er nooit naar, omdat ik weet dat hij net zo is als ik: hij let goed op welke versie van zichzelf hij aan anderen laat zien. Sommige mensen geloven dat ze het niet verdienen om gelukkig te zijn. We zijn altijd en alleen maar wat we denken te zijn.

Ik geef toe aan de verleiding en breng, de bar rondkijkend, het glas naar mijn mond. Het is nog drukker dan net, je kunt alleen nog maar staan, maar er blijven nog steeds mensen binnenkomen om stoom af te blazen en zich te ontspannen na een lange dag op de set. Sommige gezichten herken ik, maar de meeste niet, en als ik merk dat er naar ons gekeken wordt voel ik steken van verlegenheid.

'Je was geweldig vandaag,' zegt Jack. 'Zoals je je tranen liet lopen, ongelooflijk, zonder oogdruppels of wat dan ook. Hoe doe je dat?'

Ik denk gewoon aan iets heel verdrietigs.

Ik luister naar Jack, die zijn favoriete gespreksonderwerp aansnijdt, zichzelf, terwijl ik van tijd tot tijd mijn blik door het café laat dwalen. En dan zie ik Alicia White. Ze glijdt als een robotzwaan naar binnen. Boven haar strak zittende rode jurk draait haar lange, bleke hals zich van links naar rechts, op zoek naar een prooi. Ik sla haar gebiologeerd gade terwijl ze als een powerstofzuiger voor- en achterwaarts beweegt om alle aandacht en elk kruimeltje lof op haar pad op te zuigen. Ik herinner me de lippenstift, maar verwerp de gedachte dat ze iets met mijn man zou hebben. Zij is een brug te ver voor hem. Ik had haar bijna niet herkend: ze heeft haar blonde haar donkerbruin geverfd, waardoor ze nu heel erg op mij lijkt, maar dan in een mooiere uitvoering. Ik kijk te laat weg, ze heeft ons al gespot.

'Jack, *darling*,' kirt ze, dwars door zijn monoloog heen. Hij springt op en omhelst haar, kust haar op beide wangen en werpt een korte blik in haar decolleté voor hij oogcontact maakt.

'Alicia, wat héérlijk om je te zien, *tu es très jolie ce soir*,' zegt hij terwijl zijn ogen haar lichaam nog een keer opnemen. Mijn middelbareschool-Frans is toereikend genoeg om het compliment te begrijpen, maar zij lijkt een tikje van haar à propos gebracht. 'Laat me je even voorstellen aan Aimee. We hebben samen in een film gestaan. Haar naam ligt binnenkort op ieders tong, maar jij hebt de primeur.'

Even raakt ze de controle over haar gezicht kwijt – dat vond ze niet leuk om te horen. Ik vraag me af of Jack wellicht Frans leert om indruk te maken op Alicia, en die gedachte doet een beetje pijn.

'We kennen elkaar toevallig,' zegt ze. Haar woorden klinken zeer beheerst, cool en helder. 'Aimee is mijn jongere schaduw.

Ze heeft me vanaf de middelbare school tot en met de toneelschool gevolgd, en een paar jaar later werd ze door dezelfde filmagent als ik gecontracteerd. Je kent Tony toch wel, Jack?'

'De beste agent van de stad.'

'Precies, je kunt je dus wel voorstellen hoe verbaasd ik was toen ik de naam van de kleine Aimee Sinclair naast die van mij op zijn lijst zag verschijnen. Je zou bijna zeggen dat ze me stalkt!' Ze werpt haar hoofd achterover en ze beginnen allebei te lachen. Ik niet, ik krijg er alleen een wrang glimlachje uit. Het doet pijn aan mijn gezicht. 'Wat voor rol had je?' vraagt ze, alsof ze dat niet allang weet. Haar haren zitten zoals gewoonlijk perfect, net als haar make-up, en ik baal ervan dat ik zonder pantser naar het café ben gegaan. In afwachting van mijn antwoord vormen haar felrode lippen een goed ingestudeerd pruilmondje.

'Ik had de hoofdrol in een film, *Sometimes I Kill.* Vandaag was onze laatste draaidag.' Ik zie haar met haar mond trekken als ze het woord 'hoofdrol' hoort.

'*Sometimes I Kill*,' zegt ze terwijl ze met haar gemanicuurde vingers tegen haar perfecte kin een overdreven denkende pose aanneemt.

Had ik al gezegd dat die bitch voor geen meter kan acteren?

'*Sometimes I Kill*,' herhaalt ze. 'O ja, ik weet het weer. Tony had me het script gestuurd, hij zei dat ik de eerste keus was van de regisseur, maar ik heb de rol afgewezen. Ik vond het geen rol voor mij, maar ik weet zeker dat jij er dolblij mee was. Op zo'n vroeg en nog onzeker punt in je loopbaan wil je niet al te kieskeurig zijn, kan ik me zo voorstellen. Je boft eigenlijk maar dat ik nee heb gezegd, want daardoor kon de lieve Tony ze jouw headshot in plaats van dat van mij sturen.'

'Dus ik heb die rol eigenlijk aan jou te danken?'

'Eigenlijk wel!' Ze kijkt me stralend aan. Of ze hoort de ironie niet, of ze wil het niet horen. Dan verandert haar glimlach in een frons en legt ze haar ijskoude hand op die van mij. 'Je hebt vast het gerucht gehoord dat Tony zijn cliëntenlijst wat wil afslanken?' Mijn ogen geven blijkbaar antwoord op haar vraag, want ze kijkt opgetogen als ze van mijn gezicht afleest dat ik daar niets van weet. 'Ik hoop voor jou dat het niet "last in, first out" wordt. Het zou rampzalig zijn voor je carrière als hij je nu laat vallen.' Mijn aandacht verslapt even als ik me herinner dat Tony me wilde spreken, maar nog op geen enkel telefoontje van me heeft gereageerd. Daar hoeft niemand iets van te weten.

Alicia komt bij ons zitten en ik drink meer wijn dan goed voor me is. Ik luister met een half oor naar het geroddel over regisseurs, producenten en collega-acteurs, terwijl ik me in stilte grote zorgen maak omdat ik misschien gedumpt ga worden. Jacks ogen lachen en staan wijd open, maar hij lijkt niet te kunnen zien wie en wat zij in werkelijkheid is. Alicia is niet alleen schijnheilig, het ligt nog veel gecompliceerder. Ze heeft verschillende kanten, die stuk voor stuk haar eigenbelang dienen. En net als bij een valse dobbelsteen weten de meeste mensen niet dat ze voor de gek worden gehouden. Ze blikt voortdurend over Jacks schouder om te zien of er iemand binnenkomt die nóg beroemder is, om die vervolgens te bespringen. Ik had trouwens gehoord dat ze een pauze in haar loopbaan had ingelast, dus wat heeft ze eigenlijk te zoeken in Pinewood?

Ik bewonder haar valse wimpers, die met elk vals woord meeknipperen, en ik zie vol verbazing hoe elk synthetisch haartje de vorm van een letter aanneemt. Een papieren ketting van miniatuurwoorden stroomt uit haar ogen, over haar neus, haar mondhoeken, tot haar hele gezicht één grote tatoeage van gemene leugentjes is. Ik weet dat mijn verbeelding me parten speelt, en dat ik wellicht te veel opheb. Als ze glimlacht valt het me op dat er een veegje rode lippenstift op haar witte tanden zit. Die aanblik stemt me mateloos vrolijk, zo vrolijk dat ik nog een flinke slok wijn naar binnen kieper.

Als de fles leeg is, bestel ik er nog een, om mezelf meteen weer bij te schenken. Ik zie hoe Jack naar Alicia kijkt – hoepelde ze maar op. Hij moet naar mij kijken op die manier. Alleen naar mij. Die gedachte geeft me heel eventjes een schuldig gevoel – ik ben nog getrouwd – tot ik bedenk wat Ben me op dit moment aandoet en wat hij me in het verleden heeft aangedaan. De lippenstift is niet uit zichzelf onder ons bed gerold, en hij had in zijn eentje nooit zo'n dichtgetimmerd plan kunnen verzinnen.

Wie zou het zijn? Wie is degene die mijn man helpt om mij kapot te maken? Als ik erachter kom, maak ik ze allebei kapot.

Ik ben echt heel erg dronken.

Alicia maakt aanstalten om weg te gaan en ik ruik haar parfum als ze aan beide kanten van mijn wangen de lucht kust. Het is een te zware geur, overweldigend en misselijkmakend, net als de vrouw die hem draagt. Mijn tong struikelt over mijn woorden als ik haar gedag zeg. Ik ben weer alleen met Jack. Eindelijk kijkt hij mijn kant weer op, en of ik er nou wel of niet klaar voor ben, ik weet wat ik wil.

24

Essex, 1988

'Ik weet nog steeds niet of ze er klaar voor is,' zegt Maggie.

'Ze is er klaar voor,' antwoordt John. 'Ze hoeft alleen maar mee te lopen en mijn hand vast te houden, zo moeilijk is het niet.' Straks krijgen ze nog ruzie. Ze maken vaak ruzie. Misschien hadden mijn echte mama en papa ook vaak ruzie voor mijn mama doodging. Misschien hoort het wel bij grote mensen: lelijke dingen tegen elkaar schreeuwen die niets te maken hebben met waar ze eigenlijk boos over zijn.

'Heb je soms liever dat míj iets overkomt?' vraagt John. 'Ik begin me af te vragen om wie je meer geeft: om mij, of om een kind dat niet eens van ons is?' Ik hoor Maggies hand tegen zijn wang petsen. Ik herken het geluid, omdat hij ook weleens tegen mijn wang petst. Dan hoor ik Johns zware leren schoenen de kant van mijn slaapkamer op komen en vliegt de deur open. Hij grijpt me bij mijn pols en trekt me mee de overloop op. Maggie zie ik maar heel even, wanneer we langs hun slaapkamer lopen. Ik heb haar nog nooit zien huilen.

Als we de trap af gaan, stap ik een paar maal mis, maar John heeft mijn hand zo stevig vast dat mijn voeten elke keer de tree weer vinden. Beneden aangekomen ga ik ervan uit dat we rechtsaf via de metalen deur naar het kantoor gaan, maar dat is niet zo. John gaat op zijn hurken zitten, zodat hij even groot is als ik. Zijn adem ruikt vreemd, en als hij praat spettert er een beetje spuug op mijn neus en wangen.

'Je blijft de hele tijd naast me lopen. Je houdt mijn hand vast. Je doet niets en je zegt niets, tegen niemand, of je krijgt zo'n plak slaag dat je een week niet op je billen kunt zitten. Als iemand iets tegen je zegt, glimlach je alleen maar. Ik ben je papa en we gaan even een straatje om. Begrepen?' Eigenlijk begrijp ik er niks van, maar ik vergeet antwoord te geven omdat ik naar zijn kauwende mond staar. Hij kauwt tegenwoordig op kauwgum in plaats van dat hij rookt. Misschien moet hij maar weer gaan roken, want van kauwgum wordt hij chagrijnig. 'Hallo, is er iemand thuis?' Hij klopt op mijn hoofd alsof het een deur is. Het doet pijn, en ik wil niet dat hij dat doet. 'Trek je schoenen aan.'

Ik heb mijn schoenen niet meer aangehad sinds ik hier ben, en ik moet even nadenken over hoe het ook alweer moet. Misschien zijn mijn voeten wel groter geworden, want ze zitten heel erg strak. John schudt zijn hoofd alsof ik weer iets verkeerds doe, en dan opent hij de grote voordeur waar ik toen op die avond door naar binnen ben gekomen en dringt het tot me door dat we naar buiten gaan.

Buiten zijn huizen en bomen en gras en zon, er is van alles te zien, maar we lopen zo hard dat alles in een waas voorbijschuift, alsof ik langs een schilderij loop. John loopt zó hard dat ik moet rennen om hem bij te houden. Hij heeft me stevig bij de hand. In zijn andere hand heeft hij een zwart met rode tas waar HEAD op staat.

Hij laat mijn hand pas los als we in de bank zijn. Ik weet dat het een bank is omdat het gebouw eruitziet als een bank en omdat het op een bord aan de buitenkant stond. Ik lees tegenwoordig zoveel dat ik er goed in begin te worden. De balie lijkt op de balie in het kantoor, er zit glas tussen ons en de mevrouw die erachter zit. Ik ben niet groot genoeg om haar te kunnen zien, maar ik hoor haar stem door de gaatjes in het glas. Ik stel vast dat ze mooi klinkt en vraag me af of ze dat ook is.

John ritst de tas open en begint er stapeltjes bankbiljetten uit te halen, die hij op de balie legt. De mevrouw die ik niet kan zien trekt een laatje naar zich toe, zodat ze alles eruit kan pakken, en schuift het weer terug, waarna ze hetzelfde nog een keer doen. Er is heel veel geld, dus duurt het een tijdje. Eerst zijn het stapeltjes bankbiljetten met een breed elastiek erom, en daarna komen er heel veel plastic zakjes in verschillende kleuren uit de tas, met kleingeld erin. In de groene zakjes zitten munten van tien en twintig pence, in de gele munten van vijftig pence, en in de roze zitten ponden. Er zijn heel veel roze zakjes. Als de grote tas waar HEAD op staat helemaal leeg is, bedankt John de mevrouw achter de balie en vraagt hij of ze zin heeft om een keer iets met hem te gaan drinken. Ze zal er wel uitzien alsof ze dorst heeft.

Als we teruglopen naar het wedkantoor houdt hij mijn hand iets minder stevig vast. Ik loop zo langzaam als ik kan omdat ik het fijn vind om buiten te zijn. Ik vind het fijn om de lucht en de bomen weer te zien en de zon op mijn gezicht te voelen. Ik vind het fijn om de man van het fruit-en-groentestalletje 'Tien pruimen voor een pond,' te horen roepen en ik vind het leuk dat er een klein groen lichtmannetje in een zwart doosje gaat branden als het veilig is om over te steken. John zegt dat we geen tijd hebben om op het mannetje te wachten, dus steken we over terwijl het rode mannetje nog brandt.

'Je bent heel braaf geweest, dus ik vind dat je iets lekkers hebt verdiend,' zegt John als we bijna terug zijn. Ik zeg niets, want hij spreekt het woord 'lekkers' op net zo'n toon uit als Maggie het woord 'verrassing' uitspreekt, dus misschien is het niet zo leuk als het lijkt.

John noemt het rijtje winkels waar we wonen een parade. Ik weet niet waarom. Thuis is een parade iets met veel kleuren en lawaai en met heel veel mensen in mooie pakken die over straat marcheren. Deze parade is veel stiller. Er zijn vijf winkels op een rij: een groenteman (die ook fruit verkoopt), een videotheek, ons wedkantoor, een winkel waar je je kleren kunt wassen en nog een buurtwinkel, ik weet niet wat je daar kunt kopen. Uit de etalage maak ik op dat je er van alles kunt kopen.

Als we de deur opendoen, rinkelt er een belletje en zie ik een mevrouw met een donkere huid achter een kassa zitten. Mensen met een donkere huid ken ik alleen maar van de televisie. Ze heeft een rode stip op haar voorhoofd en ik vind haar de mooiste vrouw die ik ooit heb gezien.

'Doe je mond eens dicht, Aimee, je bent geen vis,' zegt John, en daar moet ik om lachen want dat heeft hij van Mary Poppins, en nu is het ons grapje geworden. *Mary Poppins* is een film die John met kerst voor me heeft opgenomen op een ding dat hij een VHS noemt. Ik heb hem al heel vaak gekeken. 'Zo, kies maar snel iets uit voor ik van gedachten verander.'

Ik kijk mijn ogen uit aan de rijen snoepgoed en chips. Zoveel heb ik nog nooit bij elkaar gezien. Het enige wat ik weleens heb gehad zijn Tayto's. Ik ken al deze dingen niet, dus weet ik niet wat ik moet kiezen. 'Zullen we een paar zakjes Monster Munch meenemen? En een zakje Hula Hoops voor Maggie, en een grote chocoladereep voor ons drieën?' stelt hij voor als ik blijf zwijgen.

We lopen naar de kassa en John haalt wat geld uit zijn zak om de mooie mevrouw te betalen. Zij geeft hem zijn wisselgeld, waarvan hij me een muntje van tien pence geeft.

'En de 10p-mix voor haar,' zegt hij terwijl hij me optilt zodat ik achter de toonbank kan kijken. Er staat een hele rij potten gevuld met snoepjes in alle kleuren en vormen die je maar kunt bedenken. 'Als jij de potten aanwijst, dan stopt de aardige mevrouw de snoepjes voor je in een papieren zakje. Je mag er tien kiezen, moppie.' Ik doe wat hij zegt en wijs de potten aan die ik er het mooist uit vind zien, en als het wit met roze gestreepte zakje vol is geeft ze het aan mij. Ik wil haar huid aanraken om te voelen of hij net zo voelt als die van mij, maar zij denkt dat ik haar een hand wil geven, dus doen we dat.

'Aangenaam kennis te maken. Hoe heet je?' Haar stem

klinkt als een liedje en haar hand voelt zacht en warm aan.

'Ik heet Aimee.'

'Goed zo,' zegt John en ik weet dat hij het meent, en dat ik de goede naam heb genoemd.

We zijn vrolijk als we de winkel uit gaan. John lacht naar me en ik lach terug, ook al zie ik zijn gouden tand. We zijn bijna bij het huis, maar ik wil nog niet naar binnen.

'John?'

'Papa.'

'Papa, wat is er met het meisje op de foto in de voorkamer gebeurd?' Ik weet niet waarom ik aan haar moet denken. Ik denk omdat ik me afvroeg of John met haar ook weleens snoep ging kopen.

'Ze is verdwenen.' Hij loopt iets sneller, zodat ik weer moet gaan rennen.

'Verdwenen?'

'Zo is het. Ze is verdwenen, maar nu is ze terug en is zij jou.'

Ik snap niet wat hij bedoelt. Alleen ik kan toch maar ik zijn?

Op de grote straat liepen veel mensen en was het druk, maar op de parade is het stil. Het lijkt wel of John en ik de enige mensen zijn die buiten zijn. We zijn vlak bij de deur van het huis als ik opeens een hoog gierend geluid op straat hoor, en een auto, en heel veel geschreeuw. Alles gebeurt razendsnel, net als wanneer je op het VHS-apparaat het dubbele pijltje indrukt. Ik zie drie heel enge mannen, helemaal in het zwart. Ze hebben alle drie een wollen muts op die ze als een sok over hun hoofd hebben getrokken, met gaten voor hun ogen erin.

'Geef op,' zegt de langste. Ik denk dat hij mijn snoepjes bedoelt, dus ik laat mijn zakje op de stoep vallen. Maar hij heeft het niet tegen mij, hij heeft het tegen John en hij richt iets op hem wat lijkt op het geweer van de jager van Bugs Bunny, maar dan korter, alsof iemand er een stuk heeft afgezaagd.

'Ik heb geen geld, stelletje idioten, ik kom net terug van de bank.'

Een van de andere twee mannen stompt John in zijn buik, waarop hij vooroverklapt en begint te hoesten.

'Je. Laatste. Kans,' zegt de man met het geweer.

Ik ren weg. Ik wil naar Maggie.

'Blijf hier, kleine rat,' zegt de derde man terwijl hij mijn haren vastgrijpt en me naar achteren trekt.

'Blijf van haar af! De tas is leeg, hier, kijk zelf maar.'

De gewapende man slaat John met het geweer in zijn gezicht, met zo'n kracht dat John tegen de trottoirtegels slaat.

Dan hoor ik een harde knal.

Als ik mijn ogen weer open, zie ik dat het geluid niet van de man met het geweer kwam, maar van Maggie. Ze staat met een pistool in haar handen voor de deur van het huis, en ze heeft haar boze gezicht opgezet. Zo woedend heb ik haar nog nooit gezien.

'Laat dat kind los, terug in die auto en wegwezen hier. Of ik schiet jullie allemaal overhoop.'

De man die mij vastheeft grijnst, en ze lost een schot in onze richting. Ik val op de grond en voel me vreemd. Maggie is meteen bij me. Ik zie haar lippen bewegen, maar ik kan niet horen wat ze zeggen. Het lijkt wel of er in mijn hoofd een klok wordt geluid. Ze kijkt naar iets achter me, en ik kijk ook. De drie slechte mannen zitten weer in de auto, we kijken ze na tot ze weg zijn. Ik geloof niet dat ze de man die mij vasthad heeft geraakt. Ik denk dat ze opzettelijk mis heeft geschoten. Ze streelt mijn haren en mijn rechteroor begint weer iets te horen.

'Kom maar, Baby Girl, je bent veilig.' Ze slaat haar armen om me heen, en ik sla mijn armen ook om haar heen, voor het eerst. Ook al doet ze me weleens pijn, ze zal nooit toestaan dat een ander me iets aandoet, dat weet ik gewoon. Ze tilt me op en ik sla mijn armen om haar hals en mijn benen om haar middel en ik begin pas te huilen als ik zie dat al mijn snoepjes die in mijn 10p-zakje zaten op straat liggen.

25

Londen, 2017

Ik word wakker van het geluid van iemand die mijn slaapkamer probeert binnen te komen.

Het is stikdonker als ik mijn ogen opendoe, en het geluid is zo zwak dat ik denk dat ik het me inbeeld. Maar als ik een paar keer met mijn ogen knipper om ze in te stellen op de lichtste plekken, of eigenlijk de minst donkere plekken, begin ik dingen te zien, dingen die ik niet wil. Mijn oren lokaliseren het geluid en mijn blik stelt zich scherp op de knop van de slaapkamerdeur. Als hij langzaam begint te draaien, weet ik meteen dat er iets heel slechts achter zit.

Mijn hart bonkt niet alleen in mijn borst maar ook in mijn oren. Ik wil gillen, maar ik kan me niet bewegen en ik kan ook geen geluid voortbrengen. Ik ben zo bang, dat mijn lichaam alleen nog maar stationair draait.

De deurknop wordt helemaal omgedraaid, maar de deur gaat niet open. Daar zorgen de grendels die ik aan de binnenkant heb laten aanbrengen wel voor. Ik ervaar heel even een moment van opluchting, maar de angst is onmiddellijk terug en verspreidt zich nog sneller door mijn verstijfde lijf dan ervoor. Het geluid van iemand die tegen mijn deur staat te schoppen galmt door de kamer. De deur trilt in zijn scharnieren, vliegt dan open en slaat tegen de muur. Voor ik de kans heb om iets te pakken om mezelf te beschermen, ligt hij boven op me.

Het is donker, maar ik kan zien wie het is.

Ik kan me niet bewegen, ik probeer het niet eens.

Zijn handen knellen om mijn keel, hij knijpt hem bijna dicht.

'Ze zullen de blauwe plekken zien,' probeer ik te fluisteren. Mijn hese woorden vinden gehoor. Zijn greep verslapt, maar dan begint hij me vanbinnen pijn te doen, daar waar blauwe plekken onzichtbaar zijn.

Ik laat hem zijn gang gaan. Ik reageer niet, ik geef geen kik. Ik heb weleens geprobeerd me te verzetten, maar dat liep nooit goed af. Dit is niet de eerste keer, maar wel de ergste, nu al. Ik weet dat hij dit heeft gepland – hij is alleen zo hard en hij kan alleen zo lang doorgaan als hij een blauw pilletje heeft geslikt. Hij stopt. Ik hoor dat hij zijn condoom afstroopt en op de grond laat vallen. Hij heeft het niet nodig voor wat hij nu gaat doen, er is nog nooit iemand zwanger geworden van die manier.

Hij draait me op mijn buik, alsof ik een lappenpop ben. Ik sluit mijn ogen, stap uit mijn lichaam en vraag me af of zoiets ook verkrachting heet als je man het je aandoet.

Achteraf heeft hij altijd spijt.

Ik weet waarom hij me zo'n pijn doet, maar ik weet niet hoe ik hem kan laten ophouden. Hij denkt dat ik niet meer van hem houd, maar dat doe ik wel. Het lijkt wel of hij wil bewijzen dat ik nog steeds van hem ben. Maar dat ben ik niet. Nooit geweest ook. Ik ben alleen van mezelf.

Hij rolt van me af. Ik hoor hem naar de badkamer lopen en het gebruikte condoom door de wc spoelen. Ik denk dat het voorbij is, tot ik hem terug hoor komen. Hij trekt de riem uit zijn broek die op de grond ligt en ik begrijp dat het weer zo'n avond wordt. Ik lig doodstil, met mijn gezicht in het kussen, precies zoals hij me heeft achtergelaten. Gebruikt en afgedankt. Hij begint me te slaan met zijn riem, op plekken waarvan hij weet dat niemand het zal zien. Hij wil altijd per se mijn scripts lezen; niet omdat hij erin geïnteresseerd is, maar omdat hij bij elke nieuwe rol die ik krijg wil weten welke delen van mij de wereld te zien krijgt, en welke delen van hem blijven. Hij slaat me nog een keer, maar ik gun hem geen enkele voldoening, dus ik huil niet, ook al verga ik van de pijn.

26

Londen, 2017

Ik word wakker van een geluid dat ik niet kan plaatsen.

Ik kom half overeind, badend in het zweet. Ik zit te hijgen en te trillen en ik huil omdat ik niet weet of dat wat ik net meemaakte een gedroomde herinnering is of een herinnerde droom. Ik herinner me hoeveel pijn Ben me heeft gedaan de laatste keer dat ik hem heb gezien. Ik herinner me dat hij, nadat ik in het restaurant tegen hem had gezegd dat ik wilde scheiden, achter me aan is gekomen, de slaapkamerdeur heeft ingetrapt, en wat hij toen gedaan heeft.

Ik heb hem niet eens gevraagd op te houden.

Ik denk dat ik ergens het gevoel had dat ik het had verdiend.

Je trouwt met je spiegelbeeld, met iemand die je tegenpool is, maar van wie je denkt dat hij hetzelfde is. Als hij een monster is, wat ben ik dan?

Het was niet de eerste keer, maar ik beloofde mezelf die avond dat het de laatste keer zou zijn, dat ik me nooit meer zo'n pijn zou laten doen. Ik houd me altijd aan mijn beloften, vooral aan de beloften die ik mezelf doe.

Stel dat ik hem iets heb aangedaan wat ik me niet kan herinneren?

Dat heb ik niet. Ik weet het zeker. Bijna honderd procent.

Een onverkende hoek van mijn bewustzijn rolt zich als een schatkaart uit en ik begin te vermoeden dat er ergens in mijn hoofd toch nog herinneringen verstopt zitten. Wanneer je op kinderleeftijd mannen bepaalde dingen hebt zien doen, besef je als volwassene misschien niet goed hoe verkeerd die dingen zijn. We zijn allemaal geconditioneerd en afgesteld op onze eigen, unieke vorm van normaal, die als een vingerafdruk bij ons hoort. Aangepast gedrag is iets wat ons wordt aangeleerd, en vanaf het moment dat we geboren worden leren we wat er van ons verwacht wordt. Alles wat we doen is toneelspel.

Het was dom van me om zo snel te trouwen, zonder goed te weten met wie. Ik dacht dat ik het wist, maar ik heb me vergist. Ik heb me laten verleiden door een stormachtige romance, ik dacht dat ik hem kwijt zou raken als ik nee zou zeggen. Ik dacht dat we hetzelfde waren. Ik dacht dat hij mijn spiegelbeeld was, tot ik een keer echt goed keek, en te laat besefte dat ik moest vluchten voor wat ik zag. Maandenlang teerde ik in op herinneringen aan gelukkiger tijden, tot ze allemaal op waren. Ik dacht dat ik hem kon veranderen. Als we een kind hadden gekregen, zou het vast anders zijn gelopen, maar hij weigerde me te geven wat ik het allerliefst wilde. Uit wraak nam ik dat van hem af wat hij het allerliefst wilde hebben: mij. Ik onthield hem mijn genegenheid, mijn liefde, mijn lichaam, met het idee dat dat hem wel van gedachten zou doen veranderen. Ik besefte niet dat hij het type man was dat gewoon nam wat hij wilde, of het nu aan hem gegeven werd of niet.

Ik hoor weer iets, voetstappen in de verte, en dat geluid brengt me terug in het heden. Ik probeer te gaan zitten, maar mijn hoofd doet pijn en werkt niet mee. Ik open mijn ogen op een kiertje, net genoeg om te kunnen vaststellen waar ik ben en hoe laat we leven, maar het licht is zo fel dat ik ze gauw weer dichtdoe.

Ik voel me niet goed.

Ik herinner me dat ik met Jack in de Pinewood-bar was. Ik herinner me dat Alicia White bij ons kwam zitten. Ik herinner me vaag een derde fles wijn, maar verder strekken mijn herinneringen niet.

Waar ben ik?

Ik dwing mezelf mijn ogen open te doen en ontspan een beetje als ik mijn eigen vertrouwde slaapkamer zie. Ik ben dus thuisgekomen, dat is tenminste iets. Ik heb een zere keel en een vieze smaak in mijn mond. Ik heb zeker overgegeven. Wat een stomkop ben ik toch, ik weet dat ik niet zoveel moet drinken op een lege maag. Hoe dom kun je zijn. Zo dom, dus. Ik hoop maar dat ik mezelf niet voor gek heb gezet, en ik hoop dat ik een taxi heb genomen – ik was veel te ver heen om zelf te rijden.

Ik kan me niet herinneren wat er is gebeurd.

Ik doe mijn uiterste best om de gaten in mijn geheugen te dichten, maar ik herinner me niets. Alleen de herinnering aan inspecteur Croft komt terug, met haar opmerking dat ik aan een aandoening lijd waardoor ik traumatische herinneringen verdring. Als ik me niet kan herinneren wat er gisteravond is gebeurd, zou het dan ook zo kunnen zijn dat ik me niet kan herinneren wat er met Ben is gebeurd? Ik verwerp die gedachte onmiddellijk. Dit heeft niets te maken met posttraumatisch geheugenverlies, dit is de drank.

Hoe ben ik thuisgekomen?

Weer hoor ik iets, maar deze keer spits ik mijn oren.

Er is iemand beneden.

Automatisch denk ik: Ben. Maar dan vallen meer herinneringen op hun plaats en herinner ik me wat er is gebeurd. Ik herinner me de foto van Bens bebloede en gekneusde gezicht die inspecteur Croft me gisteren heeft laten zien, en ik herinner me dat ze zei dat ze mij daarvoor verantwoordelijk hield.

Ik hoor nog een geluid beneden. Zachte voetstappen.

Óf mijn vermiste man is teruggekeerd, óf er sluipt iemand rond, iemand die hier niet hoort.

Het kwartje valt niet alleen, het maakt een duikvlucht. Ik weet het zeker: zij is het, de stalker.

Gestalkt worden is niet glamoureus en ook niet spannend. Het jaagt je de stuipen op het lijf.

Toen de stalker prentbriefkaarten in onze brievenbus begon te stoppen, werd mijn angst een levend wezen dat me de hele dag volgde, en toen Ben een keer zei dat hij een vrouw had zien rondhangen bij ons huis, kon ik 's nachts niet meer in slaap komen. En toen ik haar zelf zag, dacht ik dat ik een geestverschijning zag.

Ik weet wie je bent.

Elke keer dezelfde tekst, en dezelfde afzender: *Maggie.*

Ben en ik waren nog niet zo lang bij elkaar toen het begon. Er waren net een paar geschreven portretten over me verschenen in de krant, met een foto erbij, en recensies van de film waarin ik speelde. Je zou dus kunnen denken dat het gewoon een fan van me was. Ik had zoiets nog nooit meegemaakt. De politie nam het niet serieus, maar ik wel. Toen Ben me in L.A. belde om te zeggen dat er iemand had ingebroken, wist ik dat zij het was en besloot ik er iets tegen te doen.

Ik stemde ermee in om te verhuizen naar een woning die ik niet eens had gezien en kocht een wapen.

Wapens maken me niet bang, mensen wel.

Ik verzweeg het voor Ben, ik weet hoe hij over vuurwapens denkt. Ben en ik zijn heel verschillend opgegroeid. Hij denkt dat hij de wereld kent, maar hij heeft niet gezien wat ik heb gezien. Ik weet waar slechte mensen toe in staat zijn. Bovendien ben ik een goede schutter, ik beleef er plezier aan, het is iets wat ik jaren heb gedaan omdat het me hielp te ontspannen. Ik was nog maar een kind toen ik voor het eerst een wapen vasthield. En ik doe niets illegaals: ik heb een vergunning en ben lid van een schietclub buiten de stad. Niet dat ik tegenwoordig veel aan oefenen toekom.

Ik tast onder het bed, waar het gewoonlijk ligt.

Het ligt er niet.

De gedachten en angsten die in mijn bonzende hoofd op

elkaar botsen vallen stil als ik voetstappen de trap op hoor komen.

Ik buig me nog een keer opzij om met wanhopige vingers de ruimte onder het houten ledikant af te tasten, maar mijn pistool is weg.

Er staat iemand voor de slaapkamerdeur.

Ik probeer te gillen, maar als ik mijn mond opendoe komt er geen geluid uit.

Ik zie dat de deurknop langzaam begint te draaien, en ik ervaar een misselijkmakend déjà vu.

Ik kan me verstoppen, maar ik ben verlamd van angst.

De deur gaat open en mijn shock is compleet.

27

Essex, 1988

Ik heb geprobeerd om te gaan slapen, want dat moest van Maggie, maar telkens als ik mijn ogen dichtdoe zie ik de drie slechte mannen met de wollen mutsen over hun hoofd en hoor ik hun geschreeuw.

Ik wist niet dat Maggie een pistool had.

Ik dacht dat alleen slechte mensen dat soort dingen hadden.

In mijn oren hoor ik nog steeds klokgelui. Ik heb er nog eens over nagedacht, heel goed, en ik weet zeker dat ze de slechte man expres niet heeft geraakt, dat ze hem alleen wilde waarschuwen of zo. Ik trek het dekbed over mijn hoofd, dat voelt veiliger, en ook lekker warm, maar ik blijf bibberen.

Maggie en John hebben de hele tijd ruzie gehad vanavond, meer dan anders. Ze zijn nog steeds ruzie aan het maken, maar op een zachte manier die klinkt als het gesis van een slang – ze denken vast dat ik het dan niet hoor. Ik moet naar de wc, maar ik durf echt niet langs hun slaapkamer te lopen. Maar als ik niet ga, plas ik misschien wel in bed. Ik sta op en sluip naar de deur. Het roze tapijt voelt lekker zacht onder mijn voeten. Ik druk mijn oor tegen het kale hout, misschien kan ik verstaan wat ze zeggen.

'Ik heb nog zo gezegd dat we verder weg moesten gaan zitten met ons kantoor,' zegt Maggie.

'En ik zeg je dat dat niets zou hebben uitgemaakt. Zoiets flik je toch niet waar een kind bij is?' zegt John.

'Het soort lui met wie wij te maken hebben dus wel. Ik had je gevraagd Aimee niet mee te nemen, je hebt haar in gevaar gebracht.'

'Ik heb Aimee ook niet meegenomen. Hoe had ik dat moeten doen? Aimee is dood.'

Ik hoor dat er iets kapotvalt.

Ik ben niet dood.

Ik klim weer in bed en kruip onder het dekbed. Een paar tellen later gaat mijn slaapkamerdeur open. Ik houd mijn adem in. In gedachten ben ik onzichtbaar.

Onzichtbaar, maar niet dood.

Ik hoor dat er iemand naar mijn bed loopt en hoop dat het Maggie is, en niet John. Hij komt weleens naar mijn kamer 's avonds laat. Ik geloof dat hij bang is dat ik het te warm heb of zo, want hij trekt altijd het dekbed van me af. Dat doet hij heel stilletjes en langzaam, alsof hij me niet wakker wil maken. Daarom doe ik ook altijd alsof ik slaap, ook als dat niet zo is. Soms hoor ik zijn polaroidcamera klikken en vraag ik me af wat voor foto's hij maakt in het donker. Soms hoor ik andere dingen.

Iemand tilt het dekbed op en kruipt naast me. Maggie legt haar arm over mijn buik en geeft me een kus op mijn hoofd. Ik weet dat het Maggie is, want ik ruik haar parfum. Ze noemt het 'nummer 5' en het ruikt lekker, maar ik ben altijd nieuwsgierig naar hoe de andere nummers ruiken. Maggie drukt me zo stevig tegen zich aan dat het een beetje pijn doet, maar ik zeg niets. Ze huilt, en mijn nek is al snel nat van haar tranen.

'Wees maar niet bang, Baby Girl. Ik zal ervoor zorgen dat je niets overkomt, zolang ik leef.'

Ik denk dat het haar bedoeling is dat ik me daardoor beter ga voelen, maar ik voel me er alleen maar slechter door. Mijn eerste mama is doodgegaan op de dag dat ik geboren ben. Maggie kan ook zomaar doodgaan, en dan ben ik helemaal alleen. Na een poosje houdt ze op met huilen en valt ze in slaap. Ik niet, ik kan niet slapen. Ik weet dat ze slaapt omdat er snurkgeluidjes uit haar mond komen, die samen met het geklingel dat ik nog steeds in mijn oren hoor een melodietje vormen. Ik probeer ook in slaap te komen, maar ik moet de hele tijd denken aan Maggie die doodgaat, aan de drie slechte mannen die terugkomen, en dat er dan niemand meer is om me te redden.

28

Londen, 2017

'Geen zorgen, hier is je redding.' Jack komt mijn slaapkamer binnen met twee dampende bekers. Koffie, zo te zien.

'Wat doe jij hier?' Ik trek het dekbed om me heen.

'Een beetje dankbaarheid zou niet misstaan! Ik wilde je gisteravond in een taxi stoppen, maar ik was er niet zeker van of dat wel goed zou gaan. En ik kreeg gelijk. Je hebt onderweg gekotst. Twee keer. En dat was nog maar het begin. Ik dacht dat je had gezegd dat je goed tegen drank kon. Ik ben dus vannacht maar bij je gebleven om te voorkomen dat je in je braaksel zou stikken. Ik vermoed dat de woorden die je op dit moment waarschijnlijk zoekt "dank je wel" zijn.'

'Dank je wel,' zeg ik na een korte stilte, waarin ik alles wat hij net heeft gezegd probeer te verwerken en me afvraag of zijn woorden de gaten dichten die in mijn geheugen zijn geslagen. Ik pak de koffie aan, hij is kokendheet, maar lekker sterk, en ik heb de beker zo leeg. Ik kijk naar de pyjama die ik draag en vraag me af hoe ik hem aan heb gekregen als ik zo ver heen was als hij het doet voorkomen. Het lijkt wel of hij gedachten kan lezen.

'Ik heb je uit je jurk geholpen, voornamelijk omdat je net nadat je uit de taxi was gestapt de hele voorkant had ondergekotst. Het ergste heb ik weggehaald, maar je hebt je zelf omgekleed. Ik heb niets gezien wat ik niet al kende van op de set. En ik heb op de grond geslapen.'

Ik kijk in de richting waarheen hij wijst en zie een kussen en deken op het tapijt liggen. Mijn wangen gloeien zo dat ik zeker weet dat mijn gezicht paars van gêne is. Ik kan niets zinnigs bedenken om te zeggen, dus val ik maar terug op de frase die op dit moment het meest op zijn plaats is.

'Het spijt me.' Zodra mijn gefluisterde verontschuldiging mijn mond uit is, vullen mijn ogen zich met tranen. Ik blijf maar stomme dingen doen, ik maak overal een puinhoop van, ik weet niet wat me mankeert.

'Is al goed, hoor.' Jack zet zijn lege beker neer en komt naast me op de rand van het bed zitten. 'Je privéleven staat even op zijn grondvesten te schudden, dat bleek uit alles wat je me gisteravond hebt verteld.'

Wat heb ik hem in godsnaam verteld?

'Je bent de enige niet. Alles komt goed, echt waar. Gelukkig maar dat ik wist waar je woonde. Je verdomde het je adres te geven aan de taxichauffeur. Aan wie dan ook.'

Dat krijg je als je een stalker hebt.

Mijn brein spoelt Jacks woorden terug en speelt ze nog een keer af.

'Hoe wist jíj dan waar ik woonde?'

Nu zijn het zijn wangen die rood worden. Het verbaast me dat Jack Anderson kan blozen.

'Ik woon een paar straten verderop, in een huis dat ik heb gehuurd voor de periode dat we in Pinewood aan het filmen zijn. Ik heb je zien hardlopen 's morgens. Ik heb je zelfs een paar keer gegroet, maar je zit dan helemaal in je eigen wereldje, je loopt me voorbij alsof we elkaar nog nooit hebben gezien.'

Ik weet niet wat ik daarop moet zeggen. Ik heb de neiging alles en iedereen om me heen te vergeten, zelfs de hardlopers die ik passeer zie ik niet, die ook ieder voor zich dromen najagen die nooit zullen uitkomen. Ik vind het een beetje vreemd dat hij nooit tegen me heeft gezegd dat hij zo dicht bij me woont, maar ik wijs mezelf erop dat mijn mán de slechterik in dit verhaal is, niet Jack of ik. Ik moet niet paranoïde gaan worden.

Ik hoor mijn telefoon zoemen, er komt een berichtje binnen. Om de een of andere reden ligt mijn toestel aan Bens kant van het bed aan de oplader. Ik strek mijn arm uit en heb het berichtje al gelezen vóór Jack zich naar me toe heeft gebogen om een tikje nerveus het toestel uit mijn hand te pakken.

'Dat is mijn telefoon,' zegt hij. 'Sorry, mijn accu was bijna leeg, dus heb ik jouw oplader maar even geleend. Het was niet mijn bedoeling de hele nacht te blijven.'

Dat heb je met iPhones: ze lijken allemaal op elkaar. Ik besluit niets te zeggen over wat ik net heb gelezen.

Bel me straks. Alicia xx

Ik had geen idee dat Jack en Alicia White zo close waren dat ze elkaar berichtjes stuurden. Ik zeg tegen mezelf dat het me helemaal niet aangaat. Ik wil niet als een jaloerse puber overkomen.

'Weet je ook waar mijn telefoon is?' vraag ik.

'Nou, nee. Je tas staat nog beneden, je zakte meteen door je hoeven zodra we binnen waren. Ik moest je naar de badkamer dragen.'

Ik sta op, en alles doet pijn. Het voelt alsof ik weer moet overgeven.

'Whoa! Misschien moet je gewoon blijven zitten. Ik ga hem wel even halen,' zegt hij. Ik zie dat hij zijn telefoon meeneemt, alsof hij me niet echt vertrouwt.

Als hij met mijn tas binnenkomt, constateer ik tot mijn opluchting dat mijn telefoon en mijn portemonnee er nog in zitten. Ik was even bang dat ik ze, in de staat waarin ik verkeerde, ergens verloren had. Als ik mijn telefoon activeer, licht het scherm op, en zie ik dat er bij bijna elke socialemedia-app een tweecijferig getal staat.

'Dat is vreemd...'

'Shit.' Jack staart naar zijn eigen scherm.

'Wat is er?'

De rimpeltjes rond zijn ogen verdwijnen gelijk met zijn lach en lijken zich te hergroeperen in een frons. Als hij geen antwoord geeft, open ik Twitter. Ik heb deze account nog niet zo lang, maar ik heb nog nooit zoveel notificaties en direct messages gehad. Eerlijk gezegd zit ik niet zo vaak op sociale media, maar dit is echt niet normaal. Ik klik op een link waardoor ik bij een artikel op de TBN-website beland, geschreven door Jennifer Jones. Aasgier.

LIEFDE OP EN BUITEN DE SET IN PINEWOOD STUDIOS

Mijn blik wordt meteen naar de foto's getrokken, vóór ik de tekst eronder lees, want het zijn foto's van mij. Eentje van mij en Jack, gisteravond in de bar. En een van op de set, van onze seksscène op het bureau in de hotelkamer. Het ziet er heel echt uit. En dan nog een van Jack en mij in mijn kleedkamer. Ik heb het zijden niemendalletje aan uit de scène van gisteren, dat absoluut niets aan de verbeelding overlaat, en Jack lijkt me teder vast te houden terwijl hij mijn haren kust. Ik snap niet waar die foto vandaan komt; buiten ons was er niemand in de kleedkamer.

De tekst die eronder staat is nog erger:

Jack Anderson verliet zijn vrouw kort nadat de opnames van Sometimes I Kill *van start gingen. Aimee Sinclair is nog getrouwd, maar wilde tijdens het interview niet over haar man praten. Nu weten we waarom.*

Ik check mijn e-mails, het zijn er een paar honderd, waaronder aardig wat van mensen met wie ik bevriend was. Ik scrol erdoorheen, tot ik de naam van mijn agent tegenkom. De boodschap is kort, zelfs naar Tony's maatstaven.

Aimee,
Ik denk dat we even moeten praten. Hoe eerder hoe beter.
Tony
X

Ik lees het berichtje tweemaal. Aangezien het kort is, duurt dat niet lang.

Alles valt ineens op zijn plaats: zijn vorige bericht, de onbeantwoorde telefoontjes. Ik kauw op zijn woorden en als ik ze uiteindelijk heb weten door te slikken weet ik het zeker: hij laat me vallen, het is afgelopen met me.

29

Essex, 1988

Het is vandaag zondag.

Zondag is de enige dag van de week dat het wedkantoor niet open is, dus blijven we allemaal tot twaalf uur in bed liggen. Dat doen we elke zondag. In het begin vond ik het niet leuk, maar nu wel.

John neemt me op vrijdagmiddag mee naar de videotheek naast ons, en dan huren we twee films die we het hele weekend mogen houden. De eerste kijken we altijd met elkaar, op zaterdagavond, in de voorkamer. De kerstboom staat er nog, hoewel het al februari is. Ik dacht dat dat ongeluk bracht, maar Maggie zegt dat zolang je de lichtjes niet aandoet er niets aan de hand is. Ik denk dat ik haar geloof, want Maggie liegt niet.

Op zaterdagavond eten we ook altijd curry. Ik vind het fijn om eens een keer iets te eten wat niet op een geroosterde boterham zit. Voor ik hier kwam wonen had ik nog nooit curry gegeten. Het smaakt heerlijk en je hoeft het niet eens helemaal zelf klaar te maken. Iemand anders doet dat voor je. Curry komt helemaal uit India, dat is een land heel ver van hier, waar alles heet is, ook het eten. Het is nog steeds heet als John ermee thuiskomt. Het zit in een bruine papieren zak en heet 'afhaalmaaltijd' omdat je het eten afhaalt en thuis opeet.

De tweede videofilm kijken we altijd op zondagmorgen, in het bed van John en Maggie, met boterhammen met uitgebakken bacon erbij. Maggie heeft er een naam voor, het klinkt een beetje als 'baconbuddy's', maar toen ik ze zo noemde begonnen ze allebei te lachen. Sindsdien heten ze baconbuddy's, maar ik weet dat dat verkeerd is.

John mag de ene film kiezen, ik de andere. Ik geloof niet dat het Maggie iets kan schelen, ze zit onder de film meestal de krant of een tijdschrift te lezen, en af en toe houdt ze tussendoor haar handen voor mijn ogen of oren, als John een film heeft gekozen waar 18 op staat. Dat vergeet ze ook weleens en dan zie ik slechte dingen, maar ik weet dat het niet echt is, dus ik word er niet bang van. Vandaag eten we baconbuddy's en kijken we naar een film die *The NeverEnding Story* heet. Het is de beste film die ik ooit heb gezien! Vorig weekend hebben we hem ook gekeken. Ik vind dat we hem elke zondag zouden moeten kijken, maar Maggie zegt dat het voorlopig wel even genoeg is, en voorlopig is heel lang bij Maggie. Ik weet niet hoe het komt, maar opeens moet ik denken aan hoe de zondagen waren voor ik hier kwam wonen. Niet zoals hier.

'Waarom gaan we op zondag niet naar de kerk?' vraag ik onder het kijken.

'Omdat God gebeden van ons soort mensen niet verhoort,' zegt John terwijl hij een sigaret opsteekt. Na het voorval met de slechte mannen is hij weer gaan roken. Daar ben ik wel een beetje blij om, want dat betekent dat hij en Maggie minder vaak ruzie hebben.

'Hou je mond, John. Luister maar niet naar hem. Wil je graag naar de kerk, Baby Girl?'

Ik denk even na voor ik antwoord geef. Soms zijn haar vragen misleidend. 'Nee, ik geloof het niet.' Ik kijk nog steeds naar het televisiescherm. We zijn bijna bij mijn favoriete gedeelte, bij de vliegende hond die eigenlijk een draak is. John lijkt er niet veel aan te vinden, misschien omdat we hem al een keer hebben gezien. Ik doe net of ik niet zie dat hij Maggie de hele tijd probeert aan te raken en te kietelen. Ze maakt afkeurende geluidjes en slaat zijn hand steeds weg, ik denk omdat ze het niet prettig vindt dat hij dat doet. Ik vind het in elk geval niet prettig als hij het bij mij doet.

Als de film afgelopen is, voel ik me verdrietig. Soms wil ik het liefst in een film of boek blijven, om daar verder te leven. Maggie zegt dat ik naar mijn kamer moet gaan, de deur dicht moet doen en naar een verhaal op een cassettebandje moet gaan luisteren, maar ik wil niet van het ene in het andere verhaal stappen. Ze denkt dat ik het lawaai dat ze maken niet hoor, maar ik hoor het wel. Het klinkt altijd alsof hij haar pijn doet, en dat vind ik niet leuk. Als het afgelopen is, hoor ik Maggie naar de badkamer gaan, en dan hoor ik haar mijn kant op komen. Ik druk snel op de playtoets van de cassetterecorder, zodat ze denkt dat ik naar een verhaaltje heb zitten luisteren in plaats van naar hen. Haar haren pieken alle kanten op en haar wangen zijn rood.

'Trek maar even gewone kleren aan, we gaan met zijn allen naar buiten,' zegt ze, waarna ze mijn kamer uit loopt.

'Naar buiten?'

'Ja, naar buiten, dat is het tegenovergestelde van binnen. Schiet nou maar op.'

Even later gaan we door de achterdeur naar buiten. Ik ben nog nooit door de achterdeur gegaan. Als ik buiten ben, zie ik heel veel grijs beton, en schuttingen die zo hoog zijn dat ik er niet overheen kan kijken. Er staat ook een rode auto, ik geloof dat ik hem eerder heb gezien. Maggie duwt de rugleuning van de stoel naar voren zodat ik achterin kan stappen, en als ik dat doe, ruikt het als een herinnering.

Ik weet niet hoe lang we rijden – ik kijk aan één stuk door naar buiten. Ik was bijna vergeten wat er buiten het kantoor en de parade nog allemaal bestond. Ik zie allemaal straten en huizen en mensen, en de wereld lijkt opeens verschrikkelijk groot. We stoppen bij een pub, dat is een plek waar mensen naartoe gaan die dorst hebben, maar die niet thuis willen drinken. Dat weet ik omdat mijn echte papa graag naar de pub ging. Als we binnen zijn, gaan Maggie en ik aan een tafeltje zitten terwijl John iets te drinken gaat halen: een pint Guinness voor zichzelf, een cola voor haar en limonade voor mij. We zitten stil bij elkaar, en Maggies gezicht staat raar. Ik weet niet waarom we hiernaartoe zijn gegaan, thuis hebben we ook frisdrank. John zegt dat we misschien maar moeten opstappen, maar dan komen er twee mannen naar ons toe en beginnen ze elkaar allemaal te kussen of een hand te geven, op mij na. Een van de mannen wrijft over mijn hoofd en maakt mijn net geborstelde haren in de war.

'Weet je nog wie ik ben?' vraagt hij met een glimlach die niet bij zijn gezicht past.

Ik weet niet wie hij is, want ik heb hem nog nooit gezien, maar hij doet me wel aan iemand denken.

'Ik ben je oom Michael, en de laatste keer dat ik je heb gezien was je nog maar een baby.'

'Ze is nog steeds mijn Baby Girl, hè, Aimee?' Maggie kijkt me aan met die blik van haar die zegt 'Mondje dicht', zonder dat ze het echt hoeft te zeggen.

Zijn haar is oranje, net als het haar van Rainbow Brite, en hij heeft kleine handen voor een man. Hij is mijn oom helemaal niet, maar ja, Maggie is ook niet mijn echte mama, en John is niet mijn papa. De mensen hier lijken het leuk te vinden om te doen alsof ze iemand anders zijn. De twee mannen klinken als Maggie, niet als John, en de manier waarop ze praten doet me denken aan vroeger, toen ik nog in Ierland woonde. Ik denk dat Michael de broer van Maggie is, ze lijken best veel op elkaar, ze hebben dezelfde soort lippen en ogen.

Ze praten heel lang, en ik begin me slaperig te voelen. Maggie zegt dat ik moet ophouden met draaien en wiebelen, maar ik kan er niets aan doen. Ik verveel me. Als ik had geweten dat ik de hele middag stil moest zitten had ik een *Story Teller* meegenomen.

'Echt, de laatste drie kantoren waar ze langsgingen hadden allemaal een link met Ierland. Die stomme sukkels denken dat we van de IRA zijn, alleen omdat we een accent hebben,' zegt Maggie.

'Niet zo hard.' John ziet me kijken. 'Wat zit je te staren, ukkepuk? Waarom ga je niet even spelen, daar?' Ik volg zijn wijzende vinger en zie in de hoek van de pub drie grote, kleurige machines met knoppen en knipperende lichtjes staan. John steekt zijn hand in de zak van zijn jeans en geeft me een paar muntjes, maar ik weet niet wat ik daarmee moet.

'Ze is nog te klein, John. Ze begrijpt het niet.' Maggie zuigt aan het rietje dat in haar lege glas staat en dat maakt een grappig geluid. Als ik dat doe, krijg ik altijd op mijn kop.

'Onzin! Ze is hartstikke slim! Altijd met haar hoofd in een boek, dit dametje. Kom, ik zal het voordoen.' John tilt me op. Hij draagt me naar de eerste machine, trekt een stoel bij van een tafeltje waar niemand aan zit en zet me erop, zodat ik erbij kan. Hij pakt mijn hand vast en drukt ermee op een knop, waardoor er een muziekje begint te spelen. 'Het heet *Pac-Man*, en volgens mij is het echt iets voor jou.'

'Ze is duidelijk papa's lievelingetje,' zegt de man die beweert mijn oom te zijn.

Iedereen glimlacht, behalve Maggie.

30

Londen, 2017

Ik ga onder de douche en trek schone kleren aan. Ik heb een paar paracetamolletjes genomen en zou me langzamerhand beter moeten gaan voelen, maar dat gebeurt niet. Tony laat me vallen. Hij heeft niet eens mijn e-mail beantwoord, dat heeft zijn secretaresse gedaan, en alleen maar om te zeggen dat hij over een uur nog wel een gaatje voor me heeft, waardoor ik me nu rot moet haasten. Deze nieuwe invasie van de werkelijkheid in het fictieve gelukkige leven dat ik voor mezelf had georganiseerd komt onverwacht. Mijn afweermechanisme is te verzwakt om mijn paniekgevoel te onderdrukken of stoppen. Ik ben nog maar net begonnen aan het leven dat ik mezelf heb toebedacht, en ik wil het niet meteen weer kwijtraken.

'Je agent wil je vast alleen maar even spreken, zoals hij ook in zijn e-mail schreef. Ik denk dat je er veel te veel achter zoekt,' zegt Jack, terwijl ik met make-up aan de slag ga.

Buiten mijn werk loop ik zelden opgemaakt rond. Ik ben daar niet zo van. Onder in mijn tas vind ik een lippenstift. Ik probeer het trillen van mijn hand te onderdrukken als ik hem aanbreng en besef te laat dat de felrode lippenstift niet van mij is. Hij is van haar. Van de vrouw die hem heeft laten liggen toen ik er niet was. Ik heb alleen mijn onderlip nog maar gestift, maar ik ben nu al zo moe en in de war dat ik overweeg het maar zo te laten.

'Het is maar één dom artikeltje. Morgen is iedereen het vergeten, en ik weet zeker dat het je agent geen ene moer kan schelen of je een verhouding hebt,' zegt Jack.

Ik draai me om en kijk hem aan. 'Maar we hébben geen verhouding.'

'Dat hoef je míj niet te vertellen.' Hij zit aan Bens kant, met zijn benen op bed. Ik weet niet waarom ik me zo schuldig voel als ik niets verkeerds heb gedaan.

'Toch snap ik niet hoe Jennifer Jones aan die foto's komt.' Ik stift mijn bovenlip en kijk naar mijn spiegelbeeld. Eén kort moment zie ik het gezicht van Alicia. De gedachte dat zij iets met mijn man heeft en dat ze met zijn tweeën tegen me samenspannen vind ik nog steeds belachelijk, maar er gebeuren wel vreemdere dingen. Misschien ben ik wel te snel geweest met mijn constatering dat daar geen sprake van kon zijn. Ben is aantrekkelijk en charmant, gevat en grappig. Tenminste, dat is de versie van zichzelf die hij aan de buitenwereld laat zien. Niemand heeft enig idee hoe Ben achter gesloten deuren is. Alleen al de gedachte dat die twee iets hebben gooit olie op het vuur van de haat die al jaren in me smeult. Alicia is altijd gemeen tegen me geweest, vanaf dat ik haar ken.

'Hoe goed ken je Alicia?'

'Niet zo goed.' Jack lacht. 'Maar ik geloof niet dat ze stiekem met haar iPhone foto's van ons heeft gemaakt en die aan de pers heeft verkocht, als je dat bedoelt.'

'Dat bedoelde ik niet.' Hoewel, misschien toch wel. Ik probeer een logische verklaring te bedenken. 'De set was niet toegankelijk, dus alleen iemand van de crew kan een foto van onze seksscène hebben gemaakt. En ik neem aan dat er in de bar gisteravond, met al die mensen, gelegenheid genoeg was om een foto van ons te maken. Maar hoe zit het met die kleedkamerfoto?'

'Jennifer Jones zat je in je kleedkamer op te wachten op de ochtend dat je dat interview moest geven.'

'Dus?'

'Dus heeft ze vast voor je binnenkwam ergens een cameratje verstopt.'

'Meen je dat nou? Dat lijkt me hoogst onwaarschijnlijk. Ze is showbizzverslaggeefster, geen James Bond. Mag dat trouwens wel?'

'Voor een goed verhaal gaat de journalist van tegenwoordig niet gauw iets te ver, en of iets moreel verantwoord of waar is dondert ook niet.'

We gaan naar beneden, waar ik in de keuken nog even een glas water drink. Katterig naar een afspraak met mijn agent gaan is niet ideaal, maar ik wil het – wat het dan ook moge zijn – zo snel mogelijk achter de rug hebben. Ik zie de vuilnisemmer staan en herinner me wat erin zit: de lege flessen aanmaakgel die ik volgens de politie gekocht zou hebben. Ik voel me weer misselijk worden.

'Ik breng de vuilniszak even naar buiten, het begint een beetje te stinken hier.'

Jack loopt naar me toe. 'Dat kan ik ook doen.'

'Nee, laat maar. Het lukt wel. Ga maar naar de woonkamer, over een minuutje ben ik bij je.'

Als ik even later de kamer binnenkom zie ik Jack staan, hij heeft iets in zijn hand.

'Wie is deze engerd?' Hij houdt de ingelijste zwart-witfoto van mijn man als kind omhoog.

'Ben, toen hij klein was. Het is de enige foto die ik van hem kon vinden.'

'Vreemd.'

'Ja. Ik heb overal gezocht, vroeger hadden we veel meer...'

'Nee, ik bedoel vreemd dat hij geen spat op Ben lijkt.'

Ik was vergeten dat Jack en mijn man elkaar een paar maanden geleden op een feestje hebben ontmoet. Ben had zichzelf in een aanval van jaloezie en paranoia uitgenodigd, ik was woedend geweest. In het begin van onze relatie streelde het me dat hij me helemaal voor zichzelf wilde hebben. Maar na verloop van tijd besefte ik dat daar eerder rancune dan liefde achter zat. Ik heb de slechte gewoonte om van mensen te houden die me omlaaghalen, terwijl ik juist hoop dat ze me verder helpen. Maar dat gebeurt nooit. Zodat ik alleen maar dieper, harder, sneller val.

Ik had Jack en Ben tijdens dat feest met elkaar zien praten alsof ze gezworen kameraden waren, en dat had ik vreemd gevonden. De herinnering voelt niet goed, alsof ik liever had gehad dat die twee ieder in hun eigen deel van mijn leven waren gebleven, alsof het feit dat ze elkaar zijn tegengekomen mijn toekomst op de een of andere manier met mijn verleden heeft besmet. Die gedachte grift zich in mijn onderbewustzijn – net als bij een scherp geslepen potlood is ze wel uit te gummen, maar blijft er een onuitwisbare afdruk achter.

Jack zet de nare foto terug en loopt achter me aan de gang in. Als ik de deur opendoe, sta ik oog in oog met iemand die net op het punt stond om aan te bellen.

'Kijk nou! Hoe toevallig dat ik jullie hier samen aantref,' zegt inspecteur Croft met een brede glimlach. Naast haar staat Wakely, en achter hen, op straat, staan twee grote politiebussen.

'Ik ga er maar weer eens vandoor.' Jack oogt bijna teleurgesteld, alsof hij iemand anders had verwacht. 'Tot straks.' Ik frons mijn wenkbrauwen omdat ik niet begrijp waarom hij dat zegt, zeker niet met inspecteur Croft erbij. 'Bij de *wrap party*,' licht hij toe als hij de verwarring op mijn gezicht ziet. Ik was helemaal vergeten dat dat vanavond is.

'De wrap party! Wat een vooruitzicht, wat een enerverend leven hebben supersterren toch. Mogen we binnenkomen?' Croft stapt al over de drempel.

Ik blokkeer de doorgang. 'Nee, het spijt me. Ik moet weg.'

'We zijn zo weer vertrokken. Ik wilde u even bijpraten over de stalker over wie u het had.'

Nu heeft ze mijn aandacht, maar dat verandert niets aan het feit dat ik niet te laat mag komen bij mijn agent. Niet vandaag. 'Even dan.' Ik duw de deur halfdicht.

Ze glimlacht weer. 'Oké. Maar eerst wil ik u wat beeldmateriaal laten zien waarop we de hand hebben gelegd. Het is van de dag waarop u Ben als vermist hebt opgegeven.' Ze haalt haar getrouwe iPad tevoorschijn en swipet. 'Dit zijn beelden van de bewakingscamera in de bank, van exact hetzelfde tijdstip waarop uw rekening werd leeggehaald en opgeheven.'

Ik staar naar het scherm en zie, van op de rug, een dubbelganger van mij naar een balie lopen. 'Ik zei toch dat ze zich net als mij kleedde.'

'Ze legitimeerde zich met uw paspoort.'

Ik aarzel. 'Dat moet dan een vals paspoort zijn geweest, ik...'

'We hebben de e-mails bekeken die u zei te hebben ontvangen van iemand die zich Maggie O'Neil noemde. We hebben het IP-adres getraceerd, en daaruit bleek dat u die mails aan uzelf hebt gestuurd. Vanaf uw eigen laptop.'

Ik weet niet wat ik moet zeggen. Wat ze suggereert is bespottelijk. Ik heb mezelf geen e-mails gestuurd, waarom zou ik? 'U vergist zich,' zeg ik, maar ik hoor dat mijn stem een beetje schor klinkt.

'We hebben het IP-adres nagetrokken. Ik vergis me niet.'

'Ik begrijp het niet.'

'Bent u uw paspoort kwijt?'

Ik denk even na, en realiseer me dat niet alleen Bens paspoort verdwenen was uit de la waarin we onze paspoorten bewaren. 'Ja, dat klopt.'

Ze zucht. 'Is er nog iemand met een sleutel van uw huis?'

'Nee. Wacht even, ja toch wel. Onze vroegere schoonmaakster.'

'Vroegere?'

'Ze heeft de sleutel teruggegeven, maar het kan zijn dat ze een kopie heeft laten maken.'

'Waarom hebt u haar ontslagen?'

'Ik heb haar niet ontslagen. We hadden haar niet meer nodig.'

Omdat ik erg op mijn privacy ben gesteld en ik het geen prettig idee vind dat iemand in mijn huis rondsnuffelt en aan mijn spullen zit.

Croft kijkt me zo lang aan dat ik er een kleur van krijg, maar ik heb geleerd alleen het hoognodige te zeggen.

'Denkt u dat uw voormalige schoonmaakster uw stalker is?'

Dat lijkt me onwaarschijnlijk, maar het zou kunnen. Maria was iets ouder, maar ongeveer even lang als ik. Ze wisselde vaker van haarkleur dan de meeste mensen hun beddengoed verwisselen, en ze kon bij mijn kleren en mijn paspoort. Van achteren zou je haar voor mij kunnen aanzien. Maar ze kan het niet zijn, ze was altijd zo aardig.

'We hebben ook de zoekgeschiedenis van uw laptop bekeken,' gaat Croft verder zonder mijn antwoord af te wachten. 'Iemand, ik neem aan u, heeft naar echtscheidingsadvocaten gezocht. Of denkt u dat dat ook uw vroegere schoonmaakster geweest kan zijn? Misschien heeft ze thuis geen internet.'

Dat ben ik geweest. Maar ik heb er niet één gebeld. Ik was alleen maar boos. Wat een brutaliteit van Croft om mijn privacy op deze manier te schenden. Ik heb in goed vertrouwen mijn laptop meegegeven, en weer gebruikt ze alles wat ze vindt tegen me.

'Hebt u een vuurwapen, mevrouw Sinclair?'

Ik antwoord niet.

'Volgens onze gegevens namelijk wel. Denkt u dat het geheugenverlies waarover uw man het had er debet aan is dat u dat ook vergeten bent?'

Nee. Ik herinner me alles. Dat is nooit anders geweest.

'Het is geen misdrijf om een legaal geregistreerd vuurwapen te bezitten.'

'Dat klopt. Mag ik het zien?'

Ik houd haar blik vast. 'Als u echt iets tegen me had gevonden, had u me al gearresteerd.'

Ze glimlacht en doet een pas naar voren. 'Klopt helemaal.'

'Hebt u weleens gehoord van de frase "onschuldig tot het tegendeel is bewezen"?'

'Zeker. En ik heb ook weleens gehoord van God en van de Kerstman, maar dat wil niet zeggen dat ik erin geloof. We willen uw huis nog een keer doorzoeken, als het uitkomt.' Ze blikt achterom, naar de twee politiebusjes. De schuifdeuren aan de zijkant zijn open, en in elke bus zie ik een paar politiemensen zitten.

'Nu komt het niet uit, en hebt u daarvoor geen huiszoekingsbevel nodig?'

'Alleen als u weigert.'

'Dan raad ik u aan er een te regelen.'

31

Essex, 1988

'Ik heb een paar nieuwe bandjes voor je,' zegt Maggie terwijl ze mijn slaapkamer binnenkomt. Ze ruikt naar haarlak en haar nummer 5-parfum. Ze draagt een geel pak vandaag, en om de een of andere reden zitten er schoudervullingen in het jasje, zodat haar schouders veel breder lijken. Ik ben blij met de nieuwe bandjes. Ik heb de oude al tig keer beluisterd, ik ken alle verhalen uit mijn hoofd.

'Maar dit zijn heel speciale bandjes.' Ze schuift er een in mijn Fisher-Price-cassettespeler en drukt op play. Er komt een vreemde stem uit het apparaat.

'Vandaag, lieve kinderen, gaan we de klinkers oefenen. Zeg maar na: *How now brown cow*.'

Maggie drukt de pauzeknop in. 'Toe maar, zeg maar na.'

Dit verhalenbandje klinkt helemaal niet leuk. Ik doe mijn mond open, maar ik ben vergeten wat ik moest zeggen. Maggie maakt een afkeurend geluidje. Ze drukt nog een keer op een knop, en als het terugspoelgeluid stopt, drukt ze play weer in. Ik span me in om het deze keer te onthouden.

'Vandaag, lieve kinderen, gaan we de klinkers oefenen. Zeg maar na: How now brown cow.'

Maggie drukt de pauzeknop in en ik zeg de woorden na. 'How now brown cow.' Nu zal Maggie wel tevreden zijn, maar dat is ze niet.

'Niet zo! Je moet het uitspreken zoals zij het uitspreekt. Dat

Ierse accent moet eruit, je moet meer zoals zij gaan klinken, zoals iedereen hier. Om erbij te horen.'

'Waarom mag ik niet praten zoals jij praat?'

'Omdat mensen je op je buitenkant beoordelen, op hoe je eruitziet en hoe je klinkt. Hoe je vanbinnen bent, kan niemand iets schelen. Zie het maar als toneelspelen, want dat is het eigenlijk. En daar is niets mis mee. Sommige mensen verdienen er een dik belegde boterham mee.'

'Ik wil niet toneelspelen.'

'Tuurlijk wel. Die film die je zo leuk vindt, hoe heet hij ook alweer... *The NeverEnding Story*. Dat is niet echt! Het zijn gewoon acteurs die toneelspelen.' Het voelt alsof ik moet huilen, maar als ik dat doe krijg ik een klap, dus knipper ik mijn tranen weg. 'Toneelspelen is superleuk, en als je leert praten zoals op dat bandje kun je allerlei avonturen beleven als je ouder bent, net als het jongetje in de film.'

'Zoals op een draakhond vliegen?'

'Dat denk ik niet, maar er zijn genoeg andere dingen die je kunt doen als je goed je best doet en netjes leert praten.'

'Als ik van alles moet leren, waarom ga ik dan niet naar school?'

Maggies gezicht verandert. 'Omdat je daar nog niet oud genoeg voor bent.'

Dat ben ik wel.

'Waarom hangt er dan een schooluniform in mijn kast?'

Er vertrekt iets in Maggies gezicht, en heel even denk ik dat haar boze gezicht tevoorschijn komt, maar dat gebeurt niet. Haar gezicht doet iets anders, iets wat ik niet van haar ken. Ze loopt naar de kast en opent de deuren, heel langzaam, alsof ze bang is voor wat erin zit. Haar hand glijdt langs alle hangertjes en blijft bij het allerlaatste hangertje steken. Ze haalt het uit de kast. Aan het blauwe jasje, de blouse en de gestreepte das zitten nog prijskaartjes.

'Bedoel je dit?' vraagt ze op zo'n zachte toon dat ik haar

bijna niet versta. Ik knik. 'Het was eigenlijk een verrassing, en ik denk dat de overgooier nog een beetje te groot voor je is, maar in september zal alles je wel passen.'

'Bedoel je dat ik in september naar school mag?'

'Ja,' zegt ze na een korte stilte. Ik ga staan en spring op en neer op het bed. 'Maar alleen...' Ik ga gauw weer zitten. 'Alleen als je leert praten zoals zij. Beluister alle spraaklessen en doe wat de mevrouw op het bandje zegt. Ik denk dat je het zo onder de knie hebt.'

'Maar waarom? Waarom mag ik niet gewoon praten zoals ik praat?'

'Je vader en ik worden beoordeeld op hoe we praten, en ik wil niet dat dat jou ook gebeurt, Baby Girl. Ik wil dat je later iedereen kunt zijn die je maar wilt. Het is gewoon toneelspelen, meer niet. Iedereen moet toneel leren spelen, Aimee. Het is nooit, maar dan ook nóóit een goed plan om je ware zelf aan vreemden te laten zien. Zolang je maar nooit vergeet wie je echt bent, is toneelspelen je redding.'

32

Londen, 2017

Ik kan heel goed spelen dat het goed met me gaat, ook als dat niet zo is. Daarin durf ik mezelf wel ervaringsdeskundige te noemen. Maar vandaag voel ik me niet op mijn gemak in mijn rol. Het lijkt wel of mijn leven me door de vingers glipt. Ik kan mijn hand wel dichtknijpen, maar dat helpt niet. En dan vindt mijn agent dit ook nog eens hét moment om me te laten vallen, wat het einde van mijn carrière betekent.

Tony's kantoor ligt in het centrum. Het is een zonnige dag, dus ik besluit het laatste stuk te gaan lopen om de ondergrondse en de mensenhordes te vermijden. Ik heb dan wel voor een leven op het witte doek gekozen, maar dat betekent niet dat ik geen recht heb op een leven dat van mij is, een privéleven. Ondanks de internetaanval van vandaag ben ik niet bang dat ik herkend zal worden. Veel mensen hebben tegenwoordig alleen maar oog voor wat ze willen zien, en niet voor wat er werkelijk te zien is. Andere actrices zie ik vaak met hoed en zonnebril de straat op gaan, maar dat trekt alleen maar de aandacht. Mijn haar niet glad stylen, niet te veel make-up opdoen en kleren aantrekken die iedereen draagt is een veel betere vermomming. Soms zie ik iemand net iets langer dan gemiddeld mijn kant op kijken – je ziet het in hun ogen, dat moment van herkenning. Maar ze kunnen me niet plaatsen, ze kunnen zich niet herinneren waar ze mijn gezicht van kennen.

Zo heb ik het graag.

Ik ben vroeg, dus neus ik wat rond in Waterstones op Piccadilly Circus. Voor het eerst sinds dagen verlies ik mezelf ergens in, en dit is een fijne plek om je in te verliezen, in al die boeken. Ik kom hier best vaak en ik vind het heerlijk dat ik nooit word herkend. Ik stel me weleens voor dat ik me verstop en pas tevoorschijn kom als alle klanten de deur uit zijn en het personeel de boel heeft afgesloten en naar huis is gegaan. Ik zou de hele nacht dingen van vroeger herlezen en tegen de ochtend aan iets nieuws beginnen. Het mag nooit zo zijn dat het verleden je heden overneemt, maar een beetje ervan overhevelen kan net dat duwtje zijn om je toekomst vooruit te helpen.

Ik heb me altijd veilig gevoeld in een boekwinkel. Het is net alsof alle verhalen daar me kunnen redden, van mezelf en de rest van de wereld. Een literair toevluchtsoord, vol kasten met parachutes van papier die je opvangen als je valt. Sommige mensen blazen hun eigen zeepbel waarin ze zich voor de werkelijkheid kunnen verschuilen. Maar zelfs als je veilig in je eigen bubbel door het leven zweeft, kun je nog steeds zien wat er allemaal om je heen gebeurt. Je kunt de ellende niet volledig buitensluiten, tenzij je je ogen ervoor sluit.

Ik koop een boek. Te midden van zoveel boeken voelt het onbeleefd om dat niet te doen. Het is geschreven in 1958. Ik ken het al, maar op de een of andere manier heeft het iets troostends om het in mijn tas te stoppen. Het voelt alsof ik een beetje fantasie uit de winkel en de wereld van fictie met me meeneem. Een talisman van papier en woorden om de werkelijkheid af te weren.

Ik begeef me naar buiten in een hoopvoller stemming dan toen ik naar binnen ging. Ik durf zelfs te denken dat alles misschien toch nog goed komt. Maar dan grijpt een vrouw me bij de arm en trekt me met een ruk van de rijbaan, nét op het moment dat er een dubbeldekker langsdendert. Ik zie een waas van rood voorbijflitsen terwijl het geclaxonneer van de chauffeur mijn oren teistert.

'Wil je soms dood?' bijt mijn redster me toe, haar woorden kracht bijzettend met een beweging van haar agressief gepermanente hoofd.

Hoewel mijn adem stokt in mijn keel en ik dus amper in staat ben een woord uit te brengen, mompel ik een bedankje. Dat scheelde weinig. Letterlijk een haar. Soms snap ik echt niet wat er mis is met me. Het lijkt wel of ik mijn hele leven lang alleen maar de verkeerde kant op kijk.

Het is nog maar een paar straten lopen. Bij Tony's kantoor aangekomen neem ik de lift naar de vijfde verdieping. Er staat verder niemand in de lift, dus kijk ik even in de spiegel hoe ik eruitzie en doe ik nog wat Chanel N°5 op; niet omdat ik lekker wil ruiken, maar omdat die geur altijd een kalmerend effect op me heeft als ik me extreem angstig voel. Vraag me niet waarom. Als ik mezelf in de spiegel zie moet ik denken aan de beelden van de bewakingscamera die inspecteur Croft me vandaag heeft laten zien, van mij in de bank. Ik was het niet, maar je zou zweren dat ik het was. Ik heb onze bankrekening niet opgeheven om dat vervolgens te vergeten. Ik ben niet gek. Ik ben er meer dan ooit van overtuigd dat Ben met iemand onder één hoedje speelt om mijn carrière naar de verdommenis te helpen, maar ik moet mijn gedachten aan hem en haar, wie ze ook is, nu even van me afzetten. Ik moet ze begraven.

Ik staar naar het deftige bord achter de receptie waar TALENTENBUREAU op staat en vraag me zoals altijd af wat ik hier kom doen. Ik heb geen talent en ik hoor hier niet. Ik heb altijd gedacht dat Tony een vergissing beging toen hij me contracteerde, en blijkbaar is hij daar nu zelf ook achter gekomen. Terwijl iemand gaat melden dat ik er ben, neem ik plaats in de wachtruimte en doe ik mijn best om niet onrustig te gaan zitten wiebelen.

Het is een groot kantoor, een doolhof van werkruimtes achter glazen wandjes, een soort dierentuin van filmagenten, zeg maar, die zich voeden met een gezonde mix van talent en ambitie. De ene dag laten ze je droom uitkomen, de andere breken ze je hart. De vrouw achter de receptie glimlacht naar me als we oogcontact maken. Sinds mijn binnenkomst heeft ze me aan één stuk door aangekeken. Ze is nieuw. Ik heb haar nog nooit gezien en ik vraag me af of ze weet waarvoor ik kom. Misschien weten ze het allemaal wel.

Filmagentschappen laten hun cliënten voortdurend vallen. Ik had onderweg Tony's website willen bekijken om te zien wie hij allemaal onder contract heeft, maar ik durfde niet, want stel je voor dat mijn naam en foto al van de lijst waren gehaald? Het oog in de naald van mijn zelfvertrouwen is zo klein geworden dat ik niet meer weet hoe ik erdoorheen moet kruipen, zelfs de dunste draadjes hoop krijg ik er niet meer in. Alicia had gelijk, ik paste vanaf het begin af aan al niet bij dit agentschap, en dat is nog steeds zo. Een paar filmrollen kunnen daar echt geen verandering in brengen.

Mijn zenuwen krijgen de overhand en ik krijg het gevoel dat ik moet overgeven. Net als ik op wil staan om naar het toilet te gaan komt Tony's nieuwste secretaresse me ophalen. Ik glimlach dus maar wat en loop achter haar aan. Ik ben ervan overtuigd dat iedereen naar me kijkt als we door de gangen lopen. Elke stap die ik zet gaat gepaard met een enorme geestelijke maar ook lichamelijke inspanning. Alsof ik een strijd met de zwaartekracht voer.

Tony is een man uit de middenklasse van middelbare leeftijd die altijd ergens middenin zit. Zomer en winter een bruin kleurtje, dure maatpakken en steevast een gefronst voorhoofd, tenzij iemand zijn kant op kijkt – dan schakelt hij zijn frons uit en licht zijn gezicht op met een ondeugende grijns. Zijn haar is de laatste tijd behoorlijk wit geworden, ik hoop niet omdat hij mij moet vertegenwoordigen. Hij lijkt druk bezig achter zijn glazen wand, ik zie hem gebogen over zijn bureau naar zijn scherm staren. Zijn secretaresse vraagt of ik iets wil drinken, maar ik bedank, ook al heb ik dorst. Ik kan er niet aan wennen dat anderen dingen voor mij doen, dat voelt verkeerd. Tony ziet me, en het duurt een tel langer dan anders voor zijn frons transformeert naar een glimlach. Ik probeer het niet als iets persoonlijks te beschouwen.

'Zo, hoe gaat het met je?' vraagt hij terwijl hij de deur achter me sluit en ik plaatsneem.

Goed klote, en dat weet je.

'Heel goed, hoe gaat het met jou?'

Hij zegt vast 'druk'.

'Ik heb het druk, erg druk. Het filmen zit erop, hè? Ik wilde pas met je praten als dat afgerond was.'

Fuck. Ik wist het wel. Het is gedaan met me. Had je dit niet per mail kunnen afhandelen, klootzak? Misschien lukt het me om een nieuwe agent te vinden, maar het wordt nooit meer wat het was. Ik weet zeker dat ik mijn rollen alleen maar dankzij hem heb gekregen. Ik vertrouw, nou ja, ik vertrouwde Tony. Verder vertrouw ik niemand. Het is goed klote.

'Aimee?' Hij onderbreekt het gesprek dat ik met mezelf voer. 'Is alles wel goed met je?'

Nee.

'Ja, sorry, ik eh... ik ben alleen moe.'

'Dan zal ik maar meteen ter zake komen. Weet je waarom ik je vandaag wilde spreken?'

Omdat je me laat vallen en dat vind ik een klotestreek van je.

Ik schud mijn hoofd. Mijn angst dicteert wat ik nu ga zeggen. En wat niet. Ik kan alleen maar naar mijn voeten staren. Ik ben niet in staat te kijken of te luisteren naar de persoon die ik vertrouwde en die nu zijn messen slijpt. Opnieuw word ik overvallen door misselijkheid en vrees ik dat ik hier ter plekke over mijn nek zal gaan. Mijn knieën beginnen te trillen, wat ze altijd doen als ik heel erg bang ben. Het is allemaal zó cliché. Ik druk mijn handen op mijn knieën om het getril te onderdrukken en vraag me af of ik iets kan verzinnen om Tony van gedachten te laten veranderen. Maar hij is me voor.

'Het gaat in feite om twee dingen...'

Ik luister altijd naar wat hij te zeggen heeft, maar vandaag heb ik al mijn concentratie nodig om niet te gaan huilen of overgeven.

Alsjeblieft, doe dit niet.

'Ik heb een e-mail van je man ontvangen.'

De tijd staat stil.

'Hè?'

'Hij wilde me laten weten dat je de druk niet aankunt. Ik ben me ervan bewust dat je dit jaar eigenlijk twee films hebt gedraaid, wat zelfs voor een ervaren acteur veel is. Ik wil je laten weten dat ik er altijd voor je ben als het je te veel wordt. Het is niet erg om af en toe nee te zeggen. En het is mijn taak om je tegen bepaalde dingen, of mensen, te beschermen.'

'Ik heb geen idee waarom hij contact met je heeft gezocht. Ik voel me prima, echt.'

Hij kijkt me een tijdje doordringend aan. 'Is alles goed thuis?'

'Ja.' Ik heb nog nooit tegen Tony gelogen, en het voelt heel erg verkeerd. 'Nou ja, niet zo, maar het komt hopelijk gauw weer goed.'

Hij knikt en kijkt naar een script dat op zijn bureau ligt. 'Mooi, want de andere reden waarom ik je wilde spreken is dat ik een nieuwe film voor je heb. De regisseur wilde je vorige week in L.A. hebben voor een auditie, maar omdat je schema dat niet toeliet heb ik namens jou nee gezegd. Nu komen die regisseur en zijn team volgende week speciaal voor jou naar Londen, om kennis te maken. Volgens mij kun je ervan uitgaan dat je de rol hebt, als je hem wilt. Ze beginnen pas op zijn vroegst over een maand te draaien, dus je hebt nog wat vrije tijd...'

'Welke regisseur is het? Ken ik hem?'

'O ja.' Hij glimlacht.

'Wie is het dan?'

'Fincher.'

Ik zwijg even, omdat ik niet zeker weet of ik het goed heb gehoord. Ik besluit dat het antwoord nee is.

'Fincher?'

'Ja.'

Het moet een vergissing zijn, of een of andere lullige streek.

'Weet je zeker dat het om mij gaat? Dat ze niet eigenlijk Alicia bedoelen?'

Ik staar naar zijn gezicht, zoekend naar iets wat er niet is.

'Ik vertegenwoordig Alicia White niet meer. En het is geen vergissing. Wat moet er gebeuren voor je eens een keer in jezelf gaat geloven?'

Ik flits terug in de tijd. Ik zie mezelf weer staan in de kamer van mijn dramadocent, vlak nadat hij me de rol van Dorothy in *The Wizard of Oz* heeft gegeven, waarvoor ik geen auditie durfde te doen. Tony doet me een beetje aan die docent denken. Ik begrijp niet waarom die twee het met me aandurfden, maar ik ben hun er heel erg dankbaar voor. Mijn leven is dan wel niet zo gelopen als ik had gewild, maar soms voel ik me zo'n bofkont dat het bijna pijn doet. En dit is zo'n moment.

'Dank je,' zeg ik uiteindelijk, terwijl ik weer in het heden beland. Tony trekt het gezicht dat ik van hem ken, van als hij weinig tijd heeft in verband met een volle agenda en hij me snel weg wil hebben maar niet weet hoe hij dat moet zeggen. Ik sta op, opgelucht dat hij niet de onzin heeft gelezen die vandaag het internet over is gegaan.

'Aimee.' Ik draai me om. Aan zijn gezicht zie ik dat ik me ook daarin vergis. Natuurlijk heeft hij het gelezen. Wat leest hij niet? Maar het verrast me dat hij zijn vriendelijke gezicht laat zien, niet het teleurgesteld-vaderlijke dat ik had verwacht. 'Ook al onthou je maar één dingetje van wat ik als je agent tegen je heb gezegd, dan hoop ik dat het dit is: je moet altijd vechten, vooral als je denkt dat je gaat verliezen. Juist dan moet je ervoor gaan.'

'Dank je,' fluister ik, en vóór hij mijn tranen kan zien, ben ik de deur uit.

33

Essex, 1988

Vandaag ben ik jarig.

Niet echt, want dat is in september. Maggie heeft gezegd dat ik die verjaardag moet vergeten, dat ik nu een nieuwe verjaardag heb, een verjaardag in april, en dat ik zeven jaar word. Maar in het echt ben ik nog maar zes.

Ik vind het niet erg meer dat ik een nieuwe naam en een nieuwe verjaardag heb. Ik begin het leuk te vinden hier. Maggie koopt steeds kleine cadeautjes voor me, en ik heb zelfs iets van John gekregen vandaag. Maggie werd heel erg boos toen hij het aan me gaf, en hij keek naar de grond en frunnikte aan zijn nieuwe baard, wat hij altijd doet als zij boos wordt. Toen zei hij iets wat ik niet uit mijn hoofd kan krijgen, het lijkt wel of de woorden in mijn oren zijn blijven steken. 'Een kind heeft gezelschap nodig.' Ik snapte wat hij bedoelde, maar ik denk dat hij het mis heeft. Ik ben graag alleen.

Maar toch ben ik blij met de hamster die hij voor me heeft gekocht. Ik heb hem Hammie genoemd.

Hammie doet niet veel. Hij zit in een kooi en slaapt heel veel. Af en toe gaat hij rennen in zijn tredmolentje. Hij rent en rent en rent, maar hij komt niet verder. Ik vraag me af of hij dat erg vindt. Maggie vindt de hamster niet leuk. Ze weigert hem Hammie te noemen, ze noemt hem Rat, wat ik niet aardig vind klinken.

Van Maggie heb ik iets gekregen wat een walkman heet, zodat ik voortaan naar mijn *Story Teller*-bandjes en spraaklessen kan luisteren zonder dat John en zij hoeven mee te luisteren. Ik begin al heel Engels te klinken, dus ik kan in september naar school, en ik ben erg blij met mijn walkman. Ik heb de hele dag de koptelefoon op, ook als ik nergens naar luister.

John had vandaag ook een cadeautje voor Maggie, ook al is het mijn zogenaamde verjaardag, en niet die van haar. Het zit in hetzelfde She-Ra-papier als mijn cadeautjes, en het voelde een beetje gek dat ik het niet open mocht maken. She-Ra is een prinses en een heldin, en ze is mijn nieuwste hobby. Ze woont in een kasteel, vliegt op een paard en strijdt tegen slechte mensen die slechte dingen doen. Als ik groot ben zou ik heel graag zoals She-Ra willen zijn.

John zei dat Maggie ook een cadeautje verdiende, omdat vandaag ook voor haar een bijzondere dag is. Hij zei dat het de dag is waarop ze een nieuw leven op de wereld heeft gezet. Hij keek mij aan toen hij dat zei, maar hij doelde niet op mij. Ik ben dan wel pas zes, of zeven, maar ik ben niet dom. Maggie keek me niet aan toen hij dat zei, zij keek naar het lijstje met de foto van het kleine meisje op de schoorsteenmantel. Ze moest even huilen, en toen zei ze dat ze last had van haar hooikoorts en veegde ze met een tissue haar leugen weg. Ik denk dat het een leugentje om bestwil was.

Toen Maggie haar cadeau had uitgepakt, wist ik nog niet wat het was. Ze noemde het een friteuse, wat meer als een mevrouw dan als een pan klinkt. Maggie vroeg of hij van de vrachtwagen was gevallen, maar dan zou hij toch wel gedeukt zijn, lijkt me. John deed alsof hij het niet hoorde en zei dat de friteuse ons leven zou veranderen. Eerst geloofde ik hem niet, maar hij had gelijk. Vroeger aten we alles met geroosterd brood, nu eten we alles met friet. Het is geweldig! Maggie heeft de friteuse pas sinds vandaag, maar vanmiddag hebben we al eieren met friet gegeten en vanavond hamburger met friet.

Het is echt een wonder. Maggie schilt aardappelen, snijdt ze in de vorm van friet, en gooit ze in de machine. Als hij begint te piepen, betekent dat dat de aardappelen op wonderbaarlijke wijze in friet zijn veranderd! Ik mag niet aan de friteuse komen. Er zit olie in die heel heet wordt, zo heet dat Maggie meteen de eerste keer dat ze hem gebruikte haar vinger lelijk heeft verbrand. John wilde er een kusje op geven zodat het overging, maar ze duwde hem weg. Toen bedacht ik dat een kusje dingen dus niet alleen beter maar ook erger kan maken.

We hebben een speciaal verjaardagstoetje vanavond, Maggie zegt dat het een verrassing is. Ik hoop dat het een van haar leuke verrassingen is. Ik moet in de voorkamer op de bank naast de elektrische haard gaan zitten. Het licht gaat uit, maar nu omdat John het uit heeft gedaan, niet omdat er muntjes in de meter moeten. Maggie komt de kamer in met een taart met kaarsjes erop en zet hem op de salontafel. Ik heb nog nooit een verjaardagstaart gehad. Ik mag een wens doen en dan alle kaarsjes uitblazen, zegt ze, en dat doe ik. John maakt er met zijn polaroidcamera een foto van. Er staan zeven kaarsjes op de taart, maar ik weet dat ik pas zes ben, dus ik weet niet of mijn wens dan wel uitkomt.

Als we allemaal twee stukjes chocoladetaart hebben gegeten, staat John op en loopt naar de schoorsteenmantel. Hij pakt de foto van het andere meisje; zij blaast ook de kaarsjes op haar verjaardagstaart uit, maar ik tel er maar zes. Hij haalt de foto uit het lijstje en wil hem in zijn zak laten glijden, maar Maggie zegt nee, dus doet hij hem weer in het lijstje en schuift de nieuwe foto van mij ervoor. Het is gek om een foto van mezelf in een lijstje te zien staan. Het andere meisje is weggestopt, ze zit vlak achter me. Ik kan haar niet meer zien, maar ik weet dat ze er nog is.

34

Londen, 2017

Ik zit in de Central Line en probeer het boek te lezen dat ik vandaag heb gekocht, maar het lukt me niet. Het is een boek van vroeger maar het brengt me op nieuwe gedachten, waar ik op dit moment geen ruimte voor heb in mijn hoofd. Boeken kunnen als spiegel fungeren en je de slechtste kanten van jezelf tonen – als je tussen de pagina's door leest valt er veel te leren. Ik stop het boek weer in mijn tas en neem de gezichten van mijn medereizigers in me op, me afvragend wie de persoon achter het gezicht is.

Ben en ik hadden een eigen spelletje in de ondergrondse. We kozen twee mensen uit die een eindje van ons af met elkaar zaten te praten en praatten hen dan op afstand na, waarbij we de gekste stemmetjes bedachten en hun zinnen in de mond legden die helemaal niet bij hun gezicht pasten, maar waar wij ons om bescheurden. Wat hadden we een lol, toen. We hadden het goed. De herinnering brengt een glimlach op mijn gezicht, tot ik me bewust word van mijn medepassagiers en van het feit dat ik lach om iets uit het verleden wat ik nooit meer terugkrijg. Het is onbeleefd van me om iedereen zo aan te staren, maar niemand zegt er iets van, ze zien het niet eens. Ze zijn allemaal veel te druk bezig met hun telefoons, met hun rol in de dagelijkse vervreemding van de verwondering en de werkelijke wereld om hen heen. We hebben het zo druk met het getuur naar onze schermpjes dat we vergeten omhoog te kijken, naar de sterren.

Volgens mij kan het gevaarlijk zijn om te lang naar het leven van anderen te kijken. Voor je het weet heb je geen tijd meer over om zelf te leven. De technologie neemt ons menszijn over. Ze slokt onze emotionele intelligentie op en spuugt de restjes privacy die ze niet goed weg krijgt weer uit. De wereld draait wel door en de sterren blijven wel stralen, of er nu iemand kijkt of niet.

Ik denk weleens dat je ieder mens als een ster zou kunnen zien, die midden in zijn eigen zonnestelsel staat te stralen. Ik observeer de wisselende gezichtsuitdrukkingen van mijn medereizigers en ik weet zeker dat ik flonkeringen zie wanneer zij nadenken over iets uit het verleden of piekeren over de toekomst. Elke lopende, pratende, denkende, voelende menselijke ster heeft zijn eigen planeten: ouders, kinderen, vrienden, geliefden. Een ster kan soms ook te groot worden, te heet, te gevaarlijk, zodat de planeten die het dichtst bij hem staan totaal opbranden. Terwijl ik zit te staren naar de melkweg van gezichten die van hier naar daar proberen te komen, begrijp ik dat het niet uitmaakt wie we zijn of wat we doen – we zijn allemaal eender. Iedereen wil een ster zijn die straalt in het donker.

Bij Notting Hill stap ik uit. Terwijl ik het laatste stukje naar huis loop lijkt mijn hoofd steviger op mijn nek te staan dan de afgelopen tijd. Elke stap voelt als een sprong op een trampoline van emoties, waarop ik op en neer blijf veren tot al die gemengde gevoelens uitgeput neerstorten in mijn vermoeide hoofd. Ik heb een auditie bij een regisseur die tot mijn allergrootste helden behoort, mijn agent heeft me niet laten vallen en ondanks alle problemen in mijn privéleven heb ik veel om dankbaar voor te zijn. Het misverstand met Ben zal vast worden opgehelderd. Hij probeert me te kwetsen, maar hij kan niet eeuwig vermist blijven en ik kan niet beschuldigd worden van een misdaad die nooit heeft plaatsgevonden.

Ik sla de hoek om en loop de straat in waar ik woon met het gevoel dat alles misschien toch nog goed komt.

Dat gevoel is van korte duur.

De twee politiebusjes die vanmorgen voor het huis stonden, staan er nog steeds, maar er zit niemand meer in. Mijn voordeur staat wagenwijd open. Er lopen politiemensen in en uit, en het huis is afgezet met blauw-wit lint. Inspecteur Croft zal haar huiszoekingsbevel hebben gekregen.

Dit moet een nare droom zijn. Ze zal zich nu toch wel hebben gerealiseerd dat ik de waarheid spreek? Ik weet niet waar mijn man is, waarom hij al die dingen over me heeft gezegd of waarom hij me dit aandoet. Ik neem aan dat hij me een lesje wilde leren, maar genoeg is genoeg. Ik heb hem echt niet uit de weg geruimd, zoals zij de hele tijd lijkt te suggereren. Er mag dan wel traumagerelateerd geheugenverlies bij me zijn vastgesteld als kind, maar dat was een verkeerde diagnose, en hoe dan ook, als ik zoiets afschuwelijks had gedaan zou ik het echt nog wel weten.

Ik loop op het afzetlint af. Ze moeten me erdoor laten, het is mijn huis, en bovendien moet ik me klaarmaken voor de wrap party van vanavond – zó kan ik onmogelijk gaan. De wind in mijn juist gehesen zeilen valt ogenblikkelijk stil als ik twee mannen spot in witte overalls van de technische recherche. Ze komen door de voordeur naar buiten met iets wat eruitziet als een brancard. Erop ligt iets, of iemand, afgedekt met een wit laken.

Ik kan mijn ogen niet geloven.

Het beeld brandt zich op mijn netvlies, laat een litteken achter en dooft mijn laatste restje hoop.

Ze kunnen geen lichaam hebben gevonden, want dat zou betekenen dat er iemand dood is. En als er iemand dood is, dan betekent dat dat die iemand is vermoord. Ik zie inspecteur Croft naar buiten komen, ze wijst naar iets wat ik niet kan zien. Als ze echt iets gevonden heeft, zal ze het verhaal over mijn stalker niet meer geloven. Ze geloofde me toch al niet. Ik kan haar gezichtsuitdrukking niet zien van veraf, maar ik stel me voor dat ze glimlacht. Ik draai me om en ren weg.

35

Essex, 1988

Ik veeg en dweil de vloer van het kantoor nu elke avond. Terwijl ik dat doe luister ik naar mijn walkman en doe uitspraakoefeningen, zoals *Peter Piper picked a peck of pickled peppers* en *Red Lorry, yellow lorry* en *The rain in Spain*. Als ik 's avonds klaar ben met vegen vul ik de plastic houdertjes aan met nieuwe gokbriefjes en blauwe pennetjes, voor de volgende dag. De gokbriefjes zijn twee aan elkaar vastzittende stukjes papier. Als je iets op het bovenste witte papiertje schrijft, verschijnt het op het gele papiertje eronder. Het lijkt wel tovenarij. Als je op een paard wedt, geef je het hele briefje aan Maggie of aan John en krijg je het gele deel terug, met je wisselgeld. Als je wint, ga je met het gele deel naar het loket en krijg je je geld. Degenen die verkeerd hebben gewed, verfrommelen het gele deel meestal en gooien het op de grond, net als hun sigarettenpeuken en allerlei andere rommel. Als het kantoor sluit, veeg ik alles op. Zo gaat het elke dag, behalve op zondag.

Zodra Maggie roept dat we dicht zijn, pak ik de bezem. Ik begin altijd achter de balie, waar Maggie en John het verdiende geld van vandaag met elastiek in bundeltjes bij elkaar binden en al het muntgeld in plastic zakjes stoppen, waarna ze alles in de kluis gooien, die bijna even groot is als ik, en heel erg zwaar. Ik heb een keer geprobeerd of ik hem op kon tillen, maar hij verschoof niet eens, nog geen millimeter.

'Waarom zijn jullie niet getrouwd?' vraag ik terwijl ik naar het geld tellen kijk. Ik heb net in de *Story Teller* een verhaaltje gelezen over een prinses die met een prins trouwt. Ik weet dat Maggie en John niet getrouwd zijn omdat ze geen ring dragen, en omdat er verschillende namen staan op de enveloppen die door de brievenbus vallen.

Maggie kijkt op van een hoop briefjes van twintig pond. 'Omdat het huwelijk een leugen is, Baby Girl, en in dit gezin liegen we niet tegen elkaar. Dat heb ik al zo vaak gezegd dat je het zo langzamerhand zou moeten weten.' Ik begrijp niet wat ze bedoelt, maar ik vraag het niet nog een keer, want Maggie heeft vanavond haar vrolijke gezicht opgezet en ik wil niet dat dat verandert. John wijst naar iets aan de andere kant van de balie, wat ik niet kan zien. Als ik de klantenruimte in ga, zie ik twee grote fruitautomaten staan, naast elkaar.

'Wat zijn...'

'Engels,' zegt Maggie. Ik mag nooit meer praten zoals zij, en ik moet er nog steeds bij nadenken om als iemand anders te klinken.

'Wat zijn dat?' vraag ik, met de goede uitspraak.

John glimlacht, zijn gouden tand fonkelt. 'Dat is lokaas.'

'Hou je mond, John. Die zijn voor jou.'

'Maar wat zijn het?'

'Die ene is gewoon een ouderwetse fruitautomaat en die andere... Wat was dat ook alweer? Ik weet het niet meer. Jij, Maggie?' vraagt John.

'Volgens mij is het... *Pac-Man*!' zegt ze.

Pac-Man is mijn nieuwste hobby. Ik speel het elke zondag in de pub, terwijl Maggie en John praten met de man die op Maggie lijkt en die zich mijn oom noemt. Ze zien er hetzelfde uit en ze klinken hetzelfde en ze zeggen dezelfde dingen. Soms lijkt het wel of ze één iemand zijn, maar hij is een jongen en zij is een meisje.

'Dank je wel, dank je wel, dank je wel!' Ik ren weer terug

achter de balie en sla mijn armen om Maggies benen.

Ze zegt dat ik alleen op de automaten mag spelen als ik alles heb geveegd en gedweild, dus werk ik extra snel. Als ik klaar ben, geeft John me een zakje kleingeld uit de kluis en tilt me op een kruk.

'Zo. Ik weet dat je alleen maar *Pac-Man* wilt spelen, en dat begrijp ik heel goed. Dat gele mannetje is tamelijk verslavend. Maar eerst moet je op deze automaat spelen, en je moet spelen tot je wint. Je hoeft alleen maar het muntje in de gleuf te stoppen en dan die knop in te drukken. Als je drie citroenen krijgt, komt er heel veel geld onder uit de automaat. Als dat is gebeurd mag je tot morgenavond helemaal nergens meer aankomen. Snap je het?' Ik knik. 'Goed zo. Met het geld dat uit de fruitautomaat komt, mag je *Pac-Man* spelen. Die automaat kan ik legen wanneer ik maar wil.'

Ik speel zo lang op de eerste automaat dat ik een beurse vinger krijg van het indrukken van de knop, maar uiteindelijk verschijnen er drie citroenen op een rijtje en komt er heel veel geld uit de automaat, precies zoals John voorspelde. Hij zegt dat de automaat het overdag het het best doet als we hem elke avond leeghalen, misschien dat ik er daarom op moet spelen. Als ik win, hoor je een heel hard ratelend geluid waar geen einde aan lijkt te komen. Ik spring van de zwartleren kruk, schuif hem naar *Pac-Man* en klim er dan weer op. Ik speel het spel tien keer, zodat mijn naam, de nieuwe, de hele scorelijst vult. Dan hoor ik dat *EastEnders* begint, en roept Maggie naar beneden: 'Over vijf minuten gaan we eten en vergeet niet dat je de hamsterkooi nog moet verschonen. Dat is de afspraak.'

Ik was Hammie helemaal vergeten. Hij doet elke dag hetzelfde: eten, slapen en zijn rondjes rennen. Ik weet niet waarom Maggie zo'n hekel aan hem heeft, maar ik hoop dat haar favoriete serie haar een beetje vrolijker stemt. Ik ruik de friteuse, dus we krijgen friet. Sinds we hem hebben, eten we overal friet bij. Eieren met friet, worst met friet, hamburger met friet, kaas met friet. Op zondag eten we friet met kant-en-klare jus, dat vind ik het allerlekkerst! Ik vind het fijn om elke dag friet te eten, maar ik heb net voor het eerst Level 5 gehaald, dus ik doe net of ik Maggie niet hoor.

Als ik het *EastEnders*-muziekje weer hoor, besef ik dat haar programma afgelopen is. Ik ging zo in mijn spel op dat ik helemaal vergeten ben dat we gingen eten. Ik hoop dat Maggie niet boos op me is. Ik ren de trap op en de keuken in – de friteuse staat nog aan, dus misschien ben ik niet te laat.

'Eindelijk.' Maggie staat in de deuropening. Ze heeft een vreemde uitdrukking op haar gezicht, die ik geloof ik niet leuk vind. 'Heb je honger?'

'Ja,' fluister ik.

'O ja? Ik heb je namelijk een halfuur geleden al geroepen, maar je deed net of je me niet hoorde.'

Ze doet een stap naar voren en ik doe er een naar achteren.

'Het eten is helemaal op, helaas. Geen friet voor jou vanavond, Baby Girl. Ik ben iets anders voor je aan het bakken. Iets heel speciaals. Wil je zien wat?'

Ik geloof niet dat ik het wil.

Ik draai me om en wil de keuken uit gaan, maar ze grijpt me vast, tilt me met één hand op en haalt met haar andere hand het deksel van de frituurpan.

De olie is heet en ik zie iets bubbelen.

Ik geef een gil als ik zie wat het is.

Ik begin te huilen en probeer weg te kijken, maar ze duwt mijn kin terug, zodat ik wel móét kijken.

Dan fluistert ze in mijn oor: 'Arme Hammie. Het geeft niet, hoor, ik weet zeker dat hij heel hard rondjes aan het rennen is in de hamsterhemel. En buiten mij heb je niemand nodig, Aimee. Ik had verwacht dat je beter zou weten. De volgende keer dat ik iets van je vraag, raad ik je aan te doen wat ik zeg.'

36

Londen, 2017

Ze zeggen dat je in je leven iedereen kunt worden die je maar wilt zijn.

Dat is een leugen.

De waarheid is dat je iedereen kunt worden die je gelóóft te kunnen zijn. Dat is iets heel anders.

Als ik geloof dat ik Aimee Sinclair ben, dan ben ik dat.

Als ik geloof dat ik actrice ben, dan ben ik dat.

Als ik geloof dat er van me gehouden wordt, dan is dat zo.

Wordt je geloof onderuitgehaald, dan wordt de werkelijkheid die eruit is voortgekomen ook onderuitgehaald.

Ik begin te geloven dat mijn huwelijk niet veel meer was dan een leugen. Ik loop door het centrum van Londen zonder enige herinnering aan hoe ik hier gekomen ben. Heel even bekruipt me de gedachte dat mijn geheugenverliesdiagnose van lang geleden toch klopte, dat ik mezelf de hele tijd voor de gek heb gehouden door te denken dat ik me alles kan herinneren wat ik heb gedaan en wat me ooit is overkomen, maar ik weet die gedachte van me af te zetten. Die diagnose klopte niet, toen niet en nu niet.

Ik kan lopen en piekeren wat ik wil, maar het lukt me niet te duiden wat er de laatste paar dagen allemaal is gebeurd. Ik heb geen idee waar ik nu heen moet of naar wie ik toe kan gaan, en het besef dat er niemand is die ik echt vertrouw maakt alles nog erger dan het al is.

Ben kan niet dood zijn, omdat ik het niet geloof.

Mijn onuitgesproken gedachten ratelen maar rond, stuiteren tegen de wanden van mijn brein, op zoek naar een uitweg. Maar er is geen uitweg. Deze keer niet. Ik denk aan de stroom haat waar ik de afgelopen maanden tegenin heb moeten zwemmen. Ik denk aan wat Ben die avond met me heeft gedaan, en ik denk aan mijn verstopte pistool dat niet op zijn plaats lag, onder ons bed. Voor het eerst sinds het begin van deze nachtmerrie begin ik oprecht aan mezelf te twijfelen en erken ik dat mijn grip op de realiteit iets minder stevig is dan hij was.

Ik zou het toch wel weten als mijn man echt dood was?

Dan had ik toch wel iets gevoeld?

Misschien niet.

Het voelt alsof ik in slow motion ben gezet. Als ik om me heen kijk en alle mensen zie die me passeren, komt iedereen idioot gehaast op me over. De meeste mensen zijn zo druk met hun telefoon in de weer dat ze niet eens zien waar ze naartoe gaan of waar ze vandaan komen. En dan sta ik zomaar ineens voor het pand van TBN, waar Ben werkt. De aanblik van het gebouw katapulteert me terug in de tijd, naar toen we net bij elkaar waren. Hier spraken we vaak af in het begin.

Bij onze kennismaking op het internet waren we virtueel vreemden voor elkaar.

Na bijna twee jaar huwelijk blijken we emotioneel vreemden voor elkaar.

Zoiets zou ik nu nooit meer doen – mijn echte naam en foto op een datingsite zetten – maar toen wist niemand wie ik was, wie ik echt was. Mijn naam zei niemand iets, zelfs mij niet. Ben zette de eerste stap. Hij stuurde me een berichtje, en daarna mailden we een paar keer heen en weer tot we vonden dat we elkaar maar eens in het echt moesten ontmoeten. Alles ging zo goed als het maar gaan kon, tot een paar maanden na ons huwelijk. En ze leefden nog lang en ongelukkig.

Ben houdt van zijn werk. Hij is bijna net zoveel van huis als ik, hij reist naar alle uithoeken van de aarde waar men volgens de westerse wereld met meer ellende te kampen heeft dan hier. Voor hem is het nieuws een verslaving, terwijl ik er tegenwoordig amper nog aandacht aan besteed. Als er echt iets ergs zou zijn gebeurd waardoor hij niet zou kunnen werken, dan zou zijn werkgever dat moeten weten. Ik kan me niet herinneren dat hij zich ooit ook maar één dag ziek heeft gemeld. Eigenlijk hoef ik maar één ding te doen: bewijzen dat mijn man nog leeft en dat hij míj naar het leven staat in plaats van ik hem. Hij probeert mijn goede naam door het slijk te halen en mijn carrière kapot te maken omdat hij weet dat dat alles voor me is en dat ik zonder mijn werk niets ben.

Ik verman me, stap de draaideur in en loop naar de receptie. Als de receptioniste die naar haar scherm zit te staren opkijkt, open ik mijn mond, maar het lijkt wel of mijn vraag niet naar buiten durft. Het gezicht van de receptioniste is zwart en glad, opgemaakt met kritische ogen en een strakke mond. Haar kapsel heeft iets stugs, net als haar ontvangst: haar dikke, zwarte, naar achteren getrokken lokken zijn zo strak in een paardenstaart bij elkaar gebonden dat ze een onnodige facelift teweegbrengen. Aan het koord om haar nek hangt een naamkaartje waar JOY op staat. Een tikje ironisch, afgaand op wat ik tot nu toe van haar heb gezien. Ik blijf zo lang staan zwijgen dat Joy me aankijkt met een blik alsof ik onnozel ben. Misschien heeft ze gelijk. Misschien ben ik dat ook.

'Zou ik Ben Bailey kunnen spreken, alstublieft?' Het is eruit.

Haar ogen, die ze tot spleetjes had geknepen, worden groot, waarna zich een frons op haar gezicht aftekent.

'Kunt u mij uw naam geven?'

Ik wil haar mijn naam niet geven, ik houd hem liever voor mezelf. Ik geef hem nooit meer vrijwillig weg, aan niemand.

'Ik ben zijn vrouw,' bedenk ik als oplossing. Ze trekt, met een terloopse blik naar mij, een getekende wenkbrauw op en tikt dan iets in op haar toetsenbord. Het systeem lijkt voorlopig genoegen te nemen met de naam 'vrouw'.

'Gaat u daar maar even zitten.'

Ik loop naar de rode bank waar ze wil dat ik wacht. Pas als ik zit pakt ze de telefoon, en ze houdt de hele tijd haar blik op me gevestigd terwijl ze van alles zegt wat ik niet kan horen.

Ik zit. Mensen komen en gaan. Ik kijk toe hoe de zilverkleurige liften achter de receptie sommige mensen inslikken en andere mensen uitspugen. Iedereen die zich bij de receptie vervoegt wordt door Joy op dezelfde ijzige manier bekeken en aangesproken. Het lijkt wel of haar thermostaat uitgevallen is. De temperatuur van haar toon kent geen variaties, en ik bedenk hoe triest het toch is dat sommige mensen zo'n kille natuur hebben.

Als er een jongeman uit de lift stapt en mijn kant op loopt, veronderstel ik automatisch dat zijn uitgestrekte hand voor iemand anders is bedoeld, tot ik bedenk dat ik de enige ben die nog zit te wachten. Zijn twintigershaar is te lang, en dat geldt ook voor zijn slungelige ledematen, die zich scherp en hoekig aftekenen onder zijn glimmende pak. Hij ruikt naar aftershave en pepermunt en jeugd.

'Hallo, u hebt geloof ik naar Ben Bailey gevraagd?' Zijn diepe, upperclassstem past niet bij zijn verschijning. Ik knik en laat hem mijn hand schudden. 'Ik ben bang dat Ben al meer dan twee jaar weg is hier. Dat heb ik gisteren ook tegen de politie gezegd. Heb ik het goed dat u zijn vrouw bent?'

Ik heb even geen woorden paraat, omdat ik die van hem nog niet heb verwerkt, dus knik ik nog maar een keer.

'Dat is vreemd.' Hij neemt me van top tot teen op, en dan plooien zijn gelaatstrekken zich tot een uitdrukking die ik vaker zie op gezichten van mensen die beseffen dat ze me ergens van kennen maar niet meer weten waarvan. Hij ploetert door, zijn zinnen buitelen over elkaar heen in hun geestdrift om gehoord te worden. 'Ik bedoel, Ben was het type dat erg op zichzelf was, nooit na het werk meeging naar de pub of zo. Ik kende hem niet echt, niemand van ons kende hem echt. Het spijt me dat ik u niet kan helpen. Is er iets met hem gebeurd?'

'U zegt dus dat Ben Bailey hier al twee jaar niet meer werkt?'

'Ja, dat klopt.'

Mensen lopen het gebouw in en uit, liftdeuren gaan open en dicht, de jongeman voor me staat nog steeds te praten, maar ik hoor niets meer. Iemand heeft het geluid in mijn wereld uitgedaan en misschien is dat maar goed ook, want ik geloof niet dat ik nog iets wil horen. Het is waar dat ik al een tijdje niet meer naar zijn werk heb geïnformeerd. We hadden het eigenlijk altijd alleen maar over mijn werk. Maar je baan kwijtraken is toch wel iets wat je aan je partner vertelt? Mijn brein stelt eindelijk de juiste vragen, maar te laat, en bovendien had ik de antwoorden kunnen weten.

'Waarom is hij weggegaan?' Ik vraag het zachtjes, maar hij hoort me en ik hoor wat hij antwoordt.

'Hij is ontslagen. Wegens ernstig verwijtbaar gedrag. Helaas viel dat niet zo goed.'

37

Essex, 1988

Het is zaterdag vandaag en ik zit in de kamer achter het kantoor kleingeld te tellen en in doorzichtige plastic zakjes te stoppen. Met een rood kunststof muntenplankje controleer ik of ik goed tel. Ik begin meestal met de muntstukken van tien pence, die ik opstapel tot aan het streepje waar vijf pond bij staat. Dan doe ik ze in een zakje – het is heel makkelijk. Net als ik het laatste zakje dichtvouw om ervoor te zorgen dat de muntjes er niet uit vallen, zie ik een schaduw langs het kleine raampje gaan. Ik beeld het me vast in, want John en Maggie zijn in het kantoor en daar klinkt het heel erg druk.

Zaterdag is altijd de drukste dag, veel mensen vinden het leuk om in het weekend te gaan wedden. Ik weet niet waarom. Misschien denken ze dat het geluk brengt of zo. Ik denk dat ik misschien nog te jong ben om te begrijpen waarom het leuk is om tegen renpaarden op een tv-scherm te schreeuwen. Ik baal ervan dat ik de hele tijd naar het geschreeuw van de klanten moet luisteren en in hun sigarettenstank moet zitten. De rook kruipt helemaal tot in de achterkamer en hoopt zich op in mijn neus, zodat ik hem de hele dag ruik.

Als ik me verveel ga ik met de Speak & Spell-computer spelen die ik van Maggie heb gekregen. Het is een kleine, oranje computer met een ingebouwd toetsenbord en ik kan hem overal mee naartoe nemen. Ze zegt dat ik er wat aan heb voor school, áls ik daar in september naartoe mag. Ik zet hem aan, waarna hij een muziekje speelt en met een grappig robotstemmetje tegen me begint te praten. Misschien vind ik hem daarom wel zo leuk: de hele dag heeft er nog niemand iets tegen me gezegd.

Spel beloften, zegt hij, en hij spreekt elke letter uit die ik tik.

L-E-U-G-E-N-S
Dat is niet goed. Spel beloften.
B-E-L-O-F-T-E-N
Goed. Spel moeder.
N-I-E-T-M-A-G-G-I-E
Dat is niet goed. Spel moeder.
M-O-E-D-E-R
Goed. Spel nu thuis.
N-I-E-T-H-I-E-R

Daar is de schaduw weer, maar nu schuif ik mijn stoel tot onder het raam om naar buiten te kunnen kijken. Ik zie niets, alleen onze auto, en die is nog nooit uit zichzelf gaan rijden. Soms vertikt hij het en moet John hem achter het huis vandaan van het hellinkje af naar de weg duwen, terwijl Maggie voorin de pedalen intrapt en het sleuteltje omdraait. Ik zit achterin en kijk alleen maar. Als de auto niet start en ik iets zeg, worden ze alleen maar nóg chagrijniger, ook tegen mij.

Ik kijk tussen de tralies door. Voor al onze ramen zitten tralies, ook boven. Maggie zegt dat dat is omdat er een keer slechte mannen op het dak zijn geklommen. Terwijl ik sta te kijken en te dagdromen – Maggie zegt dat ik dat altijd doe – verschijnt er opeens een gezicht vlak voor het mijne. Zonder glas en tralies zouden onze neuzen elkaar bijna raken.

'Hallo, kleine meid,' zegt de man voor het raam. Hij klinkt als John, niet als Maggie. 'Ik ben mijn hondje kwijt, kun jij me even helpen? Ik zag dat hij bij jullie achterom liep, maar ik kan hem niet vinden.'

De poort naar de achterkant van het huis zit altijd op slot, altijd. Hij is zo hoog dat John er niet overheen kan kijken, en er zitten stukken prikkeldraad en glasscherven op. Ik snap niet hoe de hond van die man eroverheen gesprongen kan zijn.

'Heb je hem soms gezien? Hij is wit en pluizig. Heel erg schattig. Je mag hem over zijn buikje aaien, dat vindt hij heel fijn, maar dan moet je me eerst even helpen hem te vinden.'

Ik vind honden leuk. Ik klauter van de stoel en bestudeer de achterdeur. Er zitten heel veel grendels op en een ketting, en ook een heel groot slot, maar ik weet waar de sleutels zijn. Dan schiet me te binnen wat Maggie heeft gezegd: dat ik nooit de achterdeur open mag maken, helemaal nooit. Ik besluit dat ik beter maar even kan gaan vragen wat ik moet doen. Ik loop door de telefoonkamer en blijf staan bij het kleurige sliertengordijn dat het achterste deel van het kantoor van het voorste afschermt. De ventilator is aan, omdat het vandaag heel warm is binnen, en de gekleurde strips waaien als haren in de wind.

'Mam,' fluister ik. Ze helpt een klant die aan de andere kant van de ruit staat, en ze antwoordt niet. De klant heeft een oud en lelijk gezicht. Hij heeft een pijp in zijn mond en hij ziet eruit alsof hij zich heel lang niet gewassen heeft.

'Mam,' fluister ik nog een keer. Ze werpt een blik opzij, mijn kant op.

'Nu niet, Baby Girl, je ziet toch dat ik bezig ben?' Ze gaat verder met de volgende klant. Die is zo bleek en lang dat het lijkt alsof iemand hem met een deegroller heeft uitgerold en vervolgens heeft verstopt op een plek waar de zon nooit komt.

Ik loop terug naar mijn achterkamertje, in dubio over wat ik moet doen. Misschien heeft de man zijn hondje al gevonden en is hij weg. Maar als ik weer op de stoel klim en naar buiten kijk, staat hij er nog.

'Ik maak me zo ongerust om mijn hondje... Toe, kun je niet even naar buiten komen om me te helpen zoeken?' vraagt hij. Hij klinkt zo bedroefd, dat ik me heel slecht voel.

‘Ik denk niet dat ik dat mag.’

Zijn gezicht staat nog bedroefder dan zijn stem klinkt.

‘Hindert niet.’ Hij brengt zijn gezicht zo dicht bij het glas, dat ik achteruitdeins, ook al weet ik dat hij niet bij me kan komen. ‘Ik begrijp het wel. Maar het is jammer dat je me niet even kunt helpen, het is zo’n lieve hond. Ik wil niet dat hem iets ergs overkomt, jij toch ook niet, hè?’

‘Nee.’

‘Natuurlijk wil je dat niet. Ik zie dat je een heel lief meisje bent. Mag ik dan misschien jullie telefoon even gebruiken om de politie te bellen en te vragen of zij me kunnen komen helpen?’

We hebben telefoons genoeg. Een hele kamer vol, voor mensen die willen wedden maar niet naar het kantoor willen komen. Toch heb ik het gevoel dat ik niet zomaar ja moet zeggen. Maggie zegt dat de politie niets geeft om mensen zoals wij, en dat mensen zoals wij dus niet om de politie geven en nooit iets tegen hen moeten zeggen. Maar Cagney en Lacey van de televisie zijn ook van de politie en die vind ik heel leuk, dus misschien bestaan er politiemensen die wel oké zijn. Als deze man een slechte man is, zou hij de politie niet willen bellen, want dan zouden ze hem in de gevangenis stoppen. Ik weet echt niet wat ik moet doen, dus besluit ik het nog een keer aan Maggie te gaan vragen.

Ik loop terug naar het gestreepte gordijn en kijk tussen de slierten door, terwijl ik een lange rode strip om mijn vinger wind. Ik zie dat Maggie het nog steeds vreselijk druk heeft, en John ook.

‘Is er iets, kleintje?’ vraagt hij terwijl hij een paar briefjes van tien pond uittelt. Ik zie hoe hij het stapeltje onder het raam door naar de wachtende handen aan de andere kant schuift. Dat betekent dat een klant een weddenschap heeft gewonnen. En daar is John niet blij mee.

‘Er is iets en ik weet niet hoe ik het moet oplossen.’

Hij draait zich naar me toe en schudt zijn hoofd. 'Zie je dan niet hoe druk je mama en ik het hebben? Je bent oud genoeg om zelf eens een beetje na te gaan denken, moppie. Ben jij nou een grote meid? Wie volgt, voor de twee-veertig?' vraagt hij aan de mannen die in een rij voor het loket staan.

Ik pak de sleutel die aan een haak naast de telefoons hangt, schuif mijn stoel tegen de achterdeur aan en schuif een voor een de grendels opzij, van boven naar beneden, waarna ik de sleutel omdraai in het slot. De deur wordt een eindje opengeduwd, ik kan de schoen van de man zien.

'Je bent de ketting vergeten.'

Ik haak hem los en hij komt naar binnen, terwijl hij glimlachend de deur achter zich sluit.

'Brave meid,' fluistert hij. 'Maar nu: waar is de kluis?'

'Ik denk niet dat uw hondje bij ons binnen is.'

Hij lacht en duwt me opzij. Ik hoor dat de paardenrennen beginnen in het kantoor, het geluid staat keihard. Ik geloof dat ik een fout heb gemaakt.

'Wat moet dat hier?' vraagt John. Hij staat in de deuropening achter ons.

De man grijpt me vast en ik zie het mes in zijn hand. Hij wijst ermee naar mijn hals en tilt me zo hoog op dat mijn benen boven de vloer bungelen.

'Zet haar neer,' zegt John op normale toon, alsof hij helemaal niet bang is. Maar ik ben doodsbang en ik plas in mijn broek, ik voel het in straaltjes langs mijn benen lopen en via mijn sokken op de stenen vloer druppen.

'Ik wil dat je de kluis voor me leeghaalt, nu meteen, anders snij ik haar de strot af.'

Ik begin te huilen. Ik hoor dat de race nog bezig is. De stem van de televisiemeneer wordt steeds luider: 'Rhyme 'n' Reason ligt nog aan kop, Little Prayer volgt als een schaduw aan de binnenkant, terwijl Dark Knight achter...'

Opeens staat Maggie achter John. Ze kijkt naar mijn gezicht

en dan naar de man die me vastheeft. Ik zie dat er iets in haar gezicht gebeurt, in haar ogen.

'Het geld kun je krijgen, dat interesseert me niet, we zijn verzekerd. Als je onze kleine meid maar niks aandoet,' zegt John.

'Speel geen spelletje met me,' zegt de slechte man – want dat is hij, weet ik nu. Ik voel dat hij de punt van het mes tegen mijn keel duwt.

'Wees niet bang, Aimee, lieverd,' zegt John. 'We geven die meneer wat hij wil en hij zal niemand iets doen, dat beloof ik je.'

'Je moet nooit beloften doen waaraan je je niet kunt houden.' De adem van de man ruikt naar de pub waar ik zondags kom.

'Maggie, ga naar de kluis en gooi alles wat erin ligt in een plastic tas en geef die man wat hij hebben wil.' Johns ogen lijken niet meer te weten hoe ze moeten knipperen. Ze zien er ook een beetje anders uit, donkerder.

Maggie verdwijnt. Ik hoor het geluid van de kluis die opengaat, en het getik van haar hoge hakken op de tegelvloer, en dan is ze terug, met in haar hand een plastic tas vol stapeltjes bankbiljetten. Ze reikt de man de tas aan, maar als hij zijn arm uitsteekt om hem aan te pakken, haalt ze haar andere hand, met een pistool erin, uit haar zak. Ze schiet, en deze keer mist ze niet. Ik val op de grond en als ik naar de slechte man kijk, is de helft van zijn gezicht weg.

38

Londen, 2017

Ben is twee jaar geleden ontslagen.

Dat is het laatste wat ik hoor als ik me omdraai en naar de uitgang loop van het gebouw waar hij vroeger werkte. De jongeman die me het nieuws heeft verteld blijft maar praten, maar ik kan hem niet meer horen, de stemmen in mijn hoofd zijn veel te luid en overschreeuwen alles en iedereen. De vragen die ze aan één stuk door op me afvuren roepen een onbeschrijfelijke angst bij me op, omdat ik er niet zeker meer van ben dat ik ze kan beantwoorden. Hoe kan het dat mijn man twee jaar geleden zijn baan is kwijtgeraakt en dat ik dat al die tijd niet heb geweten? Het moet vlak nadat we elkaar leerden kennen zijn gebeurd. Wat heeft hij al die tijd gedaan? Waar ging hij heen als hij zogenaamd naar zijn werk ging? Hoe kwam hij aan geld?

Had ik nou maar gevraagd wat Ben had gedaan. Wat verstaat men onder ernstig verwijtbaar gedrag?

Ik begin te denken dat ik de man met wie ik getrouwd ben helemaal niet ken.

Misschien ken ik mezelf ook niet zo goed als ik denk.

Heb ik mijn man vermoord?

Heb ik het pistool onder het bed vandaan gehaald en hem doodgeschoten?

Ben ik naar het tankstation gereden om aanmaakgel te kopen om daarmee te proberen het bewijs van mijn daad op te ruimen? Waarom lagen die flessen dan in de vuilnisemmer? En waar komen die bewakingscamerabeelden vandaan van iemand die sprekend op mij lijkt en dat spul koopt?

Ik kan me niet herinneren dat ik die dingen heb gedaan, maar ik durf ook niet meer te beweren dat dat bewijst dat ik het niet heb gedaan. Ik heb me nog nooit zo wanhopig en eenzaam gevoeld. Wie kan ik nog vertrouwen als ik mezelf niet meer kan vertrouwen? Wanneer het leven me zijn laatste spiegel voorhoudt, hoop ik dat ik er nog in durf te kijken.

Mijn telefoon bliept, en ik zie Jacks naam op het schermpje staan.

Hoe laat ga je naar de wrap party? Miss you already! X

Ik was dat hele feest vergeten.

Daar kan ik nu echt niet meer heen. Ik kan nergens meer heen.

Hoe waar dat is, besef ik ten volle als ik bedenk dat ik niet eens meer naar huis kan, met al die politiemensen die daar rondlopen. Als ze echt iets hebben gevonden... Stel dat ze me arresteren? Het gaat er niet om dat ik niets verkeerds heb gedaan, het gaat erom hoe anderen het zien. Onaangename roddels zijn als bloedzuigers: ze beklijven. Als een deur die scheef in zijn scharnieren hangt zwaai ik heen en weer tussen mijn opties, om uiteindelijk vast te stellen dat ik er maar twee heb. Ik kan vluchten en onderduiken, waarmee ik tegen mezelf en tegen iedereen zeg dat ik schuldig ben aan iets wat ik me niet kan herinneren, óf ik ga gewoon door en doe net alsof er niets aan de hand is. Als ik niet naar het afsluitende feest ga, zullen ze me missen. Niet op een sentimentele manier, maar het zal zeker onaangename reacties opleveren.

Ik moet dus spelen dat er niets aan de hand is.

Geconfronteerd met mijn opties, zwemmen of verzuipen, kies ik ervoor mijn hoofd boven water te houden. Elke. Keer. Weer. En als het moet, leer ik mezelf ook nog hoe ik ónder water moet ademen.

Ik heb mijn man niet vermoord.

Dat zeg ik tegen mezelf als ik naar het warenhuis loop en met de lift naar de afdeling Damesmode zoef. En ik herhaal het als ik een zwart jurkje maat 36 uit het rek haal en mee naar de paskamer neem. En nog een keer, als ik aan de verkoopster vraag of ze de kaartjes eraf wil knippen, omdat ik hem aanhoud. Ik doe net of ik de verbaasde uitdrukking op haar gezicht niet zie als ik haar, nadat ik mijn aankoop heb betaald, mijn oude kleren geef en vraag of ze die weg wil gooien.

Ik ben niet gek.

Als je waarheid en leugens vervlecht, kan het gebeuren dat je het een niet meer van het ander kunt onderscheiden.

Als ik weer op de parterre ben, loop ik naar de counter van mijn favoriete cosmeticamerk en laat ik me opmaken.

'Even omhoogkijken,' zegt de verkoopmedewerkster als ze een zwart lijntje langs mijn oogleden wil trekken. 'U lijkt precies op dat meisje in die tv-serie... Hoort u dat vaker?'

'Voortdurend.' Ik laat mijn gezicht glimlachen. 'Ik wou dat ik haar was!'

'Wie niet? En nu omlaag.'

Ik staar naar mijn voeten en zie dat ik mijn sportschoenen nog aanheb. Die passen niet bij de rest van mijn look, dus zodra mijn gezicht is gedaan haast ik me naar de schoenenafdeling. Opgetut als de filmversie van mezelf begin ik te vrezen voor herkenning. Ik staar naar de eindeloze rijen schoenen en spot algauw een paar rode pumps, die er echt uitspringen. Ze doen me denken aan de schoenen die ik een keer bij een schooltoneelstuk heb gedragen. Ik besef dat ze niet echt bij mijn zwarte jurkje passen, maar ik probeer het uitgestalde exemplaar evengoed en positioneer me als een op één been staande flamingo voor de spiegel. Perfect.

Terwijl de verkoopster mijn nieuwe schoenen uit het magazijn haalt, observeer ik de shoppende horde mensen, koopjesjagers. Ik ben er inmiddels van overtuigd dat iedereen naar me kijkt. Wie weet hoeveel van hen Jennifer Jones' internetartikel hebben gelezen, of wie weet – en dat zou nog erger zijn – is het nieuws over Ben uitgelekt, en alles waarvan hij me beschuldigt. Als de verkoopster eindelijk terug is, heeft zich een hele rij met wachtenden gevormd, die, bijna georkestreerd, met ongeduldige geluidjes en ooggerol hun ongenoegen laten blijken. Ze verontschuldigt zich voor het feit dat ze zo lang wegbleef en haast zich vóór ik het deksel van de doos heb gelicht alweer terug naar het magazijn.

Ik pas de fonkelnieuwe rode pumps aan en ga weer voor de spiegel staan. Ze geven me een prettig gevoel, dat ik niet kan verklaren. Ik moet weer aan Ben denken. Hij wist hoe gek ik op schoenen was. Vanaf het begin kreeg ik elke verjaardag en elke kerst een paar designerschoenen van hem. Ik kon ze me best veroorloven, maar ik vond het gewoon niet te rechtvaardigen zo'n bedrag aan mezelf te besteden. Hij kocht altijd schoenen waarvan hij wist dat ik ze diep in mijn hart heel graag wilde hebben. Hij kende me zo goed. Het was aardig en attent van hem, en ik zag hem genieten als ik ze uitpakte. Elk huwelijk is anders, en geen enkel huwelijk is perfect. Het was niet alléén maar slecht tussen ons.

Met een schok beland ik weer terug in het heden. Ik zie een gigantische rij mensen in de richting van de kassa's kronkelen en voel opnieuw de ogen die op me blijven rusten, die als een gewicht op mijn borst drukken en me het ademen bemoeilijken. Ik werp een laatste blik in de spiegel, slik mijn angst weg en besluit iets te doen wat ik nog nooit heb gedaan. Ik laat mijn sportschoenen en de versie van mij die erbij hoort staan en loop weg zonder te betalen. Als ik elk moment van moord kan worden beschuldigd, doet een winkeldiefstalletje meer of minder er ook niet toe. Ik ben doodsbang voor de politie en voor alles wat me nog te wachten staat, maar de vrouw die me net in de spiegel aankeek, die is voor niets en niemand bang.

Ik hoef alleen maar te onthouden dat ik haar voortaan ben.

39

Essex, 1988

'Je hoeft alleen maar te onthouden wie je bent,' zegt Maggie.

Ze houdt me de hele tijd stevig bij de hand als de politie in het kantoor is, alsof ze me niet los durft te laten. Ik ben bang dat alles misschien mijn schuld is, omdat ik de achterdeur open heb gedaan terwijl ik wist dat dat niet mocht, maar ik wilde die meneer alleen maar helpen zijn hondje te vinden. Ik wist niet dat hij helemaal geen hond had.

Maggie zet de hele tijd haar vriendelijke gezicht op als de politie er is, ook al ziet het er niet helemáál zoals anders uit. Voor de politie kwam zei ze dat we allemaal een beetje moesten toneelspelen, en dat ik goed uit mijn hoofd moest leren wat ik moest zeggen. Ik moest mijn zinnetjes eindeloos herhalen, met mijn beste Engelse accent. Het waren er drie:

1. De slechte man had iets verzonnen om mij de deur open te laten doen.
2. De slechte man had een pistool (geen mes) en dat richtte hij op mij.
3. Papa (John) gaf hem het geld, maar de slechte man wilde me niet laten gaan, en toen gingen ze vechten en ging het pistool af.

Verder mag ik absoluut niets zeggen. Ik moet zeggen dat ik het niet meer weet, ook al weet ik alles nog. Ik mag niet praten over Michael, de man die zegt dat hij mijn oom is. Ik weet niet waarom ze denken dat ik dat zou doen. Ik mag niet zeggen dat het pistool van Maggie is, en ook niet dat zij de slechte man heeft doodgeschoten. John zei dat het belangrijk is 'dat we ons aan het script houden', om Maggie te dekken. Ik weet niet wat hij daarmee bedoelt.

De politie blijft wel een paar uur. De mevrouw die mij van alles vraagt zegt dat ik een 'heel dapper meisje' ben en geeft me een lolly, maar ik hoef hem niet. Ik ben niet dapper, ik ben heel erg bang. Het lijkt wel of Maggies vriendelijke gezicht met de politie mee de achterdeur uit gaat, ook al had ik zo gehoopt dat het hier zou blijven. Ik weet niet hoe laat het is als ze weggaan, maar het is al donker, dus het zal wel laat zijn. Ik vraag me af of we nog gaan eten, en of we dan iets met friet krijgen. Maar dan bedenk ik dat we geen friteuse meer hebben. Na wat er met Hammie is gebeurd heeft Maggie hem weggegooid.

Als ze me optilt, sla ik mijn benen om haar middel en mijn armen om haar hals, en zo draagt ze me door het kantoor. Ze ruikt naar haar nummer 5-parfum en dat geeft me een veilig gevoel. De televisies in het kantoor staan nog aan, maar het volume is helemaal omlaaggedraaid, zodat de paarden stil over de baan rennen en over hekken springen, alsof ze iets geheims doen. Van over Maggies schouder zie ik dat de grond bezaaid is met rommel, maar ze zegt vanavond niet dat ik moet gaan vegen. Ze draagt me helemaal naar boven, en dan via de keuken naar de groene badkamer, waar ze me in de badkuip zet.

'Trek je kleren uit,' zegt ze, en dat doe ik.

Ik doe voortaan alles wat ze zegt.

Maggie loopt even weg en komt terug met een doos Flash, het poeder dat ik altijd in de emmer doe als ik 's avonds ga dweilen. 'Ga zitten,' zegt ze. Haar gezicht staat vreemd. Het is op een verkeerde manier vertrokken, ik krijg er bibberknieën van. Ze doet de stop in het bad, draait de warmwaterkraan open en wacht. In het begin is het water rond mijn voeten koud, maar tegen de tijd dat het tot aan mijn enkels komt is het warm. Een beetje te warm.

'Mag er wat koud bij, alsjeblieft?'

'Nee.'

'Het water is heet.'

'Goed zo.' Ze strooit wat van het poeder op een nat washandje en gooit de rest in het bad, de hele doos. Het water brandt zo erg dat ik probeer op te staan, maar ze duwt me terug. 'Ogen dicht.' Ze begint vreselijk hard mijn gezicht te schrobben, het voelt alsof het poeder mijn wangen eraf schuurt. Ik gil, maar Maggie lijkt me niet te horen, ze blijft schrobben en het water blijft kokendheet. 'Je hebt bloed aan je handen, ik moet je wassen.' Ze schuurt mijn armen, mijn benen, mijn rug. Het water is zo heet en het washandje doet zo'n pijn dat ik harder gil dan ik ooit heb gedaan. Het geluid dat uit mijn mond komt klinkt niet eens meer naar mij. Ik hoor John op de badkamerdeur bonken, maar Maggie heeft hem op slot gedraaid zodat hij niet naar binnen kan.

Als ze me in bed stopt, doet alles pijn.

Ze geeft er geen kusje op, zodat het overgaat, en ze geeft me ook geen kusje voor het slapengaan.

Mijn huid is rood en mijn keel is rauw van het gillen, maar nu ben ik stil.

Ik lig alleen in het donker, maar in mijn hoofd hoor ik het laatste wat Maggie heeft gezegd, alsof ze het aan één stuk door in mijn oor fluistert. Ze heeft mijn kamerdeur op slot gedaan en de peertjes uit de plafondlamp en de lamp naast mijn bed gedraaid terwijl ze weet hoe bang ik ben in het donker. Ik heb honger en dorst, maar er is niets te eten of te drinken. Ik doe mijn ogen dicht en druk mijn handen tegen mijn oren, maar ik hoor haar nog steeds:

Die man is dood omdat jij niet hebt geluisterd. Ik heb hem niet vermoord, dat heb jij gedaan.

Ze zegt dat ik hem heb vermoord, dus dan moet het waar zijn. Maggie liegt niet.

Ik heb mijn mama vermoord en nu heb ik de slechte man vermoord.

Ik blijf maar slechte dingen doen, zonder dat ik het wil.

Ik huil omdat ik denk dat ik dus een heel slecht iemand ben, en ik huil omdat ik denk dat Maggie niet meer van me houdt, en er is niets op de hele wereld wat me verdrietiger maakt.

40

Londen, 2017

De wrap party wordt gehouden in een privéclub midden in Londen. Als kind al haatte ik feestjes. Ik had nooit iemand om mee te praten en ik hoorde er niet bij. Ik heb nooit geweten wie ik moet zijn als ik mezelf moet zijn. Ik heb helemaal geen zin in vanavond, maar mijn agent zegt dat ik moet komen, en gezien alles wat er momenteel speelt, lijkt het me verstandig om maar gewoon te doen wat hij zegt. Hij schijnt niet te snappen dat dit soort bijeenkomsten, met mensen die me de hele avond aanstaren, me dodelijk en onverklaarbaar angstig maken.

Misschien ben ik gewoon bang voor wat ze zouden kunnen zien.

Ik bedenk welke versie van mezelf ik vanavond moet zijn, en dan zet ik de knop om en word ik haar, in de hoop dat ze bij me blijft zolang ik haar nodig heb. Dat is niet altijd het geval.

Ik passeer een McDonald's en realiseer me dat ik nog niets heb gegeten. Ik maak onmiddellijk rechtsomkeert en bestel een Happy Meal, die hopelijk op meerdere niveaus werkt. Ik kies hetzelfde als toen ik klein was, dertig jaar geleden: kipnuggets en Franse frietjes, om mee te nemen. Maar ik kom niet ver. Ik maak de doos niet eens open. Bij een portiek waarin ik op een dubbelgevouwen stuk karton een dakloos meisje zie liggen houd ik mijn pas alweer in. Ík had daar kunnen liggen. Ze oogt koud en hongerig, dus geef ik haar mijn jas en mijn Happy Meal, en loop dan door naar het station van de ondergrondse.

In de metro staar ik naar de grond om geen oogcontact met mijn medepassagiers te hoeven maken, veinzend dat als ik hén niet zie, zij míj ook niet zien. Als kind was ik altijd bang dat ik zomaar zou ophouden te bestaan, net als het kleine meisje dat vóór mij in de woning boven het kantoor heeft gewoond. Zelf heb ik geen kinderen, nog steeds niet, hoe graag ik het ook zou willen. De tijd begint te dringen. Nu is er maar één manier waarop ik na mijn dood kan voortleven, en dat is door mijn werk. Als ik een hoofdrol zou krijgen in een potentiële klassieker, een film die mensen zich zullen blijven herinneren, dan blijft er misschien een heel klein stukje van me bestaan. Iemand heeft ooit gezegd dat mensen zoals ik voor een dubbeltje geboren zijn en nooit een kwartje zullen worden, maar daar wil ik niet aan. De auditie voor Fincher wordt misschien mijn redding, en als ik die rol krijg... Misschien raak ik dan mijn angst kwijt om zomaar op te houden te bestaan.

Ik stap uit en worstel me door de drukte naar boven, over de roltrap, door de poortjes en de stenen trap op, tot ik weer in de frisse buitenlucht sta. Het is koud zonder de jas die ik heb weggegeven, maar het voelt wel beter bovengronds. Ik haal een keer diep adem.

Het is maar een feestje.

Ik let even niet op de ik die ik moet zijn en raak haar kwijt in de mensenmassa. Mijn angst draait de volumeknop helemaal open, tot maximale paniek. Ik staar naar mijn nieuwe rode schoenen, het lijkt wel alsof ze aan het trottoir vast blijven plakken. Als ik mijn hielen driemaal tegen elkaar klik, zou ik dan ook op wonderbaarlijke wijze weer thuiskomen? Maar je kunt niet thuiskomen als je nooit een thuis hebt gehad, en ik ben Dorothy niet, ik speelde alleen maar dat ik Dorothy was, lang geleden in dat toneelstuk op school. Net zoals ik altijd alleen maar heb gespeeld dat ik Aimee Sinclair was.

Hoe dichter ik de feestlocatie nader, hoe erger het wordt. Ik heb de laatste nachten geen oog dichtgedaan, waardoor ik mijn grip op de werkelijkheid lijk te verliezen. Met trillende handen zoek ik steun bij een muur om mijn evenwicht te bewaren in de drukte van het voorbijrazende spitsverkeer. Er scheurt een zwarte taxi voorbij, en dan zie ik een rode dubbeldekker recht op me afkomen. In het donker lijken de raampjes op gele duivelsogen, en hoewel ik weet dat het niet echt is, draai ik me om en probeer ik te vluchten, tegen de mensenstroom in. Het lijkt wel of ze een front vormen om mij de weg te versperren. Ik sla mijn handen voor mijn ogen, en als ik tussen mijn vingers door gluur, voelt het alsof de hele wereld me aanstaart. De veelkleurige gezichten op het canvas van de straat beginnen te vervormen en te mengen met de straatlantaarns en het verkeer, alsof iemand deze scène in mijn leven woest uitkwast om het doek opnieuw op te kunnen zetten. Als ik mijn handen laat zakken, zie ik dat ze net zo rood zijn als de bus, alsof er rode verf van afdruipt. Of bloed. Ik doe mijn ogen weer dicht, en als ik ze voor de tweede keer open, heeft de wereld zich gereset naar normaal. Ik schakel de ik die ik moet zijn weer in en stuur mijn voeten de kant op waar ik heen moet.

Ik kan dit.

Ieder mens is in staat de meest fantastische verhalen te verzinnen als het om zelfbehoud gaat. Een schild van leugens kan dekking bieden tegen de hardste waarheden.

De club heeft zich vermomd, hij verschuilt zich in een blok van drie georgiaanse huizen aan een elegant pleintje, op korte loopafstand van Soho. Ik wikkel me in een cocon van gespeeld zelfvertrouwen en druk op de zoemer. De enorme, glanzend zwarte deur opent zich en onthult nog veel meer achttiende-eeuwse architectuur en een wulpse overvloed aan design. Maar sfeer heeft het wel. Onder aan een uitbundig gedecoreerde halfronde stenen trap staat een man met een blad met glazen champagne. Ik pak er een af en neem snel een slokje, in de hoop dat dat mijn gespannenheid een beetje afvlakt. Ik herinner mezelf eraan dat ik de hoofdrolspeelster ben in de film die we hier met zijn allen komen vieren, de film waaraan we allemaal meegewerkt hebben, en dat ik mijn aanwezigheid hier heb verdiend, maar in mijn hoofd klinken die woorden als een leugen.

De filmmaatschappij heeft de hele club afgehuurd, alle drie de verdiepingen. Ik heb me de indeling goed ingeprent door thuis de website van de club te bestuderen. Ik heb gemerkt dat dat helpt als ik me angstig voel: weten hoe een bepaalde locatie eruitziet voor ik ernaartoe ga. Ik dwaal door de kamers, allemaal in een andere maar karakteristieke stijl ingericht. Ik voel me te gast in een club waar ik, om meerdere redenen, nooit lid van zal worden.

Ik knik en glimlach als er iemand naar me zwaait. Bij de bar ruil ik mijn lege champagneglas om voor een volle voor ik doorloop naar de volgende kamer. Hier zijn de wanden blauw, en die kleur bevalt me, hij is rustgevend. Maar dan zie ik háár als een catwalkmodel in opleiding op me afstappen en is het zweempje kalmte dat ik zojuist ervoer meteen vervlogen.

Alicia White hoort hier niet te zijn.

'Aimee, darling, hoe gaat het met je?' vraagt ze poeslief terwijl ze aan beide kanten van mijn wangen de lucht kust.

Ze draagt een rode strokenjurk die oogt alsof ze er zo mee zou kunnen opstijgen en hakken waarop ik nooit zou kunnen lopen. Ze is gebruind en graatmager, wat mij, naast haar, langer en bleker maakt dan ik ben. Omdat haar haarkleur nu griezelig dicht bij de mijne ligt lijken we een soort 'voor' en 'na' in een campagne van een dieetgoeroe. Ik ben de 'voor'.

'Met mij gaat het prima. Wat leuk om je te zien. Alweer.' Ik kaats haar eeuwige onechte glimlach terug.

Het is helemaal niet leuk om haar te zien, nooit. Ze hoort hier niet te zijn, ze speelt niet in deze film. Ik snap het niet, het lijkt wel of ze zichzelf alleen maar heeft uitgenodigd om mij te treiteren.

'Het is heel gek om te bedenken dat ík in deze film had kunnen zitten' – ze schudt haar hoofd – 'als ik de rol niet geweigerd had.'

Ze is zo diep in haar eigen reet gekropen dat ze niet meer weet hoe ze eruit moet komen.

'Ja, dat zei je de vorige keer al.'

Ik heb vreselijk veel zin om haar in haar gezicht te stompen. Dat verdient ze, maar ik heb nog nooit iemand in het gezicht gestompt, ik weet niet eens hoe ik dat zou moeten doen zonder mezelf te bezeren. Haar rode lippen openen zich en ik durf niet te denken aan wat voor gif ze nu weer zal gaan spuien.

'Ik weet hoe intimiderend alles kan overkomen als je weinig ervaring hebt, maar Tony weet wat hij doet. Hij zou je zeker niet naar voren hebben geschoven als hij had gedacht dat hij iets beters voor je zou kunnen vinden. Soms moet je gewoon alles aanpakken wat je kunt krijgen.'

Fuck you met je als empathie vermomde egoïsme.

'Ik heb Tony toevallig nog gesproken vandaag,' meld ik zonder te weten waar ik precies heen wil.

'Wat leuk! Hoe gaat het met hem?'

'Goed. Hij vertelde me dat hij jou niet meer vertegenwoordigt.'

Haar glimlach vertoont een hapering die zo snel weer verdwenen is dat ik het bijna mis. 'Dat klopt, het werd tijd om verder te gaan.'

Het is toch wel apart om zoveel van jezelf te houden als zij, ik kan me daar niets bij voorstellen. Tegelijkertijd heeft ze iets tragisch, iets beschadigds. De volgspot heeft Alicia naar een donkere plek gebracht, maar ze heeft nog niet door dat het licht is uitgegaan. Ik neem aan dat niemand haar ooit heeft uitgelegd dat zelfs de zon verdwijnt als zijn beurt om te schijnen voorbij is. Alle sterren worden geboren om een keer te sterven.

'Ach, die rode schoentjes van je, wat schattig. Net of je nog een keer Dorothy in *The Wizard of Oz* wilt zijn,' zegt ze. 'Het duurde even, maar ik geloof dat ik er nu wel overheen ben dat je die rol voor mijn neus hebt weggekaapt op school.' Ze klinkt een beetje dronken. Ik wist niet eens dat ze auditie had gedaan. Wat zal ze me gehaat hebben, temeer daar ik een jaar onder haar zat. Alicia was altijd het prinsesje en kreeg altijd haar zin.

'Ik wist helemaal niet dat jij...'

'Natuurlijk niet.'

'Nee, echt niet. Als ik dat had geweten... je zou vast fantastisch zijn geweest.'

In de echte wereld smelten heksen niet van water; doodknuffelen werkt beter.

Ze lacht. 'Dat weet ik wel zeker, maar het doet er niet meer toe. Het is meer dan twintig jaar geleden! Je vraagt je vast af wat ik hier vanavond te zoeken heb.'

Je zult jezelf wel hebben uitgenodigd, zoals gewoonlijk.

Ze wacht mijn antwoord niet af, wat maar goed is ook, want er komt niet één beleefde frase in me op.

'We hebben het stilgehouden, maar volgens mij is hij er nu wel klaar mee en wil hij ervoor uitkomen. Ik in elk geval wel. Hij loopt hier ergens rond. Een vaste relatie hebben is ook moeilijk als je zo weinig thuis en zo vaak op de set bent. Maar dat hoef ik jou niet vertellen. Hoe gaat het met je man?' Ze kijkt in het rond. Ik heb er totaal geen behoefte aan om kennis te maken met haar nieuwste vriendje, maar net als ik op het punt sta om me te excuseren, hoor ik haar roepen: 'Jack, darling, kom even hierheen om je tegenspeelster te begroeten.'

Ik voel me kotsmisselijk worden.

Jack maakt zich los uit een plukje mannen in een hoek van de kamer en slentert onze kant op. Zodra hij binnen haar bereik is, glijdt haar arm om zijn middel, maar hij kijkt alleen maar naar mij, alsof hij weet dat Medusa naast hem staat. Ze kust hem op zijn wang terwijl ze onafgebroken mijn reactie peilt. Haar rode lippen laten een afdruk achter. Mijn glimlach kan elk moment van mijn gezicht afglijden, het is doodvermoeiend om mijn mondhoeken op hun plaats te houden.

'Ik weet dat de foto's in de krant niet echt waren, maar ik kan vanavond niet blijven om jullie twee in de gaten te houden, dus gedraag je een beetje. Ik heb mijn schoonheidsslaapje nodig voor mijn auditie voor die nieuwe film van Fincher, morgen,' zegt ze. Mijn gezicht hapert maar een fractie van een seconde, maar toch ziet ze het. 'O, ga jij ook auditie doen? Je dacht toch niet dat je de enige was, hè? Ach, nog even lief en naïef.'

'Sorry, maar ik zie iemand die ik echt even gedag moet zeggen,' zeg ik tegen hen beiden met de beste glimlach die mijn gezicht beschikbaar heeft.

Ik loop weg zonder zijn of haar antwoord af te wachten en beland in een rode kamer – rode wanden, rood meubilair, mijn rode schoenen die zich over het hoogpolige rode tapijt reppen – met in mijn hoofd maar één gedachte, die ik niet zou moeten hebben. Het is slechts een gedachte in bruikleen, een waarvan ik weet dat ik haar vroeg of laat terug moet geven. Ik mag haar me niet toe-eigenen, maar voor zolang ik haar heb geef ik me er volledig aan over. Ik haal nog een glas champagne en luister naar de woorden die zich in de beslotenheid van mijn brein aan één stuk door herhalen:

Ik wou dat Alicia White dood was.

41

Essex, 1988

We hebben tapijt.

Gloednieuw rood tapijt, door de hele bovenwoning, met uitzondering van mijn kamer, want daar lag al roze vloerbedekking, en van de keuken en badkamer, waar ook wel iets nieuws ligt, maar dat heeft een eigen naam. Het heet zeil, en je kunt er heel goed op je sokken overheen glijden. Maggie zegt dat ik op het rode tapijt kan oefenen hoe het is om filmster te zijn, maar ik heb iets gevonden wat ik op dit moment veel leuker vind: op mijn billen de trap af bonken, helemaal van boven naar beneden. John moet erom lachen en komt me achterna terwijl hij 'inne minne makke de trap af zakken' roept. Hij verzint vaak malle rijmpjes en gekke woorden. Maar soms snap ik niet wat hij bedoelt, bijvoorbeeld wanneer hij zegt dat hij uitgeteld is terwijl we helemaal niet aan het tellen zijn. Maggie hangt over de balustrade terwijl we hard lachend de trap af hotsen en maakt met Johns camera een foto van ons.

'Stelletje malloten,' zegt ze, maar ze glimlacht erbij, dus het is goed. Ik hoor haar weglopen en de tv boven aanzetten. We schrikken op uit ons spel als er opeens op de voordeur wordt geklopt. Het is zondag. Op zondag zijn we altijd met zijn drieën, behalve wanneer we naar de pub gaan om oom Michael te zien, maar daar gaan we vandaag niet naartoe want John zegt dat we ons even gedeisd moeten houden. Ik dacht dat dat betekende dat we niet meer mochten praten, maar Maggie zei dat het iets anders betekent, maar niet wat. Onder aan de trap, naast de voordeur, staat een hoge mand met paraplu's erin, en golfclubs, en ook een honkbalknuppel, ook al sport niemand van ons.

John pakt de honkbalknuppel, duwt mij naar achteren en loopt behoedzaam naar de deur. 'Wie is daar?'

'Mevrouw Singh,' klinkt het van buiten, en ik herken de stem van de mooie mevrouw met de bruine huid en rode stip, van de buurtwinkel. John doet de deur een klein eindje open terwijl hij de knuppel achter zijn rug uit het zicht houdt.

'Kan ik u ergens mee helpen?'

'Iemand heeft iets bij u voor de deur gezet, dus ik dacht: dat laat ik u even weten.' Ze klinkt alsof ze zich ergens voor verontschuldigt, maar ik zou niet weten waarvoor.

John buigt zich naar voren en kijkt naar iets wat ik niet kan zien.

'Wat is het?' vraag ik, maar hij antwoordt niet.

'Wat is het?' vraagt Maggie, als een grotemensenecho. Ze staat boven aan de trap en ik weet dat hij niet zal doen alsof hij haar niet hoort, want niets maakt haar bozer.

Johns mond gaat open maar er komen geen woorden uit, het lijkt wel alsof ze blijven steken. Dan haalt hij het pakje sigaretten, waarmee hij eerst was gestopt en toen weer niet, uit zijn zak en steekt er een op. Het lijkt te helpen met praten.

'Het is een doos.'

Maggie komt supersnel naar beneden. 'Nou, maak open dan.'

John bedankt mevrouw Singh, tilt de doos op en neemt hem mee naar binnen, naar het kantoor, want daar is meer ruimte. Het is een grote doos en hij ziet er heel zwaar uit. John snijdt met zijn zakmes het kartonnen deksel los en haalt het eraf.

Maggies gezicht wordt spierwit en boos. 'Naar boven,' zegt ze, half opzij mijn kant op, maar ik ga niet, ik wil zien wat het is. 'Naar boven, zei ik!' Ze geeft me een duw. Ze lijkt opeens totaal uit haar doen. Ik loop heel langzaam naar de deur, en als ik omkijk, zie ik een lege, witte doodskist. Geen grote, zoals ik weleens op een begrafenis heb gezien. Deze is ongeveer net zo groot als ik.

42

Londen, 2017

Terwijl ik door de club loop waar het feest plaatsvindt, stel ik me voor hoe een dode Alicia eruitziet.

Ik besef dat deze gedachten niet normaal en niet gezond zijn, maar het zijn de enige die ik op dit moment in mijn hoofd heb, en ik heb er nog plezier in ook. Ik lust nog wel een drankje. Er zijn meerdere bars in de club, dus die wens moet niet moeilijk te vervullen zijn. Ik loop de stenen wenteltrap op naar de derde verdieping, waar ik fysiek het verst verwijderd ben van Jack en Alicia.

Ik weet niet waarom ik zo uit mijn doen en verbaasd ben. Mannen vallen altijd voor dat soort vrouwen, ze lijken de valsheid niet te zien die achter al die schoonheid schuilt. Waarom zou Jack anders zijn? Het is niet zo dat ik dacht dat er iets serieus gaande was tussen ons. De seksuele spanning was duidelijk een act voor de camera's, en de vriendschap die tussen ons ontstond tijdens de vele maanden samenwerking was een logisch gevolg van de tijd die we samen doorbrachten, de camaraderie van een gedeelde ervaring.

Over de auditie voel ik me oprecht gefrustreerd, want Tony klonk alsof ik de rol al zo goed als binnen had. Het zal wel zo zijn dat filmagenten, net als andere mensen, je af en toe gewoon vertellen wat je wilt horen. Misschien wilde hij mijn zelfvertrouwen een zetje geven na dat stuk op internet over de verhouding die ik niet heb. Misschien zag hij dat ik aan het wankelen was en probeerde hij me gewoon staande te houden. Zijn investering te beschermen.

Alle drankjes zijn gratis vanavond, betaald door de filmmaatschappij, dus ik neem er nog een. Ik vind dat ik het heb verdiend. Angst en gepieker hebben altijd een bepaalde uitwerking op mijn omgang met eten en drinken, duwen me meer in de richting van alcohol dan van eten. Ik weet dat ik het rustiger aan moet doen, maar soms wil je goede raad domweg niet horen. De barman kijkt verbaasd als ik zo snel weer voor zijn neus sta. Als ik zeg dat ik een glas voor mijn vriendin kom halen, knikt hij beleefd. Ik kan acteren wat ik wil, maar vanavond lijkt niemand erin te trappen.

Ik zak een verdieping af, naar een andere ruimte, een andere inrichting: zwarte leren banken en gedempt licht, met moderne kunst aan de muur. Zwarte jaloezieën sluiten ons af van de buitenwereld. Ook hier is een bar, met een barman die mij nog niet van drank heeft voorzien, die niet over me kan oordelen zoals ik momenteel over mezelf oordeel. Dit wordt echt mijn laatste glas van vanavond.

Ik daal nog een trap af en ben weer terug waar ik begon, op de begane grond. Ik heb het eigenlijk wel weer gehad, maar ik kan nog niet gaan. Bovendien, waar moet ik heen? Ik moet nog even rondlopen en een praatje maken met een paar mensen om mijn toekomstige zelf veilig te stellen. Er gebeurt zoveel achter de schermen van de filmindustrie waar het grote publiek geen weet van heeft. Misschien is dat maar goed ook. Als een goochelaar zijn trucs gaat uitleggen, is het onmogelijk om nog in magie te geloven.

Achter de imposante façade van georgiaanse architectuur zie ik een kamer liggen die ik nog niet heb verkend. Deze is paars, met een metallic bar. Hij zo schaars verlicht dat de gezichten bijna schimmen zijn. Ik voel een zuchtje wind en ontwaar iets aan het andere eind van de kamer: een tuin. Ik stap naar buiten, het besloten maar ruime verborgen paradijsje in, echt uniek midden in Londen. Midden in de ommuurde binnentuin staat een witte tent bezaaid met gouden sterren, met achterin een champagnebar. Hier heeft iedereen zich dus verstopt – buiten. Ik haal nog een glas, me doof houdend voor het stemmetje dat zegt dat ik dat beter niet kan doen, scan de gezichten om me heen en spot de regisseur met zijn vrouw. Ze zijn in gesprek met mensen die ik niet ken, maar ik ga toch bij hen staan. Het voelt veiliger om een paar bekende gezichten in de buurt te hebben. Ik span me in om hun gesprek te volgen om zo de gedachten in mijn hoofd te verdringen. Even meen ik de flits van een camera te zien, maar als ik opkijk, zie ik niemand die iets op me richt. Er hoort hier trouwens geen pers rond te lopen, zo'n soort feest is het niet.

De echtgenote van de regisseur haalt een pakje sigaretten uit haar tas. De geur van tabak kan me nog steeds terugvoeren naar het verleden, en de herinneringen die daarmee opgeroepen worden zijn niet altijd even prettig. Ik observeer hoe ze er een tussen haar gegloste lippen steekt. Het valt me op hoe extreem lang en dun en wit hij is, en filterloos, lijkt het wel.

'Dat zijn chique sigaretten,' zeg ik als ze hem aansteekt.

Ze haalt hem met haar gemanicuurde vingers uit haar mond. 'Wil je er een?'

Ik heb sinds mijn achttiende niet meer gerookt.

'Graag,' hoor ik iemand zeggen, vóór ik besef dat ik het zelf ben.

Ze geeft me een vuurtje, met haar vrije hand het vlammetje afschermend, en ik luister zonder iets te horen naar haar Hollywood-verhalen. Ik inhaleer diep en geniet van het tijdelijke prettige gevoel dat de nicotine verschaft. Ik denk zo langzamerhand dat er weinig is wat ik niet zou doen om de versie te worden van mezelf waarmee ik zou kunnen leven. De versie van mezelf die ik alle vreselijke dingen zou kunnen vergeven die ik mezelf heb laten doen om daar te komen waar ik nu ben.

Mijn aandacht dwaalt moeiteloos af van het gesprek en vestigt zich op de rug van een strak in het pak zittende man aan de andere kant van de binnentuin. Zijn lengte, zijn bouw en de accolade van zijn haarlijn in zijn nek komen me net iets te bekend voor.

Hij is het.

Ik kan zijn gezicht niet zien, maar elke vezel in mijn lijf weet dat het mijn echtgenoot is.

Ik krijg het acuut koud, en de vingers waartussen ik mijn sigaret heb geklemd beginnen te trillen. Mijn ogen staren een gat in zijn rug, alsof ik wil dat hij zich omdraait, alsof ik mijn brein ervan moet overtuigen dat het niet waar is, maar hij draait zich niet om. Hij loopt weg. Zo snel als ik kan zonder aandacht te trekken loop ik achter hem aan, maar ik houd hem niet bij en op een gegeven moment lost hij op in de menigte. Ik loop terug, van de ene kleur kamer naar de andere, paniekerig om me heen kijkend of ik nog een glimp van hem kan opvangen, en beland weer in de tuin.

Ik heb het me vast ingebeeld.

Ik ben moe, en aangeschoten. Mijn brein houdt me voor de gek, dat zal het zijn.

Ik ga weer bij het groepje staan – hoe meer mensen hoe veiliger – en laat mijn gedachten met behulp van de vereende krachten van drank en tabak de vrije loop. Ik vraag me af wat ik zojuist heb gezien: een geest van een man, of een herinnering.

Ben kan niet dood zijn.

Want ik heb hem niet vermoord. Dat zou ik me wel herinneren.

Ik herinner me verder iedereen die ik heb vermoord.

43

Essex, 1988

Vandaag ga ik leren schieten. Er zijn slechte mensen die mij en Maggie en John kwaad willen doen. Maggie zegt dat we voorbereid moeten zijn. Ik weet niet zo goed waarop we voorbereid moeten zijn, ik weet alleen dat ik bang ben. Maggie zegt dat het niet erg is dat ik bang ben, maar dat ik mijn angst ergens moet wegstoppen waar ik hem niet kan vinden. Misschien doet zij dat ook met haar autosleutels, want ze is ze altijd kwijt. Maggie zegt dat ik angst moet leren omzetten in kracht. Ik snap niet wat ze daarmee bedoelt. Ik wil alleen maar naar huis, en ik besef dat 'naar huis' de woning boven het kantoor is. Ik denk nog maar weinig aan mijn oude huis, en ik wil ook nooit meer terug. Ik heb hier van alles, en ik wil niet sterven als uitvaagsel, zoals mijn broer ooit zei.

We rijden naar een plaats die Epping Forest heet. Het is vroeg in de ochtend, zo vroeg dat zelfs de zon nog niet op is. De maan staat nog als een op zijn kant liggende glimlach aan de donkere hemel. We lopen een klein stukje, Maggie, John en ik. Blaadjes en twijgjes kraken onder onze voeten, en ik stel vast dat ik het leuk vind in het bos. Het is er mooi en stil, anders dan in het wedkantoor. Als we iemand tegenkomen, zegt John, zeggen we dat we gaan picknicken. Dat vind ik raar, niemand gaat zo vroeg in de ochtend picknicken en we hebben niet eens eten bij ons.

Het pistool waarmee Maggie de slechte man heeft neergeschoten is door de politie meegenomen, maar we hebben alweer twee nieuwe, gekregen van de man die we oom Michael noemen. Afgelopen zondag in de pub gaf hij ze aan ons. Ik vind dat hij naar de kapper moet, zijn haar is nu zo lang dat hij net een meisje lijkt. Blijkbaar trok ik een lelijk gezicht toen Maggie zei dat ik met vuurwapens moest leren omgaan, want ze zei meteen dat ik het heel leuk zou gaan vinden, net als mijn Speak & Spell-computer. Het wapen waarmee ik ga leren schieten heet pistool – zelfs wapens hebben een eigen naam. Maar het is heel anders dan mijn Speak & Spell – het is niet oranje, maar zilverkleurig en het is heel zwaar.

Maggie maakt de tas open die ze mee heeft genomen en haalt er een paar blikken witte bonen in tomatensaus uit. Ik vraag me af of we tóch gaan picknicken, maar zie dan dat het lege blikken zijn. Ze verdeelt de blikken over de plek waar we staan: sommige zet ze tussen de blaadjes op de grond, andere in boomtakken. Dan komt ze bij mij staan om het voor te doen. John doet en zegt niet veel. Maggie zegt dat hij 'op de uitkijk' moet blijven staan, maar ik weet niet waarnaar hij moet uitkijken, er is hier weinig te zien.

Maggie kan de blikjes van heel veraf raken. Ze maken een grappig geluid als ze ze raakt, en vallen dan om. Ze zet ze allemaal weer rechtop, geeft het pistool aan mij en zegt dat het mijn beurt is. Het pistool is zo zwaar dat ik het bijna niet recht kan houden. Ik knijp één oog dicht, net als Maggie deed, en dan knijp ik heel hard en gaat het af, terwijl ik achterovertuimel. John moet erom lachen, maar Maggie niet. Van Maggie moet ik het nog een keer doen, en nog een keer en nog een keer, tot ik lamme armen heb en mijn oren pijn doen van het harde geknal. Ik begin te huilen, ik wil niet meer.

Ik moet ophouden met huilen, zegt Maggie, maar dat gaat niet.

Ze zegt nog een keer dat ik moet ophouden met huilen, en als ik het de tweede keer ook niet doe, pakt ze het pistool uit mijn trillende handen, trekt ze mijn broek omlaag en slaat ze me er heel hard mee op mijn billen. Ik schreeuw het uit van de pijn, en dan slaat ze nog een keer.

John kijkt de andere kant op. Hij staart naar een perfecte boom en rookt de ene na de andere sigaret. Ik zie dat er heel kunstig een A in de bast is gesneden en vraag me af hoe hij dat tussendoor heeft kunnen doen.

Hij draait zich om en kijkt ons aan. 'Dit lijkt me niet echt nodig.'

'Ze hebben een doodskist gestuurd! Dat was een waarschuwing, John. Ik wil haar niet ook nog verliezen,' zegt Maggie tussen haar tanden door.

'Ze kan het niet.'

'Ze kan het wel.'

'Ik zeg dat ze het niet kan.'

'En ik zeg dat je verdomme je mond moet houden!'

Hij kijkt naar de grond.

Ik houd op met huilen omdat ik weet dat Maggie zal blijven slaan tot ik niet meer huil.

Zonder iets te zeggen overhandigt ze me het pistool en trekt ze mijn broek omhoog. Ik ben zo boos dat ik overweeg hem op haar te richten, maar ik denk dat ze me doodmaakt als ik dat doe. Ik wil niet ophouden te bestaan en uitgevaagd worden in een bos dat Epping Forest heet. Ik weet dat ze echt van me houdt. Dat moet wel – dat zegt ze altijd.

Ik richt het pistool op het laagste blikje in de boom. Ik knijp één oog dicht en houd het wapen stil, precies zoals Maggie heeft voorgedaan. Dan knijp ik heel hard en valt het blikje op de grond.

Maggie glimlacht en kijkt me voor de eerste keer vandaag met haar blije gezicht aan. Ze tilt me op, alsof dat van net niet is gebeurd, dus doe ik ook maar alsof het niet is gebeurd en sla mijn armen om haar hals. Ze ruikt zó lekker. Als ik groot ben ga ik ook nummer 5 opdoen, net als zij. Ik hoef niet eens meer te weten hoe de andere nummers ruiken. Als Maggie haar blije gezicht opzet, probeer ik altijd net te doen alsof ze geen ander gezicht heeft.

'Ik wist dat je het kon, Baby Girl.' Ze kijkt naar John, ook al heeft ze het tegen mij.

Ik schiet nog een keer, en deze keer maakt John een foto van me met zijn polaroidcamera. Ik krijg alleen niet te zien hoe ik eruitzie met een pistool, want voor het beeld zichtbaar wordt grist Maggie de foto al uit Johns hand en houdt dan Johns aansteker erbij tot er niets meer van over is.

'Idioot,' zegt ze, en hij kijkt naar zijn voeten, alsof daar iets heel interessants te zien is.

Ik raak de blikjes nog tien keer, en als Maggie zegt dat ik genoeg heb geleerd voor een eerste dag, rijdt John ons naar huis. Maggie gaat niet naast hem zitten, maar achterin, bij mij. Ze houdt mijn hand vast en glimlacht, en ik ben blij dat ze weer van me houdt. Als we terug zijn, laat Maggie me zien waar ze het pistool altijd verstopt. Ze zegt dat ik er nooit, maar dan ook nooit aan mag komen, alleen als zij het zegt. Omdat ik al zo groot ben, zegt ze, kunnen we een code afspreken, en die code luidt 'Doe maar een schietgebedje'. Dat vind ik grappig, ook omdat we nooit bidden, maar als ik erom moet giechelen wordt ze boos. Ik zie dat ze haar ernstigste gezicht opzet, dus ik houd er meteen mee op. Omdat ik zo goed mijn best heb gedaan, geeft ze me het allermooiste cadeau dat ik maar kan bedenken, een Wonder Woman-kostuum, en ik mag het de hele dag aan.

's Avonds, als het wedkantoor dicht is, kijken we met zijn drieën in bed naar *Cagney & Lacey* en eten we geroosterd brood met gesmolten kaas. Ik vind het een leuk programma, het is mijn lievelingsserie. De twee vrouwen zijn allebei knap en slim en ze schieten met een pistool. In mijn hoofd doe ik alsof Maggie en ik Cagney en Lacey zijn en we achter alle slechte mannen aan gaan.

Als het afgelopen is, doet Maggie met de afstandsbediening de tv uit en kijkt me aan.

'Als ik nu zou zeggen "Doe maar een schietgebedje", wat zou je dan doen, Baby Girl?'

Ik denk heel diep na, want ik weet dat ik het in één keer goed moet hebben. Ik weet dat het belangrijk is.

'Ik zou heel snel het pistool uit zijn geheime bergplaats gaan halen.'

Ze knikt. 'En wat zou je daarna doen?'

'Schieten.'

'Schieten en wat nog meer?'

'Schieten en blijven schieten tot niemand zich meer beweegt.'

'Slimme meid, dat is het juiste antwoord.'

44

Londen, 2017

Ik zie het vanuit mijn ooghoek, als ik nog een slokje champagne neem.

Een flitslicht, en nu weet ik zeker dat ik het me niet verbeeld.

Zolang als ik me kan herinneren heb ik het vreselijk gevonden om gefotografeerd te worden. Ik weet niet waarom. Ik wilde zelfs geen fotograaf bij mijn huwelijk, en Ben leek dat niet erg te vinden. We hebben maar één kiekje van onze grote dag, gemaakt door een voorbijganger vóór het bureau van de burgerlijke stand. Er zijn plaatsen op aarde waar mensen geloven dat er een stukje van je ziel wordt gestolen als je een foto van jezelf laat maken. Zo ver gaat mijn angst niet, maar ik ben wel bang dat een camera iets van me kan vastleggen wat ik liever verborgen wil houden.

Ik probeer een geïnteresseerd gezicht te trekken bij het gesprek dat ik zogenaamd volg, en dan zie ik het weer, een flits van een telefooncamera. Was er bij de eerste keer nog sprake van enige twijfel, de aanblik van de persoon die de telefoon vastheeft bevestigt mijn vermoeden. Jennifer Jones staart mijn kant op en heeft nog het lef om te glimlachen ook. Ik weet niet wat ik moet, ik kijk paniekerig om me heen, op zoek naar wat voor vorm van steun dan ook.

Net als Alicia hoort ze hier niet te zijn.

Ik heb niet alleen een hekel aan Jennifer Jones. Ik háát haar, en al haar soortgenoten. Ze stelen mijn geheimen en braken ze uit, een voor een, waardoor er een toren van waarheden ontstaat, voor iedereen zichtbaar. Mijn geheimen zijn van mij, ik wil niet dat ze worden gedeeld. Ik kijk nog een keer rond en dan, misschien door alles wat er in mijn privéleven gebeurt, of doordat ik vanavond veel meer heb gedronken dan verstandig was, besluit ik de zaak zelf maar af te handelen en stap ik op haar af.

'Hoe durf je je hier te vertonen vanavond,' bijt ik haar toe.

Ze lacht me in mijn gezicht uit. 'Ik doe gewoon mijn werk. Als je je op iemand wilt afreageren, moet je bij mijn tipgever zijn. Je wordt erin geluisd door iemand die je kent, en ik doe er mijn voordeel mee, ik heb mijn geld nog nooit zo makkelijk verdiend!'

Haar woorden doen me naar adem happen. 'Wie?'

'Wat levert het me op?'

'Dat ik niet mijn glas in je gezicht kapotdruk, dat levert het je op.' Even denk ik dat ik het meen, maar zij lijkt niet in het minst uit het veld geslagen. Sterker nog, ze lijkt juist plezier te hebben in ons gesprek.

'Volgens mij heb ik haar zien rondlopen,' zegt ze, over mijn schouder blikkend.

Haar.

'Wie?' Ik kijk om, alsof ik verwacht dat ze Alicia net heeft gespot.

'Ze wilde haar naam niet geven. Ze leek een beetje op jou, ook qua kleding. Hetzelfde kapsel, zonnebril, rode lippenstift. Een beetje ouder dan jij. Gaat er al een belletje rinkelen?' Ze beschrijft mijn stalker. Dit is het bewijs dat alles wat er is gebeurd met elkaar te maken heeft. De vrouw die zich als mij voordeed had inderdaad een affaire met mijn man; het was háár rode lippenstift die ik onder ons bed heb gevonden, en zij heeft mijn laptop gebruikt om e-mails te versturen waarin ze zichzelf Maggie noemde om mij erin te luizen.

'Een journalist heeft uiteraard meer dan één bron nodig, en ook beelden, maar gelukkig bleek Jack meer dan bereid om me te helpen. Hij heeft die selfies van jullie tweeën in je kleedkamer gemaakt en naar me toe gestuurd.' Ik kan mijn oren niet geloven. 'Voel je je wel goed? Je wordt opeens heel bleek. Je gaat toch niet kotsen, hè? Dat zou mijn filmpje verpes...'

Ik kijk op en zie dat ze haar telefoon in mijn richting omhooghoudt.

'Ben je dit aan het filmen?'

'Ik ben bang van wel, lieverd. Ze zijn weer aan het inkrimpen bij TNB, en als journalist grijp je alles aan om binnenboord te blijven. Zie het niet als iets persoonlijks.'

Het ís persoonlijk.

Ik gris de telefoon uit haar klauwhand, smijt hem op de stenen vloer en stamp hem met de hak van mijn rode schoen aan gruzelementen. Er heeft zich een hele kring om ons heen gevormd, waarin ook de regisseur staat, die de bewaking heeft ingeschakeld.

'Jammer, helaas geen stuk over mij vanavond.'

Terwijl ze naar buiten wordt begeleid, werpt ze nog een laatste, glimlachende blik over haar schouder.

'Ik heb al een ander stuk over je ingestuurd vanavond. Ik werd vanmiddag getipt over iets wat bij je thuis aan de hand was, en daar heb ik geen seconde van gemist. Over een uur of twee gaat het live. Volgens mij is het de showbizzprimeur van de maand, maar ik ben niet objectief. Hoe dan ook, het is een moordverhaal.'

Ze verdwijnt in een menigte van gezichten, die allemaal mijn kant op staren.

45

Essex, 1988

Ik vind het niet leuk als mensen me aanstaren.

Maggie en John hebben iemand ingehuurd die ons vandaag komt helpen. Ze heet Susan. Susan staart me constant aan. Ik wou dat ze daarmee ophield.

Vandaag is er iets wat de Grand National heet. John zegt dat het de drukste dag van het jaar is. En hij blijft het maar herhalen, alsof hij bang is dat ik het vergeet. Daar hoeft hij niet bang voor te zijn, er is niets mis met mijn geheugen. Ik vergeet alleen weleens iets met opzet, maar zelfs dan vergeet ik het niet echt. Ik herinner me mijn vroegere naam, die ik niet meer mag gebruiken. Soms zeg ik die naam nog weleens, als ik in bed lig 's avonds. Soms voelt hij als iets wat ik nooit zou mogen vergeten.

Ciara. Ciara. Ciara.

Het idee dat ik vergeten kan worden vind ik niet fijn, het maakt me een beetje bang. Soms maakt het me heel bang. Alsof ik, áls ik vergeten ben, misschien helemaal nooit heb bestaan. John zei dat het meisje dat hier vroeger woonde is verdwenen. Ik wil niet verdwijnen, nooit. Ik wil dat mensen zich herinneren wie ik ben, ook als de ik die ze zich herinneren niet de echte ik is. Ik ben er nog niet uit hoe ik dat moet aanpakken, maar ik weet zeker dat ik eruit kom, als ik er maar lang genoeg over nadenk. Maggie zegt dat ik slim ben, en ze zegt ook dat ik als ik groot ben iedereen kan worden die ik maar wil, en dat lijkt me wel wat.

John zegt voor de honderdste keer dat dit de drukste dag van het jaar is en ook dat ik aardig moet doen tegen Susan. Ze hebben haar ingehuurd om te helpen met het aannemen van de telefoon. Ik weet niet waarom, dat had ik ook wel kunnen doen, maar Maggie zegt dat ik te jong klink. Ik ga mezelf aanleren ouder te klinken, en Engelser, dan hoeven we nooit meer vreemde mensen in te huren.

Ik vind Susan niet aardig.

Ik vind het beter om gewoon met zijn drietjes te zijn.

Susan heeft een blik Quality Street meegenomen voor ons allemaal, wat heel aardig lijkt, maar ze heeft alle toffeepenny's er al uitgepikt, en die zijn het lekkerst. Dus blijkbaar is ze niet te vertrouwen. Maggie zegt dat Susan een oude vriendin is, en dat ik daarom aardig tegen haar moet zijn, maar dat weet ik zo net nog niet. Ze is absoluut oud. Ze heeft grijs haar en heel veel rimpeltjes rondom haar ogen en haar tanden zijn geel. Dat zou best eens van al die toffeepenny's kunnen komen die ze opheeft. Ze is klein en rond, een beetje zoals een toffeepenny. Ik ga een oogje op haar houden, misschien wel twee – volgens mij is ze een beetje achterbaks.

Vandaag is het zo druk dat ik ook mag helpen. We moeten vandaag niet één maar drie keer naar de bank, ik weet niet waarom. John zegt dat de kluis niet te vol mag raken. Ik denk dat hij misschien bang is dat hij hem anders niet meer dicht krijgt. We gaan tegenwoordig met de auto naar de bank, ook al is het niet zo ver lopen. Bij de derde keer vraag ik of we McDonald's kunnen halen, maar John zegt nee. Hij geeft de vrouw de stapeltjes geld uit de HEAD-tas en wordt boos als hij te lang op de zakjes wisselgeld moet wachten waarom hij had gevraagd. Ik ben ook boos, omdat ik honger heb, en omdat hij niet aardig doet. Niemand is vandaag aardig tegen me. Het zijn alleen maar paarden die over hekken springen, en ik snap er niets van, ik lees liever een boek.

Als we de bank uit komen geeft John een schop tegen de auto, omdat hij een lekke band heeft. Ik vraag me af of schoppen helpt. We lopen dus terug naar het wedkantoor, supersnel, en ik mag niet praten. John zegt dat ik de poort op slot moet doen, en hij controleert tweemaal of de achterdeur op slot zit voor hij weer achter het sliertengordijn verdwijnt om alle wachtende klanten te helpen. Het is vandaag heel lawaaiig, meer dan anders, en ik zie dat ze zich staan te verdringen om bij het loket te komen. De rook van hun sigaretten hangt als een wolk in het kantoor, mijn ogen prikken ervan.

Ik ga weer naar mijn achterkamertje en zie in het voorbijgaan Susan bij de telefoons zitten, etend. Ze eet aan één stuk door. Ik was vergeten dat ze er was en ik kijk haar op mijn allerkwaadst aan, want ze mag best weten dat ik haar niet mag.

Ze houdt op met kauwen en zegt glimlachend: 'Wil je een stukje van mijn sandwich?'

Ik heb honger, maar ik weet niet of ik het wil.

'Wat zit erop?'

'Margarine en cornedbeef.'

Ik vind cornedbeef lekker dus zeg ik ja. Haar sandwich is in twee driehoeken gesneden waar ik er één van krijg. Ik geloof dat ik haar iets minder erg vind dan eerst.

'Ik weet dat een dag als vandaag helemaal niet leuk is voor een meisje zoals jij. Het is veel leuker om buiten te spelen, in de frisse lucht.'

Ik reageer niet en loop door naar mijn achterkamertje, waar ik tv ga kijken, maar ik kijk niet echt. Als Susan in de deuropening verschijnt hoop ik dat er een telefoon gaat rinkelen, want dan gaat ze vanzelf weg. Ik heb al een hele tijd geen telefoongerinkel meer gehoord, wat ik vreemd vind.

'Ik geloof dat je de poort niet goed op slot hebt gedaan,' zegt ze terwijl ze naar buiten kijkt.

'Dat heb ik wel,' zeg ik met mijn mond vol.

'Nee hoor, ik geloof het niet, en ik denk dat je papa heel boos zal worden als hij erachter komt.'

Ik weet zeker dat ik hem op slot heb gedaan.

'Wil je dat ik even ga kijken? Ik zal het niet verklappen.' Ik zie dat er een fliebertje cornedbeef tussen haar gele tanden zit.

'We mogen de achterdeur niet opendoen,' zeg ik en ik denk aan de slechte man met het mes.

'Heel eventjes maar. Als ze erachter komen dat je hem niet op slot hebt gedaan, krijg je trammelant. Ik doe het alleen maar voor jou, hoor.'

Ik wil geen trammelant krijgen.

'Oké.'

Ik zie dat ze de sleutels pakt, de achterdeur openmaakt en naar de poort loopt. Ik kan niet zien wat ze daar doet, maar als ze terugkomt zegt ze dat ik hem tóch op slot had gedaan. Dat wist ik wel. Ik mag Susan niet. Ik zie dat ze de sleutel in het slot van de achterdeur steekt om hem weer op slot te doen, maar opeens draait ze zich om.

'Hou je van Dairy Milk-chocoladerepen?'

'Ja, maar alleen van die zonder noten of rozijnen.'

Ze glimlacht en ik staar weer naar de cornedbeef tussen haar tanden. Maggie zegt dat je niet naar andermans onvolkomenheden mag staren, maar ik kan er niets aan doen dat mijn ogen ernaar willen kijken.

'Ik heb namelijk een Dairy Milk-reep bij me, zo'n heel grote, maar ik bedacht dat ik die natuurlijk nooit in mijn eentje op krijg. Zou je me daarmee willen helpen?'

Ik ben dol op Dairy Milk-repen. Ik vind het heerlijk om een afgebroken vierkantje op mijn tong te leggen en heel langzaam op te zuigen, tot de chocola gesmolten is. Ik knik dus ja en hoop maar dat ze niet van gedachten verandert omdat ik de hele dag zo onaardig heb gedaan.

'Dank je wel, je bent een lieve meid. Geen wonder dat je

mama zoveel van je houdt. De reep zit in mijn tas. Haal hem er maar uit en maak hem maar alvast open, dan sluit ik de boel hier verder goed af.'

Ik loop naar de telefoonkamer en heb haar tas zo gevonden. Ik frummel de paarse wikkel en het zilverpapier er heel voorzichtig af, zodat het niet scheurt, breek er een stukje af en stop het in mijn mond. Ik denk na over wat Susan net zei, over dat Maggie van me houdt, en ik besef dat ik ook van haar houd en dat geeft me een heel blij gevoel.

Het is al laat als de laatste klant de deur uit gaat. Ik ben moe en ik heb honger. Maggie heeft beloofd dat we zodra al het geld geteld en opgeborgen is fish-and-chips gaan eten.

'Vis en friet, mijn lievelingseten,' zegt John. Ik kijk op en zie dat hij een vissengezicht trekt, en ik doe hem na. Onze monden staan wijd open, in de vorm van een O, en daarna lachen we om ons geheime Mary Poppins-grapje. Maggie lacht niet, zij vindt het niet grappig, maar dat is het wel. Ze zegt dat we vanavond zoveel hebben verdiend dat ik niet hoef te vegen en te dweilen, dat dat morgen wel komt.

Susan gaat via de voordeur naar buiten. Ze zegt dat ze dan sneller bij de bushalte is. Maggie doet de deur achter haar op slot. Ze hadden gevraagd of Susan bleef eten, maar daar bedankte ze voor, gelukkig maar. Ik vind haar nog steeds niet aardig, ondanks de reep chocola die ik helemaal van haar mocht opeten. En fish-and-chips is iets van ons drieën. Zoals John altijd zegt: wij hebben niemand nodig.

Maggie helpt John met het tellen van het geld. Ik hoor de rekenmachine ratelen. Omdat ik op hen moet wachten, besluit ik een fort te gaan bouwen. Ik leg een paar leren krukken op hun kant en dek ze af met de krantenpagina's die aan de muur hebben gehangen.

Het gebeurt allemaal heel snel en het is een verschrikkelijk hard geluid. De tijd staat even stil. Ik kijk naar John en Maggie achter de balie – met open mond staren ze naar de blauwe auto, en ik realiseer me dat mijn mond ook openstaat. Nu lijken we allemaal vissen. Maggies ogen zijn heel wijd opengesperd en ze schreeuwt iets naar me, maar er is zoveel lawaai van verbrijzelend glas en dichtslaande autoportieren dat ik haar niet kan verstaan. Mijn ogen zien twee mannen met bivakmutsen uit de auto stappen, en dan herinneren mijn oren zich weer hoe ze moeten horen en hoor ik Maggie.

'Rennen, Aimee.'

Dat doe ik dus.

Ik ren naar de ruimte achter de balie en John draait de deur achter me op slot. Maggie grijpt me vast en rukt met haar vrije hand een telefoonhoorn van de haak, die ze met haar schouder tegen haar oor drukt. Ze tikt de hele tijd met haar rode nagel op de negen, en kwakt de hoorn dan neer. 'Hij is dood,' zegt ze.

'Klootzakken,' zegt John, maar Maggie reageert niet. Ze kijkt mij aan.

'Doe maar een schietgebedje,' zegt ze. Ik weet wat ze daarmee bedoelt.

Ik onthoud alles wat Maggie me leert.

Ik ren naar het achterkamertje, maar voor ik bij het sliertengordijn ben, hoor ik de mannen de deur van de balie al inslaan. Een van hen zwaait met een gigantische hamer, groter dan ik.

'Maak die kluis open,' zegt de andere man, en ik zie dat hij een pistool op Maggies hoofd richt. John gaat op zijn hurken voor de kluis zitten en ik vlucht het achterkamertje in. Ik kruip onder het bureau en vind op de tast het pistool dat met tape tegen de onderkant van het blad is geplakt. Mijn handen trillen heel erg, maar mijn vingers weten uit zichzelf wat ze moeten doen. De achterdeur wordt opengegooid en er komt nog een slechte man naar binnen. Hij ziet me niet zitten onder het bureau. Ik snap niet hoe hij binnen is gekomen, want ik weet zeker dat ik de deur op slot heb gedaan toen we terugkwamen van de bank. Opeens herinner ik me Susan, en de poort, en de Dairy Milk-reep en de telefoons die niet meer rinkelden. Ik besef dat ze me voor de gek heeft gehouden en ik voel me verward en boos tegelijk.

Ik ben niet meer bang, ik voel alleen maar woede. Meer woede dan ik ooit heb gevoeld. Ik ga achter het sliertengordijn staan en probeer het pistool te richten, maar ik weet niet op wie, ze zijn nu met zijn drieën. Een van de slechte mannen heeft Maggie vast, de andere heeft zijn wapen op John gericht, die de kluis openmaakt, zoals hem bevolen is. Dan hoor ik opeens een hoop geschreeuw en een harde knal.

Ik zie een grote rode vlek op Maggies witte truitje verschijnen voor ze op de grond valt.

John rent naar haar toe, en ze schieten hem ook neer, met twee schoten in zijn rug.

Ik blijf doodstil staan en zie dat ze mijn mama en papa met hun vuile schoenen een trap geven, en ik hoor ze zeggen dat ze dood zijn. Niemand heeft me gezien, het lijkt wel alsof ik al ben opgehouden te bestaan. Twee slechte mannen gaan naast de kluis zitten, ze lachen en vullen hun zakken met ons geld. Ik kijk naar Maggie en zie dat haar ogen open zijn, dat ze me aankijkt.

Ik schiet.

Ik sta zo vlak achter ze dat ik niet kan missen.

Ik doe wat ze me heeft geleerd, ik schiet tot niemand zich meer beweegt. En ik blijf schieten tot de kogels op zijn.

'Kom hier, Baby Girl.' Maggies stem klinkt hees en ver weg. Ik ga op mijn knieën naast haar op de grond zitten en probeer het bloed dat uit haar buik komt met mijn handen te stoppen, precies zoals ik vaak op tv heb gezien. Maar het bloeden stopt niet. Er ligt al een grote rode plas en mijn vingers zijn helemaal rood.

'Geef me het pistool,' fluistert ze, dus dat doe ik. Ze veegt het af aan haar broek, haalt dan een wit zakdoekje uit haar mouw en wikkelt het om het pistool. 'Niet meer aanraken, je mag het niet meer aanraken. Stop het in Johns hand, gauw, maar raak het niet aan.' Ik huil en bibber heel erg, maar ik doe wat Maggie zegt, want ik weet dat er nare dingen met me gebeuren als ik niet luister. John beweegt zich niet als ik het pistool in zijn hand stop. Ik vind het niet prettig om hem aan te raken, en zodra ik heb gedaan wat ik moet doen ren ik terug naar Maggie. Ze slaat haar arm om me heen en ik leg mijn hoofd tegen haar borst. Ik lig net zo tegen haar aan als wanneer we samen in bed liggen. Dan doe ik mijn ogen dicht en luister ik naar haar ademhaling, en naar haar stem in mijn oren.

'Als ze komen, hoef je alleen maar te zeggen dat je je in het achterkamertje had verstopt en ons zo hebt gevonden. Je vertelt ze niets over het pistool. Je vertelt ze helemaal niets. Ik hou van je, Baby Girl. Zeg dat je Aimee Sinclair heet, meer hoef je niet te zeggen, en vergeet nooit dat ik van je heb gehouden.'

Ik huil te hard om iets te kunnen zeggen. Ik lig in haar armen, mijn gezicht helemaal rood van haar bloed, en als ik eindelijk de kracht heb om te zeggen dat ik ook van haar houd, zijn haar ogen al dicht.

46

Londen, 2017

Ik kom uit de toiletten van de club, rug recht, kin omhoog, met het plan ertussenuit te knijpen, zo snel als ik kan. Ik heb het idee dat ik door iedereen word aangegaapt sinds mijn woordenwisseling met Jennifer Jones. Ik wil hier geen seconde langer meer blijven, ook al is ze afgevoerd. Ze heeft bevestigd wat ik van het begin af aan heb gedacht: dat ik erin word geluisd door mijn man en een stalker die zich als mij voordoet. Ik denk aan alle oude kaarten die ik in een schoenendoos op zolder heb gevonden, allemaal door haar geschreven, allemaal met dezelfde korte boodschap:

Ik weet wie je bent.

Ik weet niet wie zíj is, maar ik weet wel dat ze samenspannen, daar ben ik absoluut zeker van.

Als de vrouw ouder dan ik oogt, dan kan het Alicia niet zijn. Maar buiten haar ken ik niemand die mij zo intens haat dat ze me op zo'n manier kapot zou willen maken. En Jack...

'Ah, hier ben je. Ik heb je overal gezocht! Ik hoorde wat er is gebeurd,' zegt hij. Zijn gezicht doet zo zijn best oprechte bezorgdheid uit te drukken dat ik er bijna intrap.

'Hoe kón je.'

Zijn mond gaat alleen maar open en dicht, alsof alles wat in hem opkomt een valse start is. '*Je ne comprends pas*,' zegt hij uiteindelijk met een kinderlijke grijns en een theatraal ophalen van de schouders.

Ik probeer hem opzij te duwen, maar hij gaat niet opzij.

'Ik ben niet in de stemming voor je flauwe Franse kletspraatjes.'

'Nee. Oké. Natuurlijk. Het spijt me. Als je doelt op de foto's die naar de pers zijn gestuurd: dat heb ik speciaal voor jou en voor mij gedaan. Er komt een dag dat je me er dankbaar voor zult zijn. Alle publiciteit is goede publiciteit, dat weet je inmiddels toch wel?'

'Ik ga nu weg.'

'Nee, dat ga je niet.' Hij maakt zich breed. 'Je blijft, en je drinkt nog één drankje met me. Journalisten en politici zijn niet de enige mensen die de publieke opinie beïnvloeden. Je moet iedereen hier laten geloven dat dit incident je niet raakt, dat je het met een lach afdoet. Laat ze zien dat het je niet boeit. Dan, maar alleen dan pas, mag je gaan.'

'Ik haat je.'

'Ik haat mezelf altijd, maar ik denk dat je dat even opzij moet zetten. Denk met je hoofd, niet met je hart. Morgen mag je me weer haten, zoveel als je wilt.'

'Nee, ik wil weg.'

Hij zucht, quasiverslagen. 'Oké, maar dan breng ik je naar huis. Ik bel even een taxi.'

'Je hoeft me niet naar huis te brengen. Ga jij je maar lekker amuseren met Alicia.' Er verschijnt een glimlach op zijn gezicht en ik voel me meteen heel kinderachtig. Had ik maar niets gezegd.

'Dat is niks, het is nooit iets geweest. Ik ga niet met haar naar bed, ook al heeft ze je dat misschien wijsgemaakt, en dat ben ik niet van plan ook. Jezus, ze zou me na afloop vast met huid en haar verslinden, net zoals die spinnensoort waarvan het vrouwtje het mannetje na de paring opeet. Ik ben alleen maar aardig voor haar omdat ze een rottijd doormaakt. Haar moeder is een paar weken geleden overleden en daar lijkt ze helemaal kapot van te zijn. Dat verbaasde me aanvankelijk wel, want ik dacht altijd dat ze een moeizame relatie hadden. Ze vertelde me ooit een afschuwelijk verhaal, over dat haar moeder een keer langer dan een week geen woord tegen haar had gesproken omdat ze de hoofdrol niet had gekregen in een of ander stom toneelstuk op school. Dat kun je je toch niet voorstellen?'

Hij heeft het over de keer dat ik, en niet zij, de rol van Dorothy kreeg. Ik weet het zeker.

'Het ging zo ver dat Alicia wegliep van huis omdat ze dacht dat haar moeder niet meer van haar hield. Ze sliep drie nachten in een kartonnen doos op straat voor ze terugging. Maar zelfs daarna heeft haar moeder het haar nooit helemaal vergeven. Ze zei dat Alicia haar had teleurgesteld, omdat ze die rol niet had gekregen. Raar toch, hè, waarom we doen wat we doen. Hoe je wordt wie je bent. Ik ben tot de conclusie gekomen dat onze ambities zelden van onszelf zijn. Haar moeder is dan wel dood, maar ik zweer dat Alicia nog steeds naar vergeving snakt en nog steeds probeert aan haar moeders verwachtingen te voldoen. Moet je je voorstellen: een geest als muze. Een paar dagen na haar moeders begrafenis liet haar agent haar vallen. Hem valt niets te verwijten, hij wist dat allemaal niet, en eerlijk is eerlijk: ze had al maanden geen audities meer gehad.'

Geen wonder dat ze me zo haat.

'Tegen mij zei ze dat ze morgen een auditie heeft voor de nieuwe film van Fincher.'

'Precies! Dat bedoel ik nou. Alicia is iemand die weet hoe ze zichzelf moet neerzetten. Vanaf nu wil ik dat je, in wat voor omstandigheden je je ook bevindt, denkt: wat zou Alicia doen? Om vervolgens te overwegen minstens hetzelfde te doen in plaats van altijd maar lief en aardig te zijn. In films wint lief en aardig het altijd, maar in het echte leven zelden. Er is helemaal geen auditie voor een nieuwe Fincher-film – volgens de geruchten staat voor hem al vast wie zijn nieuwe vrouwelijke hoofdrolspeler is en is het contract zo goed als getekend.'

Er slaat een golf van pure blijdschap door me heen, maar ik zeg niets. In de filmwereld kun je het beste maar zwijgen tot alle contracten rond zijn. Beloften en geruchten zeggen niets. Maar intussen word ik nog steeds aangestaard en wil ik dat dat ophoudt.

'Ik wil naar huis.' De woorden komen als een fluistering uit mijn mond, maar Jack verstaat ze.

'Kom maar mee dan.' Hij pakt me bij de hand en ik loop achter hem aan door de drukke, verschillend gekleurde kamers in de richting van de voordeur.

Halverwege de rode kamer staat er opeens een ober met een blad met één enkel glas champagne erop voor onze neus.

'Nee, dank u,' zeg ik zonder oogcontact te maken.

'Dit is een Dom Pérignon, niet onze huischampagne,' zegt de ober. 'Gewoonlijk serveren we hem niet per glas, maar hij is betaald door die meneer aan de bar. Ik moest ook tegen u zeggen dat hij weg is van uw schoenen,' vervolgt hij terwijl hij zich meer dan lichtelijk lijkt te generen. Ik kijk naar de bar, maar zie niemand die ik ken. En iedereen die ik zie kijkt echt mijn kant op, ik weet nu zo goed als zeker dat ik het me niet verbeeld. In mijn tas klinkt het piepje van mijn telefoon. Ik laat Jacks hand onmiddellijk los en graai in mijn tas, bang voor wat ik nu weer te lezen krijg – een nieuwsupdate over wat ik volgens de politie zou hebben gedaan, of een link naar het nieuwste artikel van Jennifer Jones. Maar het is een kort berichtje van een nummer dat me niet bekend voorkomt. Als ik de twee woorden op het schermpje lees, gevolgd door een link, denk ik in eerste instantie dat het een vergissing is. Maar dan word ik ijskoud.

'De hoeveelste is het vandaag?' vraag ik aan Jack.

Hij draait zijn pols om zijn Apple-horloge te raadplegen. De kamer lijkt met de seconde voller en voller te worden.

‘16 september. Hoezo?’

Ik lees de twee woorden op het schermpje nog een keer, en knipper met mijn ogen, alsof ik ze niet vertrouw.

Happy Birthday!

Het grootste deel van mijn leven heb ik mijn verjaardag in april gevierd. Niemand weet dat ik eigenlijk in september jarig ben. Behalve Maggie. Maar die is al heel lang dood.

Ik heb haar dood zien gaan.

Ik kijk in paniek de kamer rond.

Van wie komt dit drankje?

Van wie komt dit berichtje?

Wie van de aanwezigen hier weet wie ik echt ben?

Haar zie ik niet, maar hem wel. Alleen zijn ogen, die me gadeslaan vanuit een hoek van de rode kamer. Mijn dus-niet-vermiste echtgenoot, eindelijk heb ik hem gevonden. Hij heft zijn glas naar mij, maar dan loopt er iemand voor hem langs en als die persoon weg is, is hij verdwenen. Als een geestverschijning.

Heb ik het me verbeeld?

Steeds meer mensen kijken mijn kant op. Dat verbeeld ik me niet.

Ik keer me om naar Jack, maar hij heeft alleen maar oog voor zijn telefoon, en als hij opkijkt, staat zijn gezicht net zoals dat van alle andere mensen in de kamer. Hij kijkt me aan alsof hij een monster ziet. Ik kijk weer naar mijn berichtje en klik op de link, die me verbindt met de TBN-nieuwsapp. Ik zie mijn gezicht op het scherm en lees mijn naam in de kop.

Het is een desoriënterende sensatie.

Het voelt alsof je denkt in het publiek te staan maar opeens ontdekt dat je midden op het podium staat, omgeven door verwachtingsvolle blikken, maar niet in staat je te herinneren wie je speelt, laat staan wat je tekst is. Ik voel me draaierig. Straks ga ik nog over mijn nek, waar iedereen bij is. Het is nagenoeg doodstil als ik de mij inmiddels bekende gestalte van inspecteur Alex Croft op me af zie komen. De zee van verwachtingsvolle gezichten wijkt uiteen om haar door te laten.

'Ach, wat een feest!' zegt ze. 'Aimee Sinclair, ik arresteer u voor verdenking van moord op Ben Bailey. U hebt het recht te zwijgen. Indien u daar geen gebruik van maakt, kan alles wat u zegt tegen u worden gebruikt in een rechtszaak.'

Met elk woord lijkt mijn hoop verder af te brokkelen, tot er niets meer van over is. Croft toont haar scheve glimlachje en buigt zich voorover om mijn polsen te boeien, waarbij ze me iets in het oor fluistert.

'Ik wist wel dat je een moordactrice was.'

47

Essex, 2017

Maggie O'Neil zit in haar woning de zondagskranten te lezen. Ze draagt katoenen handschoenen, omdat het koud is in huis en omdat ze haar handen niet wenst te zien. Het zijn handen die een leven lang hebben gewerkt – en niet geactéérd – om de kost te verdienen. Haar handen hebben hard gewerkt omdat ze een hard leven heeft gehad, en dat is in geen enkel opzicht eerlijk, maar het leven is ook niet eerlijk. Maggie heeft lang moeten wachten om haar kant van het verhaal te vertellen, en nu het eindelijk haar beurt is, geniet ze van elke minuut.

Ze trekt haar handschoenen even uit om de foto te bekijken die op het bijzettafeltje naast de telefoon staat, een foto van Aimee, als klein meisje. Hij is bedekt met een dun laagje stof, en het houten lijstje is hier en daar beschadigd en bekrast. De foto is oud en een beetje vervaagd. Maggie schudt onwillekeurig haar hoofd en knijpt haar ogen tot spleetjes terwijl ze het lachende gezichtje van het kind bestudeert. *Na alles wat ik voor je heb gedaan*, denkt ze en ze maakt een afkeurend geluidje. Maggie vindt dat Aimee haar succes aan háár te danken heeft. Zij heeft haar toch deels opgevoed, van alles geleerd, kansen gegeven die zij, Maggie, nooit heeft gekregen. En wat heeft het kind ervoor teruggedaan? Niets, helemaal niets. Ze bestaat niet eens voor Aimee.

Ze brengt de foto ter hoogte van haar gezicht, alsof ze het glas wil kussen, maar ze ademt erop en wrijft het schoon met de mouw van haar hoody om het gezichtje beter te kunnen zien. Aimee was pas vijf of zes toen deze foto werd gemaakt. Toen was ze nog een lief meisje. Toen luisterde ze nog naar haar.

Nu niet meer.

Maggie denkt het liefst aan hoe Aimee als kind was, niet aan de vrouw die ze is geworden: een vrouw die doet alsof Maggie niet bestaat. Jarenlang heeft ze zich afgevraagd wat er van het lieve Aimeetje van de foto was geworden. Inmiddels weet ze het, maar dat verzacht de pijn niet. Het lieve Aimeetje had een nieuw thuis voor zichzelf gezocht, een reeks pleegouders afgewerkt en was gaan acteren. Als kind kon ze zich al heel goed voordoen als iemand die ze niet was, en uiteindelijk had ze er dus haar beroep van gemaakt – levenslang liegen, tegen iedereen, zichzelf incluis. Maar Maggie kent haar echte verhaal. Maggie weet wie Aimee werkelijk is. Misschien is dat de reden dat Aimee doet alsof Maggie dood is.

Maggie leest alles wat er online over Aimee wordt gepubliceerd, en minstens eenmaal per uur kijkt ze op Twitter én Facebook én Instagram om te zien of er updates zijn. Ze koopt alle kranten, knipt alle recensies uit en plakt die in haar grote rode plakboek gewijd aan Aimee. Ze heeft elk interview gelezen, maar hoe ze ook zoekt naar het kleinste beetje dankbaarheid en erkenning, Aimee noemt haar nooit, helemaal nooit.

Maggie kijkt naar haar lelijke handen en merkt dat ze het weer doet, dat wat ze vaker doet. Ze kan zich niet herinneren wanneer het is begonnen, maar ze wou dat ze ermee kon ophouden. Ze neemt de drie buitenste vingers van haar linkerhand in haar rechterhand en sluit haar ogen. Met haar ogen dicht is het dan net alsof ze de hand van het kleine meisje in haar hand voelt. Aimee vond het altijd fijn als Maggie haar hand vasthield, maar ze is iemand geworden die in niets meer op Aimee lijkt of als Aimee klinkt. De kinderen die we grootbrengen horen ons niet in de steek te laten, ze horen van ons te blijven houden.

Maggie heeft de foto van Aimee naast de telefoon staan omdat ze weet dat het meisje haar op een dag zal bellen. Dat weet ze gewoon. Haar blik gaat van het lachende meisje op de foto naar haar blote handen die het lijstje vasthouden. Daar wordt ze ook niet vrolijker van, dus trekt ze haar witte handschoenen weer aan.

Aan je gezicht en lichaam kun je van alles laten doen om er jonger en mooier uit te zien. Hobbyisten hebben de beschikking over een grote verscheidenheid aan smeersels en probeersels, fanatiekere types kunnen kiezen uit een keur aan ingrepen en operaties. Maar je handen verraden alles. Ze staat op en rekt zich uit – haar rug doet pijn, ze heeft te lang over de dagbladen gebogen gezeten.

Maggie loopt een rondje door de kleine voorkamer, om alle verspreid liggende spullen heen. Er zit het een en ander van haar bij, maar het meeste heeft ze geërfd van mensen die dat wat ze hadden daar waar ze heen gingen niet meer konden gebruiken. Ze runt momenteel een boedelruimingsbedrijf, en de zaken gaan behoorlijk goed. Zo goed dat ze weleens klussen moet afslaan. Ze heeft maar twee handen, en ze werkt het liefst alleen. Ze heeft lang geleden al geleerd dat niemand te vertrouwen is. Een woning ontruimen van iemand die is overleden is hard werken, in tegenstelling tot acteren, maar het levert flink wat op.

Ze blijft staan om haar spiegelbeeld te inspecteren. De wandspiegel is mooi, hij zit in een goede, degelijke lijst. Ze heeft hem vorige week 'verworven', hij komt uit het huis van een oude dame in Chiswick. Maggie neemt alleen spullen mee waarvan ze zeker weet dat ze niet gemist zullen worden. Over het geheel genomen bevalt haar spiegelbeeld haar wel. Over het geheel genomen. Ze heeft hard aan haar gezicht en lijf gewerkt, heel hard. Ze heeft ook hulp gehad: een neusoperatie, liposuctie, wallen laten weghalen, Botox, fillers. Haar gezicht ziet er heel anders uit dan vroeger, maar ze is er nog niet helemaal.

Ze werpt haar lange, zwarte krullen als een gordijn voor haar gezicht, schudt ze met een schouderbeweging weer naar achteren en richt haar blik naar omlaag terwijl ze de bovenste knoopjes van haar blouse openmaakt. Haar borst is haar slechtste feature, de aanblik daarvan is elke dag weer een aanslag op haar zelfvertrouwen, maar haar dokter uit Harley Street staat erop nog een gesprek te hebben voor hij tot een operatie overgaat. Ze sluit haar ogen en betast met haar vingertoppen haar borst, denkend aan hoe haar lichaam eruit zal zien als alles is gedaan.

Technisch gezien is ze van middelbare leeftijd, en het wordt zo langzamerhand tijd dat ze krijgt wat ze van het leven verlangde, waarvoor ze zo hard heeft gewerkt. Ze buigt zich wat dichter naar de spiegel toe, ontdekt een zwarte haar op haar kin en strekt haar arm uit naar een pincet. Ze heeft er meerdere, ze liggen overal. Maggie ploft pas op de bank als het gezicht waaraan ze zo heeft laten sleutelen volledig haarloos is.

Ze ververst de webpagina op haar laptop en lacht als ze de laatste tweets over Aimee leest, terwijl ze van elk berichtje een screenshot maakt. Dan checkt ze haar e-mail, maar daar zit niets nieuws bij. Maggie heeft weleens op datingsites gezeten, maar ware liefde is een luxe die ze zichzelf nooit echt heeft kunnen veroorloven. En ze heeft niet jarenlang aan haar lichaam gewerkt om het met een of andere loser te gaan delen. Ze werpt een boze blik naar de brief op de schoorsteenmantel, van de dokter uit Harley Street, omdat ze vaak vindt dat haar huidige situatie – alleenstaand – aan hem te wijten is.

Dan richt ze haar aandacht weer op de kranten van vandaag, zet haar bril op en likt bij elke pagina die ze omslaat aan haar vinger. Ze slurpt met kleine slokjes van haar lauwwarme groene thee. Ze vindt groene thee goor, maar de heilzame voordelen, antiaging en antioxidanten, winnen het van haar protesterende smaakpapillen. Groene thee kan huidveroudering tegengaan, herinnert ze zich terwijl ze haar glas zo snel mogelijk leegdrinkt; dingen als slappe huid, zonschade, ouderdomsvlekken, groeven en rimpels. Maggie vindt de opvatting dat je binnenkant belangrijker is dan je buitenkant een verzinsel van lelijke mensen.

Haar gehandschoende handen blijven midden in de lucht hangen en werpen een vogelachtige schaduw op de muur wanneer haar ogen vinden wat ze zochten: een foto van Aimee Sinclair. Ze staart haar vanuit de krant aan. Aimee de actrice, een volwassen vrouw, met een brede glimlach op haar stomme, leugenachtige gezicht. Het moet een oudere foto zijn, want ze weet vrijwel zeker dat het lachen Aimee inmiddels is vergaan.

Maggies ogen blijven kleven aan de woorden die er als kop boven staan. Om het nog beter te kunnen zien, zet ze haar bril af, poetst de glazen op met haar hoody, die onder de vlekken zit van het geroosterde brood met de witte bonen in tomatensaus van de avond ervoor, en zet hem weer op. Ze staart naar de woorden alsof ze in trance is, en vertaalt ze in iets wat haar zo breed doet grijnzen dat het pijn doet.

AIMEE SINCLAIR OPGEPAKT VOOR MOORD OP ECHTGENOOT

Maggie leest het stuk driemaal. Langzaam. Er bestaat voedsel voor de geest dat zo overheerlijk is dat je er de tijd voor moet nemen. Ze pakt haar schaar voor linkshandigen en knipt het stuk heel netjes uit, ervoor wakend dat het dunne papier scheurt. Dan tilt ze het zware fotoboek op dat op zijn vaste plaats op de salontafel ligt en slaat een van de laatste nog lege bladzijdes op. Ze trekt het transparante tussenblad los en plakt het nieuwe Aimee Sinclair-knipsel precies in het midden van de bladzij.

48

Londen, 2017

'Naam?' vraagt de gevangenbewaarder achter de balie.

'Aimee Sinclair,' fluister ik.

'Luider, en naar de camera kijken,' snauwt hij, en ik herhaal mijn naam terwijl ik naar het zwarte apparaatje kijk dat aan de muur is bevestigd. Het voelt een beetje alsof ik op een vliegveld ben, maar ik weet dat me geen leuke bestemming wacht.

'Plaats uw rechterhand midden op het scherm,' zegt hij dan.

'Waarom?'

'Om uw vingerafdrukken te registreren. Plaats uw rechterhand midden op het scherm.' Hij klinkt vermoeid. Ik doe wat hij zegt. 'Nu alleen uw rechterduim.' Ik verplaats mijn hand. 'En uw linker...'

Ik voel me raar als een vrouwelijke bewaker me meeneemt naar de volgende controle, die opnieuw veel wegheeft van luchthavenbeveiliging. Een beetje licht in mijn hoofd, alsof ik droom en dit alles niet echt gebeurt. Ik loop door een securityscanner en blijf dan staan, armen en benen gespreid, terwijl twee bewakers mijn hele lijf bekloppen.

'Trek al uw kleren uit en leg ze op de stoel.'

Ik doe wat ze zeggen.

Eerst voelt het alsof mijn privacy wordt geschonden, want ik heb niets verkeerds gedaan, dus horen ze me niet zo te behandelen. Maar dan slaat de twijfel weer toe, en weet ik niet meer of ik mezelf en mijn herinneringen over wat er wel of niet is gebeurd kan vertrouwen.

Ben ís dood.

Ze hebben zijn stoffelijk overschot gevonden onder het houten terras in onze tuin. Zijn lichaam was verbrand met een brandversneller, hetzelfde soort spul als de aanmaakgel die ik in de vuilnisemmer in de keuken had aangetroffen. De politie had de lege flessen gevonden in de vuilcontainer buiten, met mijn vingerafdrukken erop. Ze beweren dat ik het spul bij het tankstation heb gekocht, en dat ik zijn resten thuis heb begraven nadat ik hem ergens anders heb verbrand.

Ze beschuldigen me van iets wat ondenkbaar is.

Ik weigerde te geloven wat ze zeiden, tot ik hoorde dat gebitsanalyse had uitgewezen dat het Ben was. Ik dacht dat ik hem had gezien op de wrap party, in een flits, vlak voor ik werd gearresteerd, maar daar zal ik me dan ook wel in hebben vergist, want mijn man is dus echt dood en de hele wereld denkt dat ik hem heb vermoord.

Inspecteur Croft zei dat de schotwond in zijn schedel is veroorzaakt door een kogel afkomstig uit een type wapen dat overeenkomt met het type dat ik in huis heb. Met het pistool dat ik, legaal, heb aangeschaft om me veiliger te voelen. Het pistool dat ze niet kunnen vinden omdat ik hun niet ga vertellen waar ze moeten zoeken.

Ze denken dat ik bewijs achterhoud, maar ik heb mijn man niet vermoord.

Of wel?

Stel dat ik het wel heb gedaan?

Nee, zo is het niet gegaan. *Dat kan niet.* Ik zet die gedachte van me af en houd me aan het script dat ik voor mezelf heb geschreven: ik word erin geluisd, alleen weet ik niet door wie.

Ze hebben me meegenomen naar het politiebureau, in een cel gestopt, en daarna hebben ze me geboeid en in een wit busje hiernaartoe gebracht. Ik weet niet hoe lang ik hier al zit, een paar dagen misschien – ik heb geen besef van tijd meer, ik zou niet kunnen zeggen wat voor dag het vandaag is. Ze hebben gezegd dat ik de telefoon mag gebruiken, maar ik zou niet weten wie ik moest bellen. Ik heb wel een advocaat ingeschakeld, een met een goede naam. Hij heeft de afgelopen jaren een aantal grote zaken gedaan en lijkt te weten wat hij doet. Ik heb tegen hem gezegd dat ik het niet heb gedaan, en toen ik vroeg of hij me geloofde, glimlachte hij alleen maar en zei dat dat er niet toe deed. Zijn antwoord blijft door mijn hoofd spoken: 'Wat ik geloof is irrelevant; wat ik anderen kan laten geloven, dát bepaalt de toekomst.' Het zijn zíjn woorden, maar ze lijken mij op het lijf geschreven.

Als ik het groene bajesshirt en de bijpassende joggingbroek heb aangetrokken die ze voor me hebben klaargelegd, begint mijn hele huid te jeuken. Ik zou me wel overal willen krabben. In de spiegel vang ik een glimp op van een vreemd uitziende vrouw. Ze lijkt niet op mij. Als je heel diep in je eigen wanhoop graaft, stuit je meestal op de jij die je vroeger was. Maar die ik herinner ik me niet meer. Ik geloof dat ik nu iemand anders moet zijn, een sterk en moedig iemand, een rol die ik niet paraat heb.

Ik ben nooit eerder in een gevangenis geweest. Het is eigenlijk precies wat je zou verwachten: hoge buitenmuren afgezet met prikkeldraad, heel veel deuren, heel veel sloten. Alles doet kil aan, en alles lijkt grijsgroen. De mensen die ik zie zijn geen lachebekjes. Ik volg de zoveelste bewaker, die het zoveelste hek achter ons op slot doet voor hij het zoveelste opent met de enorme sleutelbos die aan de riem van zijn uniform hangt.

De sleutels doen me aan Maggie denken, aan de bos die ze altijd bij zich droeg in het wedkantoor. Ik heb sinds mijn arrestatie veel aan haar gedacht. Het lijkt wel of er iemand op mijn resetknop heeft gedrukt toen ik even de andere kant op keek. Ik voel me weer een klein meisje, het kleine meisje dat te horen kreeg dat ze de politie nooit moest vertrouwen en niets tegen hen moest zeggen. De enige persoon die ik heb gesproken sinds ze me hebben opgepakt is mijn advocaat, een volslagen vreemde.

Ik denk dat hij denkt dat ik het heb gedaan.

Ik heb me zo ver mogelijk in mezelf teruggetrokken en mijn binnendeur op slot gedraaid met een sleutel waarvan ik dacht dat ik hem had weggegooid. Als ik andere vrouwen tegenkom denk ik alleen maar dat ik niet ben zoals zij, dat ik hier niet thuishoor.

Maar stel dat ik hier wel thuishoor?

We steken een binnenplaats over en ik zie een verzameling gebouwen, allemaal met prikkeldraad op de muren en tralies voor de ramen, om de slechte mensen binnen, en niet buiten, te houden. De bewaker haalt weer een deur van het slot, met weer een sleutel, en we gaan een van de kleinere gebouwen binnen. Op het bordje staat BLOK A. Ik wacht tot hij de deur achter ons weer op slot heeft gedraaid en dan lopen we zwijgend een paar trappen op en weer een gang door, met aan één kant een eindeloze rij gesloten metalen deuren met middenin een klein raampje. Het komt me voor dat het leven niet veel meer is dan een rij deuren: elke dag weer moeten we kiezen welke deur we opendoen, welke deur we binnen moeten gaan, welke deur we achter ons op slot moeten draaien en nooit meer open moeten doen.

Stel dat ik datgene heb gedaan waarvan ze me beschuldigen?

Het wordt me steeds moeilijker gemaakt om vol te houden dat ik het niet heb gedaan, ook tegenover mezelf. Wat me het meest verbaast is het verdriet dat ik voel. Mijn man is dood. Niet langer meer vermist, maar dood. Weg. Voor altijd. En ik voel niéts, ik vind het alleen maar verdrietig voor mezelf en voor het kind dat ik nooit zal krijgen. Misschien hadden ze het toch goed, al die artsen met hun verslagen en theorieën over mijn geheugen en geestestoestand.

Misschien is er iets mis met me.

'Daar zijn we dan, voorlopig is dit home, sweet home,' zegt de bewaker. Hij draait een blauwe metalen deur van het slot en duwt hem open om me binnen te laten in mijn toekomst. Ik doe een heel klein pasje naar voren en tuur naar binnen. Het is een piepkleine cel. Achterin, aan de rechterkant, staat een stapelbed, en voor het bed, aan dezelfde kant, hangt een goor gordijn waarachter ik nog net een vlekkerige wc-pot en kleine wastafel ontwaar. Aan de linkerkant staat een bureau met een soort van computer erop, die ik daar niet verwacht zou hebben. Ik zie ook een kastje waarin spullen van iemand anders staan: een blik witte bonen in tomatensaus, een paar boeken, wat kleding, een tandenborstel en een waterkoker.

'Er zit al iemand in deze cel,' zeg ik terwijl ik me omdraai naar de bewaker. Hij is oud en oogt vermoeid. Hij heeft donkere kringen onder zijn kraalogen en een hangbuik, die over zijn riem valt. Zijn schots en scheef staande tanden zijn te groot voor zijn kleine mond, er ligt een flinke hoeveelheid roos op zijn schouders, en uit zijn neusgaten, die zich bij mijn vraag opensperren, steken indrukwekkend veel grijze haren.

'Helaas was de penthousesuite al geboekt, evenals de eenpersoonskamers, dus je zult een kamer met een ander moeten delen. Maak je geen zorgen, Hilary is heel aardig en je zit hier slechts tot je wordt voorgeleid. Daarna zoeken ze vast een permanenter onderkomen voor je.' Hij duwt me naar binnen.

'Ik heb mijn man niet vermoord.'

'Zeg dat maar tegen iemand die het iets kan schelen.' Met een harde klap trekt hij de celdeur dicht.

49

Essex, 2017

Maggie besluit Aimees opsluiting te vieren met een curry.

Het is nu drie jaar geleden dat ze haar maagband kreeg, en dat siliconenbandje betekende een ommekeer. Eenmaal boven de dertig had ze zich helemaal laten gaan, het was een moeilijke tijd geweest. Ze had de gedachte opgegeven dat het leven ooit zo zou worden als ze had gehoopt, en vanwege de leegte die toen ontstond had ze haar troost in eten gezocht. Tot ze, de veertig al voorbij, Aimee had gevonden.

Het beste wat haar lidmaatschap van allerlei datingsites had opgeleverd was dat ze na al die jaren háár had teruggevonden. Wat een verrassing was dat geweest. Aimees gezicht was wel iets veranderd, maar Maggie zou het uit duizenden hebben herkend – wanneer ze haar ogen dicht had, zag ze Aimees ogen. Vanaf dat moment was ze aan haar lichaam gaan werken. Haar maagband werd vergoed, maar wat ze verder wilde laten doen moest ze uit eigen zak betalen, maar dat vond ze geen enkel probleem. Investeren in jezelf, vindt Maggie, is de slimste manier om je kwaliteiten te benutten.

Ze geeft haar bestelling bij het Indiase restaurant telefonisch door om straks niet te hoeven wachten. Ze kan niet goed tegen de manier waarop ze soms wordt aangestaard, alsof ze een of andere loser is. Maggie is géén loser. En dat bewijst ze door de man met het Indiase accent die ze aan de lijn krijgt te corrigeren wanneer hij zegt dat het totale bedrag van haar bestelling elf pond vijfenzeventig bedraagt. Op basis van de prijzen op de bijgewerkte afhaalkaart had ze al uitgerekend dat het elf pond vijfentwintig zou moeten zijn. De man geeft zonder tegenwerpingen te maken toe dat haar berekening de juiste is. Het gaat maar om vijftig pence, maar het zijn wel háár vijftig pence, en Maggie houdt niet van dieven.

Maggie beschouwt alle immigranten als illegalen en oplichters. Ze leest zoveel verhalen over hen in de kranten dat ze zich zorgen maakt om de toekomst van het land. Ze is Iers van geboorte, maar ze beschouwt zichzelf niet als immigrant, hoewel sommige mensen daar anders over zullen denken. Zij is niet zoals zíj.

Ze trekt haar jas aan en slaat een grote zijden sjaal om haar hoofd, die ze stevig dichtknoopt onder haar kin. De loshangende punten stopt ze in de kraag van haar jas, zodat haar sjaal een soort van cocon vormt waarin ze zich kan verschuilen. Ze trekt haar laarzen aan en pakt haar sleutels. Ze heeft er heel wat, in allerlei soorten en maten, maar ze zijn niet allemaal van haar. De meeste sleutels zijn van door haar ontruimde woningen – ze passen in deuren die geheimen blootgeven waarvan het niet de bedoeling was dat ze ooit gedeeld zouden worden.

Haar bestelde maaltijd staat klaar als ze binnenkomt.

'Kip madras, witte rijst, naan met knoflook en friet?' vraagt de man achter de toonbank zodra ze voor hem staat, alsof dat haar naam is. Hij klinkt net als de man die ze aan de telefoon had, maar zeker weten doet ze het niet, vooral omdat hij veel jonger is dan ze zich had voorgesteld, bijna een jongen nog.

'Rundvlees, ik had een curry met rundvlees besteld, niet met kip.' Haar stem klinkt vreemd, dieper dan zou moeten.

'Rundvlees, bedoel ik, sorry. Het is een curry madras met rundvlees.' Hij overhandigt haar het witte plastic fluttasje waarin haar feestmaal zit. Ze maakt een afkeurend geluidje, mompelt dat ze niet tegen kip kan en schudt haar hoofd om het accent van de jongen, die zich uitput in verontschuldigingen voor zijn vergissing. Maggie vraagt zich af waarom niemand hem ooit fatsoenlijk Engels heeft leren spreken. Om verdere verwarring te voorkomen betaalt ze de elf pond vijfentwintig met gepast geld.

Onder het eten kijkt ze naar het journaal in de hoop iets te zien over Aimees arrestatie. Ze neemt het op met een druk op de rode knop van de afstandsbediening, voor het geval dat. Ze praat weleens tegen het scherm, misschien omdat er niemand is om tegenaan te praten. Het heeft Maggie nooit meegezeten de juiste mensen te leren kennen, ook niet met behulp van datingsites.

De dag dat Ben Bailey op haar pad kwam herinnert ze zich nog goed. Hij had aanvankelijk weinig indruk op haar gemaakt. Ze had toen nog geen idee gehad wat voor rol hij zou gaan spelen in haar leven en in het verhaal van Aimee Sinclair. Soms, als je het helemaal niet meer ziet zitten, wijst het leven je in een bepaalde richting, en Maggie was zo slim geweest die richting ook in te slaan toen ze goed over de te volgen route had nagedacht en zich had gerealiseerd waartoe hij zou kunnen leiden. Ze was blij dat ze het had gedaan, heel erg blij.

Ben Bailey was het type man dat erg op zichzelf was. Hij had weinig of geen familie en vrienden, voor zover Maggie dat op het internet had kunnen nagaan. Zijn huis was een zwijnenstal. Echt zonde. Je zou het nalatigheid kunnen noemen, gezien de waarde en locatie van het pand, dat in een mooie straat in Notting Hill lag. Het viel voor haar niet te begrijpen dat hij de boel niet wat beter bijhield, dat hij zich niets aantrok van wat anderen daarvan zouden vinden, maar dat soort onaangepaste types zijn er: mensen die zo goed in hun vel zitten dat ze lak hebben aan wat anderen denken.

De tuin van Ben Bailey was echt een gotspe. In plaats van een prachtige, stille oase midden in een overbevolkte stad, was het er een verwilderde bende met doorgeschoten gras en vuile, witte kunststof stoelen op een lelijk betegeld terras. Maggie was altijd dol op tuinieren geweest en had meteen gezien dat een houten terras veel rust zou brengen.

Ben Bailey was duidelijk een intelligente man, er stonden veel duur ogende boeken in zijn boekenkast. En de meeste zagen eruit alsof ze nog waren gelezen ook, en niet alsof ze er voor de show stonden, wat maar al te vaak gebeurt. Foto's had hij niet, nergens. Ze vraagt zich nog steeds weleens af wat hij had gedaan om iedereen van zich af te stoten waardoor hij helemaal alleen op de wereld leek te zijn. Maar ze wilde niet slecht over hem denken, want hij had haar geholpen op een manier die ze niet voor mogelijk had gehouden.

Het plan moest tot in de kleinste details worden uitgedacht: één foutje en het was al afgelopen voor het begonnen was. Ze had het verschrikkelijk moeilijk gevonden om alles voor zich te houden, maar als ze wilde dat haar plan zou slagen kon ze er niet over praten, met niemand. En Ben Bailey mocht er ook met niemand over praten.

Hij was zijn baan kwijtgeraakt.

'Ernstig verwijtbaar gedrag' stond er in de brief die op zijn bureau had gelegen. Ze vond het niet netjes van zichzelf dat ze hem had gelezen, alsof ze meteen bij haar eerste bezoek al zijn privacy had geschonden. Maar misschien had hij hem wel op zijn bureau laten liggen omdat hij wilde dat ze hem zou lezen. Toen ze die avond thuis was gekomen, had ze 'ernstig verwijtbaar gedrag' gegoogeld, want ze vond het niet prettig dat ze niet wist wat dat precies inhield. Ze hield niet van het gevoel minder te weten dan een ander alleen maar omdat ze niet op de beste scholen had gezeten en geen universitaire opleiding had genoten.

Maggie had hard gewerkt voor alles wat ze had verworven. Ze had geen diploma's, maar ze beschikte over een soort slimheid die geen enkele universiteit je kan aanleren. Als ze iets niet wist, zocht ze het zelf uit, met behulp van het internet.

Er is sprake van ernstig verwijtbaar gedrag *als de medewerker misdragingen vertoont van een dermate ernstige aard dat het de arbeidsrelatie verstoort.*

De definitie had haar onmiddellijk aan Aimee doen denken. Aimee had zich misdragen en hun relatie verstoord. In Maggies ogen hadden zowel Aimee als Ben beiden ernstig verwijtbaar gedrag vertoond. Het enige verschil was dat Ben voor zijn wangedrag was gestraft, en dat Aimee de dans was ontsprongen. Tot nu.

Nadat ze bij Ben Bailey thuis was geweest, kon Maggie hem niet meer uit haar hoofd krijgen. Het leek wel een obsessie, ze moest álles over hem aan de weet zien te komen. Ze ging naar het gebouw waar hij als journalist had gewerkt, en de tweede keer dat ze bij hem langs was gegaan had ze een shirt van hem mee naar huis genomen. Ze had het in bed gedragen, 's nachts, en alleen maar aan hem gedacht en aan alles waarmee hij haar ging helpen om Aimee een lesje te leren dat ze nooit meer zou vergeten.

Maggie legt haar mes en vork neer. Ongemerkt heeft ze haar hele bord leeggegeten, en nu voelt ze zich heel naar. Ze had ook niet én rijst én friet moeten bestellen. Ze zet de tv uit, teleurgesteld omdat er niets over Aimee of Ben is gezegd, en neemt zich voor het late journaal op een andere zender te kijken. Misschien dat ze daar een betere nieuwskeuze hebben.

Als ze het niet meer uithoudt, loopt ze naar de wc om te kotsen. Haar hele maag moet leeg. Dankzij het maagbandje hoeft ze niet eens meer een vinger in haar keel te steken. Als alles eruit is voelt ze zich een stuk beter. Ze weet dat ze niet meer zoveel kan eten, maar toch heeft ze het weer gedaan. Het is niet erg om af en toe voor het verkeerde te kiezen, zolang je de consequenties maar aanvaardt, vindt Maggie. Doe je iets slechts, dan betaal je daar een prijs voor. Zo zijn de regels. Maggie heeft een paar heel erg slechte dingen gedaan, maar ze heeft nergens spijt van. Helemaal nergens van.

50

Londen, 2017

Ik zit op het onderste bed in mijn cel en raak helemaal niets aan. Ik heb een paar slechte dingen gedaan in mijn leven, dus misschien verdien ik het wel om opgesloten te worden. Wie weet is dit de plek waar ik thuishoor, waar ik eindelijk niet meer uit de toon val. Er hangt geen klok aan de grijze muren – ik heb geen idee hoe laat het is of wat er gaat gebeuren. Het enige wat ik kan doen is wachten.

Ik wacht heel lang.

Het licht door het kleine, betraliede raampje neemt af tot ik bijna geen hand voor ogen meer zie. Ik sluit mijn ogen en probeer alles buiten te sluiten, mezelf uit te schakelen. Ik ban de waarheid uit en stel een piekeravondklok in. En dat werkt, een poosje in elk geval. Ik ben doodmoe, maar ik durf niet te gaan slapen, en als ik aan de andere kant van de deur sleutels hoor rinkelen, blijf ik muisstil zitten. Het licht floept aan en is zo verblindend dat ik mijn ogen afscherm.

'Godkolere, ik schrik me het apelazarus! Wie ben jij?' vraagt een gedrongen vrouw van middelbare leeftijd terwijl achter haar de celdeur met een klap in het slot slaat. Haar stevige bouw is duidelijk zichtbaar ter hoogte van de strak om haar buik spannende band van haar groene joggingbroek. Ze doet me denken aan een van grote hoogte neergekwakte homp witte Play-Doh-klei. Haar schedel is aan de onderkant kaalgeschoren, en de rest van haar haar is boven op haar hoofd in een kort, zwart, glanzend staartje bij elkaar gebonden. Haar handen hangen gebald langs haar zij en op al haar vingers heeft ze een tatoeage. Ik wil een intimiderend boek niet op zijn omslag beoordelen, maar ik ben zo bang voor haar dat mijn maag zich omdraait.

'S-sorry,' stamel ik en ik blaat de rest van mijn zin er in één ruk uit. 'Ik ben hier ook maar neergezet. Ik heb niets aangeraakt of verplaatst.'

Ze scant de cel alsof ze snel een inventarisering maakt en kijkt dan weer op mij neer. Ik weet niet wat ik moet doen: opstaan of blijven zitten. Ik voel me klein en kwetsbaar, zittend op het onderste bed; een beetje in een hoek gedreven, heel erg in de val. Mijn besluiteloosheid verlamt me, maar voor ik kan bedenken wat ik moet doen, is ze in drie grote stappen al bij me, haar gezicht vlak voor het mijne. Haar varkensoogjes gaan naar mijn linkeroog, naar mijn rechteroog, en weer terug, alsof ze niet kan besluiten naar welk oog ze wil kijken. Haar mond gaat open en wasemt een onaangename knoflookgeur uit.

'Ik weet wie je bent.'

Ik krijg zowat een ademstilstand.

Mijn brein tovert een beeld tevoorschijn van deze vrouw, terwijl ze me anonieme berichtjes stuurt, geschreven op ouderwetse prentbriefkaarten, maar het beeld is vervormd en is niet recht te trekken. Zij kan het niet zijn, ik weet zo goed als zeker dat we elkaar nog nooit hebben ontmoet.

Ze wacht op een reactie die ik niet van plan ben te geven. Dan gaat ze weer rechtop staan en zie ik haar blik door haar kastje gaan, alsof ze nog een keer wil checken dat ik echt niets heb gestolen. 'Jij bent die actrice die haar man heeft vermoord. Je hebt hem door zijn hoofd geschoten en in de tuin begraven.' Ze rommelt wat in haar kastje en draait zich dan met een glimlach om. 'Ik heb over je gelezen.' Ze werpt me een notitieblokje en een pen toe. 'Handtekening, graag.' Het is een enigszins surrealistische ervaring, maar ik doe wat ze zegt en zet mijn handtekening. Ze bekijkt die, lijkt ermee in haar nopjes en slaat het blaadje om. 'Nog een,' zegt ze.

'Waarom?'

'Ze zijn niet voor mij – wat moet ik met jouw pootafdruk? Als ik vrijkom zet ik ze op eBay. Misschien verkoop ik mijn eigen verhaal ook wel, over dat ik mijn cel moest delen met een gevaarlijke, moordlustige filmster. Hoeveel zou een krant daarvoor geven? Jij hebt vast wel enig idee...'

'Ik heb mijn man niet vermoord.'

'Het doet er niet toe wat je wel of niet hebt gedaan, het enige wat ertoe doet is wat zij denken dat jij hebt gedaan. En dit is niet *Shawshank*. Je moet hier echt niet gaan lopen roepen dat je onschuldig bent. Het is beter dat ze een beetje bang voor je zijn. Ik heet Hilary, trouwens.' Ze klinkt alsof ze vindt dat ik dat wel even had kunnen vragen.

'Wat heb jij gedaan?'

'Ik? Niet zoiets spannends als jij. Deze keer zit ik voor internetfraude. Jij zit zeker voor het eerst?' Ik knik. 'Dacht ik al. Het is echt niet zo erg als het lijkt. Het went. Het duurt gewoonlijk vierentwintig uur voor ze je in het systeem hebben staan.' Ze zet de computer aan. 'Heb je al een code gekregen?' Ik schud mijn hoofd. 'Dacht ik al. Zodra je je code hebt, kun je hem invoeren. Zo.' Ze tikt de letters een voor een in, met haar wijsvinger. 'Dan kom je in een menuutje waarin je je kunt opgeven voor schilderles, computerles, een cursus kappen en knippen – heel erg populair, daar is een flinke wachtlijst voor – en tegenwoordig kun je zelfs yoga doen. Je kunt tv-kijken, of de film die ze op dit moment streamen. Je kunt lid worden van de bibliotheek, wat ik je aanraad, want de bewaker die zich daarover ontfermt is een van de betere bewakers hier. Je kunt je maaltijdvoorkeur opgeven: je vinkt aan wat je wilt hebben en dat wordt met etenstijd op cel bezorgd. Het lijkt een beetje op online boodschappen doen. Maar verwacht geen fruit of salades. Je krijgt wel elke week een tegoed van tien pond voor extraatjes. Een cadeautje van de overheid om te voorkomen dat je van de honger omkomt.'

'Eet je nooit in de kantine?'

'Dacht het niet! Er zitten hier aardig wat valse bitches, en eten betekent geheid matten. Op je beurt wachten is een concept dat er niet bij iedereen in gaat, en je wilt niet weten hoe agressief mensen kunnen worden als ze zien dat een ander een grotere schep aardappelpuree op zijn plastic bord krijgt. Een kantine vol *hangry* vrouwen is mij te gevaarlijk.'

'Hangry?'

Ze glimlacht weer. 'Ja, hangry. Heb je dat woord nog nooit gehoord? Dat betekent dat je zo'n honger hebt dat je ervan over de rooie gaat. Nu we het er toch over hebben: wanneer heb jij voor het laatst iets gegeten? Ik wil niet aangevallen worden in mijn slaap.' Ik denk even na over die vraag en kom tot de conclusie dat ik het niet weet. 'Wil je wat witte bonen in tomatensaus?' Ze houdt een blik omhoog, maar wacht niet op antwoord. 'Ik kan ze voor je opwarmen. Als je eetgeld komt krijg ik een blik van je terug.' Ik kijk bijna gebiologeerd toe hoe ze de kleine waterkoker inschakelt en het blik opent. De aanblik van het Heinz-logo doet me meteen aan Maggie denken. Of ik mijn man nu wel of niet heb vermoord, gemoord heb ik. Alleen ben ik er nooit voor gepakt.

Hilary scheurt een vierkant stuk vershoudfolie van een rol in een nogal gedeukt ogende doos, schept de helft van de inhoud van het blik erop, pakt de vier punten bij elkaar en draait het geheel dicht tot een buideltje, dat ze in de waterkoker laat zakken.

'Werkt dat echt?' vraag ik.

'Dat merk je vanzelf wel.'

Vijf minuten later dient ze me mijn eerste gevangenismaal op in een beschadigde Wonder Woman-beker met een plastic theelepeltje erin. Het smaakt naar vroeger. Heel even sluit ik mijn ogen en herinner ik me hoe het is om je veilig te voelen. Ik bespeur een nieuwe groef op haar gezicht, een verholen glimlach, en ik prijs me gelukkig dat ze zo aardig voor me is.

'Je hebt een leuk gezicht, zonder make-up, bedoel ik,' zegt ze, waardoor ik me realiseer hoe onverzorgd ik eruit moet zien. Ik heb de afgelopen achtenveertig uur niet gedoucht, mijn haren niet gewassen en zelfs mijn tanden niet gepoetst. 'Je ziet er in het echt heel anders uit dan op het internet.'

'Kun je hiermee het internet op?' Ik wijs op de pc.

'Wat dacht je zelf? Dit is een gevangenis, dus geen internet, op cel of waar dan ook.'

'Hoe ben je dan het internet op gekomen?'

'Via mijn iPhone.'

'Mag je je iPhone wel bij je houden?'

'Natuurlijk niet. Ben je onnozel of zo?' Ze steekt haar hand in haar broek, het lijkt wel of ze de telefoon uit haar onderbroek haalt. 'Ik maak graag vrienden. Ik doe iets voor hen, zij doen iets voor mij. Het is hierbinnen echt niet zo anders dan buiten – deze gevangenis is alleen iets kleiner dan de gevangenis die je gewend bent, dat is alles. De moderne wereld heeft ons allemaal tot gevangenen gemaakt. Alleen gekken en dwazen denken dat ze vrij zijn. In een hoek van gebouw D heb je 4G, dat is waarom zoveel mensen op schilderles gaan: om op het internet te kunnen komen. Echt niet om leuke schilderijtjes te maken. Hier kan ik de pagina niet verversen, maar kijk, dit ben jij, op de website van TBN.' Ze reikt me haar telefoon aan. Omdat ik weet waar hij heeft gezeten ben ik er eigenlijk een beetje vies van, maar dat ben ik snel vergeten als ik de foto's zie. 'Dat ben jij, daar links, helemaal opgemaakt, haartjes gedaan, en dat is je man, rechts. Waarom heb je hem eigenlijk vermoord?'

Ik geef geen antwoord. Ik word volledig in beslag genomen door het onderschrift bij de foto:

Ben Bailey, echtgenoot en slachtoffer.

Mijn handen trillen zo erg dat ik bang ben dat ik de telefoon laat vallen. Ik houd hem dus heel stevig vast, want teruggeven wil ik hem nog niet, en laat me weer op het bed zakken, niet in staat onder woorden te brengen of te verwerken wat mijn ogen net hebben gezien.

'Gaat het?' vraagt ze.

Als ik antwoord had kunnen geven, was het 'nee' geweest.

Ik kijk weer naar de gezichten op het schermpje, maar die zijn nog precies hetzelfde. Ik herken mezelf amper, maar de man op de andere foto heeft helemaal niets bekends.

En de reden dat deze man, die ik zou hebben vermoord, niets bekends heeft is dat hij mijn echtgenoot niet is. Dit is Ben niet.

51

Maggie moet een woning in Acton ontruimen, maar ze kan de verleiding niet weerstaan om eerst een paar keer langzaam langs het huis van Aimee in Notting Hill te rijden. Als er een ekster langs de voorruit scheert, zet Maggie haar bestelbus aan de kant en slaat ze snel, vóór hij uit het zicht is, een kruisteken.

Luidruchtig koffie slurpend uit haar thermosfles observeert ze in alle rust wat ze voor zich ziet. Het blauw-witte lint waarmee het huis is afgezet flappert nog in de wind, maar de busjes van de politie en van de pers zijn weg. Ze zullen alles wat ze op dit moment zochten wel hebben gevonden; alles wat zij voor hen had achtergelaten, zoals de aanmaakgel, de slecht weggepoetste bloedvlekken, het lijk.

Ze denkt met warme gevoelens terug aan de eerste keer dat ze er voet over de drempel zette. Hij had zich een kogel door het hoofd gejaagd, de echte Ben Bailey. Zelfmoord. Hij was zijn baan kwijtgeraakt en blijkbaar was hij daar nogal ontdaan van geweest. Zijn bloed en hersenen zaten nog op de muur toen Maggie binnenkwam om de woning te ontruimen, maar daar was ze niet koud of warm van geworden. Ze hoefde de woning niet schoon te maken, alleen maar leeg te halen. Ze had haar bedrijfje net opgestart, daarom had ze deze klus waarschijnlijk ook gekregen: de meeste mensen zouden hem te goor en te gruwelijk hebben gevonden. Maar Maggie was nooit bang geweest voor geesten. Ze was nog niet binnen of ze had een vreemd gevoel ervaren, alsof het voorbeschikt was. Ben had geen familie, niemand stond te wachten om zijn of haar deel van zijn kostbare bezittingen op te eisen. Die had hij trouwens ook nauwelijks.

Ze had alle tijd genomen om zijn spullen te bekijken en zich een voorstelling te maken van wat voor man hij was geweest. Ze had zijn paspoort gevonden, zijn rijbewijs, zijn bankafschriften en gas- en elektriciteitsrekeningen. Identiteitsfraude gaat heel gemakkelijk in Maggies bedrijfstak. Alles lag voor het grijpen om voor God te gaan spelen en de dode man tot leven te wekken. Ze viel voor het huis waarin hij had gewoond, en voor haar idee van hem. Niet voor hoe het huis toen was, maar voor wat ze er met een beetje werk van kon maken. Je hebt mensen die nergens doorheen kunnen kijken, maar Maggie kon dat wel. Daar was ze altijd goed in geweest. Neem bijvoorbeeld wat ze in Aimee had gezien, als kind. Wat Aimee betreft had ze gelijk gekregen, en wat Ben betreft zou ze ook gelijk krijgen.

Maggie wist dat Ben Bailey het perfecte personage was voor de gefingeerde vriend, en daarna de gefingeerde echtgenoot van filmactrice Aimee. Het onbenullige feit dat hij dood was vormde voor haar geen enkel beletsel. Ze moest alleen nog even de juiste persoon zien te vinden om die rol te spelen, en die vond ze dichterbij dan ze dacht.

52

Ik begrijp niet hoe iemand kan slapen in een gevangenis. Het is hier geen moment stil. Aan de andere kant van de grijze muren van mijn cel hoor ik gemompel, geschreeuw en soms ook gegil. Het is hier nog lawaaiiger dan in de eenzaamheid van mijn eigen hoofd. De vaste cast van mijn nare dromen heeft vanavond een topoptreden afgeleverd. Een staande ovatie van slapeloosheid is de enige passende reactie op het verhaal dat zich op het toneel van mijn brein heeft afgespeeld. Die rol in Finchers nieuwe film kan ik nu wel op mijn buik schrijven. Ik ben alles en iedereen kwijt. Je kunt je eigen sores niet wegmaken door er een kusje op te geven, en geen pijn is zo groot als je eigen pijn.

Ik voel me stijf, en als ik me uitrek en mijn armen strek ruik ik mezelf. Het kleine, matglazen raampje in de cel staat op een kier. Ik leg mijn gezicht tegen de tralies om frisse lucht binnen te krijgen. Buiten, op het grasveld, zie ik een ekster zitten. Ik sla een kruisteken. Geen idee waar die rare, bijgelovige handeling vandaan komt.

Zoals Hilary me al had verteld, mag zij voor verschillende cursussen van cel af, en ze mag ook sporten op de binnenplaats. En ik zit maar te wachten tot ik met succes in het systeem ben ingevoerd. Ik weet dat ik hier nog niet zo lang ben, maar ik denk dat ik wel kan vaststellen dat het systeem niet werkt. Zonder mijn gulle celmaat zou ik nog niets te eten of drinken hebben gehad. Het is maar goed dat Hilary over een schijnbaar onuitputtelijke voorraad bonen en frisdrank beschikt. Gewoonlijk mijd ik frisdrank met suiker, maar ik durf het water dat uit de kraan komt niet te drinken. Ik ben al ziek geweest, en het idee om leeg te lopen op de wc met slechts een dun gordijntje als afscheiding is meer dan vernederend. Ik krijg de foto van Ben die Hilary me op haar telefoon heeft laten zien maar niet uit mijn hoofd. Het was Ben niet. Opeens besef ik waarom ik de puzzel van alles wat er gebeurd is niet in elkaar kreeg: omdat er iets niet klopt met de stukjes. Maar dat kan ik aan niemand vertellen. Bovendien zouden ze me vast niet geloven.

Ik hoor het steeds vertrouwder wordende gerinkel van sleutels aan de andere kant van de celdeur. Dat zal Hilary zijn, die terugkeert van haar laatste uitstapje. Maar het is Hilary niet. Het is de bewaker die me gisteren op deze cel heeft gezet. Hij oogt alsof hij ook een slechte nacht heeft gehad. Hij heeft nu één roosvrije schouder, en ik vraag me af of hij of een ander het eraf heeft geborsteld.

'Schiet een beetje op, ik heb nog wel wat anders te doen,' zegt hij zonder me aan te kijken.

Ik sta op en loop achter hem aan. We leggen dezelfde route af als gisteren, maar dan omgekeerd. We doen er tamelijk lang over; elke deur die open wordt gemaakt moet, zodra we erdoor zijn, op slot worden gedraaid, en na een paar stappen sta je alweer voor de volgende deur.

'Waar gaan we heen?' Hij geeft geen antwoord. Ik krijg een benauwd gevoel op mijn borst, alsof ik bijna geen lucht krijg. 'Kunt u me vertellen waar u me naartoe brengt? Alstublieft?' Bij het woord 'alstublieft' dat ik erachteraan plak, moet ik denken aan vroeger, en aan Maggie. Ik herinner me hoe ze me conditioneerde, hoe ze haar liefde rantsoeneerde, in kleine beetjes aan me voerde. Het voelt alsof ze terug is, als kwelgeest. Uit protest, omdat ik geen antwoord krijg, besluit ik geen voet meer te verzetten. De bewaker draait zich om, zucht, en schudt zijn hoofd alsof ik iets veel ergers heb gedaan dan gewoon een simpele vraag stellen.

'Doorlopen.'

'Eerst wil ik weten waar u me naartoe brengt.'

Een snerende glimlach verminkt zijn toch al onaangename tronie.

'Ik heb geen idee en het kan me ook geen ene moer schelen wie je dacht te zijn voor je hier binnenkwam. Hier ben je niets. Nul, nada, niets.'

Zijn woorden hebben een ongewenste uitwerking op me. Ik heb heel lang gedacht dat ik niets voorstelde. Dat doe ik nog steeds, maar niet op de manier die hij bedoelt. Ik denk dat niemand iets voorstelt, maar dat laat ik me niet zeggen door dit ambtenaartje met zijn opgeblazen autoriteitsgevoel, goedkope uniform en walgelijk slechte adem. Soms moet je heel hard vallen om de pijn te voelen, om te weten wanneer je jezelf bij elkaar moet rapen. Maar om jezelf bij elkaar te rapen moet je eerst beseffen dat je gebroken bent. Ik recht mijn rug, doe een stap naar voren, en geef hem de volle laag.

'En mij kan het geen ene moer schelen als je je baan kwijtraakt, je huis, en je hele pornoverzameling – want met zo'n uiterlijk heb je vast geen vrouw – wanneer je na een formele klacht van mijn kant deze instelling uit wordt geknikkerd. Ik ken mensen die met één telefoontje korte metten met je maken.'

Zijn ogen vernauwen zich en hij werpt me een vuile blik toe. 'Er is bezoek voor je.'

'Wie?'

'Ik ben verdomme je secretaresse niet. Kijk zelf maar.'

Hij opent weer een deur en ik zie wie het is. Ze zit aan een bureau op me te wachten.

'Ga zitten,' zegt inspecteur Alex Croft.

Ik verroer me niet. Ik ben het zat rondgecommandeerd te worden.

'Ga alstublieft zitten. Ik wil met u praten.'

‘Ik heb mijn man niet vermoord,’ zeg ik, me er volledig van bewust dat ik klink als een plaat die blijft hangen.

Ze knikt, leunt naar achteren in haar stoel en slaat haar armen over elkaar. ‘Dat weet ik.’

53

‘Weet u dat?’

Mijn woorden klinken als een fluistering door de koude gevangeniskamer.

Inspecteur Croft leunt over de tafel naar voren. Ze is zonder haar hulpje vandaag. Het is zoals altijd volslagen onmogelijk om iets van haar jonge gezicht af te lezen.

‘Ja, ik weet dat u uw man niet hebt vermoord.’

Eindelijk. Ik had kunnen lachen, of huilen, als ik niet zo moe en boos was geweest.

Gek hoe het leven je, net als je dreigt te verdrinken, als je bijna verzuipt in een diepe put van ellende, een reddingslijn kan toewerpen.

‘Kent u deze man?’ Ze schuift haar iPad naar me toe. Met dezelfde foto als die in het TBN-artikel.

‘Nee. Wie is hij?’

‘Dat is Ben Bailey.’

‘Maar niet mijn man.’

‘Nee, dat klopt. Maar het is wél zijn naam, en het was zíjn lichaam dat we in uw tuin hebben gevonden. TBN heeft bevestigd dat dít de Ben Bailey is die bij hen in dienst was, in het kadaster staat dat dit de man is die tien jaar lang de gerechtigde eigenaar was van uw huis, voor u er kwam wonen, en verder bleek deze Ben Bailey al meer dan twee jaar dood en begraven, zij het op een andere locatie. Hij pleegde zelfmoord toen hij zijn baan kwijtraakte en werd in Schotland te ruste gelegd tot iemand besloot zijn lijk op te graven en te herbegraven onder uw West-Londense terras. Een paar dingen in deze zaak zijn me duidelijk, maar het meeste is me niet duidelijk. Om te beginnen op wat voor manier u erbij betrokken bent.'

Ze kijkt me aan alsof ze verwacht dat ik iets ga zeggen, maar mijn brein draait op volle toeren om alles te verwerken wat ze zojuist heeft verteld. Het probeert iets te snappen wat niet te snappen valt. Voor mijn gevoel kan dit gewoonweg niet waar zijn, en toch is het zo. Mijn hoofd is een wirwar van tegenstrijdige gedachten en gevoelens die zich plooien tot conclusies die ik niet gladgestreken krijg.

'Iemand doet heel veel moeite om u iets in de schoenen te schuiven,' zegt ze.

'En u bent erin getrapt,' bries ik. 'Ik heb de hele tijd gezegd dat ik erin werd geluisd, maar u weigerde me te geloven.'

'Uw verhaal was wat vergezocht.'

'U bent een prutser!'

Ik zie dat ze dat woord aan zichzelf probeert te koppelen en vervolgens concludeert dat het onverenigbaar is met wie ze is.

Ik matig mijn toon. 'En wat nu?'

'U wordt vrijgelaten. We kunnen u niet vasthouden voor moord op een man die al dood was.'

'En verder?'

'We zijn naar hem op zoek. Naar de man die zich voor Ben Bailey uitgaf, de man die met gebruik van het geboortebewijs van een overleden persoon met u is getrouwd en die u overhaalde het huis van diezelfde overleden persoon te kopen. Om enig idee te krijgen om wie en om wat deze zaak draait, zouden we erg graag het waarom willen weten. Waarom gaat iemand door roeien en ruiten om u dit aan te doen?'

'Geen idee.'

'Als de man met wie u was getrouwd Ben Bailey dus niet was, wie was hij dan wel?'

'Geen. Idee.'

Ze kijkt me een tijdje aan en lijkt dan te concluderen dat ik de waarheid spreek.

'Hoe hebt u hem leren kennen?'

'Online, via een datingsite.'

'Zat ú op een datingsite? Met uw eigen naam?'

'Ja. Een paar jaar geleden, vóór ik mijn eerste grote rol kreeg. Toen niemand mijn naam nog kende.'

'Wie van u beiden zocht als eerste contact?'

'Hij zocht contact met mij.'

'Misschien kende hij uw naam wel. Degene die hierachter zit heeft alles zorgvuldig gepland. Misschien heeft hij u via de datingsite gevonden. Zei hij meteen dat hij Ben Bailey heette?'

'Ja.'

'Stond er op de datingsite ook een foto van de man met wie u bent getrouwd?'

'Ja, natuurlijk.'

'Oké, dat trekken we na, wie weet is die foto nog te vinden. Ik bedenk me nu dat u geen foto's van hem kon vinden omdat hij ervoor had gezorgd dat die er niet waren. En zei hij ook dat hij voor TBN werkte?'

'Ja, we hebben zelfs een paar keer voor het kantoor van TBN afgesproken.'

'Maar u bent er nooit binnen geweest? U hebt nooit een collega van hem ontmoet?'

'Nee.'

'En familie?'

'Hij zei dat hij geen familie meer had. Dat was iets wat we gemeen hadden.'

'En hebt u ooit vrienden van hem ontmoet?'

'Hij zei dat al zijn vrienden in Ierland woonden. Hij woonde nog niet zo lang in Londen, ik had het idee dat hij nog geen tijd had gehad om nieuwe te maken.'

'Hoe kwam u ertoe om binnen een paar maanden met iemand te trouwen die u amper kende?' Ze kijkt me aan met een blik die zegt dat ik de meest sneue en domste persoon ben die ze ooit is tegengekomen. Ik kan me voorstellen dat ze dat denkt, en ik begin te denken dat het misschien nog waar is ook. Ik had moeten weten dat ik hem los moest laten. Ik heb me veel te veel vastgehouden aan wat ik dacht te willen: een kans op een nieuw begin. Het is allemaal mijn eigen schuld. Je verleden heeft alleen greep op je als jij het toelaat.

'Hij zei dat er al te veel tijd verloren was gegaan. Hij zei dat er geen reden was om te wachten als je wist dat je de ware had gevonden,' zeg ik uiteindelijk.

Ze kijkt alsof ze moet braken.

'U hebt duidelijk een vijand. Die stalker van u, die zich Maggie noemde. Wat zegt die naam u?'

'Maggie is dood. Het kan Maggie niet zijn. Ik heb haar dood zien gaan.'

Croft leunt achterover en lijkt te twijfelen over wat ze wil gaan zeggen, waardoor ik zeker weet dat ik het niet wil horen.

'Ik las wat er met uw ouders is gebeurd toen u nog klein was...'

Haar woorden maken me nerveus. Hier praat ik nooit over. Dat kan ik niet. Ik heb het nooit gedaan en ik zal het nooit doen ook.

Dat mocht ik niet van haar.

'Ik weet hoe uw moeder is omgekomen. Dat moet een vreselijke ervaring zijn geweest.'

'Mijn vader kwam ook om,' zeg ik, me mijn tekst herinnerend.

'John Sinclair?' Haar voorhoofd plooit zich in een diepe frons.

'Dat klopt.'

'John Sinclair is niet omgekomen bij de overval. Hij heeft drie maanden in het ziekenhuis gelegen en daarna is hij naar de gevangenis gegaan.'

'Hè? Nee. John is dood. Hij is in zijn rug geschoten, tweemaal. Ik was erbij.'

Haar vingers gaan weer naar haar iPad, swipen een paar keer, en dan leest ze voor:

'John Sinclair werd veroordeeld tot tien jaar cel in Belmarsh, waarvan hij er acht heeft uitgezeten.'

Nog meer informatie om te verwerken. 'Waarvoor?'

'Hij schoot de vermeende overvallers neer met een illegaal vuurwapen. Het pistool werd aangetroffen in zijn hand en kon in verband worden gebracht met drie andere ernstige misdrijven.'

John leeft nog, John is door mij de gevangenis in gegaan. Ik heb dat pistool in zijn hand gestopt.

'Waar is hij nu?' vraag ik.

'Dat weet ik niet. En ik weet ook echt niet meer wat ik van deze zaak moet denken.' Ze staat op en gebaart naar de bewaker, die de deur opendoet.

'Dat was het?'

'Voor nu, ja.'

'En waar moet ik heen dan?'

Ze haalt haar schouders op. 'Naar huis.'

Ze lijkt niet te beseffen dat ik geen thuis heb.

54

Maggie stapt haar woning binnen en gooit de deur hard achter zich dicht. Niet met opzet, die deur kan er ook niets aan doen dat ze een rotdag heeft gehad. Dode mensen kunnen zo verdómd veeleisend zijn. Ze trekt haar witte handschoenen aan om haar handen niet te hoeven zien. Die kunnen er ook niets aan doen, maar ze zijn lelijk en herinneren haar aan wie ze is en wie ze niet is. Maggie heeft van jongs af aan geleerd zich te harden, maar ze is niet ongevoelig voor pijn. Een dikke huid kan dun worden als hij aan te veel slijtage wordt blootgesteld.

Ze bedenkt dat ze nog niets gegeten heeft vandaag, dus schuift ze haar vermoeide voeten in haar pantoffels en sloft naar de keuken om te kijken wat er nog in de koelkast ligt. Ze ziet alleen maar teleurstellend gezonde dingen en daar heeft ze nu geen zin in of behoefte aan. Ze loopt terug naar de woonkamer om een van haar vertrouwde nummers te bellen. Terwijl ze staat te wachten tot er iemand opneemt, staart de kleine Aimee in haar fotolijstje haar aan. Maggie kijkt bozig terug en wikkelt het telefoonsnoer om haar gehandschoende handen, terwijl ze met de minuut ongeduldiger wordt.

'Fuck you,' zegt ze tegen de foto en ze legt hem plat op het tafeltje, zodat ze Aimee niet meer hoeft aan te kijken, en 'Ik had het niet tegen u' wanneer ze zich realiseert dat er eindelijk is opgenomen.

Ze doet het geld voor de pizza gepast in een gerecyclede witte envelop die ze voor de deur legt, met een geeltje erop waarop te lezen staat: LAAT BESTELLING HIER ACHTER. Ze heeft alle make-up van haar gezicht gehaald en wil vandaag niemand meer zien. Ze sluit haar vermoeide ogen en neemt de drie buitenste vingers van haar linkerhand in haar rechterhand, wat voelt alsof ze het handje vastheeft van Aimee, die, als ze vroeger ergens bang voor was, altijd bescherming bij haar zocht. Kon ze maar teruggaan naar die tijd. Als ze een paar minuten in het donker heeft zitten wachten, staat ze op en doet ze de deur weer open om nog iets op het gele briefje te schrijven: BEDANKT. Ze wil niet onbeleefd zijn of haar rotdag afreageren op een ander.

Ze eet de grote pizza pepperoni, met extra kaas, bijna helemaal op, kotst hem weer uit in de wc, trekt tweemaal door en dept haar mond met een velletje kussenzacht toiletpapier. Dan maakt ze een mok groene thee voor zichzelf, doet er een beetje koud water uit de kraan bij en nestelt zich op de bank om het nieuws te kijken.

Als ze het gezicht van Aimee ziet, moet ze bijna weer kotsen.

En het wordt nog erger als ze hoort wat de verslaggever te melden heeft.

Aimee is vrijgelaten uit de gevangenis.

55

Gekleed in de zwarte jurk en rode schoenen die ik aanhad toen ze me naar de gevangenis brachten sta ik bij hem op de stoep. Ik kon geen andere plek bedenken om naartoe te gaan, en ik had geen andere kleren die ik aan kon trekken toen ze me lieten gaan. De straat waar ik woonde staat vol verslaggevers en satellietwagens. Blijkbaar is mijn ster de afgelopen dagen gerezen – om de verkeerde redenen.

De deur zwaait open en ik zie hem kort aarzelen, waardoor ik me afvraag of hij misschien van gedachten is veranderd sinds ik hem vanuit de taxi heb gebeld.

'Kom erin.' Jack werpt een dramatische blik over mijn schouder, alsof hij wil checken of ik niet word gevolgd. 'Sorry, ik hoorde je de eerste keer niet, de bel doet het niet. Ik heb hem uitgezet. De hele tijd journalisten aan de deur.'

Hij woont in een prachtig huis. De indeling is bijna een exacte kopie van mijn huis, een paar straten verderop, met dat verschil dat zijn huis als een thuis voelt. Het staat vol boeken en foto's en allerlei spulletjes die bij het leven horen, ik moet even slikken als ik het zie. Het voelt warm en veilig, ook al kom ik er als vreemde binnen. Ik ga niet uit mezelf zitten, want ik voel me vies, alsof ik ongemerkt van alles zou kunnen overbrengen op zijn mooie spullen als ik ze aanraak.

'Wil je even douchen?' vraagt hij alsof hij mijn gedachten raadt. Ik vermoed dat ik nog viezer ruik dan ik eruitzie. 'Er liggen schone handdoeken en er is warm water in overvloed. Alles wat er in de badkamer staat mag je gebruiken. Ook mijn haarconditioner met arganolie.' Hij glimlacht en strijkt over zijn grijzende maar glanzende haar.

Ik blijf heel lang onder de regendouche staan. Het water ranselt mijn lichaam af terwijl ik me afvraag hoe het zover heeft kunnen komen dat ik hier nu sta, bijna helemaal alleen op de wereld. Ik ken Jack niet, niet echt. Hij is geen vriend, alleen een collega. Sommige mensen weten niet wat het verschil is, maar ik wel. Op dit moment voelt het alsof er niemand meer op de wereld is die mijn echte ik kent. Niemand bij wie ik mezelf kan zijn.

Familie had ik al nooit veel, maar vrienden had ik wel. Ik heb mensen die ik kan bellen. In mijn telefoon staan namen die ooit iets betekenden. Maar als ik ze zou bellen of een berichtje zou sturen, dan zouden ze niet voor mij komen maar voor háár. Voor de ik die je wordt wanneer je een leven leidt als iemand die je niet bent. Ze zouden komen kijken hoe het met haar is, om vervolgens, terwijl ze zich als vrienden voordoen, met iedereen die ze kennen over haar te roddelen. Dat is mijn ervaring, helaas, en niet mijn paranoia die weer eens de boventoon voert. Zelfbehoud kán betekenen dat je uit de buurt moet blijven van mensen die doen alsof ze om je geven.

Ik neem aan dat de meeste mensen zich tot hun familie wenden als de wereld in hun nek hijgt, maar van mijn familie is niets meer over. Op mijn achttiende ben ik naar Ierland teruggekeerd. Sinds de dag dat ik was weggelopen had ik geen enkel contact meer gehad met mijn vader en broer. Ik weet eigenlijk niet meer wat ik daar dacht of hoopte te vinden. Ik denk dat ik gewoon wilde zien wat ik had achtergelaten. Ik ontdekte dat mijn echte vader een paar jaar daarvoor was overleden – hij was begraven naast mijn moeder, bij de kerk waar we zondags altijd naartoe gingen. Ik ben naar het graf gegaan, maar toen ik voor het overwoekerde stukje grond en de simpele grafsteen stond wist ik niet wat ik moest voelen. Een van de buren vertelde me dat het huis waarin we vroeger woonden nog steeds in het bezit van mijn broer was, maar ze hadden hem al een tijd niet meer gezien. Ik heb hem een brief geschreven en die onder de deur door geschoven. Het kan zijn dat hij hem nooit heeft gelezen, maar het kan ook zijn dat ik de verkeerde woorden heb gekozen. Hij heeft nooit contact gezocht, wat me deed beseffen dat een bloedband je niet per se verwant maakt.

Na de dood van Maggie ben ik in de pleegzorg beland, hoewel ik die benaming altijd nogal ironisch heb gevonden, want in de meeste gevallen was zorg precies wat eraan ontbrak. Ik heb in heel wat pleeggezinnen gewoond, maar bij niet één ervan heb ik ooit het gevoel gehad dat ik erbij hoorde. En ik geloof dat dat gevoel wederzijds was. Ik was geen lastig kind: ik veroorzaakte geen problemen en ik deed mijn best op school. Ik was alleen stil, zo kwam ik over althans; de personages die ik wilde zijn maakten zoveel lawaai in mijn hoofd dat het haast oorverdovend was. Stilte wordt vaak met wantrouwen bekeken, toen al en nu zeker. De wereld waarin we leven is zo lawaaiig dat de meeste mensen menen dat ze zichzelf moeten overschreeuwen om erbij te horen. Ik ben nooit goed geweest in erbij horen, en als ik de wereld om me heen bekijk weet ik niet of ik dat wel wil.

Ik denk aan alle jaren waarin ik heb gedacht dat John dood was, terwijl dat niet zo was. Zou ik me wat dat betreft ook in Maggie kunnen hebben vergist?

Nee.

Ik heb haar dood zien gaan.

Maar ik heb John ook dood zien gaan. Dat dacht ik tenminste. Ik weet niet meer wat ik moet geloven.

Kon ik die dag maar uit mijn geheugen wissen. De herinnering aan wat er toen is gebeurd plaagt me nog steeds. Vanaf die dag voel ik me alleen op de wereld.

Bij elke nieuwe film en tv-show word ik omringd door mensen die me betuttelen en alleen maar zeggen wat ze denken dat ik wil horen. Maar als de opnames erop zitten gaan zij naar huis en blijf ik in mijn eentje achter. Zo is het nu, en zo zal het altijd blijven. Ik trouw nooit meer – ik zou niet eens weten waar ik een ander vandaan zou moeten halen. Ik zou er nooit zeker van kunnen zijn of het hem om mij of om háár te doen is. Soms haat ik haar, de ik die ik ben geworden, maar zonder haar ben ik niets. Zonder haar stel ik niets voor.

Het leven is een spel dat maar weinigen beheersen, er zijn meer slangen dan ladders. Ik begin zo langzamerhand te denken dat ik het spel niet goed heb gespeeld. Misschien is het dan toch zo, als alles is gezegd en gedaan en de wereld besluit zich tegen je te keren, dat mensen belangrijker zijn dan rollen. Blijkbaar bestaat er iemand die me zo intens haat dat hij me dit aan wil doen, en wie het ook is, die persoon loopt nog steeds vrij rond. Het is pas voorbij als ik het laatste stukje van de puzzel op zijn plaats heb gelegd – alleen dan kan me niets meer gebeuren.

Ik spoel het laatste restje angst en viezigheid van me af en stap onder de douche vandaan. Ik wikkel een dikke, zachte, witte handdoek om mijn lichaam, en ook eentje om mijn natte haar, en sluip de overloop op, waar ik me over de balustrade heen buig.

'Jack?'

Geen antwoord. Het is doodstil in huis, op het tikken van de oversized metalen klok beneden in de gang na. Ik loop de trap af – gestoffeerd en heerlijk zacht aan mijn voeten – en zeg tegen mezelf dat alles goed komt. Als ik er zelf maar in geloof, dan zou dat zomaar kunnen.

'Jack?'

Ik dwaal door de kamers tot ik in de keuken beland, aan de achterkant van het huis. Daar liggen tegels die zo koud aanvoelen dat er een huivering door me heen gaat. Het is raar om door een huis te lopen met exact dezelfde indeling als je eigen huis. Ik keer terug naar de woonkamer en verstijf als ik de salontafel zie. Verlamd van paniek staar ik naar de voorwerpen die erop liggen, alsof ze gevaarlijk zijn. Zo voelt het in elk geval wel.

'Jack!'

Niemand reageert.

Het gebeurt weer.

Op de tafel liggen zijn telefoon en sleutels, maar Jack is weg.

56

Maggie is vroeg voor haar afspraak in Harley Street.

Dankzij Aimee heeft ze meer werk dan tijd vandaag, en ze is niet in de stemming om nog een keer van die zogenaamde dokter te horen te krijgen waarom hij vindt dat ze een dergelijke operatie moeten uitstellen. Het is háár lichaam en daar mag ze mee doen wat ze wil. Ze legt de rekening voor het werk aan haar lichaam bij niemand anders neer, dus waarom zou ze iemand om toestemming moeten vragen?

Maggie vindt dat de bureaucratie in haar land volkomen is doorgeslagen, dat het systeem van pietluttige regeltjes en trage besluitvorming zo stroperig is geworden dat niemand meer iets voor elkaar krijgt. Ze maakt een afkeurend geluidje en schudt haar hoofd. Pas als ze ziet dat een vrouw in de wachtkamer haar aanstaart, beseft ze dat ze half hardop voor zich uit zit te mopperen. Maggie steekt haar kin in de lucht en kijkt terug, net zolang tot de vrouw haar blik afwendt en op het tijdschrift op haar schoot richt dat ze zogenaamd zit te lezen. De eerstvolgende persoon die Maggie vandaag op de verkeerde manier aankijkt zal het bezuren.

Alles in de kliniek is wit. De muren, de vloer, de vreemd gevormde moderne stoelen in de wachtkamer, het personeel, de patiënten en de uitgebreide facturen die ze na elk bezoek ontvangt. Volledig wit. Steriel. Het is hier te wit en te stil. Geen muziek, alleen het gekmakende en monotone geluid van de receptioniste die met haar mooie kleine handjes op het toetsenbord van de pc zit te typen. Maggie vindt dat muziek on-

ontbeerlijk is in een wachtkamer, dat het iets is wat je gedachten kan afleiden van het heden, wat je het verleden even kan laten vergeten, zodat je kunt dagdromen over de toekomst. Nu er niets is om naar te luisteren doodt ze de tijd maar met het observeren van andere mensen die zitten te wachten tot ze aan de beurt zijn, zich afvragend waarvoor zij komen en wat zij aan zichzelf willen laten doen. Met grote nieuwsgierigheid bestudeert ze hun gezichten en lichamen om het antwoord te raden: neuscorrectie, buikwandcorrectie, haartransplantatie. Bijna alles kan tegenwoordig, je kunt jezelf helemaal opnieuw uitvinden. Opnieuw beginnen.

'U kunt bij de dokter naar binnen,' zegt de receptioniste veertien minuten later dan haar afspraak gepland stond. *Dókter. Dokter ammehoela*, denkt Maggie terwijl ze van haar witte oncomfortabele stoel opstaat en haar knieën hoort knappen. Helaas heeft de kliniek niet aan witte kussentjes gedacht. Maggie kan zien dat de receptioniste ook het een en ander heeft laten doen. Haar rimpelloze voorhoofd schreeuwt Botox, en haar facelift is netjes en subtiel uitgevoerd; haar wangen zijn niet te strak naar achteren getrokken. Alleen de huid van haar hals verraadt haar ware leeftijd. Maggie vraagt zich af of de receptioniste personeelskorting krijgt, maar vindt dat je zoiets niet kunt vragen. Dus houdt ze het bij een beleefd glimlachje en zegt ze 'Dank u,' voor ze de witte gang in loopt naar kamer 3.

Hij glimlacht haar toe als ze de spreekkamer binnenkomt. Hij heeft die witte glimlach zo vaak geoefend dat hij bijna echt lijkt.

'Hallo, hoe gaat het ermee?' vraagt hij alsof dat hem wat zou kunnen schelen.

Hij is een stuk jonger dan zij en heeft nu al veel meer van zijn leven gemaakt dan alles waarop zij alleen nog maar kan hopen. Zijn bruine tint is echt, wat niet gezegd kan worden van zijn vraag hoe het met haar gaat, en zijn steile blonde haren lijken geföhnd. Foto's van een glimlachende echtgenote en twee volmaakt ogende kinderen sieren zijn bureau en versterken het beeld van allround succes.

Maggie weet dat hij het druk heeft. Ze heeft gezien hoeveel mensen er zitten te wachten om een betere versie van zichzelf te worden. Maggie heeft het ook druk. Ze is geen dokter, maar ze heeft wel een belangrijke operatie af te ronden, dus is ze niet van plan haar of zijn tijd te verspillen met onnodige prietpraat.

'Waarom hebt u mijn ingreep opnieuw uitgesteld?' Ze buigt zo ver naar voren als ze kan zonder van haar stoel af te vallen, alsof ze het antwoord eerder hoort wanneer haar oren dichter bij zijn mond zijn.

Hij schuift iets achteruit, maar blijft haar strak aankijken. Zijn ogen zijn donkerblauw en kijken wonderbaarlijk wijs voor zo'n jong iemand.

'Overmatig veel borstweefsel is een van de meest algemene gevolgen van een grote gewichtsafname na een maagverkleining, zoals u hebt...'

'Maar ik wil geen algemeen uiterlijk hebben, ik wil er ongeveer zo uitzien.' Ze haalt een verkreukelde pagina die ze uit een tijdschrift heeft gescheurd uit haar zak en schuift hem over het bureau. Hij werpt een korte blik op de glamourfoto van een hem vaag bekende ster en vervolgt: 'De ingreep die u wilde is niet echt invasief en ik had hem graag willen uitvoeren, maar herinnert u zich de scan die we hebben gemaakt, de vorige keer dat u hier was?' Hij wacht haar antwoord niet af. 'En herinnert u zich dat we onverwacht een weefselmassa vonden en de biopsie die ik toen heb gedaan?'

Maggie herinnert het zich, ze is niet ineens dement geworden. Het had gevoeld zoals je je voorstelt dat een nietpistool op een blote huid voelt. Het was een vlijmscherpe steek geweest, die de rest van de dag een doffe pijn had achtergelaten.

'Aan mijn geheugen mankeert niets, dank u wel.' Ze is nu

nog bozer op hem, maar ze probeert beleefd te blijven, want ze heeft hem nodig: hij moet haar helpen degene te worden die ze wil zijn. 'U zei dat de biopsie een voorzorgsmaatregel was, niets om me zorgen over te maken.'

De dokter slaat zijn ogen neer, alsof hij zijn tekst kwijt is en die in zijn handpalmen denkt terug te vinden. Zijn duimen draaien in een of andere hypnotische werveldans om elkaar heen.

Hij gaat wéér zeggen dat hij de operatie niet wil doen, denkt Maggie terwijl ze haar boosheid voelt groeien. Ze is nooit goed geweest in het beheersen van haar woede. Als ze boos op iemand is, kan dat letterlijk een leven lang duren. Maggie weet dat dat niet verstandig van haar is en ook niet aardig, maar ze kan het niet helpen. Ze heeft het van haar vader, en die weer van de zijne. Het is een soort genetische woedeafwijking. Ze gaat wat meer rechtop zitten en probeert, tevergeefs, kalm te blijven.

'Als u het niet wilt doen, dan zoek ik wel iemand die...'

'Het spijt me, maar wat we hebben gevonden bleek een tumor.'

De kamer, en alles wat in die kamer is, valt volkomen stil, alsof zijn woorden een vacuüm hebben gecreëerd en alles wat ze nog had willen zeggen hebben weggezogen.

'Oké,' zegt ze. 'Die kunt u dan gelijk weghalen.'

'Ik vrees dat dat onmogelijk is. U hebt borstkanker.' Hij zegt het zo vriendelijk dat ze bijna in tranen uitbarst.

'Ik begrijp het niet,' fluistert ze.

'Weefselonderzoek heeft uitgewezen dat de cellen kwaadaardig zijn. Voor zover ik het kan beoordelen zijn er uitzaaiingen buiten de borst, maar er zijn nog verschillende behandelingen mogelijk mocht u...'

'Ik begrijp het niet,' zegt Maggie weer.

'Ik heb uw huisarts op de hoogte gebracht. Ik stel voor dat u zo snel mogelijk een afspraak maakt.'

'Ik begrijp het niet! Waarom overkomt míj dit?' Maggies stem klinkt luider, slaat een beetje over, alsof er iets in haar kapot is gegaan. De tranen springen haar in de ogen, stromen over haar wangen. Het moet ruim dertig jaar geleden zijn dat ze in het bijzijn van een man heeft gehuild, maar dat kan haar nu helemaal niets schelen. Niets kan haar nog iets schelen.

De dokter knikt. Ze ziet dat hij iets wil zeggen maar naar de juiste formulering zoekt, dat hij probeert zijn woorden in een iets mooiere verpakking te stoppen voor hij ze uitspreekt.

'Het komt algemener voor dan de meeste mensen denken.'

Maggie haat dat woord, 'algemeen'. Waarom gebruikt hij dat toch steeds?

'Hoe lang heb ik nog?'

'Uw huisarts kan u verder adviseren bij...'

Maggie buigt zich naar voren over het bureau. 'Hoe. Lang. Heb. Ik. Nog?'

Hij kijkt weg en schudt kort zijn hoofd voor hij haar weer aankijkt.

'Geen enkele dokter zal u dat kunnen vertellen, maar afgaande op wat ik heb gezien niet zo heel lang meer. Het spijt me.'

57

Weer een man die uit mijn leven verdwijnt. Ik begrijp het niet.

Ik loop met alleen een handdoek om door Jacks huis, steeds zijn naam roepend, alsof ik lijd aan een door angst opgewekte vorm van het syndroom van Gilles de la Tourette. Ik ga alle mij onbekende kamers af, tot ik op de eerste verdieping in een kinderkamer beland. Er ligt roze tapijt en er staan witte meubeltjes, in een van de hoeken staat een kleurige boekenkast en op het bed ligt speelgoed. De meisjeskamer sleurt me mee terug in de tijd en houdt me daar even vast. Deze kamer lijkt zo sprekend op mijn kamertje boven het wedkantoor dat het griezelig is. Ik sta als verlamd en kijk alleen maar. In de war. Verontrust.

Ben ik aan het doordraaien?

Onregelmatig en gejaagd ademend zoek ik steun bij de muur, tot de hachelijke situatie waarin ik me bevind weer tot me doordringt. Ik dwing mezelf rechtop te gaan staan en de deur dicht te trekken, alsof de herinneringen die deze kamer oproept opgeborgen moeten worden. Na het overgebleven deel van het huis doorzocht te hebben keer ik terug naar de woonkamer, maar ook hier nog steeds geen Jack. Ik staar naar zijn sleutels en telefoon die nutteloos op de salontafel liggen en heb het gevoel dat ik gek word. Hoe kan het dat dit me nog een keer overkomt?

Ik zoek mijn eigen telefoon en overweeg inspecteur Croft te bellen, tot ik bedenk waar dat me de vorige keer in deed belanden: de gevangenis. Ik kan de politie niet bellen. Ik kan de politie niet vertrouwen. Ik kan niemand vertrouwen. Ik zie dat ik vijf telefoontjes heb gemist, en dan zie ik dat ze allemaal van mijn agent zijn. Ik kan tegen Tony zeggen dat Jack is verdwenen, maar wat bereik ik daarmee? Geen goed idee. Ik weet vrij zeker dat mijn agent toch al denkt dat ik gek ben. Ik zie dat hij twee berichten heeft achtergelaten – de Fincher-film kan ik dus wel vergeten. Voor ik de kans krijg om te beluisteren wat hij te zeggen heeft, wordt er op de voordeur geklopt. Ik verstijf, ik weet niet wat ik moet doen. Ik ben ervan overtuigd dat het de politie is, dat ze me misschien weer iets in de schoenen gaan schuiven.

Het geklop houdt op en begint bijna meteen weer, harder deze keer, dringender, alsof degene die aan de andere kant van de deur staat niet van plan is weg te gaan. Ik loop naar de gang, maar het enige wat ik door het matglas zie is het silhouet van iemand die groter is dan ik. Stel dat hij het is? De man met wie ik bijna twee jaar getrouwd was, die me niet eens zijn echte naam heeft gegeven?

Hij zou het kunnen zijn.

Ik ga naar de keuken, trek een mes uit het roestvrijstalen messenblok op het aanrecht en loop de gang weer in met het mes achter mijn rug. Ik open de deur op een kier, net genoeg om te kunnen zien wie er op de stoep staat.

'Ik ben mijn sleutels vergeten. Laat je me even binnen, *s'il vous plaît*?' vraagt Jack.

Ik doe een stap opzij en zie hem de gang in lopen met in elke hand een paar boodschappentassen. Ik volg hem de keuken in, steek het mes zonder dat hij het ziet terug in het blok en trek mijn handdoek strakker om me heen. Jack zet een pak melk in de koelkast en draait zich dan om. Zijn blik gaat eerst naar mijn benen onder de handdoek.

'Ik dacht: ik ga maar even boodschappen doen en ik dacht:

ik koop gelijk wat kleren voor je. Sorry als het de verkeerde maat is. Het komt allemaal van de markt op Portobello Road, gewoon een paar dingen waarmee je even vooruit kunt.' Hij reikt me een van de tasjes aan, waarin ik een paar jurken zie zitten, wat loungekleding en nieuw ondergoed. 'Deze heb ik ook gekocht, ik weet dat je graag hardloopt.' Hij haalt het deksel van een schoenendoos waarin een paar duur ogende sportschoenen zitten.

'Dank je wel.' Ik vind het ongelooflijk aardig van hem en ik snap dan ook niet waarom ik zo nodig iets moet zeggen wat ik beter voor me had kunnen houden. 'Ik wist niet dat je een dochtertje had.' Mijn woorden klinken als een beschuldiging, en ik zie dat ik hem ermee overval.

'Ja, ik heb een dochtertje, ze heet Lilly. Ik zie haar niet zo vaak als ik zou willen, door mijn werk, je weet hoe dat gaat.'

Niet echt, ik zou alles opgeven voor een kind.

'Woont ze bij je ex?'

'Nee, mijn dochtertje komt uit mijn eerste huwelijk. Ze is in Frankrijk geboren en heeft daar tot haar vijfde gewoond. Daarom probeerde ik die taal ook te leren. Vorig jaar is ze hierheen verhuisd. Als ik werk woont ze bij mijn zus, en als ik vrij ben hier. Het is geen geheim. Alleen is het zo dat mensen vaak afhaken als je zegt dat je een alleenstaande vader bent. Ik zou het heel leuk vinden om je een keer aan haar voor te stellen.'

Hij hield de waarheid achter omdat hij waarde hechtte aan wat ik van hem vond.

Ik neem het hem niet kwalijk dat hij het niet eerder heeft verteld. We leren om ons hart toekomstbestendig te maken en er een doolhof omheen te bouwen tot het voor anderen bijna onmogelijk wordt het nog te vinden. Ik probeer te bedenken hoe het is om moeder te worden van het dochtertje van een ander. Dat zou ik best kunnen, maar diep vanbinnen verlang ik naar een kind van mezelf, van mijn eigen vlees en bloed. Ik merk dat Jack van onderwerp wil veranderen, maar ik houd nog even aan.

'Waarom woont ze niet meer bij je eerste vrouw?'

Hij kijkt even weg. 'Omdat ze is gestorven.'

'O, dat spijt me...'

'Hindert niet, dat kon je niet weten. Kanker. Ze heeft zich kranig gehouden. Soms denk ik: had ze dat maar niet gedaan, ze is lang ziek geweest en het was zwaar. Voor ons allemaal. Het brak mijn hart, het brak alles in me, maar ik moest door, voor Lilly. Nu gaat het wel weer.' Zijn gezichtsuitdrukking verandert, alsof er ineens een filter voor schuift. 'Trouwens, je agent heeft gebeld. Hij vroeg of je hem terug wilde bellen. Het was dringend.'

'Heeft mijn agent jou gebeld?'

'Ja, hij zei dat je je telefoon niet opnam.'

'Maar hoe wist hij dat ik bij jou was?'

Jack fronst zijn voorhoofd. 'Lieverd, zit je weleens op Twitter? Facebook? Volg je het nieuws?'

'Niet als het niet echt hoeft, nee...'

Hij loopt naar de woonkamer, pakt zijn telefoon van de salontafel en tikt er een paar maal op voor hij me het schermpje voorhoudt. Hij heeft de TBN-app geopend en daar ben ik, voorpaginanieuws, alweer, met een foto erbij van nog geen uur geleden, waarop ik Jack in de deuropening omhels.

'Heb jij tegen haar gezegd dat ik hier was?'

'Deze keer valt me niets te verwijten.' Hij kijkt een beetje gekwetst. 'Het spijt me. Een paar jaar geleden, toen mijn eerste vrouw ziek was, heb ik iets ontzettend stoms gedaan, iets wat ik nooit had moeten doen. Het was vreselijk om haar te zien wegkwijnen. Ik stond er helemaal alleen voor, en ik wil mezelf niet vrijpleiten, maar ik was doodsbang en voelde me zo... alleen. Jennifer Jones wist wat ik had gedaan en dreigde uit de school te klappen. Sindsdien chanteert ze me. Ik had het gevoel dat ik geen keus had, anders had ik nooit gedaan wat ze van me vroeg, en ik zweer je dat zoiets nooit meer zal gebeuren.

Als ik haar niet had binnengelaten in je kleedkamer en als ik haar niet die foto's van ons had gestuurd, had ze me kapotgemaakt. Niet alleen mijn carrière, maar ook mijn band met mijn dochter. Ik moet er niet aan denken dat Lilly ooit online leest wat ik heb uitgevreten. Ze zou het me nooit vergeven.'

'Ben je met een ander naar bed geweest toen je vrouw ziek was?' vraag ik, hopend dat ik het verkeerd heb.

Hij staart naar de grond. 'Ja. Je hoeft me echt niet zo aan te kijken. Iedereen die veel stress heeft en onder hoge druk staat maakt fouten. Ik was dronken, emotioneel uitgeput, het betekende niets.'

'Met wie?' fluister ik, me afvragend of ik dat wel wil weten.

'Ze had een bijrolletje in de film die ik toen deed. Het was ongelooflijk stom van me, maar ik had het zo zwaar thuis en...'

'Met wie?'

'Jennifer Jones. Daarom wist ze dat ik mijn zieke vrouw had bedrogen. Omdat zij het was. Misschien dacht ze dat ik haar kansloze filmcarrière een duwtje kon geven, weet ik het, maar dat kon ik niet, en ik kon haar ook niet nog een keer ontmoeten. Ik wist meteen dat ik het niet had moeten doen, maar ik wist niet dat het me zo lang zou blijven achtervolgen. Niet lang daarna gaf ze het acteren op en werd ze showbizzverslaggeefster. Maar wat ze nooit heeft opgegeven is de gedachte ooit wraak te nemen voor die onenightstand.'

Zijn bekentenis maakt me een beetje misselijk. Ik vind het geen prettige gedachte dat Jack met een ander naar bed gaat, hoewel ik geen enkel recht heb om daar iets van te vinden. Maar waarom nou net met Aasgier? Geen wonder dat ze haatdragend is jegens Jack en mij. Opeens heb ik een helder moment.

‘Als jij niet tegen haar hebt gezegd dat ik hier was, hoe wist ze het dan?’

Hij haalt zijn schouders op, en we kijken allebei naar de laatste kop van Jennifer Jones:

AIMEE SINCLAIR TERUG IN DE ARMEN VAN HAAR MINNAAR NA VRIJSPRAAK VAN MOORD OP ECHTGENOOT

58

Maggie stapt haar woning binnen. Hoe ze van de kliniek thuis is gekomen weet ze eigenlijk niet meer. Thuiskomen in een koud, leeg huis met het nieuws dat ze heeft gekregen is verre van ideaal, maar ze heeft niemand die ze kan bellen. Dit zijn van die momenten dat ze graag een huisdier zou hebben. Ze heeft dieren sowieso hoger zitten dan mensen – dieren weten wat ze zijn. Ze voelt zich kleiner dan voorheen. Alsof de broosheid van het leven die haar op deze manier in de schoot is geworpen haar een beetje heeft doen krimpen.

Ze heeft honger maar moet niet aan eten denken, niet nu. Ze vermoedt dat weten dat het einde nabij is erger is dan het einde zelf. Haar ouders hebben nooit geweten dat hun tijd erop zat, en ze vraagt zich af wat ze anders zouden hebben gedaan als ze dat wel hadden geweten. Het antwoord bestaat uit één woord, een waar woord, gelooft ze: *alles*. Als de zaken er niet goed uitzien, denkt ze, kan het helpen ze vanuit een ander perspectief te bekijken. Door die gedachte komt ze tot een positievere slotsom:

Dit doodvonnis is een kans de boel af te handelen voor het te laat is.

Ze besluit toch maar iets te eten, want ze weet dat ze al haar energie nodig heeft om haar plan te laten slagen. De koelkast is zo goed als leeg, dus maakt ze een geroosterde boterham met witte bonen in tomatensaus. 'Niks mis mee, bomvol eiwitten,' mompelt ze voor zich uit terwijl ze het oranje prutje in de steelpan doorroert.

Als ze gegeten heeft, maakt ze de kachel aan. Dat maakt het wat warmer binnen, en misschien kan ze dan gelijk alles verbranden waarvan ze niet wil dat het na haar dood gevonden wordt. In haar haast vergeet ze haar handschoenen aan te trekken voor ze een stuk hout pakt en krijgt ze een splinter in haar vinger. Met een pincet probeert ze hem eruit te trekken, maar hij breekt af en het grootste deel blijft onder haar huid zitten. Ze verbijt de pijn, strijkt een lucifer af en steekt een prop krantenpapier en een paar aanmaakhoutjes aan, waarna ze toekijkt hoe de waardeloze woorden op het papier beginnen te gloeien en dan verbranden. Ze merkt dat ze lacht. Het leven heeft de doelpalen dan wel verplaatst terwijl ze de andere kant op keek, maar ze heeft er alle vertrouwen in dat de zaak nog te winnen valt als ze haar plan en doelstelling ietsje bijstelt.

Maggie heeft spijt van een aantal dingen, maar daar wil ze het niet over hebben, ook niet met zichzelf. Wanneer je van je hele leven een leugen hebt gemaakt, kan het zijn dat je het op een gegeven moment te laat vindt om de waarheid te gaan spreken. Ze checkt eerst haar e-mails en dan die van Aimee. Ze kent al haar wachtwoorden. Ze kan ook precies zien waar ze zich bevindt dankzij de app die ze op Aimees telefoon heeft geïnstalleerd. Ze is er net achter dat Aimee en Jack Anderson iets met elkaar hebben. In haar fantasie ziet ze hoe hij op dit moment bij haar binnendringt en ze knijpt haar ogen stijf dicht om dat beeld weg te krijgen. *Slet.* Maggie heeft een verslaggeefster getipt en ziet tot haar genoegen dat het verhaal al online staat. Jennifer Jones komt tot nu toe goed van pas.

Maggie klapt haar laptop dicht. Zittend voor het knapperende houtvuur probeert ze haar gedachten, heel luid en heftig nu, het stilzwijgen op te leggen. Wellicht ontstaat er helderheid nu ze weet dat haar reis er bijna op zit. Ze kijkt de kamer rond en concludeert dat haar leven weinig heeft opgeleverd. Haar blik blijft rusten op de stapel ongeopende post op de salontafel: witte rechthoeken van papier, met smalle plastic venstertjes waarachter haar naam staat.

Maggie O'Neil.

Alleen is dat haar naam niet.

Weten hoe iemand heet is niet hetzelfde als weten wie iemand is.

Ze gebruikt die naam nu al zo lang dat ze weleens vergeet dat hij tweedehands is, geleend, gestolen. Ze vraagt zich af of Aimee dat gevoel ook kent. Maggie staart in de vlammen. De gedachte bekruipt haar dat ze meer gemeen heeft met andere mensen dan ze dacht. Iedereen komt alleen op de wereld en verlaat de wereld alleen, en iedereen is een beetje bang vergeten te worden.

Maggie is niet altijd Maggie geweest.

Maggie werd alleen maar degene die ze is om zich te verschuilen.

Je kunt geen vlinder vinden als je alleen maar naar een rups zoekt.

Zodra ze met Aimee is herenigd, wordt Maggie weer degene die ze was.

59

Een bezoek brengen aan mijn agent is het allerlaatste wat ik wil vandaag, maar Tony drong erg aan toen ik hem aan de telefoon had, hij zei dat het niet kon wachten. Ik geloof niet dat ik er op mijn best uitzie, maar misschien doet dat er niet meer toe. De jurk die Jack voor me heeft gekocht zou ik zelf nooit hebben uitgezocht. Het donkerrode, nauw aansluitende model is flatteus, geloof ik, maar wat bloter dan wat ik gewoonlijk draag. Mijn haar krult, omdat ik het zonder te stylen heb laten opdrogen, en ik heb me niet opgemaakt omdat al mijn spulletjes nog in mijn eigen huis liggen en ik daar voorlopig niet naartoe durf te gaan.

Ik ga het restaurant binnen en zie hem meteen zitten. Tony is het type man dat vaak buiten de deur eet, en overal waar hij komt heeft hij zijn eigen tafel. Hij zit de menukaart te bestuderen, ook al weet hij altijd van tevoren al wat hij gaat nemen, en hij oogt een beetje gestrest.

Hij laat me vallen.

Deze keer weet ik het zeker, en ik kan het hem ook niet kwalijk nemen na alles wat er is gebeurd. Niemand wil werken met een actrice die van moord wordt beschuldigd. Misschien is dit wel de manier waarop agenten het slechte nieuws brengen als ze besloten hebben dat ze je niet meer willen vertegenwoordigen: bij een chic etentje om de klap te verzachten. Net op het moment dat ik me om wil draaien, kijkt hij op van de kaart en ziet me. Te lang gewacht, weglopen kan niet meer.

'Hoe gaat het met je?' vraagt hij als ik tegenover hem plaatsneem. Hij lijkt oprecht bezorgd en ik weet niet goed wat ik moet antwoorden. Hij wacht mijn antwoord niet eens af en praat gewoon door, maar zijn vraag blijft hangen. Eerlijk gezegd heb ik me nog nooit zo dicht bij de vergetelheid gevoeld als nu. Dat heb ik mezelf nooit toegestaan. Ik heb nooit toegestaan dat het leven me zou breken, en er zijn talloze gelegenheden geweest dat dat had kunnen gebeuren. Daar ben ik trots op. Trots dat ik overeind ben gebleven, aan de buitenkant in elk geval. Het pantser waarin ik mijn binnenkant verborgen houd is in de loop der jaren steeds zwaarder gaan wegen, zodat het steeds moeilijker werd om opnieuw te beginnen. Al die mensen die jaloers op me zijn zouden eens moeten weten wat ik allemaal heb moeten doormaken om het leven te krijgen dat ik nu leid.

'... dus leek het me een goed idee om te gaan lunchen en dan maar te zien,' hoor ik Tony zeggen als ik me losmaak uit mijn gedachten. Mijn vermoeide geest is weer eens afgedwaald, waardoor ik nu de draad kwijt ben.

'Lunchen?' Ze hebben hier heerlijke frietjes, maar ik denk dat ik te gespannen ben om te kunnen eten.

'Ja, dat zei ik: lunchen. Het lijkt wel alsof je bent afgevallen. Je eet toch nog wel?'

'Ik dacht dat je me de laan uit ging sturen.'

Hij kijkt me verbaasd aan. 'Waarom dat?'

'Omdat ik je heb teleurgesteld.'

Hij schudt zijn hoofd. 'Je hebt me niet teleurgesteld, en trouwens, zoals ik al eerder heb gezegd: alle publiciteit is goede publiciteit. Ik heb alleen vanochtend al zeven scripts binnengekregen waarvoor ze jou als hoofdrolspeler willen engageren. Zelfs het kantoor van JJ heeft me benaderd.'

Tot mijn grote vreugde had JJ vorig jaar belangstelling voor me getoond, maar er was uiteindelijk niets van gekomen.

'JJ had toch nee gezegd?'

‘Hij zal wel van gedachten zijn veranderd. Vier van de scripts die ik heb ontvangen zijn het lezen waard. Ik heb mijn voorkeur, maar zoals altijd laat ik de beslissing aan jou. Ik neem aan dat dit de reden is dat Fincher de bijeenkomst heeft vervroegd.’

‘Vervroegd naar?’

‘Nu. Hier. Deze lunch. Heb je iets meegekregen van wat ik je net heb verteld?’

Ik kijk omlaag, naar mijn handen die op mijn schoot liggen, naar een jurk die me vreemd is, naar mijn ongelakte nagels die net zo weinig glanzen als de rest van mijn verschijning. Ik denk aan mijn rommelige haar en aan de make-up die ik niet opheb. Dit is een man die ik altijd al heb willen ontmoeten, maar niet op deze manier. Ik heb niets geoefend, ik weet niet wat ik moet zeggen...

‘Zo kan ik niet met Fincher lunchen!’

‘Jawel, dat kun je wel. Waag de sprong, Aimee. Je valt alleen maar als je vergeet dat je kunt vliegen.’

60

Maggie heeft het gevoel dat ze valt.

De tijd snelt voor haar uit en ze weet niet meer of hij nog in te halen valt. Ze heeft er zo hard en zo lang aan gewerkt om alles recht te zetten. Ze verdient het dat het weer wordt zoals het altijd had moeten zijn. Dat zou het beste zijn geweest voor hen allebei. Ze moet het Aimee alleen doen inzien. En ze kan nu niet meer wachten tot ze het zelf uitgepuzzeld heeft. Maggie slaat de laatste bladzij van haar Aimee Sinclair-plakboek op, na alle kranten- en tijdschriftenknipsels die ze door de jaren heen heeft verzameld te hebben herlezen. Het is bijna vol, dus misschien is het gewoon tijd.

De schaduw waarin Maggie zich haar leven lang heeft verscholen is donkerder geworden. Ze voelt het, het gezwel in haar borst. Er zit een pijn die ze eerder niet heeft opgemerkt, alsof ze de kanker wel heeft gevoeld maar niet heeft willen voelen. Iedereen gaat een waarheid die te veel pijn kan doen uit de weg. Ze betast de knobbel met haar vinger en begrijpt niet hoe ze hem tijdens het douchen gemist kan hebben. Hij is enorm. Ze voelt een scherpe pijn en trekt haar hand terug, en merkt dan dat het de pijn is die in haar vinger zit, en niet in haar borst. De splinter van het haardhout zit nog onder haar huid, het is haar nog steeds niet gelukt hem eruit te krijgen. Ze heeft weleens gelezen dat splinters via de bloedbaan kunnen gaan zwerven, in je hart kunnen belanden en zelfs dodelijk kunnen zijn. Ze weet niet of het waar is, maar ze wil het niet riskeren.

Ze staat voor de badkamerspiegel en plukt met een pincet aan haar roze huid. Haar vinger gaat ervan bloeden, maar ze krijgt het rotding er niet uit. Als ze in de spiegel ziet dat er een paar zwarte haartjes uit haar kin groeien vergeet ze haar pijnlijke vinger. Ze trekt ze er een voor een uit, en elk haartje dat ze er in zijn geheel uit krijgt geeft een kortstondige bevrediging. Genot uit pijn.

Ze wil er vanavond op haar best uitzien.

Op het appje dat haar toont waar Aimees telefoon zich bevindt ziet ze dat Aimee vanavond in een chic restaurant zit, alsof ze iets te vieren heeft. Ze heeft Aimees e-mails gecheckt en de laatste drie berichten van haar agent gelezen.

Maggie wil niet dat Aimee weer een filmrol krijgt.

Dat past niet in haar plan.

Ze heeft weleens gehoord van het restaurant waar Aimee nu is. Het is zo'n tent waarvoor je maanden van tevoren moet reserveren, tenzij je Aimee bent. Of Jack Anderson. Maggie weet dus hoe ze zich moet kleden.

Ze trekt Aimees oude trenchcoat aan en gespt het ultradunne riempje om haar smalle taille waaraan ze zo hard heeft gewerkt. Dan hapt ze haar rood gestifte lippen nog een keer af op een velletje wc-papier en bewondert ze haar spiegelbeeld. Ze zet haar zonnebril op, hoewel het al donker is buiten, en verlaat haar woning. Maggie heeft de laatste tijd veel nagedacht over de vraag of liefde zoveel leed waard is. Het antwoord is ja. Liefde is het enige waarnaar Maggie haar hele leven heeft gesnakt, en ze zal het krijgen, wat het haar ook zal kosten.

61

'Proost!'

'Op jou,' zegt Jack terwijl hij met zijn champagneglas tegen het mijne klinkt. 'Ik wil meer horen over jullie gesprek. Ik wil alles weten. Elk woord dat hij heeft gezegd.'

Ik lach. 'Nee, ik wil geen ongeluk over mezelf afroepen. Volgens mij was het een geslaagde lunch, en nu is het afwachten of ik de rol krijg.'

We zitten in de bar van een exclusief restaurant in West-Londen op een tafel te wachten om een prematuur feestje te vieren. Ik laat mezelf een beetje gaan en voel dat de alcohol mijn zintuigen aangenaam verdooft en de angst afvlakt die vanaf het begin van deze nachtmerrie alleen maar is toegenomen.

Ik heb al meer losgelaten over mijn ontmoeting met mijn agent en Fincher dan eigenlijk mag. Ik kan er niets aan doen, het is allemaal zo spannend. Ik heb de waarheid een beetje verfraaid, hier en daar een beetje opgepoetst om het verhaal te presenteren zoals ik het me wil herinneren. Ik heb het verhaal iets meer ruimte gegeven om te kunnen ademen, maar dat is oké. Ik denk dat iedereen dat doet. Het levensverhaal dat je aan een ander vertelt is als een glazen sneeuwbol. Je schudt de feiten van wat er in je leven is voorgevallen in je hoofd door elkaar en dan wacht je af in wat voor verhaal ze neerdwarrelen. Als dat verhaal je niet bevalt, blijf je gewoon schudden tot alles daar valt waar je het hebben wilt.

Vroeger dacht ik altijd dat alles met een reden gebeurde,

maar in dat soort malligheden geloof ik allang niet meer. Dat gezegd hebbende, als die helse dagen van deze week al iets hebben bewerkstelligd, dan is dit het misschien. Misschien wordt dit de rol die mijn leven ten goede zal keren. Ik probeer rustig en kalm te blijven en de opwinding die ik voel te onderdrukken. Ik wil me niet laten verleiden door een fantasie of een verhaal dat me een vals gevoel van geborgenheid geeft. Die fout heb ik al een keer gemaakt.

'Fincher zei één ding dat ik maar niet uit mijn hoofd krijg,' zeg ik uiteindelijk, me bewust van de druk van Jacks blik terwijl ik nog een slokje champagne neem.

'En dat was?'

'Hij zei dat het personage waarvoor hij mij op het oog had moreel weerzinwekkend maar fascinerend was, en toen dacht ik dat ik dat zelf misschien ook wel ben.'

Jack blijft me een paar tellen aankijken. Dan verschijnen er rimpeltjes rond zijn ogen, gaat zijn mond open en begint hij met al zijn witte tanden bloot heel hard te lachen. Echt te lachen. Zich er totaal niet van bewust dat ik geen grapje maakte.

'Ik ben zo trots op je, weet je dat?' Hij neemt mijn hand in de zijne.

'Ik heb de rol nog niet.'

'Ik heb het niet over vandaag, ik heb het over alles. De meeste mensen zouden allang zijn ingestort, of onder een steen zijn gekropen, maar jij bent zo sterk!'

Ik ben alleen aan de buitenkant sterk.

Ik weet niet meer waar we mee bezig zijn. Wat het ook is, ik weet vrij zeker dat ik het niet moet aanmoedigen, mijn leven is al gecompliceerd genoeg. We zitten tegenover elkaar op duur ogende barkrukken, veel dichter bij elkaar dan gewenst of nodig is. Ik zit met mijn benen tussen de zijne en ik koester me in de warmte van zijn lichaam dat ik tegen me aan voel. Ik voel me veilig zo dicht bij hem, en iets meer geneigd te vallen voor zijn met charme vergulde verleidingspogingen.

Ondanks de drank ben ik me er volledig van bewust dat het geborgen gevoel dat ik heb wanneer mijn hand in de zijne rust niets meer is dan een placebo. Het is niet echt, maar ik slik het toch. Ik wil me overgeven aan dat gevoel, zolang als ik kan. Hij drinkt zijn glas champagne in één teug leeg, waarna hij mijn lege flûte pakt en naast zijn glas op de bar zet. Opeens kijkt hij heel ernstig.

'Ik wil dat je weet dat je veilig bent bij mij.'

Ik voel me op dit moment ook veilig, een beetje alsof alles wat er is gebeurd gewoon een nachtmerrie was.

'Je kunt me vertrouwen.'

Dat wil ik zo graag, dat ik mijn gezicht niet afwend als hij zich naar me toe buigt om me te kussen. Niet zoals op de set, maar echter, dierlijk bijna. Het voelt alsof ik dit net zolang heb gewild als ik vermoed dat hij het heeft gewild, maar ik dat tot nu toe niet heb willen weten. Ik weet dat het idioot is om je zo te gedragen in het openbaar, maar ik kan er niets aan doen. Zijn handen vormen een kommetje om mijn gezicht en ik kan alleen maar denken dat ik wou dat ik hem eerder had ontmoet, vóór ik met de verkeerde man trouwde.

Ik hoor iemand tegen het raam achter ons tikken, en als ik mijn ogen open zie ik dat Jack met gefronste wenkbrauwen over mijn schouder kijkt. 'Wie is dat, verdomme?'

Ik kijk om en zie haar staan, voor het restaurant. De vrouw die me sinds twee jaar stalkt.

Ik wist dat Ben het niet in zijn eentje deed.

Ze draagt een jas die verdacht veel lijkt op de jas die ik kwijt ben, en haar lange, zwarte krullen waaien in de wind om haar schouders. Ze heeft een zonnebril op, maar het is zo duidelijk als wat dat ze naar ons staat te kijken. Ik vraag me af hoe lang ze daar al staat. Haar in een witte handschoen gestoken hand gaat omhoog in een groet, zonder een glimlach, en dan slaat de balans bij mij in één klap onverwachts door, van angst naar woede. Ik ren naar de deur, klaar voor een confrontatie met deze vrouw, wie ze ook is. Jack is vlak achter me als ik de straat op storm, maar we zijn te laat. De vrouw achter het raam is weg.

62

Maggie vermoedde al dat Aimee iets met Jack Anderson had. Maar toen ze hen zo bij elkaar zag zitten, en door het raam heen zag dat hij haar kuste... Maggie was er zo beroerd van geworden dat ze niets anders kon doen dan wegrennen. Er is geen alternatief meer nu ze zeker weet wie Aimee Sinclair is geworden: een gore, leugenachtige, overspelige hoer. Wat is er gebeurd met dat lieve, aardige, onschuldige kind van vroeger?

Ze doet de deur achter zich dicht en begint zich meteen uit te kleden, ze laat elk kledingstuk gewoon vallen waar ze loopt. Eerst Aimees trenchcoat, dan haar jumper en rok, tot ze uiteindelijk in haar blootje voor de antieke spiegel in de voorkamer staat. Ze huilt een beetje, ze kan er niets aan doen. Ze krijgt het beeld van Aimee en Jack maar niet uit haar hoofd.

Dan slaat ze zichzelf hard in het gezicht, driemaal achter elkaar.

Haar vinger steekt, en ze ziet dat de splinter er nog steeds in zit. Ondanks de pijn troost het haar. Als hij er nog in zit, dan is hij nog niet in haar bloed op weg naar haar hart. Misschien leeft ze nog nét lang genoeg om dat wat ze begonnen is af te maken, om terug te nemen wat van haar had moeten zijn.

Maggie draait zich om en kijkt naar de foto van Aimee naast de telefoon. De tranen blijven maar stromen. Ze neemt de drie buitenste vingers van haar linkerhand in haar rechterhand en doet alsof het kleine meisje van vroeger nog steeds het kleine meisje van vroeger is, en niet de egoïstische slet van nu. Ze legt de foto ondersteboven neer omdat ze niet langer kan aanzien wat ze verloren is. Dan gaat haar aandacht weer naar de vrouw in de spiegel. Morgen gaat ze aan het werk, maar nu, één avondje maar, wil ze niets liever dan heel even zichzelf zijn. Het gezicht dat haar aankijkt in de spiegel is behuild en vlekkerig. Ze begint de make-up van haar vochtige wangen te halen en wast de vrouw van zich af die ze noodgedwongen moest worden. Ze voelt zich wat beter als ze in de spiegel iemand ziet die ze herkent, iemand die echt is. Het is alsof Maggie O'Neil de deur uit is.

63

'En u hebt die vrouw ook gezien?' vraagt inspecteur Croft de volgende ochtend. Ik weet niet waarom ik me door Jack heb laten overhalen haar te bellen.

'Ja,' zegt hij. Bij elke vraag die ze stelt hoor ik zijn geduld verdampen. 'Já, ik heb haar ook gezien, en já, ze zag er precies zo uit als Aimee beschreef. Sorry hoor, maar volgens mij is dit onderzoek vanaf minuut één prutswerk geweest. Ik wil u niet beledigen, maar wat doet u eigenlijk om deze persoon te pakken?'

Croft staart hem geruime tijd aan.

'Het kan lastig zijn een puzzel op te lossen waarvan je niet alle stukjes hebt. We hebben nog niet kunnen vaststellen dat deze vrouw verband houdt met wat er is gebeurd, en ook niet wie ze is. Hebt u iemand kunnen bedenken met een dergelijk signalement die mogelijk een wrok tegen u koestert?' vraagt ze dan aan mij.

Jennifer Jones.

Zeker niet! De gedachte is zo bespottelijk dat ik haar naam niet eens uitspreek.

Alicia White.

Dat lijkt aannemelijker. Zij haat me al zo lang. Daarbij komt nog dat ze haar haar in mijn kleur heeft geverfd en af en toe mijn kledingstijl kopieert. De vrouw aan de andere kant van het raam ging net zo gekleed als ik. Ze zag er ouder uit, maar ja, Alicia is actrice. Ik probeer het beeld van wat ik gisteravond heb gezien uit mijn geheugen te lichten. Het heeft al wat rafelrandjes, maar het zou kunnen dat het Alicia was. Maar ook haar naam durf ik niet hardop te zeggen, want eerlijk gezegd kan het evengoed een ander zijn geweest. Ik schud mijn hoofd.

'Goed. Mocht u iemand te binnen schieten, laat het ons dan even weten,' zegt Croft. 'We zijn ook nog niet achter de echte naam van de man met wie u was getrouwd. Het enige wat we weten is dat hij niet Ben Bailey was. Wie hij ook moge zijn, kort nadat u elkaar hebt ontmoet heeft hij zijn profiel van de datingsite verwijderd. Ze hebben geen foto meer van hem. Helaas voor ons schonen ze hun servers om de drie maanden op. Ongebruikte profielen worden verwijderd. We zouden het verhaal gemakkelijker aan elkaar kunnen breien als we enig idee over het motief hadden, en het zou gemakkelijker zijn een motief vast te stellen als u eens een keer eerlijk tegen ons was. Sinds wanneer hebben jullie een verhouding?'

'Hoe durft u! Ik ga een aanklacht tegen u indienen,' zegt Jack.

'Achter aansluiten. Nou, sinds wanneer?'

'Zoals ik al heb gezegd hebben we geen verhouding,' antwoord ik.

'Op de avond dat de man met wie u was getrouwd verdween, werd u door hem beschuldigd van overspel. Heb ik dat goed?'

'Ja.'

'We hebben alle medewerkers van het restaurant waar u gisteravond was ondervraagd. Niemand van hen heeft de vrouw van wie u zegt dat ze voor het raam stond gezien, maar enkelen van hen hebben u beiden wel zien kussen. Er zijn zelfs foto's van gemaakt. Wilt u ze zien?' Ze reikt naar haar iPad. Ik schud mijn hoofd en voel dat ik een rood hoofd krijg. 'Tenzij u nu gaat zeggen dat u alleen maar aan het repeteren was voor een nieuwe film...'

'Ik zie niet in waarom dit relevant is,' zeg ik.

'Het is relevant omdat degene die verantwoordelijk is voor wat er is gebeurd dit plan lang geleden al moet hebben beraamd. En dat betekent dat die persoon lang geleden al haatgevoelens voor u had. En als we weten waarom die persoon haatgevoelens voor u had, hebben we een veel grotere kans erachter te komen wie het is.' Ze wacht mijn reactie af, en als die niet komt slaakt ze een diepe zucht. 'Dat was het.' Ze staat op en loopt naar de deur. Haar zwijgende hulpje volgt haar op de hielen.

'Dat was het?' vraagt Jack. 'Meent u dat?'

Ze houdt haar pas in en draait zich om. 'Nog één ding.' Ze negeert Jack en kijkt mij aan. 'Het is ons gelukt uw echte vader op te sporen.'

Ik zit doodstil. Mijn bloed wordt koud in mijn aderen.

Ze weet dat ik in Ierland ben geboren. Ze weet dat ik Aimee Sinclair niet ben.

'Hoe bedoelt u?'

'John Sinclair.' Ik doe mijn best om de enorme opluchting die ik voel niet te tonen. 'Hij is naar Essex terugverhuisd toen hij vrijkwam, waar hij bij ene Michael O'Neil introk, uw oom van moederskant, geloof ik.'

John leeft dus echt nog?

Ik weet niet wat ik moet zeggen en kijk dus maar terug. Zoals gewoonlijk geeft inspecteur Croft me geen gelegenheid om de juiste woorden te vinden. 'Gezien het feit dat u al die jaren hebt gedacht dat uw vader dood was en ik u zojuist heb verteld dat hij nog leeft, vind ik uw reactie een beetje vreemd.'

Ik herschik de uitdrukking op mijn gezicht. 'Het is gewoon een beetje veel in één keer. Waar woont hij nu?'

'Dat weten we niet. We vermoeden dat hij naar Spanje is gegaan, maar dat is bijna twintig jaar geleden. Zou uw vader een reden kunnen hebben om u iets aan te doen?'

Ik heb een pistool in zijn hand gestopt en hij is de gevangenis in gegaan voor het vermoorden van de drie mannen die ik in 1988 heb doodgeschoten.

'Nee.'

Ze draait zich weer om naar de deur. 'Mevrouw Sinclair, ik weet wanneer iemand de waarheid niet spreekt, en ik weet dat u iets achterhoudt. Wanneer u eraan toe bent om dat aan me te vertellen, wat het ook is, kunt u me bellen. Tot dat het geval is, verzoek ik u mijn tijd niet meer te verspillen.'

64

Tijd is iets eigenaardigs, hij strekt zich uit en vouwt zich op en buigt af.

Maggie staart naar de foto van Aimee als klein meisje. Het lijkt nog zo kortgeleden. De blik in de ogen van het kind maakt herinneringen aan gelukkiger tijden los, waardoor ze beseft dat die er ook zijn geweest.

We waren niet altijd de wij die we nu zijn.

Maggie had die gedachte liever niet gehad, maar sommige herinneringen zijn nu eenmaal niet uit te wissen, hoe je je best ook doet.

Ze heeft de hele dag antiek afgeleverd bij winkels aan Portobello Road, en dat voelt ze goed in haar rug. Ze heeft blaren op haar handen van het gesjouw met de grotere stukken. Er is veel vraag naar oude spullen en ze had nog van alles staan wat weg moest. Woningen van dode mensen zijn stoffige, verwaarloosde schatkamers waar alles voor het grijpen ligt. Als je dood bent, kun je niets meer missen. Het was een flinke klus, en hoewel ze voor gelijkheid tussen mannen en vrouwen is moet ze toegeven dat het tillen van zware spullen eigenlijk mannenwerk is. Ze ontspant een beetje als ze bedenkt dat dit de allerlaatste keer is geweest – Aimee zal binnenkort bellen, en dan hoeft ze nooit meer te werken.

Aimee heeft altijd een ongelooflijk goed geheugen gehad, zelfs als kind al, dus zodra ze zich haar verleden herinnert, kunnen ze samen de toekomst in. Maggies geheugen is iets minder betrouwbaar. Als je het haar vraagt kan niemand zich werkelijk elk moment van elke dag van elk jaar van zijn hele leven herinneren. Daar heeft je geheugen simpelweg te weinig opslagcapaciteit voor. Maar toch. We selecteren zelf welke herinneringen we willen bewaren en welke we willen opslaan, en, zoals bij alles in het leven, draait dat om keuzes maken. We leiden het leven waarvoor we kiezen, waarbij we uitgaan van wat we menen dat ons toekomt, en we behouden de herinneringen die het meest voor ons betekenen, de momenten waarvan we denken dat ze bepalend waren voor ons leven van nu. Het is een vrij eenvoudig systeem, maar het werkt. Maggie herinnert zich dan wel niet alles, zoals Aimee, maar ze herinnert zich genoeg.

Alles wat hen hierheen heeft geleid is uiterst zorgvuldig uitgedacht. Binnenkort zal ze de vruchten van al haar harde werk plukken. Het was van het begin af aan een goed plan geweest.

Een geschikte partner voor Aimee zoeken.

Iemand met zo'n marginaal sociaal leven dat het niemand zou opvallen dat hij was opgestaan uit de dood. Ben Bailey.

Iemand zoeken die die rol geloofwaardig kon spelen.

De sleutels van zijn woning achterhouden en de ontruiming uitstellen tot Aimee in L.A. was en overgehaald kon worden om het huis te kopen.

Het lijk van de overleden man opgraven en herbegraven onder het nieuwe houten terras in zijn oude tuin.

Maar niet nadat ze zijn stoffelijke resten in Epping Forest had verbrand, zodat zijn identiteit alleen aan de hand van zijn gebit kon worden vastgesteld.

Verkleed als Aimee naar de bank en het tankstation gaan, en de politie laten geloven dat ze gewelddadig was.

De schijn wekken dat Aimee haar man had vermoord.

En dat allemaal om Aimee een lesje te leren: je mag nooit vergeten wie je bent en waar je vandaan komt.

Geen wonder dat Maggie zich totaal uitgeput voelt.

Ze kijkt weer naar de ingelijste polaroid naast de telefoon en zegt tegen zichzelf dat Aimee heus wel zal bellen. Het is nu alleen nog maar een kwestie van wachten. Dat weet ze gewoon. Maggie heeft misschien niet het beste geheugen van de wereld, maar ze kent Aimee beter dan ze zichzelf kent.

65

De telefoon gaat en haalt me uit een diepe, zalige slaap. Mijn dromen hebben me zo ver weggevoerd dat ik in eerste instantie niet meer weet waar ik ben. Mijn geest spant zich in om de onbekende slaapkamer en de kraakheldere witte lakens te duiden. Dan herinner ik me dat ik bij Jack ben en dat mijn nachtmerrie werkelijkheid is, maar dat ik hier veilig ben. Veilig genoeg, althans. Het is pas acht uur in de avond, maar ik ben vroeg naar bed gegaan, uitgeput en overmand door slaap.

Ik zie de naam van Tony staan op mijn display. Tony belt alleen als hij óf heel goed óf heel slecht nieuws heeft. Alles wat ertussen zit handelt hij per e-mail af. Het gaat vast over de film van Fincher. Ik bedenk dat het veel te vroeg is om goed nieuws te kunnen zijn, dus ik laat de telefoon overgaan, tot iets in me schreeuwt dat deze rol me toekomt, dat het goed nieuws móét zijn. Ik neem op en luister naar wat Tony me te vertellen heeft. Ik zeg niet veel. Dat is niet nodig.

Ik heb nog niet opgehangen of er wordt op de slaapkamerdeur geklopt.

'Binnen.' Ik trek het dekbed over mijn blote benen. Ik heb een T-shirt van Jack aan; het is er nog steeds niet van gekomen om naar mijn eigen huis te gaan om mijn spullen te halen.

'Ik hoorde je telefoon en wilde alleen even weten of het goed met je gaat.' Hij steekt zijn hoofd om de deur.

'Kom maar binnen. Alles in orde, hoor. Het was Tony.'

'Goed nieuws?' Hij komt bij me op bed zitten en ik schud mijn hoofd. 'O, liefje, dat spijt me.'

'Hindert niet. Echt. Ik had er niet op gerekend.'

'Wat een onzin, je had die rol gewoon moeten krijgen. Weet je naar wie hij is gegaan?' Ik knik, al had ik het liever niet geweten. 'Nou?'

'Alicia White.'

Zijn gezicht wordt een filmstill. 'Dat meen je niet.'

'Ik maak geen grapje. Alicia heeft de rol gekregen.'

Hij lijkt oprecht geschokt door het nieuws, waardoor ik me wat beter voel. 'Niet weglopen, hoor,' zegt hij voordat hij de kamer uit gaat. Alsof ik ergens heen kan.

Ik kan mezelf een beetje laten gaan nu er niemand meer is voor wie ik de schijn hoef op te houden. Het ging me niet alleen om die rol, het was veel meer dan dat. Acteren voelt als vrij nemen van mezelf, en die rust heb ik nodig. Ik heb het nodig om weer een tijdje iemand anders te worden, andere gedachten en andere angsten te hebben, in de schoenen van een ander te staan, geholpen door een script dat me de weg wijst. Ik weet niet hoe ik het moet uitleggen, maar soms word ik zo verdomde moe van mezelf zijn.

Er bestaat geen geheime ladder om de sterrenhemel te bereiken. Je moet zelf een ladder leren bouwen. En als je valt, moet je de moed hebben om opnieuw te beginnen. Nooit achteromkijken, nooit naar beneden kijken. Ik heb mijn beschadigde zelf vaak genoeg weer heel gemaakt. Dat lukt me nog wel een keer. Ik denk dat ik het wel kan hebben dat ik die rol niet heb gekregen. Ik kan alleen niet geloven dat zíj hem heeft gekregen. Juist zij. Tony zegt dat ze blijkbaar wist waar we met Fincher hadden afgesproken en dat ze na ons gesprek achter hem aan was gegaan. Ik weet niet wat ze heeft gezegd om hem te overtuigen en ook niet hoe ze heeft uitgevogeld waar hij was. Jack was de enige die wist waar ik zat, en wat ik aan het doen was. *Hoe kon ze dit weten?* En hoe komt het toch dat er zoveel verschrikkelijke mensen zijn die altijd maar weer alles voor elkaar krijgen?

Jack komt terug met een fles whisky en twee glazen. De woede die ik voel knalt eruit.

'Heb jij tegen Alicia gezegd waar mijn afspraak met Fincher was?'

Hij kijkt alsof mijn vraag hem fysiek raakt.

'Als je een beetje je best doet herinner je je vast wel dat ik, net als jij, niet beter wist dan dat je Tony daar zou treffen. Dat van Fincher hoorde ik pas toen je weer terug was. En zelfs al had ik het geweten, zoiets zou ik nooit doen. Weet je dan echt niet wat ik voor je voel?'

Ik weet het, ik geloof het alleen niet.

'Sorry,' fluister ik.

Hij schenkt twee flinke bellen whisky in en slaat zijn glas meteen achterover. Ik houd niet van whisky, maar ik doe toch met hem mee. Ook mijn glas gaat in één keer leeg. We lijken genoeg te hebben gezegd en genoeg tijd te hebben verspild. Als hij me kust, kus ik hem terug. Als hij het T-shirt over mijn hoofd omhoogtrekt laat ik hem begaan, ook al heb ik er niets onder aan. Ik reik omlaag om zijn jeans open te knopen. Mijn vingers blijken doortastender dan ik van ze had verwacht. Het lijkt wel of mijn lichaam de regie heeft overgenomen, alsof het er niet meer op vertrouwt dat mijn geest de juiste keuzes maakt. Als ik zijn hand tussen mijn benen voel, gaan ze een beetje uit elkaar. Ik ben mezelf niet meer. Ik voel me niet verlegen of gespannen. Ik wil dit. Ik wil hém. Ik geloof dat ik dit vanaf onze eerste ontmoeting al heb gewild, maar ik stond mezelf niet toe om 'die ander' te zijn. Ik vergeet alles wat er is gebeurd en concentreer me op hoe hij smaakt, hoe zijn lichaam voelt, boven op het mijne. Als ik eerlijk ben tegen mezelf, zo eerlijk als ik kan zijn, heb ik me dit zo vaak voorgesteld dat het volslagen natuurlijk voelt nu het ook werkelijk gebeurt. Ik voel me niet eens slecht over mezelf als het voorbij is. Ik voel me bevredigd. Ik voel me weer vrouw, ik voel dat ik leef.

Ik weet niet of het door de whisky komt, of door mijn dutje, of door de seks, maar ik herinner me iets. Ik weet weer wat ik met het pistool heb gedaan, ik weet waar het is.

Maar dat kan wachten.

Op dit moment wil ik alleen maar in Jacks armen liggen en veinzen dat het zo blijft. Te lang heb ik liefde met eenzaamheid vereenzelvigd, maar zo hoeft het helemaal niet te zijn. En te lang heb ik geprobeerd aardig te zijn, altijd maar het juiste te doen, te doen wat ik dacht dat ik moest doen. Maar doen wat je wílt doen, dát voelt pas goed.

66

Maggie voelt zich niet goed. Ze kan niet slapen, ze heeft zelfs geen eetlust meer. Ze staart naar de foto van Aimee en vraagt zich af waarom ze nog niet heeft gebeld. Ze zou nu toch moeten weten hoe het zit, maar het kan zijn dat Aimee toch niet zo slim is als Maggie altijd heeft gedacht. Hoe hoger het voetstuk waarop je iemand plaatst, des te dieper de val. Maggie controleert of haar vaste telefoon het wel doet.

Hij doet het.

Ze heeft het koud, dus gaat ze voor de open haard staan en gooit nog een blok op het vuur. Het valt haar op dat ze geen pijn meer voelt. Als ze naar de splinter in haar wijsvinger kijkt, ziet ze dat het zwarte houtdeeltje zich omhoog heeft gewerkt en dat er een wit ringetje omheen zit dat het isoleert van de rest van haar roze gekleurde huid.

Er zit een korstje op.

Haar lichaam wist dat het iets schadelijks was, dus wordt het afgestoten.

Net zoals Maggie Aimee heeft afgestoten.

Ze pakt een pincet van de schoorsteenmantel. Er liggen er drie, in verschillende kleuren. En dan, heel langzaam – want ze wil optimaal genieten van dit moment, ze weet hoeveel genot ze eraan beleeft – begint ze aan de randjes van het korstje te pulken.

Wat voelt dat lekker.

Als ze het ding er voorzichtig in zijn geheel uit heeft getrokken, legt ze het op haar andere wijsvinger om het aan nader onderzoek te onderwerpen. Een klein, zwart splintertje hout, met een fliebertje huid eraan. Ze legt het stukje van haarzelf op de schoorsteenmantel. Ze wil het bewaren. Ze weet niet waarom.

Het vuur is nu loeiheet, het knettert en spettert, de gele vlammen dansen wild in het donker van de kamer. Omdat ze de pincet nog in haar hand heeft bedenkt ze dat ze nog wel een stukje van zichzelf kan weghalen, maar er is op haar kin geen enkele verdwaalde haar te vinden. Terwijl ze zichzelf aankijkt in de stoffige spiegel, krijgt Maggie, heel even maar, het gevoel dat ze niet meer weet wie of wat ze is.

Maar haar naam weet ze nog wel, haar echte naam. Zou Aimee haar echte naam ook nog weten?

Maggie heeft haar naam van een dode vrouw geleend, net zoals Aimee haar naam van een dood meisje heeft geleend. Het punt van lenen is dat je het geleende op een gegeven moment weer moet teruggeven. Ze gaat met haar ontsplinterde vinger naar de spiegel en schrijft haar echte naam in het stof. Over de letter A doet ze het langst.

67

Ik word wakker in de jaarlijks terugkerende triestigheid van de herfst. Het is pikdonker buiten, en toch zegt mijn telefoon dat het ochtend is. Maar de nachthemel wil niet van wijken weten. Het duister waarin ik tuur lijkt tot in mijn vezels door te dringen, alsof de kleur zwart besmettelijk is. Het voelt alsof ik niet meer weet hoe ik het licht aan moet doen, alsof mijn leven van nu af aan niet veel meer dan een schaduw zal zijn.

Alicia White.

Jennifer Jones.

John Sinclair.

Maggie O'Neil.

De namen malen door mijn hoofd omdat ik zeker weet dat de man met wie ik getrouwd was me dit niet in zijn eentje heeft geflikt. Soms wou ik dat ik terug kon naar de dag dat ik van huis wegliep, in Ierland. Ik vraag me af waar en wie ik nu zou zijn geweest als ik daar was gebleven. Dan zou ik deze mensen nooit hebben ontmoet en vast een eenvoudiger leven hebben gekregen, veiliger ook, ongecompliceerder. Misschien was ik dan gelukkig geweest.

Ik denk aan Alex Croft. Ze had gelijk, ik heb dingen voor haar achtergehouden. Ik had geen keus.

Ik kijk naar Jack, nog diep in slaap aan de andere kant van het gigantische bed. Hij ligt zachtjes te snurken. Ik neem de vorm van zijn schouders in me op, de lijn van zijn wervelkolom, de blonde haartjes in zijn nek. Zijn ogen zijn gesloten en zijn hand is gebald, alsof hij tegen zijn dromen vecht.

Misschien doen we dat allemaal wel.

Ik herinner me alles wat we gisteravond hebben gedaan, hoe kan het ook anders. Het was zo fijn, dat ik het jammer vind dat ik niet eerder aan de verleiding heb toegegeven. Ik heb geen idee hoe het nu verdergaat. Misschien dat zijn belangstelling wegebt nu hij alles van me heeft gehad. Ik weet niet of hij nog meer wil. Ik weet niet of ik dat wil. Van mij mag het wel even zo blijven: het aangename van intimiteit zonder de pijn van een formele relatie. Iedereen wil iets van een ander, zo zitten we in elkaar. De meeste relaties, van wat voor aard dan ook, zijn gebaseerd op uitruilen en compromissen sluiten. Ik ben niet naïef.

Ik sta heel stilletjes op. Ik wil even alleen zijn om me ervan te vergewissen of de gedachten in mijn hoofd nog steeds mijn eigen gedachten zijn. Ik wil terug naar iets normaals, weer doen wat ik deed vóór deze nachtmerrie begon. Het is iets wat ik moet doen, voor mezelf.

Ik wil hardlopen.

Ik kijk nog even om naar Jack voor ik de slaapkamer uit sluip. Geen idee of ik hem ooit nog zo zal zien, ontbloot tot zichzelf.

Ik leg de korte afstand tot mijn huis hardlopend af. Het is nog vroeg, en als ik me ervan heb vergewist dat er geen verslaggevers of politie in de buurt zijn, laat ik mezelf binnen. Ik pak een oude rugzak en stop het hoogstnoodzakelijke erin: make-up, schoon ondergoed en mijn telefoonoplader. Daarna loop ik naar de garderobekast en buk ik me om een van de houten bodempanelen weg te halen. Ben heeft het hele huis en de tuin ingericht, maar de kleding was mijn afdeling, en na de verhuizing heb ik een kastenwand laten inbouwen. Als je zoveel geheimen hebt als ik, heb je plaatsen nodig om ze te verbergen. Ik vind het pistool daar waar ik het voor mijn man heb verstopt, uit angst heb weggemoffeld, op een avond dat ik iets te veel had gedronken. Vandaar dat ik het niet meer wist.

Ik was bang voor hem, en voor wat hij zou doen als hij het zou vinden. Ik stop het wapen in mijn rugzak, leg het paneel weer op zijn plaats en verlaat het huis.

Ik loop mijn vaste hardlooproute – langs de pub op de hoek, langs de fish-and-chipstent en over de begraafplaats, tot ik op Portobello Road ben. Al lopend pik ik enkele gedachten op over hoe het nu verder zal gaan. Ik laat ze even met me meelopen, en als ik besluit dat ze me niet aanstaan, laat ik ze achter en loop zonder om te kijken door, in de hoop dat ze daar blijven waar ik ze heb laten vallen. Als ik een aaneengesloten rij antiekwinkels passeer, vertraag ik mijn tempo om me even te verlustigen aan wat er allemaal in de etalages staat. Ben wist heel goed dat ik meer van antiek hield dan van moderne, karakterloze meubels, maar daar trok hij zich niets van aan en ik liet hem over me heen walsen. Er zijn momenten geweest waarop ik bijna alles voor hem wilde doen om hem tevreden te stemmen en over te halen om samen een kindje te maken. Nooit zal ik me meer zo laten manipuleren en in de luren laten leggen, door niemand.

Opeens sta ik stil. Mijn brein draait op volle toeren om betekenis te geven aan wat mijn ogen net denken te hebben gezien. Ik draai me om, loop een paar stappen terug en kijk in de etalage waar ik net langs ben gelopen. Ik heb geen enkele twijfel over wat ik zie.

Het is Ben. Althans, een foto van Ben, als kind.

Het is de zwart-witfoto die ik altijd zo naar vond.

De enige foto van hem die ik na zijn verdwijning heb kunnen vinden.

Ik snap het niet. Wat doet die foto hier? Ik ben met geen vinger aan zijn spullen geweest en ik heb niets van hem uit de woning gehaald waarin we man en vrouw speelden. Nee, dat is niet eerlijk. Ik weet zeker dat er meer huwelijken zijn waarin de partners ieder hun eigen leven gaan leiden maar toch bij elkaar blijven, uit gemak of gewoonte. Iedereen weeft zijn eigen web van leugens, loopt erin vast, raakt erin verstrikt en komt er nooit meer uit los.

Ik bons op de winkeldeur, maar niemand doet open.

Het begint te regenen, zonder enige waarschuwing kletteren de dikke druppels op me neer. In een mum van tijd ben ik doorweekt en loopt het voegenpatroon tussen de trottoirtegels vol met straatvuilwater. Ik richt mijn blik weer op de foto, iets waziger nu door de regen, maar ik heb nog steeds geen enkele twijfel over wat ik zie.

Ik loop door, weg van de etalage, alsof ik bang ben dat een zwart-witfoto van een kind opeens tot leven zal komen en zich door de ruit zal storten om mij iets aan te doen. Ik kom niet ver. In de etalage van de volgende antiekwinkel staat een ander lijstje, maar het gezicht dat me aankijkt is hetzelfde. Ik huiver. Als ik langs de volgende winkel loop zie ik het weer, die boosaardige ogen die me aankijken.

Ik kijk achter me, links en rechts van me, opeens denkend dat ik word bespied. Maar ik zie niets, alleen een leeg roze-wit gestreept papieren tasje – net zo'n tasje als ik in de snoepwinkel kreeg toen ik klein was – dat door de wind over het trottoir wordt geblazen. In de laatste winkel brandt licht, maar als ik de deur probeer, zit hij op slot. Ik bons op de ruit tot ik een oudere man naar de deur zie komen.

'Het spijt me vreselijk dat ik u lastigval, maar ik heb een dringende vraag over een foto in uw etalage.' Hij denkt vast dat ik gek ben, en ik ben dan ook bijna verbaasd als hij me naar binnen wenkt, waar ik op de tegelvloer sta uit te druipen.

Het is behoorlijk warm in de winkel, en er hangt een lucht van geroosterd brood en oude mensen. De man die voor me staat is minstens tachtig, misschien nog wel ouder. Hij loopt een beetje krom en zijn kleren slobberen om hem heen, alsof hij gekrompen is. Zijn klassieke Schots geruite broek zou zonder rode bretels zeker tot op zijn enkels afzakken, en de vlinderdas onder zijn kin is met vaardige vingers geknoopt. Zijn haar is wit, maar nog wel dik, en zijn ogen lachen, alsof hij blij is dat er iemand langskomt.

'Je moet wat harder praten, jongedame.'

Ik loop naar de uitstalling in de etalage en pak het lijstje, ervoor oppassend niets omver te stoten. 'Deze foto bedoel ik. Kunt u me vertellen waar u die vandaan hebt?'

Hij krabt aan zijn hoofd. 'Ik kan me die foto helemaal niet herinneren.' Hij kijkt bijna even ongemakkelijk als ik me voel.

'Is er iemand die dat misschien weet?' vraag ik terwijl ik mijn best doe om niet ongeduldig te klinken.

'Nee, ik ben momenteel alleen. Gisteren is er een leverancier langs geweest. Ze heeft me geholpen met het naar binnen brengen van de dingen die ik had geselecteerd uit de spullen in haar bus. Dat lijstje herinner ik me niet, maar het kan alleen maar van haar komen.'

'Weet u wie ze is? Van wie u het hebt gekocht?'

'Het is geen gestolen goed.' Hij doet een stapje naar achteren.

'Dat zeg ik ook niet. Ik wil alleen graag weten waar het vandaan komt.'

'Waar de meeste spullen hier vandaan komen... Van dode mensen.'

Het lijkt opeens wat af te koelen in de warme winkel. 'Huh?'

'Woningontruiming. Overgebleven spullen van een overledene. Je kunt nu eenmaal niets meenemen.'

Ik denk even na. 'Heeft die vrouw een boedelruimingsbedrijf?'

'Inderdaad. Legaal, alles volgens de regels van de wet. Ze heeft mooie spullen, ze verstaat haar vak.'

'Maar wie is het? Hoe heet ze?'

'Ik ben niet zo goed met namen, maar ik moet haar kaartje ergens hebben.'

Hij sloft naar een bureautje. Ik zie dat hij ondanks zijn zwierige voorkomen op pantoffels loopt. 'Alsjeblieft, ik kan haar van harte aanbevelen, ze is erg goed.'

Ik staar naar het visitekaartje in mijn handen. Bij het lezen van de naam die erop staat beginnen ze onbeheersbaar te beven.

Maggie O'Neil.

Dat kan niet.

'Kan ik de foto kopen?' Ik kan niet verdoezelen dat mijn stem trilt.

'Maar natuurlijk,' antwoordt hij met een grijnslachje. Ik geef hem mijn creditcard, het kan me niet schelen hoeveel hij ervoor wil hebben. Nog voor ik de winkel uit ben heb ik de foto al uit het lijstje. Ik draai hem om, maar als ik lees wat er in een kinderlijke hand op de achterkant staat geschreven, staat de wereld stil.

John Sinclair. Vijf jaar.

68

De telefoon gaat, maar Maggie neemt niet op.

Er wordt nog drie keer gebeld, zonder dat er een boodschap wordt ingesproken.

Het is Aimee. Ze wéét het gewoon. Ze neemt de drie buitenste vingers van haar linkerhand in haar rechterhand en knijpt zo hard dat het pijn doet.

De telefoon gaat weer. Misschien heeft de beller nu iets bedacht om in te spreken. Maggie buigt zich voorover naar het antwoordapparaat en richt haar oor naar de kleine speaker. Er trekt een gevoel van genot door haar lichaam als ze die mooie stem uit het apparaat hoort komen. Het is alsof ze een liedje van heel lang geleden hoort.

'Hallo, mijn naam is Aimee. Zou u me terug willen bellen...'

Maggie luistert het bericht dertienmaal helemaal af. Ze gaat met haar mond naar de telefoon om er een kus op te drukken, zodat hij helemaal onder de rode lippenstift komt te zitten, en begint een beetje te kreunen, alsof het stemgeluid op het bandje haar kus met liefkozingen beloont. Het kind spraakles geven was niet haar idee, maar wel een goed idee.

Ze stelt zich Aimees gezicht voor, haar verwarde frons, het ongeloof dat ervan afdruipt. De verleiding is groot om terug te bellen, maar ze weet dat ze dat niet moet doen. Ze durft te wedden dat Aimee haar gaat zoeken en dat de kans dat ze haar nu heel snel vindt behoorlijk groot is. Ze moet gewoon nog heel even wachten. Sommige gesprekken kun je beter niet telefonisch afhandelen.

69

Ik laat mezelf binnen in Jacks huis en loop regelrecht naar de douche om zo veel mogelijk zweet en angst van me af te wassen.

Ik dacht dat John en Maggie dood waren, maar dit is te toevallig. Er moet een verband zijn, alleen heb ik geen idee welk. Van de politie had ik al gehoord dat John de schietpartij had overleefd. Waarom heeft hij nooit contact gezocht? Ik dacht dat hij, op zijn eigen manier, om me gaf. Vond hij dat ik schuldig was aan wat er was gebeurd? De herinnering aan Johns gezicht is in de loop der jaren wat vertroebeld, maar nu ik zijn naam op de achterkant van de zwart-witfoto heb zien staan, weet ik zeker dat hij het is. Ik herken zijn ogen. Waarom had de man met wie ik getrouwd was een foto van John als kind, en waarom deed hij alsof het een foto van hemzelf was? Eigenlijk moet ik naar de politie gaan, maar die kan ik niet vertrouwen. Ik kan niemand vertrouwen. Ik probeer alles op een rijtje te krijgen, maar ik zie er totaal geen lijn in.

Mijn echtgenoot deed zich voor als Ben Bailey, maar Ben Bailey was iemand anders.

Ik doe me voor als Aimee Sinclair, maar Aimee Sinclair was iemand anders.

Iemand doet zich voor als Maggie O'Neil... Nou ja, ik dénk dat het de echte Maggie niet is. Maar stel dat zij, net als John, het ook heeft overleefd?

We doen ons allemaal voor als iemand die we niet zijn, maar ik snap nog steeds niet waarom.

De badkamer vult zich met stoom en ik ben zo verzonken in mijn gedachten dat ik niet hoor dat de deur opengaat. Ik heb mijn ogen dichtgedaan omdat de shampoo anders in mijn ogen prikt. Ik zie dus niet dat er iemand binnenkomt en hoor ook niet dat diegene achter me de douchecabine in stapt. Als ik een hand op mijn lijf voel, begin ik te gillen, waarop de hand onmiddellijk mijn gegil smoort.

'Hé, ik ben het maar, je hoeft de buren niet wakker te maken.' Jack veegt het schuim van mijn gezicht, zodat ik weer kan zien. Mijn hart bonst in mijn oren. 'Sorry, ik wilde je niet laten schrikken.' Ik draai me om en hij kust me. Ik voel me eerst overvallen, alsof er gisteravond niets is gebeurd en dit uit de lucht komt vallen. Blijkbaar heb ik nog niet zo ver vooruitgedacht. Zijn handen glijden langs mijn lichaam en maken een gevoel bij me wakker dat zo lekker is dat ik me eraan overgeef. Ik draai me met mijn rug naar hem toe en vind het heerlijk dat hij zonder dat ik ook maar iets hoef te zeggen precies weet wat ik wil. Ik steun tegen de glazen douchewand en vergeet alles, behalve dit. Ik geniet van iets waarvan ik dacht dat ik het nooit meer zou meemaken – alsof je op je zesendertigste al oud bent, over je hoogtepunt heen. Dat gevoel geeft hij me helemaal niet. Ik voel me een nieuw persoon.

Daarna ontbijten we samen, en als ik zeg dat ik even een paar uur weg moet, hoeft hij niet te weten wat ik ga doen. Hij gedraagt zich niet alsof hij me bezit, en dit zojuist ontdekte gevoel van vrijheid stemt me voor het eerst sinds lange tijd hoopvol met betrekking tot de toekomst. Ik weet dat ik eigenlijk moet zeggen waar ik naartoe ga, maar dat gaat niet. Dit mag niet fout gaan, wat 'dit' ook is. Iedereen heeft geheimen. Voor zichzelf, of voor anderen. Sommige dingen stop je heel diep weg, omdat ze, als ze naar buiten zouden komen, de kracht hebben om niet alleen jou, maar iedereen om wie je geeft kapot te maken.

Ik zet een verse pot koffie en schenk hem nog een keer in.

'Waar heb ik zo'n aardig iemand als jij aan verdiend?' vraagt hij voor hij me kust. Ik proef onze afscheidskus nog als ik de kamer uit loop en hoop dat het niet onze laatste is.

Ik pak mijn pistool en mijn telefoon, raap alle moed die ik heb bij elkaar en verlaat het huis.

Niemand kan alleen maar aardig zijn.

70

Het adres op het visitekaartje dat de antiekhandelaar aan me heeft gegeven had een belletje moeten doen rinkelen.

Maar dat deed het niet.

Omdat ik nooit heb geweten hoe de straat heette. De rit door Oost-Londen en daarna Essex in bood genoeg tijd om na te denken, maar tot ik voor het huis stond was ik alleen maar bezig met mezelf ervan te overtuigen dat ik het verkeerd had, dat het gewoon toeval was.

Maar dat is het niet.

Het is dertig jaar geleden, maar ik herken het huis meteen. Ik kom er nog weleens, in mijn dromen.

De winkels zijn er nog steeds, maar met uitzondering van de wasserette zijn ze allemaal dichtgespijkerd. Geen videotheek meer, groenteman of buurtwinkel. Alleen maar ijzeren spijlen voor gebroken ruiten en graffiti. Een straat met spookwinkels.

Het wedkantoor is er ook nog, dichtgespijkerd weliswaar, maar boven de deur hangt een handgeschilderd bordje:

BRIC-À-BRAC & ANTIEK

En op het matglazen raampje is met sellotape een stukje karton geplakt met GESLOTEN erop. Ik scherm mijn ogen af tegen het licht en tuur naar binnen, maar daar is alles donker.

Ik klop. Tweemaal.

Er komt geen reactie, dus ik loop naar de deur aan de zijkant van het kantoor, die toegang geeft tot de bovenwoning. De verf is afgebladderd en iemand heeft er met rode verf

LEUGENAAR op gespoten. Hij leek altijd heel groot toen ik klein was, maar ik zie dat het een doodgewone deur is. Ik klop nog een keer, maar er komt niemand.

Ik buk me en duw de verroeste brievenbus open.

'Hallo?' Ik tuur door de smalle rechthoek, maar kan niet meer onderscheiden dan een gigantische berg ongeopende post en flyers van afhaalrestaurants. Als ik me nog iets laat zakken zie ik de onderste treden van de trap, met het oude, rode tapijt waarop nieuwe, donkere vlekken zitten.

'Hallo?'

Nog steeds geen reactie.

Dan hoor ik dat er boven muziek wordt opgezet.

Ik pak mijn telefoon.

Ik moet de politie bellen.

Ik moet iemand bellen.

Maar dat doe ik niet. Ik stop het toestel weer in mijn tas, controleer of ik het pistool nog heb en loop via de straat en het steegje achterom.

De poort is er niet meer, en een groot deel van de schutting is ingestort. Opnieuw stel ik vast hoeveel kleiner alles is dan in mijn herinnering. Buiten op de verharding staat een gedeukte witte bus, maar door de vuile raampjes is niets bijzonders te zien. De deur naar het achterkamertje staat op een kier, maar ik ben zo bang voor wat ik daar aan zal treffen dat ik er niet zomaar naar binnen durf te gaan.

Ik klop op het afbladderende, splinterige hout, maar de kans dat iemand me hoort lijkt me vrij minimaal met de muziek die inmiddels door het huis schalt. Ik herken het nummer, het is van The Pogues: *Fairytale of New York*. Raar, want dat is een kerstlied. Ik doe één stap naar voren. Het couplet over afgepakte dromen klinkt nu al te luid in mijn hoofd.

Het kamertje waar ik vroeger zat en de *Story Teller* las en naar cassettebandjes luisterde is er nog, maar ik ken het niet meer terug. Het bureau is weggehaald en de ruimte is volgestouwd met van alles en nog wat. Ik loop door naar wat vroeger het wedkantoor was, maar ook dat is nu een stoffige opslagruimte. Ik druk op het plakkerige lichtknopje en zie dat de tl-buizen er nog hangen. Een paar flikkeren tot leven, en in het naargeestige schijnsel dat ze afgeven zie ik antieke meubelstukken staan, zo geplaatst dat ze elkaar stutten. Alles zit onder het stof en de viezigheid. Ik zoek mijn weg tussen de kasten, commodes en opgestapelde stoelen en vind uiteindelijk een paadje dat naar de zijdeur en de woning boven het kantoor voert. De deur is open, maar het licht doet het niet.

'Hallo, is er iemand thuis?' schreeuw ik. De muziek klinkt hier nog harder. Ik krijg geen antwoord, maar boven aan de trap zie ik licht. Ik begin op de tast de trap te beklimmen en stel met verbazing vast dat de wanden na al die tijd nog steeds met kurktegels zijn bekleed. Elke tree steunt en kreunt, en ook al schreeuwt de stem in mijn hoofd dat ik rechtsomkeert moet maken, ik loop door.

Ik wil de waarheid weten.

Als ik halverwege ben, houdt de muziek op.

Ik hoor een deur opengaan, voetstappen, en dan niets meer.

De nieuwe stilte slokt me op, maar ik dwing mezelf om door te lopen.

Dan hoor ik boven een deur dichtslaan.

Wanneer ik bijna boven ben, zie ik waxinelichtjes op de vloer van de overloop staan. Ze vormen de enige lichtbron. Ik druk op de lichtknop aan de muur, maar er gebeurt niets. Er hangt dan ook geen peertje aan de elektriciteitsdraad die uit het plafond komt. Alle deuren zijn dicht en alles oogt nog precies zoals vroeger. Ik volg de kaarsjes naar de deur van de woonkamer en laat mijn hand iets langer dan nodig is op de deurklink rusten om moed te verzamelen om naar binnen te gaan.

De kamer heeft niets meer van de kamer van toen. Wat een opluchting. De oude elektrische haard is weggehaald en de originele open haard is amateuristisch gerestaureerd, met ruwe baksteen en een beetje krakkemikkige schouw. De aanblik van de vlammen en de geur van het brandende haardhout heeft vreemd genoeg iets troostends. Alles is enigszins gedateerd, en vuil, maar verder lijkt het een gewone kamer. Iemands woonkamer, met een tafel met stoelen erin. Geen lijken tot nu toe. Geen kast. Het pad van waxinelichtjes loopt nog een eindje door, tot aan de geornamenteerde salontafel die voor het loeiende vuur staat. Op de tafel staan ook kaarsjes, en in het midden ligt een groot rood boek. Het is een fotoalbum.

Ik pak het van tafel. Het voelt zwaarder dan het eruitziet, en als ik het opensla, zie ik mijn eigen gezicht op een foto bij een kranteninterview. Ik sla de bladzij om en zie weer een foto van mezelf, bij een ander artikel. Bladzij na bladzij blader ik het boek door. Het lijkt wel of elk interview, elk profielstuk en alle recensies die door de jaren heen over mij zijn verschenen in dit boek bijeen zijn gebracht. Ik voel dat ik nu meteen weg moet gaan, dat dit niet klopt en niet normaal is, maar ik blijf maar doorbladeren, alsof ik in een soort trance ben geraakt.

Tot ik eruit kom.

Uit de trance.

Want de muziek begint weer. Hetzelfde nummer dat ik beneden hoorde. Ik moet nu echt maken dat ik wegkom. Maar de laatste bladzij houdt me tegen. Hij bevat geen krantenknipsel, maar een brief. Die ik bijna twintig jaar geleden heb geschreven.

Beste Eamonn,

Misschien herinner je je mij niet meer, maar ik jou nog wel. Heel lang geleden was ik je zusje, maar ik ben van huis

weggelopen en ontvoerd door een vrouw die Maggie heette. Ze nam me mee naar Engeland, hoewel ik dat toen niet doorhad. Daar kwam ik pas jaren later achter.
Ik woonde bij Maggie en een man die John heette in de woning boven hun wedkantoor in een plaats die Essex heet, vlak bij Londen.
Ze zeiden tegen me dat papa me niet meer wilde hebben en later zeiden ze dat hij dood was, maar ik weet nu dat dat niet waar was.
Ik wil je laten weten dat ik niet ongelukkig was bij hen. Maar toen gingen zij ook dood.
De politie dacht dat ik hun kind was.
In hun woning lag een paspoort van een meisje dat Aimee Sinclair heette. De politie vond ook haar geboorteakte, waarop stond dat ze de dochter was van Maggie O'Neil en John Sinclair.
De politie dacht dat ik dat meisje was, iedereen dacht dat, dus liet ik het maar zo.
Ik heb in veel pleeggezinnen gewoond, oké en minder oké, maar ik maak het goed nu. Ik heb een beurs gekregen voor de toneelschool, ik wil actrice worden.
Ik zou het erg fijn vinden als je contact met me zou willen opnemen of me een keer zou willen ontmoeten. Jij zorgde voor me toen papa het niet meer kon, dat weet ik nog. Ik herinner me de broer van toen, en ik zou graag willen weten wie mijn broer nu is.
Het spijt me dat het zo lang heeft geduurd voor ik contact met je opnam. Tot mijn achttiende durfde ik er niets over te zeggen, tegen niemand, omdat ik dan misschien in de problemen zou komen. En nu vertel ik het ook alleen maar aan jou. Ik herinner me je goed genoeg om te weten dat je me nooit pijn zult doen. Ik ben gelukkig als Aimee. Niemand weet van mijn verleden en dat wil ik graag zo houden. Ik hoop dat je dat begrijpt.

De Ciara die jij kende bestaat niet meer, maar ik ben nog steeds je zusje. Een naam is maar een naam.

Veel liefs,
Aimee
xx

De vlammen knetteren en spetteren, de schaduwen dansen wild op de harde muziek. Als ik opkijk van de brief, zie ik dat de deur dicht is en dat ik niet meer alleen ben.

'Hallo, Ciara,' zegt de vrouw met het lange, donkere haar en de rode lippen.

71

Ik zie Maggie, mijn Maggie uit de jaren tachtig.

Het is donker in de kamer. Het weinige licht dat er is, is afkomstig van het vuur en de waxinelichtjes, die het gezicht dat ik voor me zie slechts flauw uitlichten. Ze zingt het liedje mee. Uit haar rode mond komt een meisjesachtige, Ierse stem, die totaal geen wijs kan houden. Als mijn ogen meer aan het duister gewend zijn, besef ik dat mijn vermoeide geest me weer eens voor de gek houdt. Ze oogt wel als Maggie, maar ze is Maggie niet.

'Wie ben jij?' vraag ik, waarbij ik moeite moet doen om boven de muziek uit te komen.

Ze lacht, en het is die glimlach die ik als eerste herken. De persoon tegenover me komt een stap dichterbij, zet iets af wat een pruik blijkt te zijn, en gooit hem in de vlammen. Ik hoor hem sissen en verbranden. De vrouw die voor me stond lost op. Een verlammende verbijstering maakt zich van me meester.

'Helpt dit een beetje?' vraagt de man die nu in haar schoenen staat. De stem is een stuk lager. 'Welke vrouw herkent haar eigen man nou niet?'

Hij heeft een ander gezicht, maar zijn ogen, hoewel zwaar opgemaakt, zijn precies de ogen die ik ken.

'Ben?' fluister ik.

'Bijna, maar niet helemaal, liefje. Mijn naam is niet Ben Bailey, net zoals jouw naam niet Aimee is. Wil je de brief nog een keer lezen?'

Ik staar naar het gekreukte velletje papier in mijn hand.

'Eamonn?'

Hij lacht en klapt in zijn gehandschoende handen. 'Eindelijk!'

Ik probeer te verwerken wat er gebeurt.

Mijn man verkleedt zich als vrouw en heeft me al die tijd gestalkt.

En diezelfde man, mijn echtgenoot, heeft me net verteld dat hij mijn broer is.

Ondanks de warmte van het vuur ril ik, alsof ik ziek word. In shock door wat ik zie en heb gehoord deins ik automatisch achteruit als hij op me afloopt. Ik zie gelijkenis, maar ook weer niet.

'Vond je de oude prentbriefkaarten die ik je heb gestuurd niet mooi?' vraagt hij.

Ik antwoord niet. Gaat niet.

'Op elke kaart schreef ik *Ik weet wie je bent*, in mijn allermooiste handschrift. Maar jij had geen idee wie ík was! Eigenlijk heel grappig.'

'Je gezicht,' zeg ik. Meer krijg ik er niet uit.

'O, mijn neus? Vind je hem mooi? Ik heb om net zo'n neus gevraagd als die van Jack, ik had zijn foto meegenomen als voorbeeld. Mijn wallen heb ik ook weg laten halen. Wat ik allemaal niet voor je heb gedaan. Heeft de politie je laten zien hoe ik eruitzag? Ik ben meteen na de operatie naar het bureau gegaan, waar ik mijn gebroken neus, blauwe ogen en gezwollen gezicht heb laten fotograferen. Als bewijs dat je me had mishandeld. Nog even, en je ziet er niets meer van. Hij staat me wel, hè? He-le-maal Jack.'

'Waarom?'

'Omdat je op hém verliefd bent. Omdat ik wil dat je van míj houdt, net zoals ik van jou hield!' schreeuwt hij me toe. Ik doe nog een stap achteruit. 'Kom, dans met me.' Hij grijpt mijn handen alsof hij het lied met een krankzinnig walsje wil afronden. De muziek stopt, behalve in zijn hoofd.

Als ik me probeer te bevrijden uit zijn greep, trekt hij me naar zich toe, de melodie van het lied neuriënd. 'Hou op alsjeblieft,' huil ik.

'Ophouden? Jij en ik beginnen pas, Baby Girl. Tot de dood ons scheidt, weet je nog? Geven de foto's je niet het gevoel dat je thuis bent?'

Ik volg zijn blik en ontwaar onze ingelijste huwelijksfoto, en ernaast de zwart-witfoto van een jongetje.

'Waarom heb jij foto's van John, als kind?'

Hij kijkt op me neer. Zijn clowneske gezicht straalt gespeelde verbazing uit. 'Zoekt en gij zult vinden.'

'Ik begrijp je niet.'

Zijn verbazing slaat om in drift. 'Ik heb hem al zijn spullen afgepakt omdat hij háár heeft geholpen jou van míj af te pakken. Maggie O'Neil was al dood toen je me die brief schreef, maar hij niet. Dus heb ik hem opgespoord. Laat ik zeggen dat hij niet veel later ook dood was.' Hij lacht en trekt me weer tegen zich aan, alsof we ballroomdansers zijn in een gestoorde horrorfilm. 'Al die jaren heb ik niet geweten waar je was gebleven. Dacht ik dat jij ook dood was. Heb je je weleens afgevraagd wat er met de echte Aimee Sinclair is gebeurd? Het meisje voor wie jij in de plaats kwam?'

Hij legt zijn handen om mijn gezicht en dwingt me hem aan te kijken.

'Ik heb John alles laten vertellen voor hij stierf. Zogenaamd verongelukt. Ik had gezegd dat ik zijn leven zou sparen als hij me alles zou vertellen, maar dat kon ik niet. Een leven voor een leugen, en wat van mij is, is van mij.' Hij draait mijn hoofd opzij en fluistert in mijn oor: 'Ze hebben haar vermoord en begraven in Epping Forest. Ik heb hem gedwongen om me te laten zien waar. De klootzak had de eerste letter van haar naam in de boom gekrast waaronder ze haar hebben begraven. Nu zijn ze weer bij elkaar.'

Ik duw hem van me af en ren naar de deur.

'Vlak na mijn ontmoeting met John heb ik dit nederige onderkomen gekocht. Voor jou. Vind je niet dat ik het aardig heb opgeknapt? De zaken gaan goed, maar ja, het kost allemaal wat, dus heb ik voor ik vertrok tien mille van onze gezamenlijke rekening gehaald. Vond je niet erg, toch?'

De deur zit op slot.

'Ik heb me zelfs verkleed als haar, als de vrouw voor wie je me in de steek hebt gelaten. Dat roept vast mooie herinneringen bij je op. Ik dacht dat je het wel door zou hebben toen je mijn lippenstift onder je bed vond...'

Ik bons op de deur en roep om hulp, ook al weet ik dat het zinloos is. Alle winkels staan leeg en zijn dichtgespijkerd.

'Je neemt toch niet weer de benen? Je hebt nog een verjaardagscadeau van me tegoed.' Hij pakt een feestelijk versierde doos op.

'Alsjeblieft, we kunnen hulp voor je zoeken. Laat me gaan, alsjeblieft.'

'Wil je je cadeau niet openmaken?'

'Alsjeblieft, Ben.'

'Ik ben Ben niet, ik ben Eamonn! En jij bent Aimee niet. Je bent nog net zo ondankbaar, Ciara. Door en door verwend. Maakt niet uit, ik doe het wel even voor je. Vroeger deed ik ook al alles voor je, maar blijkbaar was alles niet genoeg. Daarom besloot ik je een lesje te leren.'

Hij begint het cadeaulint los te trekken.

'Ik vind je veel leuker zo, met je haren los. Natuurlijker. Die krullen horen bij je, zo lijk je meer op...'

Ik zit in de val, ik sta met mijn rug tegen de deur als hij zich naar me toe buigt en me op mijn mond kust.

'... meer op jezelf.'

Zijn lippenstift is uitgesmeerd, ik proef hem op mijn lippen. Ik wil mijn gezicht afvegen, maar ik ben zo bang, dat ik me niet durf te bewegen en niets durf te zeggen. Hij streelt mijn haren, duwt een lok achter mijn oor, en knielt dan neer om de doos uit het cadeaupapier te halen.

'Lief klein krullenkopje...'

Hij tilt de doos van het papier.

'... wat ben ik toch verzot op je.'

Hij haalt het deksel van de doos en ik zie een paar rode kinderschoenen. De schoenen die ik, voor ik wegliep, voor mijn zesde verjaardag had gevraagd. Ze stonden niet meer in de etalage op de dag dat ik Maggie ontmoette. Nu snap ik waarom – hij had ze voor mij gekocht.

'Soms ben je lief, en dan ben je o zo lief...'

Hij steekt zijn handen in de schoenen en duwt ze in mijn gezicht.

'... maar soms ben je stout, en dan ben je o zo'n... bitch.' Hij streelt mijn wangen met het rode leer. 'Toen papa deze schoentjes vond, heeft hij me zo hard geslagen dat ik drie dagen niet kon lopen. We hadden geen droog brood te eten, maar toch kocht ik die klotedingen voor je, omdat ik wist hoe graag je ze wilde hebben, en omdat ik van je hield.'

Hij smijt de schoenen op de grond, grijpt me bij de keel en begint me op het ritme van zijn woorden met mijn hoofd tegen de muur te slaan.

'Ik. Hield. Van. Je.'

Hij laat me los en ik zak snikkend op de grond.

'Ik heb alles gedaan om je tegen hem in bescherming te nemen. Ik liet me door hem verrot schelden, ik ving alle klappen op, ik zorgde ervoor dat hij 's nachts naar mij kwam, om hem bij jou weg te houden. Voor je werd geboren was er niets aan de hand. We waren gelúkkig. Maar jij vermoordde mama, en dat veranderde hem. Eigenlijk heb je mij ook vermoord.' Hij begint te ijsberen. Zijn hoge hakken tikken over de houten vloer. Als hij even met zijn rug naar me toe staat, probeer ik het pistool uit mijn rugzak te pakken. 'En wat kreeg ik als dank? Je liep weg, liet me in de steek en keek nooit meer naar me om. Weet je wat hij me allemaal heeft aangedaan toen je weg was?' Hij ziet dat ik mijn hand in mijn rugzak heb en stormt op me af. Hij grist de rugzak weg, en haalt, hoofdschuddend en glimlachend, het pistool eruit.

'Zoals ik al zei: soms is ze stout...'

Hij slaat me keihard met het pistool in mijn gezicht. Ik val voorover en proef bloed.

'Eigenlijk zou ik je met dit ding moeten doodschieten, want dat is wat je verdient.' Hij gooit het pistool op de bank en pakt iets anders, ik kan niet goed zien wat. 'Maar aangezien we familie zijn, kies ik voor een ander wapen. Dit prachtdingetje heb ik overgehouden aan een boedelruiming in Notting Hill een paar maanden geleden. Het is ongelooflijk wat een profijt je nog van dode mensen kunt hebben. Het zal even flink pijn doen, Baby Girl. Zei je niet dat ze je zo noemde? De vrouw die jíj mama noemde nadat je je eigen mama had vermoord? Volgens mij is dat het enige wat je me over haar hebt verteld dat klopt.'

Ik zie een paarse, elektrische lichtflits en dan danst er een waanzinnige pijn door mijn lichaam. Het voelt anders dan alles wat ik ooit heb gevoeld, het lijkt wel alsof er aan één stuk door duizenden scherpe mesjes tegelijk in mijn lijf worden gestoken, en het gaat maar door. Ik hap naar adem maar ik krijg niet genoeg lucht binnen om mijn longen te vullen. Voor ik mijn ogen sluit, zie en hoor ik maar één ding: Maggies gezicht, Maggies stem.

'Ik hou van je, Baby Girl.'

72

In mijn droom vlieg ik.

Ik ben een vogel met gespreide vleugels, zwevend en duikend boven de golven van een turkooizen zee. Ik dans aan een wolkeloze hemel, zie de wereld onder me en bedenk hoe klein we toch zijn.

Mijn bewustzijn ontwaakt, net genoeg om het geluid van een dichtschuivende zijdeur van een bestelbus in mijn droom binnen te laten. Door de verwarring die dat veroorzaakt valt het hemelgewelf aan diggelen. Om me heen zie ik grote, scherp gepunte scherven neerstorten, alsof het blauw glas regent. Ik vlieg niet snel genoeg, sommige stukken maken scheuren in mijn vleugels, rood bloed besmeurt mijn witte veren. Mijn lichaam wordt zwaar, het voelt alsof ik mezelf niet meer in de lucht kan houden. Ik besluit de golven in te duiken, bescherming in de diepte te zoeken, maar de zee is ruw geworden, de golven beuken tegen de rotsen onder me. Het kolkende water is diepzwart en terwijl ik duik zie ik het wateroppervlak almaar dichterbij komen. Het witte schuim dat in mijn gezicht spat verblindt me, zodat ik niet meer kan zien waar ik werkelijk op afduik. Mijn landing is hard. Mijn jukbeenderen en mijn neus verbrijzelen. Mijn lijf buigt en breekt, de klap drukt me samen, zodat ik nog kleiner en onbeduidender word dan ik al was.

Ik open één oog, net genoeg om vast te stellen dat de zee is veranderd in groen ondertapijt, opgerold, met mij erin. Ik blijf nét lang genoeg bij bewustzijn om te beseffen dat ik me te pletter heb gevlogen.

Als ik weer bijkom, hoor ik iemand naderen. Ik probeer mijn vogellijf omhoog te krijgen, maar ik kan me niet meer bewegen. Ik kan mijn hoofd niet eens optillen, ik zal vast nooit meer kunnen vliegen. Voor ik nog iets anders kan zien of voelen glijd ik alweer weg.

Mijn bewustzijn roert zich weer, en deze keer heeft het wat minder geduld met me. Mijn hoofd bonkt, en het duurt even voor ik me herinner wat er is gebeurd en voor ik me begin af te vragen waar ik ben en hoeveel tijd er is verstreken.

Het is donker. Pikdonker.

Mijn handen zijn op mijn rug gebonden en er is iets in mijn mond gepropt. Ik kan hem niet dichtdoen en ik kan niet praten.

Mijn onderbenen zijn naar achteren gevouwen, tegen mijn bovenbenen aan, en als ik me probeer te bewegen besef ik dat ik in een soort kist lig. Mijn eerste gedachte is een doodskist, en de gedachte dat ik levend begraven ben knijpt mijn keel dicht. Ik begin te huilen. Mijn gezicht plakt van de tranen en het snot en de kwijl die via mijn mondhoeken uit mijn mond loopt. Ik probeer mezelf te kalmeren door logisch te denken – de kist is te klein voor een doodskist – en dat helpt héél even, maar mijn angst overschreeuwt alles.

Het kan een kinderdoodskist zijn.

Ik merk dat ik ondanks de prop in mijn mond nog wel geluid kan maken. Het gesmoorde gebrul dat ik voortbreng klinkt als een oerschreeuw die ik niet als van mezelf herken. Het ademen valt me steeds zwaarder en ik vraag me af hoeveel zuurstof zo'n benauwde ruimte bevat. Ik probeer tegen de zijkant van de kist te schoppen. Als ik weer begin te brullen gaat het deksel omhoog.

Ik knipper een paar keer tegen het felle licht terwijl ik het silhouet boven me probeer te duiden.

'Nog even volhouden, Baby Girl, we zijn bijna thuis,' zegt een stem die bij elk woord dat naar me toe waait anders klinkt.

Eerst lijkt het Maggies stem, dan die van mijn broer, en dat blijft heen en weer gaan. Hij drukt een doek op mijn neus. Ik probeer mijn ogen open te houden, maar ze zijn te zwaar. Even voelt het alsof Maggie mijn hand vasthoudt, maar dan hoor ik het deksel weer op de kist schuiven waarin ik lig, gevolgd door een droge klik.

Ik ben weer een vogel die zich te pletter heeft gevlogen.

Ik kan mijn ogen niet opendoen, ik kan niet zingen en niet wegvliegen.

Ik zink steeds verder en verder de diepte in van een koude, donkere zee.

73

Ik word wakker.

Mijn ogen zien een zee van daglicht en ik besef dat ik op een bed lig. Ik probeer me te bewegen, maar mijn polsen en enkels zijn aan de vier bedstijlen vastgebonden. Ik kijk de kamer rond door mijn hoofd zo ver mogelijk naar links en rechts te draaien en stel opgelucht vast dat ik in elk geval alleen ben. Ik staar naar de kruimelende, vochtige muren, de vuilwitte vitrage, stijf van ouderdom en schimmel, en het ouderwetse meubilair. Aan de muur tegenover me hangt een verkleurd schilderij van de maagd Maria en op het nachtkastje staat een metalen Jezusbeeldje. Ik ken deze kamer. Ik ben in het huis waar ik geboren ben, in Ierland. Het geruis van de zee in de verte bevestigt het. Ik ben hier vanaf mijn vijfde niet meer geweest, maar de geur van het huis brengt alles weer naar boven, alsof het gisteren was.

Op de kaptafel ligt een kanten kleedje met een foto erop. Van mij, als klein meisje. Ik heb een witte blouse aan, een rood rokje en een witte maillot. Ik heb staartjes, het ene wat dikker dan het andere, en ik zie er blij uit, hoewel ik me niet herinner dat ik nou zo blij was in de tijd dat ik hier woonde. Zo te zien wist ik toen al, zo jong als ik was, hoe ik moest poseren voor de camera. Als ik mijn lichaam in een soort kronkel draai, voor zover de boeien dat toelaten, zie ik mezelf in de spiegel van de kaptafel. Ik heb een witte blouse aan, een rode rok en een witte maillot, net als op de foto, maar dan een paar maten groter. En ik heb staartjes. Mijn lippen zijn zo dik rood gestift dat ze tweemaal zo groot lijken. Ik begin vanzelf te gillen als ik mezelf zo zie.

De deur vliegt open en mijn broer stormt naar binnen. Hij is nu als man gekleed. De pruik en make-up zijn verdwenen. Hij is Ben weer, maar dan anders.

'Rustig maar, niets aan de hand, Baby Girl. Je had gewoon een nachtmerrie.' Hij streelt mijn wangen en ik kijk met ontzetting naar zijn verbouwde gezicht.

'O ja, helaas voor jou is Maggie weg. Ik verkleedde me alleen maar als vrouw om jou te stangen, en om me te verschuilen voor de politie. Waarom kijk je zo? Komt het door mijn nieuwe gezicht? Een gezicht met wat trekken van Jack Anderson leek me wel een goed idee, aangezien je hem onweerstaanbaar aantrekkelijk vindt. Hoe vind je het geworden? Wat die dokters van tegenwoordig allemaal niet kunnen... Je geeft ze een uit een tijdschrift geknipte foto, vette cheque erbij, en hoppa, geregeld. Ik wilde ook nog zo'n lekker wasbordje als Jack, maar het leven besliste anders. Ik vrees dat we weer terug bij af zijn, jij en ik. Word je daar verdrietig van, Baby Girl?'

'Hou op met dat ge-Baby Girl!'

'Je hebt me zelf verteld dat Maggie je zo noemde. Ik dacht dat je het fijn zou vinden. Ik dacht dat je daarom niet meer terugkwam nadat je was weggelopen. Ik heb ontbijt voor je gemaakt.' Hij heft een blauwe kom en lepel tot vlak voor mijn gezicht. Ik houd mijn mond dicht en draai mijn hoofd weg.

'Kom op, niet zo flauw. Het is havermoutpap, in je lievelingskom. Weet je nog wat ik tegen je zei toen er een stukje afbrak? Dat iets wat een beetje beschadigd is nog steeds mooi kan zijn.'

'Maak me alsjeblieft los.'

'Ik zou het graag willen. Echt. Maar ik ben bang dat je dan weer weg zult lopen. Herinner je je die dag eigenlijk nog? Ik heb nooit meer kip gegeten sinds ik van hem dat beest moest onthoofden.'

'Waarom heb je me deze kleren aangetrokken?'

'Vind je ze niet leuk? Of had je je rode schoentjes erbij aan gewild? Ik vrees dat die je niet meer passen. Bovendien, als je schoenen aanhebt, loop je er toch alleen maar naast.' Hij lacht om zijn eigen grapje en lijkt te verwachten dat ik er ook om zal lachen. Als ik dat niet doe, verdwijnt zijn lach en verschijnt er een lelijke trek op zijn gezicht. 'Als de kleren die ik voor je heb gekocht je niet aanstaan, wil ik ze wel uittrekken, hoor.' Hij schuift mijn rok ruw omhoog en begint de witte maillot af te stropen.

'Nee, niet doen! Alsjeblieft!'

'Wat heb je? Ik herinner me een tijd dat je het heerlijk vond als ik je uitkleedde. Je bleef maar zeggen dat je zo graag een kind met me wilde, ook al hield ik je keer op keer voor dat dat geen goed idee was. Nu snap je wel waarom, hè? Je doet alsof ik dit allemaal voor het eerst zie.' Hij trekt de maillot tot op mijn dijen en laat zijn hand dan langzaam tussen mijn benen omhoogkruipen. 'Alsof ik niet elk plekje van je ken, alsof ik niet weet hoe je smaakt, hoe je voelt vanbinnen. Niemand op de hele wereld kent jou beter dan ik. Ik weet wie je bent. Wie je echt bent. En toch hou ik nog steeds van je.'

Ik wend mijn gezicht af als zijn hand nog verder kruipt.

'Je kunt nu wel doen alsof je het niet wilt, als je je daar beter door voelt, maar we weten allebei dat het weleens anders is geweest. Mij in je voelen, dat was zo'n beetje het enige wat je tot rust kon brengen als je weer eens stijf van de zenuwen stond voor een spannende auditie of zo'n mallotig rodeloper-event. Weet je nog?'

'Ik wist niet wie je...'

'O nee?'

Ik geef geen antwoord.

'Was ik echt zoveel veranderd toen we elkaar als volwassenen weer tegenkwamen? Denk even na, jij met je prachtige tietjes en krullen en mooie grote ogen. Je had iedereen kunnen krijgen die je maar wilde, maar je wilde mij. Je bloedeigen broer.'

'Wat wil je van me?'

'Ik wil gewoon samen met jou zijn. Meer heb ik nooit gewild, maar ik was niet genoeg voor jou, jij met je geflirt met regisseurs en acteurs zoals die Jack Anderson. Maar vanaf nu horen we weer bij elkaar, tot de dood ons scheidt. Hoewel ons niet veel tijd is gegund. Ik ben ziek.'

Hij klimt op bed en gaat dicht tegen me aan liggen. Hij haakt zijn vingers in de mijne en legt zijn hoofd op mijn borst, zodat ik zijn haren ruik en zijn roze hoofdhuid zie daar waar hij begint te kalen. Ik word bijna geplet door zijn gewicht, maar ik zeg niets. Ik houd me doodstil en zwijg tot hij in slaap valt.

Als hij zachtjes begint te snurken, hoor ik maar één stem in mijn hoofd. Niet mijn stem, maar de stem van Maggie.

Zolang je maar nooit vergeet wie je echt bent, is toneelspelen je redding.

Ik herhaal de woorden in mezelf terwijl ik klaarwakker op bed lig. Mijn vermoeide geest wiegt mijn plannetje zachtjes heen en weer, want ik wil het – en hém ook niet – wakker maken. Het moet zich zo stil mogelijk houden om te voorkomen dat het in de kiem wordt gesmoord. Het is het enige waaraan ik me kan vastklampen. Ik heb mijn angst omgesmolten in haat om mijn laatste beetje moed bij elkaar te rapen en een uitweg te verzinnen. Ik moet hier een einde aan maken zonder dat het mijn einde wordt. Ik begin alvast mijn tekst te oefenen en de komende scène door te nemen. Het leven is net schaken: om te winnen moet je het spel, inclusief alle zijvarianten, van tevoren eerst helemaal in je hoofd uitspelen om het te laten eindigen zoals jij het wilt.

Ik hoor dat het begint te waaien, de wind huilt somber door het oude huis. Aan de andere kant van het raam zie ik de boom waar ik vroeger altijd in klom. Hij ziet er dood uit. Zijn takken zwiepen heen en weer, kraken van inspanning, en zijn twijgvingers tikken als verkoolde botjes tegen de ruit.

Tik. Tik. Tik.

Het is binnen eerder donker dan buiten, maar tegen de tijd dat het echt bijna donker is, weet ik precies wat ik straks moet zeggen en doen.

74

Ik druk een kus op zijn kruin.

Zacht, teder, liefdevol.

Hij beweegt zijn hoofd, kijkt dan op.

'Kus me,' fluister ik. 'Alsjeblieft.' Hij kust me op de mond, nog half in slaap. Ik moet er bijna van kokhalzen, maar ik beantwoord zijn kus. Zijn ogen zijn de hele tijd open en kijken me verward en onderzoekend aan. Zodra onze lippen van elkaar loskomen, zeg ik het.

'Ik heb altijd geweten dat jij het was.'

Hij staart me aan terwijl zich tussen zijn wenkbrauwen een rimpel groeft. 'Wist je het?'

'Ik deed alsof ik het niet wist, maar natuurlijk wist ik wie je eigenlijk was. Ik herinner me alles, dat weet je, dat was altijd al zo, dus hoe zou ik mijn eigen broer dan kunnen vergeten?' Ik zie dat hij me wel wil geloven, maar het niet kan. Ik moet er nog een schepje bovenop doen. 'Na je verdwijning heb ik je zo gemist. Ik weet nu hoe het voelt, en zoiets wil ik nooit meer voelen.'

'Wil je bij me blijven?' Hij trekt een wenkbrauw op.

'Ja.'

'Op wat voor manier?'

'Op alle manieren. We zijn weer thuis, en niemand hoeft te weten wie we zijn of wat we doen. We kunnen opnieuw beginnen. Dan krijgen we allebei wat we willen.'

Hij fronst. 'Wil je nog steeds een kind van me, zelfs nu je weet wie ik ben?'

'Ja. Dat is altijd mijn grote wens geweest: een kind. Zie het als een tweede kans. Voor ons allebei.'

Hij komt een stukje overeind. 'Het spijt me van die film van Fincher.'

Daar was ik niet op bedacht, en het kost me moeite mijn gezicht in de plooi te houden. 'Hoe weet jij dat?'

'Ik ken al je wachtwoorden en ik lees al je e-mails. Ik heb Alicia White verteld waar ze je kon vinden. Je had het niet aangekund. Dan had je weer heel lang van huis gemoeten.'

Ik slik mijn haatgevoelens in. 'Dat is zo. Jij weet altijd wat het beste voor me is.'

Dat antwoord had hij niet verwacht, en ik zie de waakzaamheid in zijn gezicht geëtst staan.

'Ik heb een paspoort voor je laten maken, op je echte naam, voor het geval dat er op de veerpont complicaties met het busje zouden ontstaan. Als je iets aan je uiterlijk verandert, kun je hier verder. Een echt leven leiden. Zonder al die media-aandacht, waaraan als actrice niet te ontkomen valt, maar waar je een vreselijke hekel aan hebt.'

Deze kans grijp ik aan. De meest geloofwaardige leugens bevatten altijd een kern van waarheid.

'En of ik dat haatte, dat weet je. Ik werd er panisch van. Een nieuw leven, een eenvoudiger leven, hier, met jou, dat is alles wat ik wil. Toe, kus me zoals vroeger.'

En hij kust me, nog steeds met zijn ogen open, alsof ik aan een toets word onderworpen waarvan hij verwacht dat ik ervoor ga zakken. Hij knoopt mijn witte blouse langzaam open, knoopje voor knoopje, terwijl hij zijn blik op mijn gezicht gevestigd houdt, zoekend naar iets wat me mogelijk verraadt. Dan strekt hij zijn armen uit, alsof hij mijn handen wil losmaken. Maar ik weet dat hij dat helemaal niet van plan is. Ik ken hem net zo goed als hij mij kent.

'Nee, niet doen, laat ze vastzitten. Ik wil dat je weet dat je me kunt vertrouwen. Ik zal nooit meer weglopen. Ik heb je nodig. Ik ben niets zonder jou, ik heb me zo eenzaam gevoeld zonder je.' Hij kijkt verward, en kust dan mijn borsten, terwijl hij me met een vorsende blik blijft aankijken. Ik trek mijn rug hol en voel zijn harde geslacht. Hij heeft geen blauw pilletje nodig als ik mijn rol goed speel. Zijn hoofd verplaatst zich naar beneden en ik kreun op de manier zoals hij het graag heeft. Hij maakt het touw om mijn enkels los, trekt mijn witte maillot nu helemaal uit, en als hij zijn broekriem losmaakt kijk ik glimlachend toe.

Als het voorbij is, maakt hij een van mijn handen los, pakt hem vast, en dan legt hij zijn hoofd op mijn borst. Als ik vind dat ik lang genoeg heb gewacht, trek ik mijn hand uit de zijne, en wanneer hij begint te snurken, reik ik, zonder de rest van mijn lichaam te bewegen, naar opzij, naar het Jezusbeeldje. Mijn vingers raken het koude metaal. Met alle kracht die ik nog in me heb grijp ik het beet en sla ik het tegen zijn schedel. Hij jankt als een gewond dier. Het bloed stroomt over zijn gezicht en zijn ogen staren me vol ongeloof aan. Ik sla nog een keer.

Ik weet dat ik geen seconde te verliezen heb. Razendsnel bevrijd ik mijn andere hand, waarna ik me onder hem vandaan wurm en de kamer uit ren, met alleen mijn witte blouse aan. Ik ren door het donkere huis waarvan ik me de indeling probeer te herinneren en bots op spullen die ik me niet herinner. Voor ik de buitendeur vind, hoor ik hem al achter me. Het verrotte hout is uitgezet en ik moet er een enorme ruk aan geven om hem open te krijgen.

Buiten is het ijskoud en de gierende wind snijdt me de adem af. De steentjes in de verharding van de oprit prikken in mijn voetzolen en ik sla mijn openhangende blouse om me heen, hoewel er geen naaste buren zijn die me kunnen zien. Of horen, als ik de moed zou kunnen opbrengen om te schreeuwen. In mijn doodsangst kan ik me de plattegrond van het dorp niet voor de geest halen, en als ik half struikelend de kant op ren waar volgens mij de grote weg ligt, besef ik te laat dat ik achter het huis ben en in de richting van de zee loop. Ik hoor een deur dichtslaan.

'Waar gaat dat heen, Baby Girl? Je wilde toch bij me blijven? Je zou toch nooit meer weglopen?' Hij klinkt als de versie van mijn man die me in onze slaapkamer aanviel, op de avond dat hij verdween. Hij klinkt als de versie van mijn man die me zou kunnen vermoorden.

Ik verstap me en val. Ik weet dat hij vlak achter me zit.

Door het duister heb ik geen idee waar ik me bevind. Ik ben weer eens de verkeerde kant op gegaan, maar deze keer wordt dat mijn einde, en niet een nieuw begin.

Ik hoor het krijsende geluid van hout dat vecht tegen zijn oude hengsels en ontwaar de schimmige contouren van een schuurdeur die open- en dichtslaat in de wind. Ik ren ernaartoe om me te verbergen voor wat gaat komen. Ik kan niet zien waar ik overheen loop als ik binnen ben, het voelt als stro. Boven me zwaaien de stalen haken waar mijn vader de kippen aan ophing heen en weer in de naar binnen waaiende wind. Ze knarsen en piepen en produceren iets wat een dierlijke waarschuwing lijkt. Als ik omhoogkijk, zie ik bij het licht van de maan hun metalige glimlach.

'Big brother weet je altijd te vinden.' Ik hoor dat hij de schuurdeur dichttrekt. Ik zit in de val, met hem. De wind giert, de deur laat zich niet sluiten. Hij blijft klapperen, alsof hij me een vluchtweg wil bieden. Ik laat me op de grond vallen en tijger weg van mijn broers stemgeluid. Ik weet dat ik nergens meer heen kan, dat ik me nergens meer kan verbergen.

Op dat moment vinden mijn vingers iets.

In eerste instantie weet ik niet wat het is. Mijn hand glijdt over de houten steel tot hij tegen het koude metalen eind stuit, dat nog steeds zo scherp is dat ik mijn vinger eraan openhaal.

Ik pak hem op en draai me om. Op mijn hurken gezeten

hoor ik hem stap voor stap naderen. De schuurdeur vliegt weer open en het maanlicht valt op het gezicht van mijn broer, recht boven me. Het openwaaien van de deur leidt hem even af, en op dat moment zwaai ik met het laatste beetje kracht dat ik in me heb de bijl omhoog en plant hem in de zijkant van zijn hals. Het bloed spuit eruit en hij zakt in elkaar.

Ik beweeg me niet.

Ik kan me niet bewegen.

Niets beweegt, alleen de gestage stroom bloed.

Ik buig me voorover, aangetrokken door zijn geknakte lichaam. Zijn ogen zijn gesloten, en hij heeft zoveel laten veranderen aan zijn gezicht dat ik er niets bekends meer in bespeur. Zijn ogen gaan open en de haat die ik erin lees maakt dat ik opnieuw de steel van de bijl vastgrijp. Met een ruk trek ik het blad uit zijn gedeeltelijk gekliefde keel. Ik zwaai de bijl omhoog en laat hem neerkomen.

Zijn ogen zijn nog open en lijken me aan te kijken als zijn hoofd van me wegrolt.

Zes maanden later

Ik houd niet van persdagen, ik vind ze altijd erg melodramatisch en onaangenaam.

Het ene interview na het andere. Steeds maar dezelfde vragen en dezelfde antwoorden. Ik voel voortdurend de blik van de journalisten en hun camera's, die me bestuderen, uit de tent proberen te lokken, erachter proberen te komen wat zich binnen in me schuilhoudt.

'De laatste,' zegt Tony als er wordt geklopt, waarna hij opstaat om de deur open te doen.

De productiemaatschappij heeft een hotelsuite geboekt voor de interviews. Het heeft iets surrealistisch om maanden aan een film te werken, er vervolgens soms wel een jaar niet meer mee bezig te zijn, en dan zoiets te moeten doen terwijl je inmiddels midden in een ander project zit. Het voelt een beetje alsof je terugreist in de tijd en over andere personages praat, in andere verhalen, in landen over de hele wereld. Ik weet dat Jack in de kamer hiernaast zit en ik ben blij dat hij niet ver weg is. Ik ben ook blij dat mijn agent erbij is. Ik denk niet dat ik het in mijn eentje had gered vandaag. Alleen die gedachte al vind ik ergerlijk. Ik heb nooit iemand nodig gehad, en de gedachte dat ik nu wel iemand nodig heb vind ik niet prettig.

Niemand weet wat er het afgelopen jaar is gebeurd en dat wil ik graag zo houden.

Jennifer Jones marcheert naar binnen, met achter zich een cameraman die haar, beladen met apparatuur, wanhopig probeert bij te houden. Niet te geloven dat ik hierin heb toegestemd.

'Aimee, darling, wat zie je er goed uit!' Ze kust naast mijn oren in de lucht, mét geluidseffect van haar lippen, die vandaag hot pink zijn gestift en perfect kleuren bij haar nauw aansluitende jurk. 'Oké, ik weet dat we niet lang hebben, dat is ons heel duidelijk gemaakt door je agent.' Ze wiebelt ter begroeting haar vingers in zijn richting. 'Geen persoonlijke vragen. Ik beloof het.' Ik kijk naar Tony terwijl een scherfje paniek zich door mijn pantser boort, maar hij knikt me geruststellend toe. Ik probeer niet te gaan friemelen aan de zoom van mijn jurk.

'*Rolling*,' zegt de cameraman.

Jennifer Jones slijpt haar scherpe tong.

'Zo! *Sometimes I Kill* is een geweldige film geworden.' Haar onoprechtheid is werkelijk indrukwekkend.

'Dank je.' Ik glimlach.

'En gefeliciteerd, hoe lang moet je nog?' Ze kijkt naar mijn bolle buik.

'Drie maanden.'

'Wow! En hoe maakt de toekomstige vader het?'

Die is zijn hoofd kwijt.

Ik kijk naar Tony voor ik haar vraag beantwoord. Geen persoonlijke vragen, dacht ik. 'Jack maakt het prima.'

'Het is net een sprookje, echt. Dat jullie elkaar vorig jaar op de set leerden kennen, verliefd werden, trouwden... Ik zag dat je je eigen naam hebt gehouden... Ook deze keer.'

'Dat klopt.'

'En nu komt er een klein Aimeetje of kleine Jack aan, wat heerlijk voor je!'

'Ik ben een geluksvogel.' Mijn hand gaat naar mijn buik alsof ik mijn ongeboren kind tegen Jennifer Jones' mogelijk venijnige opmerkingen wil beschermen.

'Zo'n geluksvogel dat je ook nog een andere film hebt afgerond, geregisseerd door niemand minder dan Fincher! Dat is toch echt iets van: wow, lady! Waar haal je de tijd vandaan?'

'Vanwege mijn groeiende buik hebben we alle scènes waar ik in zat in slechts een paar maanden gedraaid. Ik moest er flink tegenaan, maar het was een fantastische ervaring. Ik heb van elke minuut genoten.'

En nu heb ik eindelijk alles wat ik wilde.

'Aanvankelijk had hij iemand anders voor die rol, toch?'

Ik staar terug en probeer geen onrustige beweging te maken. 'Ja, dat klopt.'

'Dat moet lastig voor je zijn geweest. Om in Alicia Whites schoenen te stappen toen ze opeens spoorloos was.'

'Ik vind het heel naar voor Alicia en haar familie. Ze wist het goed verborgen te houden, maar blijkbaar was ze een zeer getroebleerd persoon.'

'Het is bijna een halfjaar geleden dat ze verdween. Niemand heeft haar sindsdien gezien en er is nog niets gevonden wat haar verdwijning verklaart. Wat denk jij dat er met haar is gebeurd?'

'Wilt u uw vragen beperken tot de film?' vraagt Tony, aanvoelend hoe ongemakkelijk ik me voel.

'Natuurlijk,' zegt Jennifer Jones. 'Ik zal er niet omheen draaien: jouw personage in deze film jaagt me de stuipen op het lijf. Maar het was vast erg leuk om als actrice een actrice te spelen. We hebben aan de andere acteurs gevraagd of ze een promootje voor de camera willen doen. Doe jij ook mee? Gewoon de naam van je personage noemen, iets over haar zeggen, en dan de filmtitel geven.'

'Best, hoor.'

'Super. Kijk recht in de lens van de camera als je zover bent...'

Ik richt mijn gezicht naar de camera om tegemoet te komen aan haar laatste verzoek.

'Mijn naam is Aimee Sinclair. Ik was dat meisje dat je dacht te kennen, maar je wist niet meer waarvan. Ik neem aan dat je me nu nooit meer vergeet. *Sometimes I Kill*.'

Ik schuif weer achteruit in mijn stoel en constateer dat iedereen in de kamer een beetje verward kijkt. Jennifer Jones verbreekt de stilte door kakelend te gaan lachen, haar hoofd zo ver achterovergooiend dat ik haar indrukwekkende verzameling vullingen kan zien. 'Wat ben je toch een grappenmaker,' zegt ze, maar ik heb nog steeds geen idee wat er is. 'Je had de naam van je personage moeten noemen, niet je eigen naam! Straks gaat het publiek nog denken dat Aimee Sinclair aan het moorden is geslagen!'

'O, wat dom van me.' Ik voel dat ik rood word. 'Ik heb een lange dag achter de rug en ik vrees dat de zwangerschapshormonen me parten spelen.' Ik richt me weer naar de camera. 'Nog maar een keer dan. Ik maak nooit tweemaal dezelfde fout.'

Dankwoord

Een tweede roman is een interessante reis, waarbij het lastig navigeren kan zijn, en zonder de volgende buitengewone mensen had ik mijn weg waarschijnlijk nooit gevonden.

Bedankt, Jonny Geller, dat je in me geloofde, ook al deed ik dat zelf niet. Ik weet nog steeds niet hoe het me is gelukt de beste agent te krijgen, maar ik ben je erg dankbaar en zonder jou zou dit boek niet bestaan. Dank ook aan het geweldige team bij Curtis Brown.

Ook jij bedankt, Kari Stuart, je bent de ideale combi van aardig en slim. Dank voor je geduld en medeleven, en voor alle wonderen die je verricht.

Dank aan Manpreet Grewal, Sally Williamson en het briljante team bij HQ/HarperCollins. Dank aan Amy Einhorn en het fantastische team bij Flatiron/Macmillan. Dank ook aan al mijn buitenlandse uitgevers. Het is een voorrecht om uitgegeven te worden in verschillende landen over de hele wereld. Schrijvers schrijven verhalen, maar uitgevers maken er boeken van, en ik heb het geluk met de besten te werken.

Dank aan mijn familie, die me voorhield dat ik het kon.

Dank aan mijn vrienden, die ook mijn vrienden blijven als ik in een boek verdwijn.

Dank, Daniel, dat je niet van me bent gescheiden terwijl ik dit boek schreef.

En met name dank ik alle mensen die zo aardig zijn mijn boeken te lezen. Zonder lezers zijn schrijvers nergens. Jullie hebben mijn leven veranderd op een manier die ik niet had kunnen dromen. Ik hoop dat jullie plezier blijven beleven aan mijn verhalen – dat zal me eeuwig dankbaar stemmen.